文集

暮千雪 著

我从沙漠来

陕西新华出版

太白文艺出版社·西安

图书在版编目（CIP）数据

我从沙漠来 / 暮千雪著. -- 2版. -- 西安：太白
文艺出版社，2017.9（2024.1重印）
　ISBN 978-7-5513-1216-5

　Ⅰ.①我… Ⅱ.①暮… Ⅲ.①散文集－中国－当代
Ⅳ.①I267

　中国版本图书馆CIP数据核字(2017)第180128号

我从沙漠来
WO CONG SHAMO LAI

作　　者	暮千雪
责任编辑	葛　毅　李明婕
整体设计	茹　敏
出版发行	太白文艺出版社
经　　销	新华书店
印　　刷	天津旭丰源印刷有限公司
开　　本	720mm×1092mm　1/16
字　　数	300千字
印　　张	20.75
插　　页	1
版　　次	2016年5月第1版
	2017年9月第2版
印　　次	2024年1月第4次印刷
书　　号	ISBN 978-7-5513-1216-5
定　　价	78.00元

与贾平凹老师在三苏祠采风

与王蒙老师在咸阳

与王海老师在秦汉文学馆作家签约仪式上

左为中国散文会会长
王巨才老师

右为高建群老师

左为阿来老师

右为红孩老师

获尹汉胤老师赠字

右为《在场》主义散文
创始人周闻道老师

目录

1

2

忐 忑 的 心

自 序

要怎样,才能说得清这份绵绵不绝的忐忑?

《我从沙漠来》《你是我的佛》《生命,是场关于爱的修行》? 面对这三个书名,一直举棋不定,直到此刻,依然无法利索地做出选择。

《我从沙漠来》是最先跳进意识的,因为整理这本文集时,刚结束沙漠十年羁旅归来,这些文字大部分是在沙漠里留下的痕迹。而更重要的原因是,这片名为巴丹吉林的沙漠于这卑微的生命的意义远非单薄的语言文字可捋清。

生命的生长情节大都雷同,避不开成长之痛与之惑,寻寻觅觅地踏进沙漠时,毫不隐讳地说,有种近乎慌不择路地逃遁之感。虽然此前,对沙漠抱排斥之心,对沙漠的荒芜深怀恐惧。所幸,沙漠用无边无际的苍茫收留了我,更神奇的是,那无边无际的苍茫轻易地便拂去了焦躁、困顿、惶惑,甚至记忆,让人轻易地便安静下来,也轻易地便陷进关于永恒关于生命关于很多很多的冥想。于是,十年光阴里,我在那浩瀚的静寂里日复一日地演绎着加缪笔下的画面:寂寞的女人整天在沙漠边缘看日出日落,与黄沙私通,生命渐渐和沙漠融为一体。

细碎的沙砾，自开自落的芨芨草，身躯千疮百孔却仍然锦丽璀璨的胡杨，飞沙走石后的风和日丽，沙丘后边不知今夕是何年的沙漠居民……似一个个符号，标注在通往沙漠内心的必经之路上。沿着这些相去万里却又息息相关的索引，我一步步抵达沙漠灵魂的深处，在那里，豁然发现了一个全新的尘世，是一个与其冰凉荒芜的表相完全对立的世界——丰饶与旖旎。

其实，沙漠还是沙漠，世界还是世界，仅因沙漠用其特有的方式向我破译了生命的隐语，指给了我一个最巧妙的解读尘世和生命的方式——爱！

很媚俗地说，爱，是一个与天地共长久的话题，爱是一个与任何生灵都息息相关的话题，爱于生命，就如空气一般，看不见摸不着却无时不能或缺。尽管列夫·托尔斯泰《人生论》里说：爱的感情是一种特殊的、能解决一切生命矛盾的东西，它能把人的生命所追求的那种完全的幸福给予人。尽管，我也曾写下矫情的"或许，某天当我们离开这个世界时，会发现，这世界上什么都与自己无关，只有爱与被爱的感觉会提醒我们的确活过一回"的词句，但是，很多年，只是一直出于本能地去爱或被爱，却一直没细究过。爱，究竟是什么？爱，究竟有何意义？爱，力量有多强大，多神奇？

交付沙漠十载华年，终不是一场无意义的放逐，这种混沌的状态在沙漠里得以结束，沙漠倾其所能地对"爱是什么，爱的力量，以及爱与生命，爱与世界的意义和功效"进行了全方位的演绎。

千年胡杨林、不知其始与所终的弱水河，狂风走石、红柳、芨芨草、风沙走石雪雨侵袭后的碧海蓝天和清澈的日月星辰无不统一口径地告诉我：人生原本就是一场穿越沙漠的旅行，当被辽阔的苍凉威慑到颓丧不堪时，我们最应具备的是将苍凉转化成旖旎、从苦难里汲取力量的能力，而那个能力，便是"爱"。因为"爱是世间最强大的力量，也是每个人与生俱来与一生不断汲取的能量。一个真正贫穷的人不是财富的稀少，而是心里爱的缺乏"。

有拆毛线体验的人都清楚，只要找到那根引线，轻轻一扯，所有的结便会倏然而开，沙漠便递给了我那根生命引线。当我用沙漠教给我的方式去沿途寻找解析排铺在岁月里的场景时，眼前顿时豁朗起来，原以为荒芜的生命居然如此缤纷，原来自己拥有着多么丰沛的爱！惊喜中恍然辨出，眼前的一草一叶一蚁一人都似佛的影像，他们在用各种各样的方式来接引我，陪伴我，酸甜苦辣悲欢离合是他们精心为我安排的节目，让这一场生命不要那么的简单枯燥。在大波大波的感恩上涌时，小心翼翼地写下《你是我的佛》：一花一世界，一叶一菩提，在这个红尘道场里，所有的相遇都不是偶然，他们或她们，以各自的方式，演绎着生命的本相，诠释着爱的真谛，引度我归向幸福的岸。所以，我以参禅的心，虔诚地站在岁月里，恭谨地迎来送往……

《你是我的佛》并非某种精神宣扬，只因在我眼界可抵达处，佛是世间唯一可信赖的慈悲与仁爱的化身，是唯一让我心甘情愿放下所有自负去恭敬膜拜的对象。而将所有的遇见以参佛之心相待，在万丈红尘里，以最谦卑的姿态行走，用最谦卑的心去体尝世间悲欢离合爱恨情愁，实在是自发选择的生命态度。这种选择，完全生发于对生命、对尘世无限的敬畏与浓烈的爱。

很惭愧，反复提说着"爱"，这足以暴露了我是一个贪求爱的人，我也承认自己是一个没有雄伟追求的狭隘的小女人，这种格局注定了这一生都在爱里跌跌绊绊，悲悲喜喜。也正是对爱的不断寻求中，才一点点体悟到生命的意义，也是从对爱一点点认知中才更明晰了爱与生命的关联，爱与幸福的因果。有过对亲情的索取，有过对友情的贪占，有过对爱情的执念，然后更懂了所有的青春任性或风花雪月都无法与赤子之心相提并论，也懂得了，当胸腔里装满悲悯时，会发现这个世界是如此的温柔。

佛家讲慈悲为怀，慈悲生发于爱，换言之，爱就是慈悲，就是内心的柔软。如果心里装着一块铁，随时都会与世界发生碰撞摩擦，无论你多强大，都会留下印痕，碰撞摩擦越激烈，留下的痕迹愈深，有些硬伤甚至终生不愈。如果心里装一团棉花，再大的外力侵袭也无着力点，也就无法造成伤害，外力移开时，棉花会很快恢复原状——"心若慈悲，世界便处处温柔；心里有爱，世界永不荒芜"是一条具有魔法力量的生命原理。

同花开花落一样，世间所有的存在都需要一定的进程，而爱，也是一个慢慢觉醒的过程。修行，就是不断地修正错误的观念。人生，就是一个不断修正调整"爱"的定义的过程，从狭隘到广阔，从小爱到大爱，在一次次豁然贯通的开阔里,我们会感到生命的日渐丰盈,日渐厚重,日渐有质感,也就日渐幸福。所以认定《生命,是一场关于爱的修行》。

其实,这三个题目下阐述的都是一个话题:生命与爱。之所以纠结难定,潜意识里是想得到更多朋友喜欢,这是不是刻意在取悦与奉迎呢?诚如列夫·托尔斯泰所言:爱不只是一个词,爱是一种要带给别人幸福的行动。所以,如果将这份刻意取悦与奉迎解读为是对"你"爱的行动,我会欣然一笑,并深深祝福。

"一个依赖文字的笨拙女子"是微博里的签名,也是对自己与文字关系的真实界定。阅读与写文本是个人生活方式,一旦拿出来坦示于众,对于缄默惯了的人来说的确有点费周折,一份昼夜困扰的忐忑之心必不可少。曾以矢车菊自喻,无论是否恰当,在此我仍以此自居,并郑重声明,以一朵低在尘埃里的矢车菊的高度,肯定无法展示一个万紫千红、繁华锦绣的天地,更非专业作家,仅仅是一个较之沉默更擅长借文字传情达意的依赖文字成癖的笨拙女子。所以在这本集子里,你看不到惊涛骇浪的风景,也没有励志的情节,甚或没有一句大智大慧之语,它只是一个虔诚于生命,虔诚于爱的生命的琐碎呢喃。它是将一颗卑微的心完全地摊开在每个心中有爱,相信爱,愿意一起珍惜爱、释放爱的朋友面前,不论你在天南海北,不论你是男女老少,不论你位尊位卑颜值高低。

想起很久前跟一个朋友的对白。朋友说你最大的特点就是真诚,我脱口道:真诚是我立于这世界上唯一的资本。所以,当我坦承地表达了自己的忐忑,《我从沙漠来》《你是我的佛》《生命,是场关于爱的修行》这三个书名,选哪一个都不重要了,相信这番语无伦次的絮叨,你已经读懂几分,对于这本集子你已经决定了读或不读。而我还是只能忐忑却又坚定地说:你读或不读,我的真诚就在这里,"矢车菊"的心就在这里……

辑 一

回首见花开

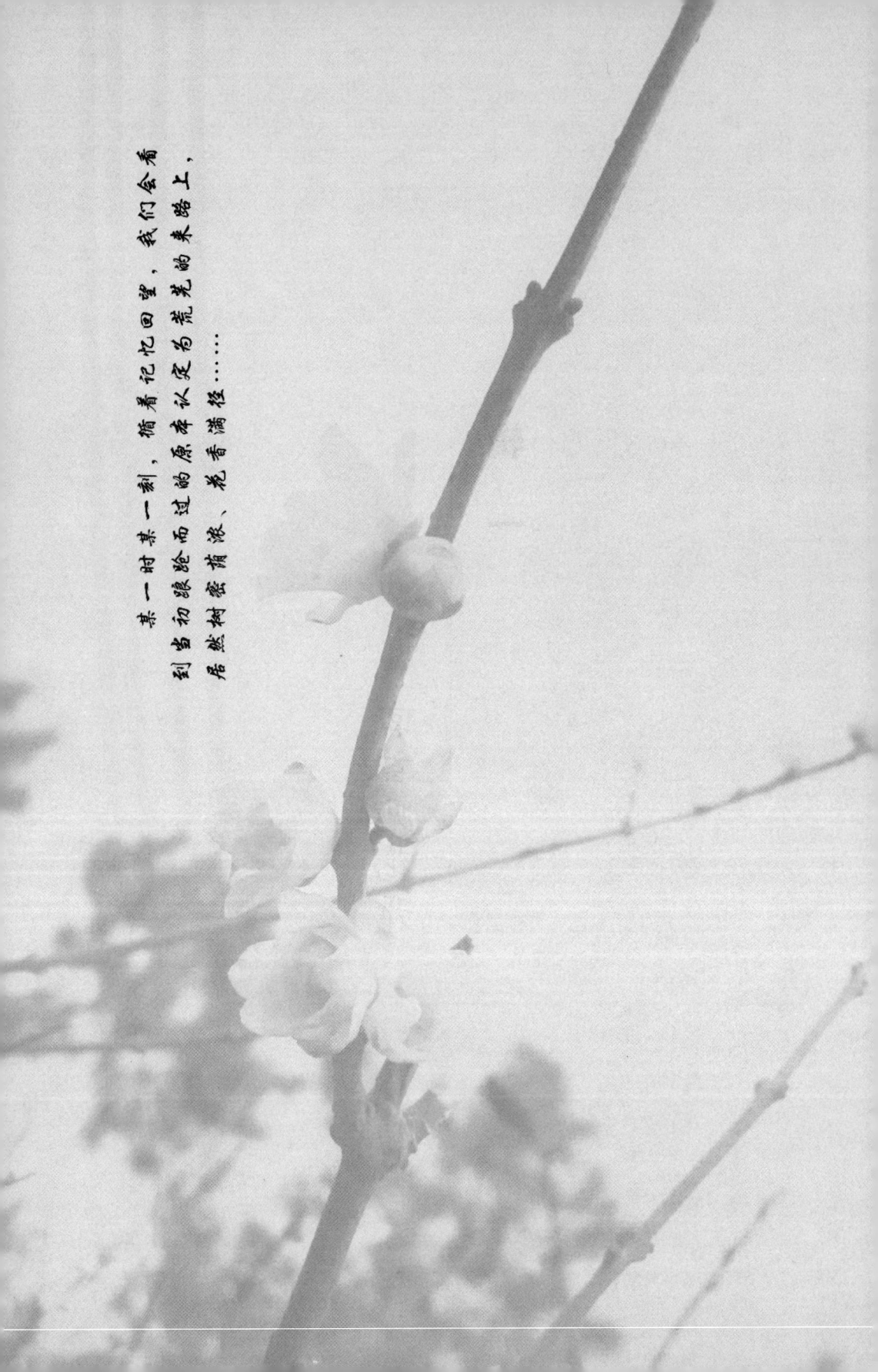

某一时某一刻，循着记忆回望，我们会看到曾经跑过的原野，伴随原野荒芜的来路上，到曾经跑步而过的原野伴随原野荒芜的来路上，居然树密摘浓、花香满径……

书里书外碎时光

立秋,新秋的霞光清新地拍打着窗户,凭窗望着沐在晨光里的城阙,眼前不觉氤氲起来。昨夜梦里,老屋长院屋檐下的青石台上,父亲曲腿而坐,膝上摊着一本书,《人民文学》还是《收获》? 凝神间,那些系在书卷间的记忆,像一只只蝶,拍打着翅迎面飞来……

欢喜与荣耀

初冬的薄暮,几个伙伴在巷子口的老槐树下跳格子,玩得满头大汗时,父亲的永久牌28型自行车滑近眼前。三十出头的父亲,一扬腿利落地下了车子,拍拍口袋,向我招手,确切地说向我们招手。

印象里,小伙伴们见到我父亲都会立马后退几步,有点敬畏又有点爱戴渴盼的目光像星星一样晶亮,因为父亲面对我们时总爱将细长的手指伸进中山装的衣袋,再出来时,手上便多了水果糖或瓜子花生一类。这个戏法每次都逗得贪嘴的孩子吃吃地笑。

这次父亲不例外地又给一帮屁娃带来无穷期待与惊喜,只是大家都推推搡搡得不肯上前,我当然懂得他们的纠结,人穷志不穷,穷人家更是看重自尊,所以家家户户的家长都会叮咛孩子,出门不许吃别人家东西,不要让别人笑话自家寒酸。可是毕竟是孩子,没有几个人能抵制住突然而来的诱惑,况且父亲分明是将该给我的笑容平摊开来,加上他和蔼的话语,我感到几只小手捅在我背上。借着几只小手一推，我便持些许自豪跑到父亲面前，咧着嘴仰起脸，瞅着父亲高高在上的洁净的面孔、笑眯的眼，小辫在后颈窝一晃一晃。父亲呵呵一笑，俯下清瘦的身子，一只手从车把上移到我耳下迅速捏一下，又直起腰身将手伸进中山装口袋，我赶紧将两只手掬过自行车横梁。

父亲掏出的是一大把"鱼皮花生"(花生米上裹一层甜甜的白面，当时的稀罕品)，怕滚掉，小心翼翼地一点点地放到我掬着的手心里，我咽口水时听到身后那群小伙伴们压抑的兴奋。父亲又在口袋里摸索了一下，将遗漏的几颗又放到我手心后便推着车往前走，滑了一下车子，上车的腿提了一半又放下，回头叮咛我：尽着人家娃，你吃的机会多。又扬头：分着吃，好好耍，不要打架啊。

嗯，知道，知道啦。父亲的台词孩子们都熟悉，乱喳喳的一堆应答。

父亲满意地一笑，一扬腿跨上车子，向巷子深处骑去。我手捧鱼皮花生不敢乱动，小伙伴们跑上来将我围在了中间，星星般晶亮的目光聚焦在我身上，我再一次尝到了父亲给我带来的荣光。

看着分到鱼皮花生后的小伙伴一个个左看右看的好奇样，我大咧咧丢一颗进嘴里：这叫鱼皮花生，最好吃啦。鱼皮花生？看一双双毫不掩饰的惊羡眼神，我满足地咯咯地笑催：快吃，快吃。想吃，多的是，以后有了我再给你们吃。

吃了人家的嘴软，伙伴们自觉分占了我的美味，就用好听的来补偿：你爸好很，你爸大方很，要是我爸就不会让我给人家娃吃……

咦呀，你爸车子后边夹的啥？

书呀！

书是干啥的？

书……书是有学问的人看的嘛。

灵光一动呜啦出"学问"一词时，我的自豪感又不可遏制地强烈一分。学问是什么？什么是学问？学问能干啥？这我肯定是一无所知。但看着这些对我惊羡崇拜的流着鼻涕的傻兮兮的面孔，我还是近乎有些傲慢了。估计整个巷子，甚至半条街也只有我爸能认识那密密麻麻的黑字，也只有我爸有条件随身带着那么厚的书，也只有我在我爸我妈的争吵中听过"学问"这个神秘莫测的词。

意犹未尽地吃掉最后一粒，又耍了一会儿，到了鸡上架孩找妈的时候，不知谁说了声我妈在喊我哩，一帮疯够了的屁娃便轰地四下跑散。

"咚"地撞开漆黑木门，跑过悠长的庭院，在二重院落里便看到屋檐下的青石台上曲腿而坐的父亲。借着微弱的霞光，眼睛投在膝上摊开的书页里，手边的青石台上放着一把白色的陶瓷茶壶。

妈！妈！听到我狂呼乱喊，父亲抬头：嘿嘿，土匪！你妈在屋里，还能丢了不成？

我来不及瞅父亲一眼便擦着他肩跳进屋里，母亲条件反射般的大吼：去，洗去，脏死了！

一腔欢喜便被母亲吼得七零八落，嘬着嘴去厨房找水。然后又听到母亲在屋里大声指责：看书要紧很？不看书能死人啊？就不知道给娃洗一下，娃是给我一个人生的吗？

哦，父亲恍然，放下手里的书，起身，跨下房台到厨房里给我从缸里取水，再从电壶里倒点热水，两只手指在盆里一划拉，说，行了，不冷不热，刚好。

我边洗脸洗手，不经意地抬头，刚好看到对面的窗户，母亲侧脸贴在玻璃上，原来母亲一直监控着厨房里的一切。

父亲监督我给手上打胰子，胰子滑滑的，我手小，拿不住，一次次掉进水盆里，溅起的水珠子逗得我咯咯地笑。父亲便蹲下来给我打，我还是笑，有些幸灾乐祸的成分，我知道玻璃那边的母亲一定又咬起了牙。

战火连绵

母亲咬牙，肯定是又和父亲吵架了，祸根不用说又是父亲。

父亲有俩"坏习惯"，每天早上刷牙，洗手必用香皂。作为巷子里唯一的国家工人，这些不良癖好，显然脱离了群众。还未从整齐划一步调一致大方针里走出来的街坊邻里，明里暗里容忍不了父亲这个背叛了自己阶层的资本家恶习，热嘲冷讽不时扑面而来。尤其是在大家一致认为胰子是婆娘娃用的情况下，父亲身上一年四季不断的香皂味成了全巷子婆娘以及男人撇嘴讥笑的资源。

啧啧，瞅，这香味，男人就像个男人的样子么，跟个婆娘一样。

你一年得用几块胰子，要是工厂断货，你可咋活呀？

啧啧，这工人就是不一样，都快赶上城里人啦。

工人，你整天拿胰子搓来搓去，也没见你白嫩到哪里去么，哈哈。

工人，要是停水了，刷不成牙，你是不是就不吃饭？哈哈，难怪这么瘦。

不管是善意的逗乐还是故意的讥笑，父亲依然我行我素。可是山沟出身、经常要和邻里打交道的母亲就撑不住了，她以父亲这些习惯为耻，经常指桑骂槐旁敲侧击的希望父亲知错就改回头是岸，而倔犟的父亲也不示弱。因此，这些也就成了父亲和母亲争吵磨牙的引子，但今天母亲发的邪火，却分明是另有所指。

母亲的这场火起起灭灭地持续了好几天，痛斥的言词里屡屡提及《人民文学》。

你敢把你的《人民文学》拿回来，我就敢给你烧了！你信不信？

嘿嘿，我信，我信，我不拿回来还不行？父亲的认罪态度良好。

《人民文学》！《人民文学》！母亲恨不能将罪魁祸首立马付之于火一样的抡着扫帚将院子扫起一片黄尘。

人民文学是啥？爸。我没长眼色，问了个不该问的话。

是本书，父亲说。

是你爸的祖宗！妈妈吼。

我当然相信我爸，虽然他只是嘿嘿了几声。

显然，父亲是二十世纪七十年代的文学青年。时光回溯，年轻的父亲也的确综合了文学青年的典型元素：清瘦洁净，家族遗传的薄眼皮，细长眼，沉默时显忧郁，笑时明亮纯真。瘦高的身架上长年裹一套藏蓝哔叽呢中山装，冬天时，围条驼色拉毛围脖。

与钟情中山装一样痴情于书的父亲在我们成长里"罪行累累"。据母亲揭发，我们兄妹小时候经常被父亲看书所误，留下了许多不堪的历史。像哥哥玩尿泥，姐姐爬进水盆里等，而我则是不到一岁时，爬到大门口了，看书的父亲还浑然不觉。我爬不回去了，睡着在大门口，被归家的母亲一身泥土地抱回屋，父亲当然被一通好骂。

后来连我都看出端倪，凡是与书有关的吵架，父亲态度极为驯服，几乎是低声下气了，咋骂都是嘿嘿一笑。母亲有时嗔恼：就知道傻笑？！父亲继续嘿嘿：咱错了嘛，该骂。

错了，就改嘛。母亲趁机教育。

改不了，不由人啊。

母亲颓然：啥不由人？还不是狗改不了吃屎！

母亲与父亲的如此桥段，我们都耳熟能详了，每次只附和着傻笑。

父亲上的是三班倒的班，只要轮班在家，一到黄昏，父亲便端着自己专用的白陶茶壶，腋下夹本或厚或薄或大或小的书，跨出屋子，在屋檐下那块圆青石上一屁股坐下，放下茶壶，躬起双腿，以膝当桌。书一摊开，就如打坐的高僧一样静成一座雕塑。很多次母亲喊他好几声都没反应，最后母亲上去猛地在他肩上一推，他身子一侧大梦初醒地睁着受了惊吓的双眼，那痴痴怔怔地表情逗得母亲忍俊不禁，我们也跟着嘻嘻地乐。当天光完全消散，父亲又会将阵地移到炕上，很多个夜晚，迷迷糊糊一翻身，蒙眬睡眼里便是父亲靠着墙看书的画面。昏黄的白炽灯下，沉浸在书香里的父亲年轻的脸容光洁宁静，散发着一种奇妙的光晕，那种光晕让稚气的我踏实地安心地再度入梦。

父亲看书很投入，有时会哈哈大笑，有时会破口大骂，好几次把我吓得噌地爬起来，母亲便催骂父亲：神经病，快睡，娃都让你吓瓜啦。

其实母亲的担心是多余的，我没有被父亲吓瓜，倒是对父亲手里的书开始充满了好奇，那薄薄的纸里究竟有个什么样的世界，让父亲那样爱不释手？因了这份好奇，我曾多次偷偷地溜进巷口全镇唯一的新华书店，隔着高过头顶的柜台，踮起脚看书架上一排排蒙着厚厚的灰尘的书。那个年轻的女店员不是趴在柜台上睡觉，就是埋头打毛衣，翻飞的指头看得我眼花缭乱。

而父亲带我路过门可罗雀的书店时，总会放慢了脚步，几次都有想进去的意思，原地转两次身后，又继续前行。只是每次都会发出幽叹：书，好东西啊，浪费了真可惜。很多年后想起这一幕时，突然明白当时父亲是不敢进去，他怕进去之后控制不住要买。

一个人的工资养活全家早就捉襟见肘，母亲为了不断柴米油盐，早就殚精竭虑了，连续几年都没有给自己添过新衣服了，而父亲居然擅自订了《人民文学》！待确定父亲的确订了《人民文学》，母亲痛心疾首几近癫狂，又是哭又是骂，她痛恨自己没有及时阻止父亲的坏习惯，怪自己心软对父亲太放纵，骂父亲得寸进尺，从厂里借就罢了，现在发展到不顾婆娘娃死活的地步了……

父母是孩子们的天，接连几天，我们头顶乌云密布，还时不时天雷滚滚，兄妹三人背上都长了眼睛。

后来天雷没有了，但乌云还未散。父亲下班一进门，便是母亲恶狠狠的脸色，尽管父亲一再赔笑脸，尝试跟母亲说话，母亲紧闭着嘴，偶然开次口，也是恫吓：你听着，以后敢拿任何书回来，我都敢给你烧了！烧得一页不留！！你信不信？

信，信，信，嘿嘿。

"痛改前非"的父亲拼命地表现，不停地在家里找活干，扫院子，擦桌子，洗衣洗碗。母亲则在一旁黑着脸"鸡蛋里挑骨头"，这里没扫彻底，那个碗底的油没洗，父亲连忙唯唯诺诺地补救。

当确定家里没有任何活计时，便小心翼翼地向母亲申请：让我看一会儿书，行不行？就一会会儿。

看啥看？家里书都烧光了！非把你这个毛病治了。母亲纳着鞋底，不抬头地吼。真心说，我是向着父亲的，总觉得母亲在欺负父亲。

嘿嘿……唉……父亲端起茶壶无语地出门，照旧往青石上一坐，手中没有了书，茶壶便托在手间不离。把玩下茶壶，抬头看看天，要么不停地将白陶茶壶高高举过头顶，仰面朝天张开嘴，将茶徐徐倒入口中，发出吸溜吸溜咕叽咕叽的声。我挺喜欢看父亲这个态势，家里没人时，悄悄模仿了一回，结果呛得我连连咳嗽，连带洒湿了衣襟。后来在书上看到李白喝酒的黑白插图，我第一时间想到父亲喝茶的侧影。

有一天下午，又是这般情景，母亲终于不耐烦地发出小声咒骂：抻地跟雁一样，咋不呛死去？

呛死倒享福了,总比这乏味地活着强! 这应该是父亲最强烈的牢骚和抗议,只是他是笑呵呵地表达的,我还以为他俩在说笑,同所有见父母和好的娃一样,欢喜地瞅瞅母亲又瞅瞅父亲。但是父亲和母亲又开始玩起沉默,然后母亲起身走开。纳闷间,母亲又折身回来了。

给,给,看,看死去! 母亲啪的将几本书砸在父亲身后,父亲惊喜地转身一把抓起:我就知道娃她妈通情达理。原来母亲真的只是将父亲的书藏起来了而已。

甭给我灌迷魂汤了,怕把你急死了,我娃没爸啦。母亲依旧冷着脸,父亲偷偷地笑,我嘻嘻一乐,低头继续趴在椅子上用小木棍算起刚学的进位加法。

惊天逆转

母亲与父亲的这场持久战,更描深了书在我心里的影像,我对书充满了探究欲,尤其记住了《人民文学》。我开始看哥哥拿回来的"娃娃书",就是黑白连环画,巴掌大,一页一幅图,图下三两行文字。

一看不得了,一下子就沉迷了。短短时间我悄悄买了好多本,8分钱一本的,一毛钱一本的。母亲知道是父亲偷偷给钱买的后破天荒地没有暴跳如雷,只是一看我蹲在一堆书中间看得起劲,就嘟囔:败家子,都是败家子!

幸亏街上及时地出现了摆地摊看书的行当,我就蹲在路边,贪婪地看。二分钱一本,一天花一毛钱我就能看五本。母亲几次把我从书摊前寻回家,我眉飞色舞的样子,母亲的眼波柔了下来。

不知从哪天起,院里人影多了起来。找父亲读家书、代写家书,有冤的找父亲写状子,厂长也亲自派人接父亲回单位替其写发言稿,一时间,父亲成了大家眼中最有文化、最文明、最受尊敬的人。

母亲对父亲的读书及其他恶习也惭愧地接受了,几次在饭桌上说:某某的男人走过去,身上的味把人都能熏死,一天不用胰子不刷牙,某某脏得咋受得了。父亲又是几声嘿嘿,啥也不说。

隔天,窗台上出现了一溜牙缸,个个里面插着崭新的牙刷。母亲也开始刷牙,我家开辟了整条街道全家讲文明的先河。

父亲值夜班不在家,晚上睡不着觉,读过小学三年级的母亲破天荒地翻起了父亲的书。母亲慧心不浅,凭借连读带猜,居然能听到她咯咯的笑声或气愤的咒骂声。

简直是惊天逆转!

某个下午,上完白班的父亲从厂里搬回一个纸箱子,我们以为是好吃的迫不及待扑过去,结果是多半箱书,清一色尺寸,摞得整整齐齐。兄姐失望地掉头走开了,我倒是满心的惊喜与激动,蹲在纸箱旁看着封面上墨色诱人的《人民文学》四字幸福极了,完全像个穷人突然意外得到一堆金元宝,对未来充满了无忧无虑的安全感。似乎这些书足够我一辈子慢慢享用。端详一会儿后,小心翼翼地抓起一本轻轻摩挲,又假模假样地扮学者将书页翻得哗啦哗啦。

你看看,一本书多少钱?!你爸把多少钱搭在这破书上,那些钱要是给你几个买吃的,要买多少?母亲边拨拉边数落,心疼极了。

嘿嘿,这些比吃啥都有营养。往茶壶里添水的父亲接了话茬。

去,败家子!母亲笑斥,然后提起一本:刚好没啥夹鞋样子,这本我拿了啊。

行行,你想咋就咋,不烧就行。父亲无意中揭了母亲的短。

烧?哼,哪天火了,照样烧。母亲故作板脸。

往后的一年里,懒于写作业的我勤快了,不仅早早将自己语文课本通读认会全书的生字,还把上五年级兄长的语文书也抽空读通,目的是学字。升入五年级时,我开始煞有介事地捧起了《人民文学》。

父亲积攒了几年的《人民文学》成了我流连忘返一沉进去便难以自拔的风景,断绝了和巷子里孩子的玩耍,写完作业便看到入睡。父亲在家时,有不认得的字就去问父亲,父亲不在家就自己查字典。

父亲以为我看热闹,有一天抽出一本,翻到一个故事,问我几个问题,我逞能地作了回答。父亲一笑,说,书是好东西,《人民文学》是国家正式刊物,真正的文学,有些道理父母讲不出,凭你们的悟性,自己在书里去寻。

小学毕业,我就开始和父亲抢书看了。尤其到《人民文学》发行的那几天,我格外留意父亲下班的时间。父亲的大永久刚进院子,我便跑过去,追着车子跑,父亲在屋檐下缓缓停下撑车子,我趁机从后架上抽出期待的宝物,怕父亲追讨,转身便往屋里跑。父亲便在身后笑着提醒:慢点,土匪!

父亲仍延续着从单位图书馆借书的习惯,《十月》《芙蓉》《开拓》《少年文艺》《故事会》等,就是那时候父亲带进我的世界。后来在我的要求下,父亲增大了借读量,在借读的书中出现了《巴黎圣母院》一类的名著,我常常抱着一堆书又笑又跳。暑假,中午知了热得声嘶力竭地鸣叫,我坐在梧桐下的花圃旁沉浸在文字里,脸上、脖子上的汗流啊流,居然丝毫不察。

后来听到心净自然凉一句话时,我相信,世界上是有这种境界的,在那片文字带来的清凉里,我深深地体尝了宁静而丰富的喜悦。

颓败与忧伤

书,带给我欢乐,而迷恋书的父亲一生却是不快乐的,这是初谙人世的我模模糊糊的感知。

书里浸泡久了,父亲难免书呆子气,性情耿直淳厚,对不良现象与虚假伪善之流是深恶痛绝,所以在单位里直言不讳地指出领导不足之后,他一再被排斥。下班回到家里,四邻都是白丁,他只能坐在人堆里嘿嘿憨笑。很多次,书里的故事很精彩,父亲兴高采烈地拉着母亲讲,讲着讲着,母亲就睡着了,父亲就自嘲地嘿嘿一笑。

兄妹三人先后升入初中,而父亲厂里却经常发不出工资濒临倒闭,还要还盖房子的债务……接踵而来的困窘深深地包围着父亲。再加上日益浮躁起来的社会环境和身边一群群生活困苦的四邻,一直有忧国忧民文人情结的父亲更是陷入痛心疾首又爱莫能助的悲哀与无奈中。父亲开始常常发无名的火,我再也不敢和他闹着要书看了,而且,父亲也好久不再看书了。不仅如此,消瘦的面颊上开始有皱纹的父亲突然邋遢起来,牙不刷了,澡不洗了,就连身上的衣服都是母亲连催带撺地扒下来洗换。为此,家里时常充斥着谩骂声。

父亲完全被生活打倒了,向现实妥协了,他以颓败的姿态结束了一个书生的清高与斯文。

《人民文学》也理所当然地断订了。

生活拮据，父母亲争吵，少年的敏感令我觉得那是段暗无天日的日子。在家里，我小心翼翼，脚步轻盈，怕一不小心惊扰到眉头紧锁抱膝呆坐的父亲。这都不算什么，最难忍受的是没有新书看。被父亲滋养起来的阅读习惯像毒品一样戒不掉，在书瘾发作难熬之际，我想起了父亲的那个纸箱子。

墙角放了几年的纸箱子很旧很脆，轻轻一扯就裂了几条缝。箱子里的书寥寥无几，是母亲当时在婆娘堆里纳鞋底时抱着夹鞋样的《人民文学》，家里没书的婆娘们立即眼冒亮光地向母亲讨要，母亲便大方地人手一册地送发下去。

残存的十几本《人民文学》像个最忠心的伙伴一样，陪我度过了那段少年的忧伤时期，尽管有时翻着翻着便掉出母亲的鞋样，有时要先取出母亲夹在里边的五彩缤纷的丝线，有时还有姐姐夹的展展的漂亮的糖纸和做毽子的鸡毛。

一天黄昏，我推开院门，抬头的瞬间有欲落泪的冲动。

黯淡的天光里，院子里悄无声息，与大门相对的中间屋子屋门大开，方桌上方60瓦灯泡的昏黄光晕从屋里流泄到檐前。父亲坐在桌旁的方椅上，一条腿垂放在地上，一只脚踩在椅面上，蜷起的膝顶着下颌，贫瘠的腰身，像一把细瘦的弓抵着白色的墙，一动不动的侧脸，眼睛一直愣怔地盯着地面。

孩子般无助凄惶的父亲！十四岁的心倏地涌上莫名的悲凉。父亲，我耿直善良、清高聪敏、洁净谦和的父亲，在生活面前是这样的无能为力手足无措……我轻轻地走进屋里，父亲被惊动，侧过脸来，或许我异样的表情被父亲捕捉到，也被父亲误解了，他牵强地一笑，羞愧地说：过几天，爸再到图书馆给我娃借几本书，等有工资了，爸再给我娃订《人民文学》。

为保护一位父亲的尊严，我没做解释，嗯着点头。

不久，我离开了家。

最大获利者

再回到家时已是十九年后。

三农政策、合作医疗、农村养老保险浓荫下的新农村、新城镇高楼林立，树绿路阔,让人心情激荡。整洁的庭院,一尘不染的家具,两鬓霜白的父亲依然着身墨蓝中山服,洁净舒展,交递物品间手上有淡淡的力士香皂味,水池上摆着父亲和母亲的牙具,田七牙膏上的笑脸更让人欣慰——政策照顾下,父亲补发了退休金,每个月的退休金足够他和母亲零花,我们兄妹也都成家立业,经常寄钱给他们。

坐在庭院里,欢喜地打量这一切,母亲高兴地住不了嘴:这都是你爸做的,你爸爱干净是出了名的。父亲在一旁像个小孩子一样有点羞涩,他是不是忆起了自己生命中一段落魄的日子?

爸,你看。我拿出有自己文字的报纸给父亲看。

我娃写的?父亲对着报纸上我的名字细眯的眼倏地一亮,惊喜地放下了手中的茶壶。父亲年轻时喝茶就不用杯子,老了更是一把茶壶不离手。

对啊。我故作得意。

你啥时会写文章的?谁教你的?父亲连连追问。

你教的,从小就跟你学呀。

我教的?父亲困惑地眯直细长的眼。

您忘了您的百宝箱?《人民文学》!

你真的是受那个影响?父亲很惊喜。

对,我到现在还记得一篇小说的最后一句是:看着远处的桥,他有些明白,人生就是座连绵起伏的拱桥,有上坡的阶段,也有下坡的阶段。这句话,帮了我很多次。

看看,鼠目寸光地骂我看书是不务正业,骂我订《人民文学》是最大的浪费,现在你还有啥话说?父亲笑着追讨母亲。

你现在订,我保证支持,一个月订十本我都不骂了。母亲笑语。

嘿嘿,你知道我现在退休了,没地方订了。

让娃给你买嘛。母亲建议。

父亲眼一亮,又像探听老朋友音讯一样认真地问我:对了,娃,现在《人民文学》还有没有?

有,变得更精美了,不过内容还是很过硬,依然是主流文学的引导者。

嘿嘿,那就好。父亲明显地放心舒了一口气,估计一直怀有忧国忧民的文人情结的父亲是担心在商文结合的当下,《人民文学》是不是也失去了最初的导向。

爸,下次回来,我给你买几本。《芙蓉》《十月》我也给你买上。

行呀,嘿,记得了就带,忘了也不咋,我眼睛不行了,看书都是做样子哩。我知道父亲是怕给我添麻烦。

绝对忘不了,我可是你俩一辈子战争中的最大获利者啊!

嘿嘿,嘿嘿。父亲母亲相视一笑,父亲从记忆里的低眉顺眼变成得意,母亲笑得有一丝羞愧。

可是,后来几次回家,居然给忘了!! 接到父亲猝然离世的消息,我眼前第一刻跳出的是父亲望门长盼的神情,泪水奔涌里想起坐在屋檐下青石台雕塑一样读书的父亲,想起昏黄的白炽灯下靠在炕头执着看书的父亲,想起给母亲讲书、发现母亲已入睡后自嘲地悠叹的父亲……

我忽然懂了父亲一生埋藏在书页里的孤独。漫长的人生里,父亲或许只有在捧起书时,才会从深凉的孤独中泅渡出来,享受到一丝生命的欢欣,而《人民文学》是父亲为孱弱的生命点亮的一盏希望之灯,而我在父亲的灯下也找到了方向……

父亲下葬了,在父亲墓穴里亮着烛灯的小桌上是两本摊开的书,因为当时镇上找不到《人民文学》,只好用别的书替代。我想慈蔼的父亲一定不会怪我的吧,而有书相陪,在天国里,他一定不再孤独……

塞外雪浓

　　柳絮飞花、烟雨空蒙的南国景致历来是文人墨客吟咏的主题,唐诗宋词更是将细雨斜阳描绘得缠绵悱恻,惹得一个个多愁善感的女子凭空添了几分惆怅的凄美。曾经的我也是其中的一个,直到去了塞外,领略了塞外雪色,才知人世间还有另一种美到极致的风景。

　　塞外的雪,美得清澈,美得冷艳,美得悲壮!

　　"胡天八月即飞雪",常常在九、十月(农历八月)交接时节,内地一些地方仍繁花一树,塞外天空便开始绽放属于自己的"花"。但是,塞外的第一场雪常常是来得突然去得利落。像一群舞者,耐不住季节拖沓的前奏,贸然从帷幕后挤搡而出,仓促亮相羞怯问候后又速速遁开。虽然飘忽短暂得似梦中一掠而过的玉羽,但其翩跹的身姿也足以点燃被灼热干涸、困扰一夏的塞外万物的欢喜与希望,所有喧嚣浮躁在浅尝辄止的清凉里霎时湮灭,塞外世界一片肃静安然。

　　约一个月后,舞者们才正式隆重登场。在做好充足准备的塞外天空上,激情积聚了长久的她们,早已顾不上矜持,像策马奔腾的勇士,团团簇簇,以势不可当的状态倾泻而出,又像是一群失去羁绊的野兽,铺天盖地呼啸而来。看吧,天,不见了;云,不见了;田野,不见了;树影,不见了;房屋,不见了,身边的一切都开始恍恍惚惚,她们就那样肆无忌惮地霸占了塞外的天上人间角角落落。

　　一场肆意的激情宣泄后,塞外便换上了银装素裹的新行头,同时也宣告塞外正式进入了雪季。塞外的雪季很长,一年中有五个月处于落雪期,隔三岔五便有一场漫天盛开的景致,时大时小时长时短。

塞外的雪很有灵性,也很体贴。大雪降临前,天地会早早昏蒙,北风开始连连拉响呼啸的警笛,天地于是敛息了喧嚷,大街小巷里偶尔几个人影,也是步履匆匆地赶往温暖的去处。往往到黄昏,甚至拖到夜里,精灵们才纷纷扬扬起来。很多时候,会被风挟裹着撞到门上窗上,窸窸窣窣,落到屋上、树上,扑扑簌簌。

精灵们也很浪漫,很多个繁星点点抑或皓月当空的夜晚,当人们徜徉在稠稠的美梦里时,她们会翩然降临。顽皮而又懂事的她们,不忍扰了劳碌一天的塞外人的好梦,脚步极尽轻盈,她们只是等着,看从美梦醒转后的塞外人,眉眼间悠然绽放的欢喜。

渊冰厚三尺,素雪覆千里,大雪后的清晨,整个世界澄然一新,浩壮盛大的洁白震撼得人欲诉无语欲笑无声。伫小城中央,头顶着蓝得透澈的苍穹,鼻间嗅着过滤后清冽的空气。抬眼处,琼楼玉宇如梦如幻,一树树冰花似一位位仙子莅临,亭亭玉立,楚楚可怜令人不忍亵渎,娇娇怯怯伸展开去的玉枝在晨光微曦中反射着点点银光,几缕风过,便有细碎的雪沫迷漾了双眼。

再看脚下的路,早已成了条玉缎,蜿蜒着直至融进天边的山峰,天地忽地便浑然一体了。远处穿城而过的小河两堤之上一排排老榆树披上琼玉盛装后,苍劲的虬枝也有了四月春梨的俏媚,堤侧上的雾凇显然是天然冰雕玉砌出的艺术品,冰封到仅留尺余的河面激湍凛冽,薄雾样的瘴气隐隐浮动……万丈霞光里,令人有须臾恍惚,质疑自己是否还在尘世。

大雪中间会穿插几场时间短、雪朵小的"小雪"。小雪有时简直细小如尘,对生活构不成影响,也就无须警示,所以小雪便来得随心所欲。或某个清晨,或某个中午,或某个傍晚,也或某个夜晚,也或夹裹在一场北风中,何时来何时停,悉从尊便无人关注。习惯了气势磅礴的大雪,小雪简直就是苍天喷洒一次空气清新剂罢了,塞外人会淡定地各司其职,任它碎碎洒洒飘飘悠悠,自得其乐地给塞外增添一缕别致的情调。小雪没有大雪的压迫感,像是专门来抚慰塞外人漫漫长冬里的枯燥之心。下小雪时,很多人会在闲暇时静静地凝望漫天细雪,像欣赏一朵朵娇俏的花,像品一首涓涓小诗,又像是在隔空聆听一首江南小调,惬意悠然。

太阳雪,是塞外的另一种极致风情。在某个冬阳明媚时刻,天空里会忽然拥出无数不速之客,姿态优雅的她们,在阳光透射里让晶莹剔透的身姿尽量轻盈慢舞,慢到令人认定眼前袅袅飘飞的是一片片羽毛,硬是产生暖暖的柔柔的错觉。行走在太阳雪里,你会不知不觉地仰头逆光而眺,直到浅浅的笑自唇角发散开来。

漫长的雪季一般止息于来年的五月,甚至五月底。当沉睡一冬的草木在春阳温暖下逐渐泛出点点春意时,会突然而至一场漫天大雪,即使天空春阳正耀也融化不了她的玉洁冰清。最刻骨铭心的是1996年"六一",学生正在操场上表演节目,天空突然飘下了玉蝶般的雪片,整个操场都安静了,所有的面孔都朝向天空……

白雪却嫌春色晚,故穿庭树作飞花,这场压轴大雪以恶作剧歇止时,白茫茫的天地间,春阳依然明媚。阳春白雪,塞外的春,便多了一分明快。

不知从何时开始对雪的一往情深。

痴迷雪曼妙盈空的身姿,常常站在漫天大雪中,伸出手,看一枚枚落入掌心的雪花,一丝沁凉后凝成一珠剔透的水。或仰着头,静静地任那些琼花落在脸上、发上、睫上、肩上,任那"蝴蝶初翻帘绣,万玉女、齐回舞袖"的洒脱妩媚,任那"战退玉龙三百万,败鳞残甲满天飞"的激烈悲壮,纵情地刻在心空之上。也贪恋雪落的声音,很多个夜里,独自倚在壁炉前听雪打窗棂直到睡去。更有无数寂寂长夜里,自雪落的声音中回还。那如蝶如羽的轻盈在模糊的意识里磅礴翩跹,于是枕着那份幻境再次安然睡去。

漫长的雪季里,也常邀好友或是独自去野外。茫茫雪原上,宇宙浩渺,世界清澄,天地万物浑然一体,无你,无我,无他,广邈的空旷静寂里,所有的爱恨情愁都似隔世的烟云,眼前的世界却真真切切地属于自己,还有那份透彻心髓的纯净。

塞外的雪,落在地上滋润了塞外的土地,落在人的心里融化了塞外人的冷漠,滋养了塞外人的豁达。于是塞外女子热情爽朗,塞外汉子粗犷豪放,而塞外男女老少善歌善舞凝聚成了塞外独有的风情。

豁达的塞外人是不会守着一方天赐美景过枯燥的日子,每个清晨,当霞光熏红了蓝天澄净的脸,上班的、上学的、步行的、骑车的,铃声、嬉闹声便一齐涌出,搅动一城的静谧,世界便生动活泼起来。马路、人行道、广场都是公共的游戏场,溜冰的、打雪仗的、滑雪的、滑雪橇的……花样繁多的与雪相关的节目,从大人到小孩,从男到女,都乐此不疲。在大街上走着,随时都会遭到突袭,会随时听到惊叫,听到咯咯的笑声,会随时看到顶着一脸一头雪沫狂奔的,会随时看到跌得四仰八叉的。会看到一群眼冒艳羡的身影围追着一架雪橇,待赚足了艳羡,滑雪橇者会大方地让给他人滑一会儿。滑得好的令人欢喜惊叫,也有笨拙的滑跌在地,哄笑四起下,总会有人笑哈哈地将其拉起。

漫长的雪季促成了塞外昼短夜长的特点,过早来临的黄昏延长了黑夜,所以塞外漫长的雪季里更有一个个漫长的夜。那些夜里,塞外人常常聚在屋里,或亲友,或邻人,或只有自家人,围坐在火炉或壁炉边,嗑着瓜子,喝着清茶或奶茶,聊家长里短张三李四,也说天文地理民俗,更会边歌边舞,黄昏与夜晚的寂寥便在热烈的气氛中消失殆尽。

记忆里,好多个这样的场景:红通通的壁炉上,壶里的茶咕嘟咕嘟地泛着浓香的气泡,汉族、蒙古族、哈萨克族、维吾尔族……一群早被暖暖的火炉融化掉民族界限的年轻人围坐一圈,任凭火苗将一张张青春的面孔烤得通红。就着茶和瓜子,夹杂着各种语言聊着年轻的心事,一件衣饰一本书一首歌也能带来许多感慨和欢声笑语。话题聊尽了,就唱。一般是生性豪放的民族人提议,往往提议的人先放开歌喉,一曲未尽便成了合唱,唱着唱着就一个一个起身而舞。年轻的激情一点就着,很快,满屋子都是舞动的身影。也就在那时节,拿着铁钳拨火膛的我有幸听到了几个民族最原汁原味的歌谣。那些经老一辈传唱下来的歌谣经民族人浑厚的嗓音哼唱出来,真是稀有的天籁。我曾央一个民族姐姐反复唱给我听,伴着她深广婉转的歌声,对那个马背上的民族产生了无限向往。

一炉火,一壶茶,熏暖熏香了多少个漫漫长夜?待火黯茶淡,尽兴的人们便适时起身作别,积雪在四散回家的脚下咯吱咯吱,响出一分特别的意韵。

离开塞外,领略了几回梦里向往的江南旖旎,听过了几回雨打芭蕉,感受了秋雨梧桐,内心深处最怀想的仍然是塞外的雪。塞外的雪,拉近了人与人之间的距离;塞外雪色,一种美到极致的风景;塞外风情,一份入髓的温馨。她们将一直以圣洁的姿态盘踞在我的魂里梦里……

红尘在哪

师范第二年迷上了吉他，抛下书本就假模假样地抱着一把红棉吉他拨弄，忘我到两指尖打泡。

周末又在小树林里拼命地折磨红棉，一下午将一首《滚滚红尘》反复了N次，直到引来一个哈萨克族的朋友。看她提着马头琴从树林的另一角落向我走来，我惭愧地收手，讪讪地迎着她灿烂的笑，难不成她也听懂了我笨拙？

咳咳，假装镇定，将红棉竖一边，长长伸个懒腰，也是，手都疼了。唉，资质有限啊，谁说勤能补拙？纯属忽悠人嘛。

名叫哈依古丽的哈萨克姑娘蹲下身子，一手抱着马头琴一手轻抚我的红棉，我恶作剧地一把抽过她的马头琴将红棉推倒在她怀里。她会意地一笑，抱着红棉坐在木椅的另一端，小心翼翼地拨弄起来。

哈，看她慎重好奇的表情，原来她不懂哦，暂时可以冒充行家老师啦，窃喜。

果真，她抬起有着一根美丽大辫子的脑袋，眨着明亮的双眸开始发问了。

蓉，泥弹的那个……刚才那个很好听的是甚麻？（哈萨克族人汉语说到这份儿上算是顶级了）

罗大佑的《滚滚红尘》，为一个叫三毛的女作家写的。就凭她的热切，我不能不多说点。

然后，哈依古丽有点羞怯地垂下头，似有所思。我还意犹未尽地等她继续问，好容易逮着一个卖弄的机会啊。

她当然没让我失望，思量后，抬头认真地问：你们汉族人常说红尘，红尘酒精（究竟）是神马（什么）？红尘酒精在哪？

红尘！！何谓红尘？红尘在哪？一瞬间，我居然蒙了。是啊，人人张口闭口红尘，红尘究竟是什么？红尘在何处？

那个……那个……舌尖僵在齿间，大脑高速运转，把有限的内存调动起结结巴巴地解释：红尘，是佛家用语。红即红色，是所有颜色中最艳丽的颜色，代表着繁华绚丽。尘，指的是尘土，也就是空中飘浮的细小微粒。在佛家眼里，世界万物，植物、动物，包括人，都是尘土。红尘，就是说这世界其实就是喧喧沸沸的一场尘土飞扬，无论怎样的繁华多彩，终究是虚无缥缈的，一阵飞扬后，尘埃落定，宇宙归于空无。

自认这一通说词足可以让她清澄与信服，为自己的临场发挥甚感自得，为能帮一个活得不知红尘为何的异族朋友指点迷津暗喜。可是……

不对呀，人就是人，怎么是尘土？还是红色的？再说，这宇宙里什么都在，怎么就是空的？为什么尘埃落定就会空无？她偏着脑袋急切地追问，明亮清澈的双眸噙满困惑，而这困惑与急切下又似乎有种隐隐的失落和不甘，似乎我破坏了她一个美好憧憬，她急着要从我这里找回一个希望。就如同一个一鼓作气埋头赶路的人，你告诉她路的尽头不是她期待的鲜花而是悬崖，她不想相信，而心底最深处那股激情却也不能不受干扰。

这厚厚实实的困惑与失望中又掺杂着希望的急切，令我负疚，我懊悔地捻弄着自己的头发，后悔不该逞能自不量力地谈论这么一个深远幽邃的话题，简直是个不负责任的庸医，不仅救治不了人，还很不负责任地打击了别人的信念，真是愚蠢而残忍啊。我拼命搜索大脑，看如何能减轻自己的失误，释去她这些困惑，如何能让她相信红尘这个词的真实性、准确性，而且又能恢复她对生命和世界的膜拜与信赖。

终于，在我解释得额角有点冒汗时，可爱美丽的哈依古丽开始嗯、嗯着点头，轻松而愉悦，我暗暗舒了一口气。然后，她啪一下把手拍到我肩上：谢谢你啊，有机会我一定去你们汉族的红尘里参观参观……

满脸真诚与向往，原来——她还是没懂。我哭笑不得又惭愧莫名，唯一欣慰的是她把自己划归于汉族的"红尘"之外，以此来恢复和坚定了最初的憧憬，这样我俩才又能继续一起轻松地拨弄起吉他和马头琴,嬉笑成一团。

十几年过去了,还时不时想起那个下午,想起哈依古丽(哈依古丽,汉语意为月亮花。很美的一个名字)那瞬间困惑的明眸,对不起,可爱的哈萨克朋友,当时我也不到二十岁,对这个红尘也实在知之甚少,凭我的资历怎能说得清万丈红尘的玄妙?而这么多年来,对你偶然提出的这个颇具禅学的问题,我一直试图解答,所以一直虔心地去寻求最恰当的答案。

走过大江南北,经过了悲欢离散,体尝过生命分崩离析间的恐惧与重生的侥幸欢喜……我还是没有找到红尘,而我也深知自己从没离开过红尘。

有人说,红尘,就是宇宙,就是世界,而我认为,红尘就是世间万物以各种方式纠结在一起的一个大气场。这个无限大的气场里,你中有我,我中有你,息息相通却也可能遥遥相望相会无期。我们在这个奇妙的看不见触不到却又真真切切存在的气场里,说着不同的语言,演绎着相似的悲欢离合爱恨情愁。

一句话,红尘,是我们共同的永恒的原乡,它会承载我们所有的过去与未来,融释我们所有的悲欢离合,我们可以在这个无限广阔的原乡里安营扎寨从容地品咂生命的起起落落……

哈依古丽,亲爱的异族朋友,这个答案是否有点勉强?而这么多年,你又是否找到你向往的红尘?

今夜,让我再补充一句,哈依古丽,我的朋友,在这个繁华绚丽沸沸扬扬的世间,细微如尘的你我,别问来自何处,也别问去向何处,只要我们认真地飞扬过就足矣。

回首见花开

对牡丹的仰慕，从耳闻牡丹一词就已开始。胖胖的女老师说它是国花，说它雍容华贵，说它是芳香馥郁集世间美丽于一身的花中之王。多年游离在塞外，终是无缘得见，2010年4月身在咸阳城，闻说洛阳牡丹节就在当月，算算洛阳不算太远，便欣然前往。

洛阳城内，人流如织；牡丹园前，人山人海，果真是"唯有牡丹真国色，花开时节动京城"，这所有熙熙攘攘皆为牡丹而来。可是从轻重不一的叹惋声中，我突然记起一条短消息，这个春天是历史上极为少见的一个寒冷的春天，所以，牡丹还未开。天南地北的来赴牡丹之约的仰慕者只能徒留一场华丽的遗憾了。

须臾颓丧之后，还是欣然入园，千里迢迢赶来，至少要打它身边经过一场吧。

入眼果不见憧憬中的姹紫嫣红，而满园浓绿，壮观得也着实令人心里一震。放眼碧海中星星点点的粉、玫、白、黄诸色花蕾，紧簇之状，待开也要在一星期之后。一园春色主角不登场，显然少了气氛。举相机的少了，流连忘返的少了，匆匆一览，有的甚至不待游完便已离园而去。整个偌大的牡丹园竟难得的安静，静得我坐在一株牡丹下，妄想听花开的声音。

青石微凉，随着轻风掀起的一道道绿波，冥想着其姿颜究竟如何雍容大方，足足一刻钟才回过神。看满园寥落的身影，欢喜忽然上涌：误打误撞，昔日的皇家牡丹园竟成了自己的独享！遂起身拾级而上，像在自家后花园一样，信步游走，肆意地品享这一园奢华的寂静与安闲。

不知上了几层梯,不知穿了几洞门,曲曲折折的花径尽头出现一个大棚,里边有细碎的声音,好奇心驱使,我绕到后边小门钻了进去。直起身后,眼前的景观令人硬是生出许多侥幸的臆想:这是一处温室,原只为育苗,结果多出一畦,就由它生长去,现在它虽然也处于含苞状态,但是已处于欲放之势。

　　在做侥幸的臆想与搜寻时,那些细碎的声音从另一道门里远去,花棚里只有管理员了。我向她问了声好,她友好地一笑,低头继续侍弄脚下的一株花,算是拱手给我最大限度的自由。

　　裹着大棚里特有的潮湿温热,沿花埂缓缓而行,上好的土壤养出硕大的花蕾,悄悄伸手去握,居然只手握不拢,从裂隙里,食指肚轻触花瓣,沁凉软滑,轻嗅指,淡香萦萦。

　　一圈走过,再走一圈,再走一圈……

　　仅仅是流连半小时么? 当意识到自己似乎在等待时,哑然失笑,多么荒唐任性的念头啊! 不甘心地做了最后一次满园逡巡,携一缕失落转身离开。

　　棚里两刻钟,棚外居然是春阳万里! 撕开云层多日束缚的阳光铺天盖地地倾泻下来,那一瞬,就突然想看看,阳光下的花田是怎样的情景,便轻轻转身,转身,然后定住……在追光灯般斜斜打进花棚的一缕阳光里,花田里薄雾般的湿气氤氲中,一张明媚的美人笑脸夺人心魄——一朵紫黑花朵怒然而放!

　　当确定这不是幻觉后,折身再次钻进花田,疾步走近,俯身细细端详。舒展开来的花瓣,厚实而有光泽,艳而不媚,丽而不娇,雍容华贵仿若丝绸的质地,碗口大小的花体,散放着清新的气息。欲伸指相触,抬几次手作罢,它的淡定,它脉缕间那份端庄大气,令人唯恐冒犯。

　　这是黑牡丹,牡丹中的极品,你好运气哦! 管理员欣喜的声音从身后飘来。

　　刚才明明没开啊! 欢喜极了,一番等待终没被辜负!

　　育花百日,花开只在一瞬,或许你经过时它正待开放,在你转身之际,它恰巧开放。若是你不稍稍坚持,多回转一次,就会与它失之交臂,白白浪费了你来洛阳一程。

　　心一动,回头看向姑娘,只看到她俯身低头的后背:哈,你们这些花仙子,好幸福哦,天天与花为伴。

哪里啊，别人只看到花开的美丽，而我们要从种子开始养育，苗啊，温度啊，肥料啊，辛苦死了！等它开了也没心思看了。姑娘直起身，叹着气走向棚子尽头。

而我竟愣怔在花埂上。

很多人都说，生命如花，那么，每个生命的流程不就是一株花的起起灭灭？抑或生命是一粒种，我们只是前赴后继的育花人：没有经验，不清楚生命的走向，仅凭着一腔热血便在上苍划给自己名下的一片处女地上忙着下种，忙着育苗，忙着施肥，忙着一切为美铺垫的作业。

而面对迟迟不开的花，有多少人经得起那样漫长未知的坚持与等待？

疲惫与忧虑纠织的迷茫，希望与绝望交叠的颓丧，让我们成为惊弓之鸟，于是逐渐丧失了等待下去的耐心，丧失了静等花开的恬淡。患得患失斤斤计较的狭隘，忘我地在爱恨情愁里辗转泅渡，抱怨，委屈，不甘，饮泣……

幸好，世间有一种神奇的水，叫作岁月。

岁月，会洗掉年少的冲动愚顽，会洗掉年少的骄傲轻狂，会洗掉年少的懦弱迷茫，会洗掉年少的无助踯躅，会洗掉年少的狭隘鲁莽……岁月会漂洗沉淀出一颗清朗的心，让我们知道何去何从，知道如何从容应对忽然而来的欢喜与悲伤，在岁月之水的灌养里，生命终会亭亭玉立。

只是，那一个起伏跌宕的过程却将很多生命隔在了幸福的彼岸！有多少颗心被悲哀蒙蔽到无法开脱明朗，有多少美丽的憧憬任其半途夭折，以致丧失了迎接美好的心境，对不期然绽放的花无暇以顾？而这又是一种多么大的丧失？

佛祖说：一花一世界，一叶一菩提。佛祖还说：勘破得自在。我喜欢花带给自己的那份美丽芳香，我喜欢那份美丽带给自己的豁然开朗，我也希望自己能勘破世间所有迷障，拥获永恒的自在。

或许，佛祖所说的自在就是顺其自然，比如种花育花享辛劳的妙趣，花开花落享绽放与凋落的美丽。而生命就该如四季，有冬寒夏热的轮回，有春绿秋黄的交替，恒温的生命终将失去对人生的体验。所以有些挫折的铺垫，有些遗憾的衬托，得偿所愿时才会欣喜幸福，就如这一刻，若不是千里跋涉之累，怎能将牡丹之美刻骨铭心,若非花期推延的沮丧,又怎能有回首见花开的那一刹惊喜与惊艳?

而这一切,就因多了那么一点点坚持,坚持着对美好不灭的希望。

是的,就那么一点点地坚持,那么轻轻地一回首,便看见了那份超乎预想的美丽,让所有辛劳有了圆满的结果。

所以,人生是场花事。是花,总会盛开,不期的风寒会延迟花期,但它始终挡不住一颗怒放的灵魂。所以,当尚处于枯燥辛劳的漫漫育花期时,不妨多份耐心,多份豁达,看不到南国的雨打芭蕉便看北国的飞雪漫天,无缘大海的一碧万顷就举目苍穹白云,顺其自然,顺势而为,将希望深埋,在平和里恬淡耕耘静待花开。而看到他人生命花开时,无须妒羡与抱怨,世间每朵花开花落都要经受风雨霜寒,他们也曾经过一个漫长的无望的历程,只是,他们多了一份坚持吧。

这一刻,我也恍然明白,成长路上的所有挫折跌绊,伤害苦痛都是一种滋养灵魂的肥料,是催发生命的力量。经年之后,站在岁月的堤上回望,我们惊异地发现,那些让我们念念不忘的爱恨情愁都是那么的温暖芳香,那些让我们憎厌的人也似成了故人。细数昨日,哪一程,哪一件事,哪一个人,不是构成幸福的元素?不是抵达幸福之前的铺垫?或许,茫茫红尘,每个生命既是花种,也互为养料,互为铺垫,只有彼此渗入,各自的花种才得以滋养生发。

而回首处,那一株怒放的牡丹,让我更坚信,所有路过的人,路过的事,都是种在生命里的花种。某一时某一刻,循着记忆回望,我们会看到当初踉跄而过的原本认定为荒芜的来路上,居然树密荫浓、花香满径……

归乡

1

记得,那是很遥远很遥远的一个午后,小镇梧桐成荫的院落里花圃旁,年少的自己曾遇到一句话:人,一旦离开故乡,便再也没有了故乡,因为当你回到故乡时,发现,故乡也已成了异乡。

嗅着淡淡的纸墨香反复读诵,不为别的,只觉得那是一句美丽的黑白山水简图。没有离开家的人,怎么会有故乡?

夏天一过,梧桐叶将要落尽时,少年终于有了故乡。举目银装素裹的天地,迢迢关山之外的小镇,似手心里的雪瓣,在记忆里一点点消融而去……

少年不懂乡愁,甚至羞于向大家提起生活过十三年的那个在中国地图上找不到去处的偏涩小镇,只是忙着与过去断绝关系,全力以赴地脱胎换骨。

光阴流转,那个从北方古老小镇走出的少年已然褪掉了懵懂和小心翼翼,羞涩腼腆被优雅更替,甚至在周围羡仰的目光中窃喜。

原以为,自己创造了奇迹,所谓乡愁,今生定与自己无扰。

沐过北国无染的阳光,淋过南国淅沥的小雨,习惯了一片玉树琼枝雾凇氤氲,倦了雨打芭蕉万紫千红,钢筋水泥丛林中不知疲倦地辗转中,心,总是有那么一点找不到根由的落拓。

直到有天,一友人问:你屡屡提到的梧桐,究竟是什么树?什么花?

有么？我惊问。

梧桐，什么时候起遮蔽了记忆？

夜里，又行走在两排浓荫下，枝叶间，粉紫粉紫的花成锦成簇。站在树下，左右环顾，幽长的街道上空空寂寂，忧伤突袭而来，有种被尘世遗弃的无依，泪水浸出，直到哽咽失声。

蓦地醒来，眼前不见了浓荫，不见了锦簇繁花，不见了长街，只留下如雾忧伤将我包裹。

那个小镇，那条街，那两排伫在生命起点的梧桐，终于穿过十年光阴向我走来，携来一片浓烈的乡愁……

2

再次踏上梦里无数次唤自己归来的古老长街，已是十年后。

昔日孩童眼里的琳琅店铺吞吐着陈旧腐气，面容老去的店主懒洋洋地趴在蒙着尘的玻璃柜台上，投向店外尘土飞扬的长街的眼神，混浊而呆怔。长街破败不堪，坑坑洼洼，行人稀疏，骑着破旧飞鸽自行车错身而过的老者被颠簸得颤颤巍巍，路边蹲着的三两乡邻们，面颊消瘦眉头紧锁。为长街遮风避雨的梧桐已消失遁迹，那一抹能牵起乡愁的线索啊，终是飘杳而去……

无力改变，无力拯救，空气里散发的苦闷令我落荒而逃。此次故乡行，像场噩梦，击碎了对故乡所有的眷恋。再几次回小镇，也是来去匆匆。

不知从哪次蜻蜓点水的逗留里开始惊喜：长街日益兴隆，小店铺被有着新潮橱窗的商场更替，新修的阔阔省道旁翠柳依依；逐渐丰润了颊的乡邻们笑得让人欣慰；眼前追逐而过的孩童，热气腾腾地挂满细汗的小脸，顽皮地回眸，就像一闪的星辰，照亮幽深的记忆。

只是，这份祥和安逸，为何有隔着千山万水的遥远与陌生？伫在熙熙攘攘的长街中央，我突然孤单惶恐，也突然明白，对于这片天地，我只是过客，不是归人。想起少年时遇到的那句文字，苦笑自颊上久褪不去，时光终是将我与故乡隔离开来。

心被失落湮没。

人世穿行多年，故乡以水落石出的姿态盘踞在生命里，鲜明，厚重，一副无他物可替代的巍然。每当身心俱疲，迫不及待地想躲进一片与世隔离的静谧时，故乡就涌进心坎，自然而然得像是饥饿的婴儿想起母亲的乳汁。而一个没有故乡的人，就像一棵无处扎根的树，无论表面如何光鲜，内心始终逃不开那份漂泊流离之感。所以，即使在二十年后回到了家乡的城市安居，身边的人都说着地道的方言，可是，仍然觉得自己是放逐于海上的孤舟，丝毫没有靠岸的踏实。

我不知道，自己究竟想回归何处。但隐约明白，有个世界必须找回来。

3

暑假的第一天，我便迫不及待地踏上返乡的路。

车子在蜿蜒的公路上疾驰，车窗外一眼望不尽的碧野，密密的垂柳轻拂，累累硕果的果园门口，安详地摇着蒲扇的老夫妻，木栅墙上一溜儿过去的大红灯笼，大铁钉粗糙的楔在木桩上的田园烧烤部落……

欢喜就那样涌上心头，笑意荡漾开来，或许有种幸福就是归乡的感觉吧。

车子滑行过浓荫遮蔽的小径，小径侧畔渠水清清亮亮，渠岸上农舍成排。青砖绿瓦的仿古，飞檐翘壁的欧式庄园，中规中矩不失大气的平房四合院，或红或黑的大铁门，门楣上平安灯笼似点燃的幸福火焰。门前清一色的木槿，花开得正好，有蝶蜂缭绕。

颠覆了传统农家记忆的农舍里住着的乡邻啊，我为你们的幸福安逸深深地喜悦，可是，你们还记得早早离乡的少年么？

近乡情更怯，不敢问邻人，在梧桐阴影里，我推开了深掩的朱漆大门。

晚饭后，抱着凉席拾级而上，水泥的楼顶余热未尽，展开席子放肆地躺下。

澄蓝澄蓝的天空里流云缕缕，两只燕子在天空下逐嬉，伸手处，梧桐摇曳着一树蒲扇般的绿叶，缤纷而清凉。侧卧远眺，绿树田野碧浪起伏，再远处青山连绵跌宕。原来，看天上云卷云舒、阅庭前花开花落的滋味真是惬意美妙。

晚霞流光溢彩,楼下传来细细碎碎的话语声,那是聚在树下纳凉的邻人,隧起身。

刚走下楼梯,便听到惊喜的声音:碎女子回来了?

是啊,中午回来的。母亲确认。

碎女子还是这么瘦弱。

碎女子小时候老是生病。

碎女子? 就是那个刘备? 哈哈,现在还哭不哭?

待走至跟前,一群鬓角泛白的姨婶已将老底抖个彻底——原来,自己的从前一直装在她们的记忆里。

欢喜地一一问候过,叙起家常,细心地回答每一个询问。女儿跑了出来。还不等小人儿张嘴,便被围在了中间。

这简直跟碎女子小时候一模一样。

这眉毛,眼睛,啧啧,像碎女子。

碎女子是谁啊? 女儿眨着清澈的眼眸。

哈哈,就是你妈妈哦。

你妈妈小时候爱哭,你爱不爱哭?

你妈小时候爱挑食,你哩?

女儿在一群疼爱的笑里扭头问我:妈妈,我该叫她们什么?

叫外婆,叫外婆。未及我答,姨婶们都笑着嚷开了。

啊? 这么多外婆? 女儿的惊讶引爆一阵欢笑。

对啊,这是规矩,你回到外婆家门口,这些人都是外婆。彩莲姨噙笑给女儿解释。

为什么呀? 女儿还是不明白。

你妈妈是我们看着长大的,小时候谁没抱过? 饿了,我们谁有奶谁就给她喂几口,这里长大的娃都是大家共同的娃,你说该不该叫我们外婆?

外婆,外婆,外婆,……女儿脆脆地一一叫过。唉,唉——姨婶们答应得很欢喜。

外婆,我妈小时候漂不漂亮? 外婆,我妈小时候爱哭么……女儿稚声稚气和一群外婆聊了起来，欢喜在我心里漫涨。我没有被遗忘！这里长大的孩子是大家的孩子，在这里，有我们这些奔波在尘世里的孩子永远的家园啊。

阿婆！阿婆！灯影里几个小孩扑通通地奔了过来。

过来叫姑姑！一个个被自家阿婆拉了过来的小孩听到同一句命令。有两个听话地喊了，我欢喜地应了，另几个调皮的歪着脑袋问：你从哪来呀？你是谁家的客，我们咋没见过你呀？

他们的阿婆厉声训斥：没礼貌！这是你们李家的二姑姑，快叫！

我拉过几个面显委屈的小孩，弯腰抚摸着他们的脑袋：这下认清楚了，我是你们的二姑姑，下次见了不许认错哦。

嘻嘻，嘻嘻，嘻嘻。小孩们晃着脑袋笑了，我也笑了，转身跑回去捧了糖果出来分发，小家伙们喜滋滋地剥着，品咂着，闹着。我低头轻声问女儿：刚才那个情景，是妈妈讲过的哪首诗？女儿冲着云朵里的月儿眨眨眼睛，惊喜地吟诵：

少小离家老大回，

乡音无改鬓毛衰。

儿童相见不相识，

笑问客从何处来。

1

月亮挣出了云朵，静静地爬上树梢，邻人散去。在专门留给我的房间呆坐了一会儿，拉上房门，穿过庭院进了母亲的房间：妈，我跟你睡！母亲很意外也很欢喜，之前，我很少踏进这间房。

这是我们从小长大的地方，承载了我离乡前的全部光阴，兄妹长大后相继离家，这间房便是母亲和父亲居住，父亲便是在这个房间告别了尘世。所以，很久很久以来，我无法说出自己不愿踏进这个房间，是因为不敢，我没有勇气再在这个房间的炕上入睡。

而今夜，我想重新在这个炕上入梦，即使心里有悲梦里有泪。

果真，一挨竹席，所有的过往纷至沓来。

与姐姐争抢枕头,撕扯床单……

与父亲母亲围坐在冬天烧热的炕上打扑克,窗外雪花飞舞……

下班回来的父亲将一包糖果花生天女散花一样撒在我们赖床不起被子上。我和姐姐麻利地翻身而起争着捡拾,母亲在一旁抱怨父亲宠坏我们,而父亲只是满足地嘿嘿地笑……

梦里,年轻的父亲在杏树下提着水桶,他在浇他心爱的杏树,他的笑容那样地清晰。于是,我也笑了,醒了……

窗前杏树的枝丫在夏日的晨风里摇曳。父亲,原来你知道女儿回家了!

5

五嫂,碎女子醒了没?彩莲姨的声。然后是母亲的惊讶:她姨,你端这干啥?要留给你老两口喝啊。

碎女子瘦弱,城里的奶不安全,娃回来了,让喝几回咱这自家羊奶,补一补。

瞅着窗外天光发怔的我翻身而起,撩开门帘叫了声姨。彩莲姨抬起头来的面上竟闪过一缕羞涩不安:碎女子,你城里人啥都不缺,这奶是姨养的羊挤的,每天拉到镇外边找草吃,一点饲料都不喂,你放心喝啊。

谢谢在心里翻滚,却无法出口,因为在乡里说谢谢似乎就是拉开了距离。我开心地接过妈妈手中的奶放在鼻间狠狠嗅了下:香得很,姨,我最爱喝咱这纯奶了哦!

彩莲姨放心地笑了:我娃爱喝就好,姨每天给你挤啊。

我捧着满满一碗奶敬重地看着她的背影消失在大门外。

第二天中午,近十二点,女儿喊饿,正要起身找吃的给她,听到大门吱扭一声。我掀开门帘往外看,水莲姨端着一个碗站在门厅下,碗里两个黄澄澄的玉米棒冒着腾腾热气。同样的,她面上也有一抹羞色:碎女子,祺祺爱吃玉米棒不?

爱吃,爱吃,我最爱吃玉米棒了。还未等我迎到水莲姨面前,女儿欢天喜地蹦出来,水莲姨和我都笑了。水莲姨忐忑尽释的眼里是浓浓的怜爱,而我真是感谢女儿这份童真的狂热,它比千万句谢谢都令人心花怒放啊。

水莲姨说,这是我女儿刚送来的,她嫁到的那个村里有早熟玉米,刚煮熟,先捞两个送来给你和祺祺尝尝,还担心你们城里人不爱吃。

哪会啊?姨,这种绿色食物城里人哪有口福吃到啊,我们爱吃得不得了。

呵呵,那就好那就好,赶明儿我让女儿再送几个过来。

第三天,早上起床去后院。碎女子。唉。应着转身,隔壁的后院园子里站着梅姨。来,碎女子,姨这李子树就熟了这几颗,姨全摘了,端回去和祺祺尝尝。没打过药,放心吃。

梅姨,这……梅姨指着的李子树很是单薄,估计今年才开始挂果。

没事儿,你先跟娃吃,后边熟了我们再吃。快,拿着,别嫌弃啊。嘿嘿。

端着一碗李子,看着清晨阳光下梅姨满脸的沟壑是那么的慈祥甜美。

第四天下午,母亲仰着头喊楼顶看云的我:快下来,你秋娥姨姨院子的葡萄熟了几串,摘下来给你和女儿吃。

耶耶!女儿跳起来便向楼下冲。

第五天从街上回来,院子里赫然放着一篮红艳艳黄澄澄的杏,这是纯粹的山里杏子,小时候吃过,市面上早绝迹了。我贪婪地蹲在篮子前嗅着,女儿已拿了两个跑到水龙头下冲洗。哇,好甜啊,妈妈!小家伙欢喜地咔嚓咔嚓地啃吃。

这是妈娘家村里一个邻居送来的,七十多岁了,这么多年了,突然想看妈好着没,让妈有空回次山里。唉……

我知道,那个山村里已没有妈妈任何亲人,妈妈和我一样缺少一种直面亲人如叶一片片落尽的勇气。

他说,我什么时候回去,村里那么多户住家,我随便住,家家都是娘家。

我拈起一枚杏子,久久地看着……

第六天,第七天,第八天,第九天,每天都收到左邻右舍送来的桃李蔬果。

第十天,也是回城的前一天的夜里,沐着习习凉风,看着近在咫尺的月亮,十天前那种疲惫与荒芜已完全落尽,心静如水地揽过依在身旁的女儿问:这几天快乐吗?

快乐!有那么多外婆送我们绿色水果,还有又纯又鲜的羊奶哦。

记住,宝贝,这都是故乡邻里的爱。妈妈是喝着这里的水长大的,是这片乡邻的孩子,她们都是妈妈的亲人,也是你的亲人,你要永远热爱这片天空,爱这里的每一个亲人。

　　嗯。女儿懂事地点点头。我又补上关键的一句:宝贝,记住,这里就是咱们的故乡!

6

　　二十年了,终于找到故乡的路,回到了梦里家园。

　　在这个喧嚣的尘世,有乡可归,真好……

寂静的巴拉素

　　总认为,对上苍的安排有种误解,在漫漫的人生旅途中,一定忽略了什么,所以对命运有了深深的误会。

　　总认为,所有自定义为不满意的际遇里其实就埋伏着自己最渴求的东西,只是身陷生命的洪流中,没有一个恰当的时刻去全面解读生命的本相。

　　然而,即使知道很多时候,我们对生命本相的认知是狭隘、片面的,生命的本相不是外在呈现出来的样子,可是我们也习惯了顺应被层层假象遮掩起来的生命"本相",用那种以假乱真的"本相"来决定自己对命运的态度,以致忘记了去探求真正的"生命本相"。

　　但是忘与不忘,本相就在那里,在某个时刻,某个环境里,会有某种预想不到的方式来帮我们剥下层层误会,带你靠近生命的真正本相。那一瞬,你会意外,会感动,会欢喜,甚至会眩然而泣感恩万分,而与那一瞬有关的点点滴滴也会就此烙进记忆。

　　比如,这个叫巴拉素的塞北小镇,一个不曾列入计划却真真实实有了场邂逅的小镇,一眼便可望尽起点与终点的小镇。

　　说是小镇,也就是临着冰冷的县道搭建的两排土坯房,与塞外常见的民房一样。低矮到似乎伸手便可摸到屋顶,墙裙一律用石灰刷得煞白,几十间房子像个整体般静静地立着,像是脚下这条在地平线上无限延展的柏油路的加粗线。

　　如此描述,我想一点也不为过,它真是一截静止的符号:紧闭的门,紧闭的窗(如果那也算窗的话),屋里应该是有一些生气的,只是被厚厚的军绿棉布帘阻隔住，一丝也透不出来。所以让整个小镇处于荒无人烟的寂冷中，只有其中几条帘子上方张贴的蓝底红字的"童装店""百货铺""馒头铺"将彻底放逐的意识拉回到烟火世界。

没有车来车往的柏油路，新铺的柏油泛着冷黢黢的光，像冷涩僵硬地横沉在冰凉的大地上、长久无人问津的怨女幽冷的眼波。放肆地站在僵冷的路中央放眼而望，苍穹如海，清澈湛蓝；干爽的阳光像金色的幔布笼盖下来，天地被包裹得浑然一体，虽然这金色光芒有如金属的光泽——异常璀璨丰足而缺乏温度，却让人仍然相信它是暖融融的。沿着公路两边一路逶迤向天边的沙丘，起起浮浮的像一只只小船，干枯的草枝恰似大大小小船上的桅杆，而此刻，这些船都静止在辽阔的天宇下，任凭瑟瑟的桅杆摇曳一份壮观的苍凉。

在这壮观的苍凉中，几株落尽叶子的钻天杨干瘦的躯干异常突兀，从根部渐渐望上去，竟无端地肃然起敬，无端地眼底一热。他们昂扬的、无视寒冷的姿态像极了在风中守望归人的身影，他们似乎做足了与寒冷和寂寞抗衡的准备，即使季节褪去了他的风华，寒风摧得他们嘎嘎作响，他们也依然努力保持身子的笔挺，为了心中那份坚贞和责任。他不肯弯腰，像极了北方那些一个个不懂迂回的汉子，倔犟得令人叹生、怜惜。

咽下叹惜，收回放远的目光后，忽然意识到自己陷进一种浓得突围不出去的寂静里，在这种突然而至的浩瀚无边的寂静里，感觉自己就像一粒沙在水面上弹跳几下，终于落到实实在在的海底界面上一样踏实下来，随之而来是怨戾尽收锋芒尽敛的平和。在这鲜有的平和的时刻里，记忆像是受了春灌的小麦，纷纷起身拔节抬头。沐着干爽的塞外阳光，嗅着清冽的塞北空气，我听到心底有东西在褪落，哔哔剥剥，明明闭上了眼，心却一再明亮。意念里，似乎置身于一浩大澄澈的屏幕前，那些隔着重重光阴与遥遥山水的过往，那些隐匿殆净的细节，甚至那些不知躲于何处的面孔都呼啦一下，毫发毕现地挤进这澄澈的屏幕，次第浮动、鲜活，那么美好，那么馨香！美好到暗生庆幸，庆幸曾极力删除的记忆没有真正舍我而去，我还来得及谨慎、恭敬地重新保存珍藏。

庆幸之后喜悦哗地涌来：原来自己不是孤单的，自己并非独行于黑暗中，原来自己一直笼罩在一份博大的爱中，一直呵护在一份绵延不断的力量之中。自己所渴求的也一直埋伏在所谓崎岖的来路上，只是年轻的粗糙的心欠缺解读消化命运的能力和耐心，轻而易举地选择了与命运背离，轻而易举地将自己投掷于黑暗。而这一刻，我看清了一再躲逃的恩怨情愁真实的模样，我终于和命运和解了，也终于可以收起偏执的利剑，将自己再次放心地交付于命运。

长望着辽阔的苍穹，心像是一只氢气球慢慢地涨满，慢慢轻盈，慢慢地在天地间飞翔起来……这样的时刻真是美妙啊！

其实，一直相信这种轻盈一定会来到，也一直在为这一刻摸索，好多年了，似乎已抵达其边缘，像一颗待拱破地面的种子，等待捅破最后一点阻隔的力量。也曾无数次揣测，那力量会来自何处，会以何种方式出现。而这一刻，我明白了，期待与寻觅的那力量就这样不期然地来了，它没有惊涛骇浪没有地动山摇，它甚至连一声气息都不曾携带，就这样铺天盖地地笼罩下来。

是的，这是种真正的寂静，它是上苍的慷慨赐予，是任何袅袅茗香。与任何乐声制造不出来的。这种真正的寂静是一种沁人心脾的美，如同炎夏里一场细雨，清凉，细密，温柔。这种真正的寂静，像一个善解人意的女子，陪在心事繁杂的人身边，不言不语，却能让你感到她那静默背后的强大，强大成足可以依赖的力量。这种力量很神奇，它可以粉碎任何欲望任何愁怨，不知不觉间把你与过往彻底摒开，不动声色里就已拉着你退开很远一段距离。隔着这段距离，足可以全方位看清生命的场景，修正岁月里的一些瑕疵与误解，从而让上下求索的心得以安顿。

深深感谢这次预料外抵达的一场寂静，似一个懵懂的埋头赶路的孩子终于遇上了回头细看来路的最恰当的时刻，在不期然地蓦然回首里看清楚了自己的真心，也依稀看懂了命运的意图，靠近了一次生命本相。虽然彻底解读生命的本相还需要迢迢时日；甚至未来所有的时日，但是，在这一瞬间至少知道了命运是如何恩宠自己，上苍一直在呵护着她的任性，也一直在耐心地等她长大，等她从混沌走到清明，等她有足够的智慧去抵达生命最终的本相。

我爱上了这种寂静，心甘情愿地沉陷在这辽阔的寂静里。那些桀骜不驯的常常擅自向四面八方突围的思绪通通停止，又通通掉头归心，空荡的心再次被力量填满，伫在广袤的天地间，像是再次拥有了千军万马的将军，享受着一次久违的踏实与自信。

因为这场寂静，我记住了这个叫巴拉素的小镇。记住了生命中，有那么一个冬天，自己曾静静地站在一片预料之外邂逅的小镇的浩瀚蓝天下，听阳光的流动，听自己的心跳，听自己的呼吸，听来自生命最深处的欢喜……

辑

二

矢车菊也曾寻找盛开的方向

努力做一朵太阳菊，根扎大地，面朝阳光，明媚而坚强，温柔而勇敢，安静而努力。

矢车菊也曾寻找盛开的方向

明知道,花开花落注定是一场寂寞的演出,只因对生命的膜拜,对生命爱的热烈,山间的矢车菊,也曾擎着青春的花蕾,在阳光下慎重地选择盛开的方向……

——题 记

一

彼时,那么坚信生命就该绚烂,而1998年的新疆,是一片沉寂的海。这怎么能禁锢对世界有太多憧憬、对生命有太多瑰丽预设的青春初绽的心?无知者无畏,一意孤行地以离家出走的方式不告而别地踏上出疆列车,那年,刚满二十二岁。

车流,人潮,上班的,求职的,失业的,睡眼惺忪啃着早点挤公交的……习惯了边疆悠闲散淡,懵懵懂懂地一脚踏进西安这座故乡古城,不禁眩晕而惶惑。三天里,走一遍老城新城,心下稍定,信马由缰地挤上了去传说埋着嬴政老儿的游车。

到临潼,跳下车,四下里逡巡,冲着街对面就睁圆了眼,斜方绿荫重叠游客如织之处不就是华清池嘛!"温泉水滑洗凝脂",脚步被大脑牵着走。

池边围了一圈各种肤色的游人,几个导游操着不同语系在呜里哇啦地讲解,讲得很传神,以致蓝眼金发的老外居然趁人不注意把手探到池子里抓一把水淋在脸上。呵,老外也相信此水能美容,看来他们对自己天生的白癜风样的皮肤也不甚满意。

找空子挤到池边探头,还没看出名堂,脑袋上就炸起:下雨啦!人群呼啦撤去,脖颈上果真有了雨点的冰凉。

这雨真是急性子,刷刷刷的,仰面观望之际就已成滂沱之势,左右环顾后,慌乱地用手抱着脑袋跑进对街十三香馄饨馆。边等馄饨,边看门外的雨幕和空荡起来的长街。一个身影慌张地跃上台阶,挡住了光线,侧身的臂上托着厚厚一沓报纸,另一手高举一份报纸挡雨,是一卖报者。由此推断,他不停地仰头瞅天的眉头一定是皱着的,黑云压顶,雨,没有停止的迹象。

走到门边,递出一元纸钞,黝黑清癯面孔一愣,遂麻利地递进一份《华商报》。往开一扯,周日版的《前程无忧》直往下掉,逮住,天哪,又是星期天了。

馄饨端上了桌,精致的蓝釉碗上缕缕热气,瞅了瞅,继续浏览求职信息。"西安市某文化沙龙扩大需一名内刊责编",文化沙龙?!眼前一亮,欢喜地将一碗馄饨囫囵吞下,不顾头上依然酣畅淋漓的大雨直奔车场。

东寻西问,待找到地儿已是下午五点。阴天,平日灰不拉叽的天更显得夜晚提前来临,长安南路上流水一样的车,灯光闪烁得人很沮丧,该是已下班了吧。抱着一丝侥幸穿过街头,已是落汤鸡般的狼狈。

面前大楼巍然气派,几丈阔的落地玻璃里晃动着自己仓皇的身影,欲对着影子捋一头散发,手一扬,定住了,原来玻璃里面伫着一男子,冰冷的脸孔像雕塑。怔忡间,男子拉开一侧门,冷冷地问:"小姐,有事吗?"

这里招责编吗?毫不掩饰急切。

你?质疑的目光上下扫描,没有放行的意思。

小李,让她进来吧。软软女音从幽处飘来。

李姓男子有点不情不愿地拉开门,一步跨进去,立马羞愧得不知所措。富丽堂皇的装饰令人眩晕,玻璃一样映着人影的红木地板让我歉疚横生,低头看看脚上的泥水,不忍挪步。

没关系,到这儿来。还是那软软的音。感激地循音望去,右边墙角处,两棵高大的棕榈树,一张小圆几,几上两只精巧的瓷杯,两位女子相对而坐。硬着头皮迎着她们探照灯样的视线走过去。

有什么特长？流着学生式短发的女子优雅地端起杯子轻啜一口，软软的音就是她的。

喜欢文字。

发表过么？

有过。

带了么？

哦，没。音弱如蚊蝇，今天应聘纯属意外。

这样吧，女子起身到长长的书墙前抽出一本书返回来，我趁机全面地打量她一番，三十多岁，很美，五官精致，丰腴有度的身段散发着华贵而慵懒的妩媚。

写点对这本书的感觉。

伸手接过：咦，《简·爱》?!

看过吗？

哈，当然。

两女子轻声细语地有一搭没一搭地说着话，我背对着她们在一张桌前落座，接过小李拿来的纸笔，道了谢，低头写起来。

大约一小时左右，那美丽的女子走过来，轻轻问：写得怎样了？

我迟疑着双手递过去，她边看边嗯嗯点头，也不知看完没看完就顺手往桌上一搁，上下仔细打量起我来。我自惭形秽，笑得很紧张。她扑哧一笑：虽然稚气，却也有可圈可点之处。真的？我立马乐了起来。

什么时候能上班？她笑得真美哦。

随时啊，越快越好。

明天来上班吧。

太好了，那你……我是想问你说了算吗？你老几啊？

她嫣然一笑：明天，谁要挡你，你就说周璇让你来的。

哦，周璇！我重复了一遍，回她一个感激的笑。

一直没说话的那个女子开口了：小姑娘，你面前的周璇就是你的老大，周总经理！

哦,我……惊诧、欢喜、自责齐齐挂上眉梢,这个美丽的周总,她一点都没有女强人的凌厉凛冽啊。

二

翌日,天晴,心也晴朗,欣然的奔进沙龙。报到后,周总将我"放羊":去,随便看,先找找感觉。此话正合我意,转身就走。

沙龙分内外两部门,前厅是为临时阅读休闲的顾客而设,几十套匠心独具的古木小桌小椅,象牙色的现代吊顶与墙色,其间点缀的古画古字石塑,古朴奢华而不炫目,雅致而不冷肃。复古逆袭成时尚的古典西方轻音乐缓缓流淌,落地玻璃墙阻隔了外界的喧杂却将相挨的园林自然之美通通放行,绿的树,翠的竹,荫的清凉,枝间啁啾嬉戏的小鸟,叶隙间透泄的阳光,美不胜收!

当然让我垂涎三尺的还是依墙贯通整个大厅的复古书柜,阔而悠长的一面墙居然无一空位,看壮观情形,应是囊括了古今中外所有圣贤文章的经典之作。环顾桌前安静地看书的身影,有一丝叹羡。此刻,这些被缕缕书香熏烘着的人该是这喧嚣世界里最幸福的人了,而我也窃喜,像穷极乍富的乞丐,边暗暗寻思从哪入手开始享受,边狠狠地嗅着书香踱到大厅顶部,跨进内厅的门。内厅是一个可容纳三四百人的小礼堂,其功能是给沙龙成员举办读书会,或为某些作家举行新书发布会、作品研讨会等。

周游一圈后,回到大厅与内厅衔接处的办公室,十几平方米的办公室,四人共用,工作是负责内刊的编辑校对与出刊。见过两位"老人"一硕士男,一本科女——资格老,人很年轻,略长于我而已。

新疆?!硕士男与本科女交换下眼神,丝毫不掩饰对初来乍到的井底之蛙的不屑。罢罢罢,没有让人另眼相看的资本干吗生那闲气。

有书就好哦!

按照安排,先熟悉工作,近乎打杂,没有具体事情,索性开始靠近惦记了几天的"宝藏"。起初还担心被责不敬业,可一钻进书的世界,所有顾虑就全抛爪哇国去了,这本没看完就瞄向另一本,类似饥不择食的贪婪。

某天上午,周总气呼呼地拎着一份报纸校样进来,啪一声拍在桌上:说过多少次了,书评!书评!不是堆砌几个艳俗的词汇,要抓住作者的灵魂。灵魂,懂吗?来这里的都是真正的读书人,别让人耻笑没品位!撤掉,重写,用点心将作品多看几遍!语音未落地,人便旋风一样出去了。我左右瞅了瞅满脸不悦的两位,不知所以。

女:自己什么都不懂还来指点我们!

男:我们不行,她自己写去嘛!

哈哈,谁不懂?副总笑着走进来。副总就是应聘那天与周总对坐的女子,据说是周总闺蜜。牢骚满腹的硕士男和本科女面上一紧,笑得很不自然。副总视若不见继续笑:那你们太不了解她了,她能在西安文化圈混到这份儿上没有真本事能行吗?估计她写的东西你们上学时候肯定都看过,说不定还当读书笔记抄过呢。两位吃惊相觑,我也暗惊,小看谁都是一个错,处处高人啊!

两位很努力,只是几经修改,周总还是不满意,长叹一口气,将几本书扔给我:看你的了!抓着书,看那俩戏弄的笑,不知是喜还是祸。

新书推荐,看似简单,却很重要,甚至关系着一本书的命运。于是整整三天,眼里只有文字,就连吃饭,一粒粒米也成一个个铅字。三天后,将文稿呈到周总面前,她审读,我忐忑。然后她提笔改动了几个词,头也不抬地丢过来:去印刷!我心怦怦跳,如遇大赦!风一样离去,欢喜得很不安,唯恐她突然反悔。

很不幸,从此,那份工作就由我接手。

三

每天的工作就是看书,写书评,煞是幸福的一段时光。逮着空当,便在厅里走一走,看一看。

沙龙环境有格调,常有电台来借做节目。起初好奇又兴奋,看着在电视上光彩照人的主持人生活中也是寻常人后就索然无味了,甚至不忍卒睹那些女主持众目睽睽下遭制片一次次斥责,而美丽主持们,有时简简单单的几句话,硬是语无伦次地一次次重来,看着真是着急,恨不得自己替上。

心想事成。

一天，一位女主持又接连犯小儿科的错，制片气呼呼地奚落：下来下来，找人给你示范一下。环视之下，估计是被我不知掩饰的好奇、投入到着急的傻劲拉住感觉，制片指我：来，小姑娘，示范一下！哼，反正就是玩嘛，怕什么？堂堂教师还怕人前讲话么？况且还有师范毕业达标的普通话资格证哪。遂一把接过稿子瞄一眼，站到位置上，大大方方播出，手势也没落下。

瞅好了，就照小姑娘的来一遍。制片对女主持嚷，靓丽的女主持满脸绯红地重新上阵。我则爽呵呵地转身回办公室了。

又一下午，去前厅，打周总办公室前移过，敞开着的门里，周总正与一着一袭黑裙的女子在说笑。

××，××。

我闻声而返。

来，介绍一位大牌，你不是说很喜欢××音乐台电台主播嘛，喏，这就是。

须臾的意外。面前女子，的确姣好的面容，但一脸倦色。她漫不经心甚至是吊儿郎当地将双腿架在桌子上，身子靠着椅背一上一下地摇，双眼迷离着，典型旧上海影视剧里颓废的风尘女子相。想细看她的容颜时，她正嘟起鲜红的嘴，放肆地对着手指间吹烟灰，"噗噗噗"，吹得之前的仰慕急急退去。原来，酒须微醉，花看半开，有些东西只合适远距离欣赏，面对一些美好撩起面纱后的真实，不是欢喜而是悲哀！我揣想中的那个甜美嗓音的女DJ，应是极雅致，极婉约，极淑女……

起来，这副德性别吓跑了音迷。周总调笑着拍她肩。

她缓缓停下摇晃的椅背，"咯咯咯，小姑娘"，音未落，椅子又开始上下颠簸，依然微闭双眼，看情形，实在厌倦了这个世界，懒得启眸一看。

我礼貌地期待着，她唇角一动，勾出一浅浅弧度，算是笑了笑，懒懒地说道："生活本来就是这样的，不要去揭开生活内幕，留一份幻想是最幸福的。可惜啊，周儿，你我都回不去了。"是烟抽多了还是生病了？音色嘶哑，嘶哑到我不忍心她再多说一个字，急急离开。她的话和她形象的崩塌令我整个下午心情阴郁。

文化沙龙让周总经营得风生水起，不仅一些频道将此选定为做节目的固定场地，经常来做节目，而且进进出出的都是所谓的大腕和名人之流，渐渐地我也就从好奇到熟视无睹了。每天一不小心就会与某位作家面对面，于是想到一句调侃，西安大街上一砖头砸中四个人，三个是作家，一个是文学爱好者。

也就因放松，差点闹出大笑话。

这笑话与龙应台有关。

四

"龙旋风"龙应台要来西安的消息不知被谁散播出去，几天里，电话或亲自登门问询的人络绎不绝。其驾临当天，媒体记者、高校代表、粉丝，蜂拥而来。时间倒计时，内厅里，乌泱泱一群人兴奋得聒噪成一片。不堪那种即将爆破前的气氛，我挤逃到外厅。一扇门之外的大厅空无一人，只有音乐自顾低回。坐小桌前，扯过当天的《华商报》翻阅起来。

有人影飘进门，抬眼处，一五十开外的中年女性迈步霍霍。丰腴浑圆的身段，高领黑毛衫，衫下飘条咖啡色长至脚踝的微喇布裙，平底黑皮鞋，齐耳的短发，白皙的面颊上架着一黑框近视镜，明显有几分书卷气的妇人。

暗香袭来，她对我点头一笑，我也回之一笑。香风犹在，她已掠进内厅，我目光继续睽移在手中的报纸上。

小祖宗，怎么还在这？周总从天而降，一脸焦急地拍打着桌子。

怎么啦？等龙旋风啊。龙旋风在等你！！她来了么？我一直在这啊！三分钟前！

哦，天哪，那个携着香风相对一笑的女人？懊恼至极，喟然暗叹，闯祸总选关键时啊，来不及忏悔，已被周总一把扯起。

狐假虎威地尾随着周总，穿过众人自觉让出的一条道，坐在最前面，与所谓的龙旋风大妈近距离相对。记者提问，粉丝提问，每个人都想知道自己与名人究竟相差有多少，问题都很……八卦吧，琐琐碎碎家长里短，甚至涉及隐私，旋风大妈很和蔼地极有风度地将好奇心——满足。

彼时,周总一直气定神闲地仰靠在椅背上,面上始终保留着习惯性的微笑,而从其目盯着吊灯的神情就知其早已神游天外了。

待激烈的高潮退去,即将收场,周总与我对视一眼:"咱们也提一个?"

肯定我先啦,周总是压轴嘛。

龙老师,您觉得您幸福吗?切,我也八卦哦。

快乐时就觉得幸福,不快乐时就不幸福。这么说,你也有不快乐的时候?天知道,怎么迸出这么一稚气的问题。

果真哄笑一片,旋风也在台上笑起来:那当然,我也只是个凡人,写作只是我的爱好,大家喜爱我的文字给我带来无穷慰藉,但是日常生活中还是有些不得不心烦的事,我并不免俗,急了还骂人哦。

又是笑,我讪讪地坐下。大家屏息等着周总的发问,周总轻轻地一问,众人皆意外的静止,连龙旋风也有点愣,周总问的是:

龙老师,您脖子上那条工艺项链哪买的?

五

乐陶陶的生活没持续多久,烦恼便若隐若现起来,工作中大大小小的障碍证明只要尽心尽力工作真诚待人便可结"善缘"的理念纯属天真。找周总,支支吾吾一番,周总弹着烟灰意味深长地一笑:别顾忌那么多,替自己负责就行。

嘀咕着周总的话与充满玄机的笑,心下莞尔:每个人的存在,肯定都或多或少的妨碍了一些人的利益,所以总是有些人与你为敌。你是好人,你的敌人就是坏人;你是坏人,好人就是你的对头。不可能面面俱到,而用谦让来维持人际关系不是长久之计,成全别人难道去自杀不成?

不再为一些磕绊纠结了,尽可能巧妙地完成工作,自觉"老练"了不少,在意外丛生的生活里还是有犯蒙的时候。某日,对面的女同事进门将手中两张信纸扔过来一张:老大给了两题目,一人一个,立马写完!

瞅一眼手中的题目略作思索提笔疾写,而她却气定神闲地哼着歌玩着手中的笔。见我写完伸过手来:借阅借阅。我不假思索地递了过去。

挺好啊！她边看边递过她要写的题目:帮着分析分析,怎样写最出彩?

自忖长了点小聪明,胡乱搪塞几句。

快快快！写好没? 周总火急火燎地进来。

未及我开口,她霍地起立,将手中的稿递给老总:看,写好了!

那是……我张口结舌,她在开玩笑? 思量间,老总瞄完了手中的稿:好,不错,你的呢?

面对喜滋滋的十足看洋相的嘴脸,却也有几分调皮的小脸,真不知如何为其定性,明目张胆的无耻还是一时嬉闹? 但当务之急是先向老总交稿为重! 于是我很不情愿地向老总道歉:对不起,没想到这么急用。

关键时掉链子！老总"砰"摔门而去。

我瞄她一眼,她又换上了冷脸,并没有解释的打算,心下了然,不言语,低头写稿。一口气写好,递给她:拜托交给周总去,刚挨骂了不好意思见。她求之不得地欣欣然跑出去,几分钟后哼着歌得意而返。

我淡淡一笑问她:周总说什么没?

没呀,你想去说什么吗? 她没有丝毫愧色,不屑的语气似乎在提醒我认清自己的可笑与不自量。

我依然笑眯眯地不急不缓地告诉她:周总没说怎么两份稿是同一人笔迹?

她腾地站起来,坐下,又站起来,又坐下。坐立难安大概就这样吧！

一个傍晚,周总又带着一伙人应酬饭局去了。前厅里人也是寥寥无几,遂找了张桌子坐下,听着音乐搅动着杯里的茶。两个小姑娘也围坐过来:姐,你怎么没去吃饭,那儿能认识好多有身份的人呢。我无奈地一笑:老大没让我去,我还硬哭着赖着去? 俩小姑娘不相信:不让你去? 怎么可能呢? 怎么可能? 我怎么知道?！

啊,赵总、赵总!

俩小姑娘惊喜地冲我身后喊着,站起身,向前探着身子,看情形就差扑过去相迎。一身材健硕四十开外的老板走到桌边,小姑娘很机灵地让出一位子,其不客气地坐下,跟我成了对面。我仍低头认真地研究着面前的茶,耳朵可没闲着。

赵总,你不是说介绍兼职给我们做,找好了没,什么工作嘛。俩小姑娘亲热得近似撒娇。我有点不习惯,耳根也有点发热,有窥人隐私之愧。

呵呵,找好了,找好了。快说是什么工作啊?

嗯……嗯……这位赵总,拉长了声音,似故意玩味两小姑娘心急又不敢催促的讨好笑容,顿了几次才缓缓说来:"现在很多公司庆典呀,开业呀,还有别的商业活动,需要礼仪小姐。一般三个小时左右,每小时按形象素质给出场费,60、80、100不等。如果出色了,有些老板还会留你出场晚会晚宴,不但免费提供名贵的礼服还要给成千上万的小费呢。最重要的是还能结识很多大款富绅,抓住一个,一步登天,省你们这些姑娘奋斗好几年。"

哇!哇!耶!耶!两姑娘神往地惊呼。我居然不自控地脸上火烧一片,为自己的同类!社会上为什么会有那么多陷阱?是因为世界上有这么多的蠢人啊!

有顾客进来,俩小姑娘被领班呼走,赵总并没走的意思。等两位小姑娘走远,他清清嗓子:嗯,小姐。我微微抬头扫描左右,无人,跟我说话吗?

赵总貌似认真地说:对,小姐,她们都不行,你可以,你有这个条件,你要去肯定每小时100的价。

轮到我惊呼:说什么呢?!别急着推辞,这是我电话,他掏出张名片推到我面前,走了。

岂有此理!我有受辱的愤怒,抓过那张名片狠狠地撕成八瓣攥在手里,端起水杯哈噔噔噔地回办公室了。气冲冲地将手心的碎纸扔进纸篓,太可气了,本小姐什么时候沦落到出卖……居然以小时论价!一直认为,若论生存,上等女人靠智慧,中等女人靠体力,下等女人靠姿色。本小姐自忖智慧不超群但也不至于如此沦落!

空荡荡的办公室里独自生了会儿闷气,联通远在南方的姐姐,听我诉完委屈,姐姐竟咯咯地笑了。笑毕,轻描淡写地说:就这点破事啊?切,这是破事?你……你……又一个意外,戗得我词穷。

姐姐娓娓说来:你本来面对的就是个强盗的世界,人家都是强盗,心照不宣地拼命争夺,就你说,我不是强盗,我是来玩的,看风景的,别人信吗?这个世界不是你想得那么简单,要么适应,快快练成八面玲珑,要么就守在自己的小天地自得其乐。你想在花花世界里维护自己的高洁是很辛苦的事!

原来如此,一语惊醒梦中人啊。如此,在别人的眼中,我也只是个张牙舞爪来捞世界的,在强盗眼里人人都是强盗,在骗子心里人人都是骗子,这就是做人的逻辑?!

那我来干吗?我来抢什么夺什么?我究竟想要什么、我合适什么?寻思间,有凉意泛起,是不是哪里出差错了?正天马行空地胡思乱想,门开了,周总千娇百媚地倚在门框上。一脸桃色,估计又喝多了,由衷说来,周总是很难一见的极品女子,漂亮,风度,韵致,智慧,在我所见过的人中,是唯一将这些优点融为一体的美好女人。酒后的她更是格外地楚楚动人,我见犹怜啊!

她应该有个很完美很出色的守护神吧,有这样的财富与名望,有那么多的宠爱,哪个女人不美丽夺目?此时,她像个自家姐姐一样温柔地说:你果然在,每次回公司来,看见你在,真是一种一种……

安慰,我补上她措不出的词。对,对,是安慰哦。

还未及窃喜,她后边一句话差点将我冰镇。唉,现在找你这种傻的人还真难!帮我倒杯柠檬茶,好吧?

她脚步飘忽地移向她的办公室,我大脑空空地跑去前厅沏了杯柠檬茶返回。门半掩,径直推开,周总懒懒地侧卧在沙发上,将茶往茶几上一放,欲走。陪我说说话,好吗?软软的音色,这哪是一个一呼百应的老总啊!我也不客气地在她的专用椅上坐下。

说你傻,其实是在说自己。我啊,越活越明白,明明已经丢掉了世上最宝贵的东西,却还在这假装努力。很久以前,一无所有,向往出名,向往大富大贵,向往灯红酒绿,总认为人活一世就要痛快淋漓,谁反对我就跟谁急,蔑视人家没能力,吃不上葡萄说葡萄酸。现在呢,唉……

一声幽幽的叹息后,周总继续:别人眼里我名利双收,风光无限,但我知道自己是一个彻头彻尾的输家,这世界上,有些东西能用钱买到,有些东西一旦失去就再找不回来了。所以,现在我不想再写文字了,那是我终生的梦想殿堂,但是我觉得自己不配再写文字了,不但我不配,许多人也不配,一嘴的仁义道德,满肚子男盗女娼!

我无法不震惊!周总示意我递一支烟,点燃后,狠狠地深吸一口,徐徐吐出一串烟圈:哼,一群追腥逐臭的蝇子,唉,所谓的合作,无非是各得其所。你还很单纯,我不想带你去那些场合,不让你看太多的丑恶,也怕你得罪人砸我的场。

我释然,嘿嘿一笑。

你呀,对世界充满了美的设想,而这世界,越了解越失望。有些人天生就适应灯红酒绿,天生的骗术超人,你跟这些人玩下去,想赢,就必须比其更狡猾更虚伪,你做得到吗?做到了,赢了,又如何?争斗就有伤害,得到同时就得失去,人人都在寻求幸福,可是幸福是什么?尤其是女人的幸福是什么?女人的高贵是什么?就是钻戒?一堆名贵服饰?这个世界对女人太苛刻,女人成功必须身心俱伤,到头来,有什么属于自己?只有虚无,寂寞……

她喃喃自语着睡着了。我轻轻地给她盖上小薄毯,又守着她坐了一会儿,幽幽灯光下,这个美丽的女人就像一朵暗夜里绽放的花,寂寞而脆弱。心下一片怅惘,想着她那句"有些人天生就适应灯红酒绿,天生的骗术超人,你跟这些人玩下去,想赢,就必须比其更狡猾更虚伪,你做得到吗?"

我当然做不到,也不屑做!

六

全国第9届书市在西安举行,这是中国文坛盛事,规模肯定空前!届时,全国媒体、图书出版社汇聚而来,作者读者云集,签名售书,新书发布会……周总兴奋地宣布。在我们兴奋之余的困惑中周总最后抖出包袱:本沙龙抢到了这次书市的策划权,而我已酝酿好主题——推陕西百名知名作家联合签名售书答读者问。

百名知名作家?!会有谁?有人脱口问。贾平凹、陈忠实是领衔,高建群、肖云儒、京夫、杨建华、叶广芩……给,这是名单,你们自己看去。惊呼连连中周总将传真过来的名单丢给我。

一场繁琐的预备工作拉开序幕:核对作家、作品,确定签名阵容,做宣传页、宣传画板,向各媒体发布消息,写稿、发稿、收稿、传真……作家也陆续到来,检查各自新旧作品,打听具体程序,很惭愧,以前敬若神明的作家到眼前了,居然没心情说句话。而面对某些作家向沙龙索要纪念品,抱怨纪念品才值三四百元,上次某某处纪念品要值五六百的抱怨中,我才突然意识到,作家也只是种职业,抛开工作,便要为稻粱谋,锱铢必较也是必然的。

忙乱的间隙,同学从深圳打来电话:××这两天在深圳举行签名售书,可火了,当红的美女作家,很多企业老总重金聘其当助理副总秘书等。唉,咱没那机遇,否则也不用这么辛苦为生计奔波啦。

唉,那就认命呗。我笑着陪其叹息

笨蛋,你可以呀。她话锋突转,令我吃惊:我凭什么可以?

你说呢?装傻还是真不知道?

我……我居然真的掂量起自己来。

嘻嘻,你完全可以进军美女作家哦。美女作家是最一本万利、名利双收的美事,凭你的条件,策划团队全方位一包装,啧啧,想着都激动。

是吗?我……抓着话柄心情荡漾,开始浮想联翩。

你呀,整个一书虫,幸好有我点化,好好利用你的资源,到时没饭吃了投奔你,你必须收留一下下喽,咯咯咯。

扔下电话,一晚上我心潮澎湃,蠢蠢欲动,哦不,是跃跃欲试。

第二天,瞅空去老总办公室。兴奋之情流在眼角眉梢:周总,你听说过××吗?知道啊,怎么了?周总漫不经心地应,低头翻影集。

她这两天在深圳签名售书,咱们要不要上些她的书?

周总抬起头,往椅背上一靠,深深吸一口烟,这是她准备正式说话的前奏:就她?!蔑视得近乎鄙夷:哈,她那也叫书?她也配叫作家?三点式写法,说好听了是地摊文学,难听点就是文化妓女!矫揉造作几个爱呀、怨呀、想呀,就是深刻啦?酒吧里卖醉迸出的灵感也叫哲理?如果文学这么容易,全中国人都是贾平凹啦。

我木然,周总优雅地弹弹烟灰,不疾不徐:文学是高贵的,真正领悟文字不是区区几年的事。路遥老师穷其一生在山洼里写文字,陈忠实老师一部白鹿原在农村住了十年,走了多少农家去寻访历史,他们需要炒作吗?他们一心只想躲开喧哗。真正的艺术家,是要能耐得住寂寞,让自己的心去和自然甚至宇宙对话。生活,生命,人生,人性,这些命题没有一番历练的人哪有资格去谈论?

可,可……我支支吾吾无言以对。

当然,这只是我个人观点,但也代表着一个庞大的群体。社会多的是投机取巧的人,得区分清作家与文化商业。有些人只是在做着文字生意,文学是他们赚钱的工具,而文化炒作,一种促销活动而已,就像每个周末商场门口促销的那些劣质商品。所以,被人群簇拥未必就是成功,真正的成功是什么?哧。周总冷傲地一笑:至于××,你信不信,不出一年她就销声匿迹了,她的书上了我的书架,对那些真正的作家是个污辱。

你没看怎么就知道不行?我心有不甘不服。瞅,那不是。周总手指点了下烟灰缸,烟灰缸下垫着一本书,封面女子巧笑倩兮。

它也只配给我垫烟灰缸了,这样的书我一晚上能写一本。这还有一捆呢,想看拿一本去。周总侧身从墙角一捆书里抽出一本扔过来:昨天,广东书商拿来免费送咱的,要求能上咱的书架就行,最好在这开个签名售书会,我断然拒绝了,那些人立马恼了。我记起,前一天确实有三个广东人气冲冲地扬长而去。

晚上,翻了几页,无病呻吟的文字很乏味,往枕边一撂,回想周总的一番话,辗转难眠。

书市开幕前一天,同学还专门打电话来提醒我:到时有很多名人,灵活点,别一副不食人间烟火的样……嗯嗯应答着,却有几分莫名的烦躁。

七

书市隆重开幕,西安历史展馆前彩旗飘扬,气球如花飞天,各路人马从各个门往里拥,门口的广场是小商小贩的天堂。幸好持着工作证,不用抢购门票,且自由出入。

终于领教了什么是粉丝,什么是狂热。活动8点开始,7点进展馆做准备工作时,"陕西百名知名作家签名售书"横幅下的展台前已围起了黑压压的一片人,这皆缘于海报上贾平凹与陈忠实的领帅日程。

我看过《白夜》……

我喜欢《商州》……

贾老师在字画方面也很有造诣,你见过没?……

听说昨天才赶出来《高老庄》,今儿就是冲着这来的……

小到豆蔻青葱稚气尚存,老到银丝闪闪躬腰驼背,一张张或粗糙或温润的脸像过年一样喜气洋洋,激情热聊的场景让人辨不清谁与谁是故友,谁与谁是陌路,整个展厅如鼎沸腾,连空气都有了几丝热气——这就是那个叫贾平凹的人守着一张桌,一盏灯,握着一支笔,夹着一支烟制造出的盛况!

来了,贾老师来了,噪嚷的人声立马平息下来,人群哗地裂成两半。先生谦和地一笑,沉稳走过,绕到桌后,说了声:大家能这样对平凹,平凹感谢啊!方才落座。

读者像潮水一样迅速地将先生淹没,而且还在不断地从四面涌来。原本安排维持秩序的同事仁在桌侧不闻不问,无奈之下,我跑出去维持秩序。那姑娘迅速在我的位子上坐下,她笑盈盈地脸靠向先生的肩侧,迎着咔咔的镁光灯,我恍然大悟。

没有时间纠结,为先生维持一个良好的签字环境是当务之急。在我礼貌地提醒下,因激动而挤搡的人丛安静下来,有的人急着要走,和前边的人商量着可不可以换个位置,居然被答应。轮到一个头发稀疏且全白了的大爷,大爷很激动:贾老师啊,我是农村老汉,可一直喜欢看书,尤其是你写的。听说今儿你来签名卖书,我要来,娃怕我七十多岁出门危险,不让我来,我半夜就偷偷跑出来了,我到这展馆时才六点,一个人都没有。

先生哗地站起,动容得双手伸过桌子握住老汉的手:好叔哩,叫我平凹,你这样对平凹,平凹感谢啊!站在龙折蛇行的队伍后边,静静看着这一幕,思绪起浮。同事们纷纷跟先生合影,我自始至终站在人群之后。

近十二点,该退场了,先生不断停下来,冲追着自己的读者挥手说谢谢。一群有身份的人围上去,切断了先生与读者,而先生只低头往前走,并不答话。这些人连连喊:贾老师,这边走,咱们去×××酒店,吃饭!先生抬手过耳地摆摆:

不去,咥一碗油泼面的事,跑那里浪费啥时间哩。任凭一帮人涨红了脖子放开了嗓门失了仪态地喊劝,或半张了口定格原地,先生不再言语只低头前行,直到走出展厅,都没有再回头。

第二天,陈忠实老师来了。黢黑消瘦的面颊,写尽了陕西汉子的刚正,一身的旱烟味,伸出的十指个个指甲金黄。就是这样一位中年汉子,潜居在那个名为白鹿原的山村近十年,日夜以烟为伴,以笔为工具,将浩浩长卷《白鹿原》锻造出来!是什么支撑着他?而他对前来求书者报以感激一笑的谦逊,怎能不让人从灵魂深处对他肃然起敬!

时间到,媒体前来迎接他。他与大家打个招呼起身而走。片刻后,我一扭头,发现自己的椅背上搭着一男式灰夹克,这不是陈老师的嘛!因两位子紧挨,他可能一回头为了方便就搭在我的椅子上了。我提起衣服追了上去。

他接过衣服说:"谢谢小姑娘。"

就这一幕居然有人看见了。出了会场,有几个人跑着追我:"你和陈老师什么关系?你怎么提着他的衣服?"惊奇地看着几张探究的脸孔,戏谑地脱口:什么关系?他是我二舅!

他们愣怔之际,我渗进人群。

后面几天签名趋于平淡,空出时间时,便在会场里四处走动观摩。会场太大,每个展位前都有自己的人气,有的在签名,被笑声、掌声包围,也有的在寥落枯坐。居然也看到了金马老师,上前跟他说了师范第二个生日时班主任曾送我一本《金马小语》做礼物,那本书我很喜欢,全班同学也都抢着看。金马老师很高兴说谢谢我们那些同学。

一个中午,有几个中年女读者来购书,有一位认真地看海报上作家们的资料。突然她点着一个作家的照片喊:你们看,这是不是小叶?同行的围了上去:对,是你们对门的小叶,昨天买菜时还碰见她。她原来还是个作家啊,怎么没听她说起过?她那人就是很低调的,我们也不知道她居然能写书。其中一个说:你们大概不知道她的出身吧,她是慈禧的娘家侄孙女,叶赫那拉氏,民国时改成姓叶啦,地地道道的皇亲国戚啊。闻言,心下一动,岁月在穿梭,所有的血统与出身都会被时光湮没,只有用自己的笔一字一字地扎实地书写人间岁月才是最真实的。

几个老者，一连几天守在展馆门口，怀里抱着一沓沓厚厚的写满字的稿纸，旁边撑着破旧的老永久自行车，看到有代表团出来，就抢上前拉着人喊：主编，看看我的稿子吧，我都写了一辈子啦。望着往往被人拨至一边的老者一次次怅然地望着代表团的背影，绝望、隐痛的表情衬着破旧寒碜的衣衫，我心下翻江倒海。

同样跋涉于文学之路，有的鲜花掌声簇拥，有的无人问津，这种对比，真的很残酷，难怪有人不择手段地追逐"成功"，即便是虚拟的成功，昙花一现的成功也能安慰脆弱的人性。

而穷其一生也未必能踏进文学殿堂的门，却依然执着的人，他们对文字的衷情，是对还是错？对梦想的追逐是对还是错？究竟，追求的是功名还是梦想？若是为了扬名，为了功成名就，是不是更应该客观估量一下自己的能力？资质与梦想成正比，成功的指数或许会高，否则，徒生悲叹！

八

书市胜利闭幕，沙龙举行了一次大规模的聚会，酒店自助餐式的酒会，官员、知名作家、工作人员齐聚。吃饭时，同事来来去去穿梭，满场找稀有的菜式、饮品。素食偏好的我转了一圈夹了点素菜，突然想吃土豆丝，没找到，就退回桌前。

同事看我托盘里可怜兮兮的菜低低地笑起来：笨死了！难得一次这么大的宴会，看看我们的哦。看着人家一个个盘里红的虾，黄的蟹，还有什么沙拉寿丝一类有点自惭，可还是低低地如实说来：我不喜欢吃那些东西哦。

管喜不喜欢，只要是昂贵的就好，以后吹牛都有料，咱啥没吃过，啥世面没见过！

呵呵，咯咯，嘿嘿。

哟，咋这难吃，呸呸呸！

周总和副总过来慰劳我们，看到我的餐盘：傻丫头，就吃这？我难为情地一笑:想吃土豆丝,没找到哦。

哈,土豆丝?你上这宴会上找?你真没必要费这神啊!副总差点没噎着。

怎么不见贾平凹老师?有人过来问周总。

周总呵呵:贾老师不来,嫌这没有他的油泼面。

啧啧,这贾老师,世上这么多好东西,他也不嫌错过了亏得慌。

几十年油泼面咥出一个大作家也不亏啊。

贾老师才不计较亏不亏,他只是清楚自己的胃口。

置身于谈笑之侧的我如淋醍醐,世间有无以数计的美好与诱惑,重要的是要清楚哪个合适自己,自己想要的究竟是什么。对于一个只爱吃土豆丝的人来说,山珍海味纯属多余,而若钟情于土豆,又何必挤到海边殚精竭虑地撒网?难道所谓的成功就是让别人艳羡?!

得知与那么多大腕相处那么久,而没有一丝收获,甚至一个签名都没有时,同学狠狠骂了一通我愚笨,然后又重新支招去找花城出版社,谈谈是否有合作机会。花城出版社是最早发行港台作品的出版社,琼瑶、席娟等一批作家的作品就是从这里流进大陆读者世界的。经不起同学的连连催促,带着资料找到了花城出版社的代表。与其代表负责人谈了来意,对方翻看了我带的资料,欣然接受,拨通了一个电话,一阵交谈后,放下电话,让我在一个半月内的任意一天去广东,说花城出版社下属的一个文化传播公司,专门负责推出新人,去后再细谈。

兴奋的大脑发晕,一出门就把结果速递给同学。同学闻之大喜:尽快来,成功要趁早啊。张爱玲当年说的"出名要趁早",看来大家都明白这其中的好处。

与周总辞行,周总并没有什么意外与不意外的表情,对于员工的来去她司空见惯,只是漫不经心地说:这人啊,一辈子一定要清楚自己究竟想要什么啊。周总是无心之语,还是提示什么?心烦意乱地走出公司,坐在街边的一棵树下,任凭大脑飞旋。

其实,最初的兴奋之后,似乎对这次的南方之行不是很开心,有点隐隐的恐惧,恐惧什么呢……短短几个月,涌进眼里的多,涌进大脑的也太多,幸福、人生、生命、成功、前途、社会、名利、爱情,等等,每一个命题都是这样沉重,原以为简单的人生竟是这样的扑朔迷离!

真的有点不堪重负了,这一切来得太集中,感觉被突然卷进了一团洪流,想抓住什么,可是,究竟想要什么呢? 而这湍湍而过的洪流并不因为我的惶惑稍做缓慢,我无力定夺慌不择路又心有不甘。似需要人领路的迷途小羊一样,在街边呆坐到黄昏。

九

终于,站在了南方一幢仰头不见顶的高楼前,旋转门前不时有人出出进进,就在那一瞬,隐隐的恐惧再次袭来,迟疑地收回脚,转身走至对面大楼前的台阶上坐下。静静地看着那扇不停旋转的门,好像那是一汪深不可测的海,它随时准备吞噬着什么……

熙熙攘攘的人潮中,我却如入无人之境般地跌入自己的世界。

究竟想要什么? 什么是成功? 出名就是成功吗? 暴富就是成功吗? 名利等同于幸福吗? 人在江湖身不由己的悲哀如星斗起起落落,一旦挤进名利的沼泽,还能轻易地退到原处么?

是压力,还是动力? 短短几个小时,电光石火,大脑里涌进太多太多的人与事。从三毛自杀前的自白"如果今生还有选择,我只想做一个普通的家妇,守着平凡的男人,生几个平凡的孩子,做着凡妇们该做的一切,抓住一个女人最真实的幸福"至武则天的无字碑,和她对太平公主说的"我不传帝位给你,是想让你幸福。做得人上人,滋味又如何?!"到周总的酒后颓唐之言和对那个"美女作家"的定义,蓦地有点心惊,意识到自己似乎偏离了什么。

文字沦为商品已然成为一种走向,自己居然愿意心甘情愿地沦为"商品"? 存在的就是合理的,我不能否定别人的追求,更不敢蔑视别人的梦想,我只想在这个尘世间找到自己想要的。自己想要的究竟是什么?

仅仅几个小时,像走过漫长的一段光阴一样,霍地长大一截,虽然尚不明确人生的走向,对未来甚至还是一片空茫,但我本能地知道自己要的肯定不是他人的艳羡,不是用"商品"的角色去获取瞬间的喧嚣。

我起身离去。

离开南方前,去姐姐处小住几天,姐姐请了几天假陪我散心。

中午,游玩归来,在路边买菠萝,我一块,姐姐取了两块,我还以为她特爱吃,她却举着走进路边一小杂货店。我跟到门口站住,店里零乱的摆设,廉价的小商品,破旧柜台上几部公用电话,不明白姐姐来这干吗。

老板娘,请你吃块菠萝哦。姐姐热情地将一块菠萝递给柜台里的老板娘。

老板娘,四十开外,胖胖的,脏兮兮汗津津的,穿的衬衫居然是上世纪八十年代才会有的的确良,旧得不成样子,胸罩都隐隐若现。

老板娘满脸笑意,接过菠萝用南方话连连道谢,姐姐用广东话与之寒暄几句后出来。

你觉得这老板是不是很可怜?

除此之外,还能有什么想法?

错。姐姐说,她身家六千万不止,知道吗?她有六套带游泳池的别墅,每套别墅配四个保安和一个专门给保安做饭的女佣,孩子上学由两个保镖接送。

我大吃一惊:那她被老公抛弃了?

没。瞧,那门口蹲着的黑不拉叽像个苦力的就是。按姐姐示意望去,一个四十多的南方男子蹲在门口,又黑又瘦,眼神空洞地投向天际,一只裤腿向上挽着,皮鞋上一层泥灰,典型一落魄苦力啊。

那他们为什么开杂货店?

实在无聊吧。因为政策等机遇从农民跃身为富豪,唉,太早成功也不是个好事,没有目标了,倒显得空虚了。只好给自己找点事消磨时间,他们什么买不到? 但是一块菠萝就那么欢喜,他们是喜欢享受真实的友好。

南方的雨很随便,出门前还艳阳四射,出了超市外边已是雨幕遮天了,我与姐姐就站在楼檐下躲雨,一抬头,对面的坡地上一幢气势恢宏的别墅映进眼里。看那儿! 顺着姐姐高抬的手臂,抬眼望去,别墅的顶上拐角里,滂沱大雨中,那个老板娘呆呆地望着天,凄惶萧瑟。

正寻思老板娘为何会在雨中怅望天际,不远处一对捡垃圾的夫妻又扯住我的视线。夫妻俩一人手中拖着一脏兮兮装有战果的尼龙袋子,男的手里举着一根长约一尺的甘蔗,偏着头啃掉皮,递到女的嘴边:来,快吃,女的说:你先吃,你吃。你吃。两人推让着,然后两人都笑了,那畅快幸福的笑声穿透雨雾,引得这边躲雨的人都投去羡慕的眼神。

你说,他们谁幸福? 姐姐似在问自己,还是问我?

夜里,我靠在床头,在一盏寂静的台灯下,用铅笔在日记本上写下几行字:

在这个世界,要说钱,永远有人比你有钱,要说出名,总有人比你名气大,但是幸福却是个人的造化! 名与利不能决定一个人的幸福指数,成功的人不一定幸福,但幸福的人肯定是成功的。成功是靠踏实地付出后的水到渠成,如若把钱与名看作是生命的终极目标,某种程度上降低了生命的价值和意义!

而最成功的人,最幸福的人,应该是按自己意志去生活的人,活出原汁原味的自己吧。

写罢,我突然想自己十四岁时就离开的故园,真的,很想很想!

十

再次走进儿时的家门,已是近十年后,是在深秋的正午。

记忆中精雕细刻的古朴的黑漆木门,已被冰凉的金属大门替代,阔可泊车,轻轻一推,门页便无声地敞开。院里静悄悄的,新式的平房让我瞬间有走错门的感觉。可是看到楼梯口那株粗壮直入云霄的老梧桐和绕着梧桐的那个小花圃,我知道自己的确到家了!

有水雾迷蒙双眼,我似乎看见那个遥遥岁月里趴在花圃边看书、写作业的小姑娘时的自己了! 遂恍然大悟,自己,真的已经走了太久了!

一别十年,这么突然的出现在父母面前,该以何种状态? 走到花园边,我轻轻放下皮箱,轻轻坐在水泥砌的花园边上,不由自主地伸手抚挲梧桐粗糙的干。"吭"一声,伴着摩托车的低低轰鸣,兄长骑在摩托上撞开大门,借着惯性他将车滑到墙角,一步跨下哼着歌低头拔锁。

"小力哥",我轻轻地唤道,从小叫哥都是连其小名。哎,他轻快自然地应答,然后有须臾的停顿,蓦地转过身,一脸惊愕:"小妹?!"

我在斑驳的树影里莹笑,戏弄地盯着这个已长大成年的兄长瞬间的真情流露,你不是小时候嫌我这个跟屁虫烦人吗? 待确定是我时,边疾步向我边嗓音异样大喊:爸,妈,怎么看门的? 贼都进门半天了,居然还不知道。

屋里传出母亲午睡惺忪的声音：光天白日的哪会有贼？

那还不出来看看谁回来了？你们的刘备回来了。

刘备！因小时候爱哭，留下的恶名。时隔十年，他居然还这样戏我！

谁？你说谁？爸妈同时急切的声音，然后听到急促的脚步声，门帘撩起，爸妈争抢着同时挤出上半身，妈妈嘴里还喊：净拿你妈开涮。

话音在惊愕间落住，我也愣住了，记忆中妈妈那乌黑的头发、光洁的皮肤，爸爸的健壮伟岸哪去了？爸妈同时奔向我，他们的脚步明显不再轻快，鬓间点点白发煞是醒目，十年的光阴啊。

妈妈一把抓过我的手，不停地喃喃：是我的女子回来了，是我的女子啊！泪水扑簌簌而下，我也双眼潮湿，边轻轻帮妈妈擦去泪，边笑眯眯地说：人家不就出一次远门嘛！

这一出就是十年啊。

这不回来了嘛。

妈妈举手摸摸我的头发：走的时候还没我高，现在都高出妈一头了。唉，妈老啦。

你不老，我怎么长大嘛。

妈妈破涕而笑：还是爱和老妈顶嘴。

十年的岁月在哭笑间悄然合拢。

其间，广东那边来过一次电话，问是否能按时过去，有哪些能衬出我实力的照片等，我余梦未了地应对。而心里，的确还有些混沌。

黄昏，去老宅看望祖母。

老街变迁也很大，只是那种幽静与悠长仍隐约飘浮着曾经熟悉的味道。古宅老巷，被两旁的商业楼挤得只有一条通道。入口处，左边的发廊里人影绰绰，门口的水泥台阶上围坐着几位老人，都年近古稀。他们应是这条街活的历史词典，即使他们不认识我，但与我的祖上有或多或少的联系吧，心蓦然就升起一缕亲切。这缕亲切促使我走过去恭敬地蹲在他们面前：阿爷，阿婆，你们好啊！

几位老者面面相觑互相传递着：这是谁家的小姑娘啊？

你们仔细认认哦。我一脸期待地笑。

啊，李五爷家的孙女。一阿爷惊喜地嚷。

对,五爷家的,五爷家的,你看这眉眼,这是李家的血脉啊!

几位阿爷阿婆混浊的眼里迸出慈爱的喜悦与对往事的追忆。

家教不一样这后人就是不一样啊,你看这五爷家的孙女,见了世面,还是这样懂规矩、有礼数哪。

是呀,不像有的小青年,出去没几天,回来穿得花里胡哨,涂抹得没个人样子。

瞅都不瞅一眼我们这棺材瓤子。

五爷家的家风好,好。

阿爷,阿婆,都一样,有的人忙嘛,你们要照顾好自己啊。好容易插进去一句。

好好,多懂事的女子呀。

我的脸颊发烫!他们是被岁月的浪渐渐抛上岸的人,就这么一点问候,居然带给他们如此大的安慰和欢喜啊。直起身正要走,发廊的门开了,走出一个扎着一把金黄卷发的男青年,估计是发型师。他大大咧咧地调侃:哦,这就是传说中的二小姐啊,听说留学去了。

我咯一笑,也大大方方用地地道道的方言:不是留学,是求学哦。

旧社会的小姐少爷说出去上学,准是漂洋过海哇。

咱这不是新社会嘛,国内都学不完,干吗要去送学费给洋鬼子?

哈哈,二小姐果然不一般哪,不失咱们陕西愣娃本色!

那是,陕西女子在哪都是陕西女子。

故乡的人啊,谢谢你们还记着我!笑音犹在,我已折进小巷,转过丁字口,看到了巷子最深处老宅门口的几株梧桐与洋槐,更粗了,家园的气息扑面而来。

推开古老厚重的木门,三重庭院次递呈现在眼前,往日时光隐约浮起。疾步穿过第一重三叔新砌的平房的走廊,那棵苍老的石榴树居然还在,几枚干果在深秋里瑟瑟。而第三重深院的那棵老槐,苍老但依然繁茂的树冠,几乎遮掩了院子的全部天空,它威严得似老祖父伟岸的身姿。

阿婆,阿婆。我激动地边走边喊。

谁呀?祖母颤颤的音从窗棂里透出来。

待走到老槐树下,满头霜白发丝的祖母已拉开门双手拄着拐杖站在屋檐下。

阿婆，我回来啦。我欢喜地奔过去，一如当年背着书包刚放学归来。

哟，我的孙孙回来啦。祖母沟壑纵横的面容上绽开惊喜。

换扶着祖母在躺椅上坐好，再拉过来一小凳坐在祖母身旁，祖母拉过我的手在她怀里不停地揉搓，她的手粗糙而温暖。落日余晖，深院古槐，银发祖母，隔着六十年光阴的两个女子，在树下叙说着岁月的片段，祖母俨然家族一部活的记事本，将所有堂兄姐妹的求学、工作一一讲来。

阿婆，我们这一代没出息，没一个能比得上祖父当年的威风啊。

唉，什么叫出息？世道乱，只要你们一个个清清爽爽地出去，清清爽爽地回来，阿婆去了那边就可以放心地给你爷爷有个交代了。

一瞬间，如一剂清凉注入忙乱纷杂的心，心顿时清晰起来。

然后，我看到阿婆眯起双眼眺望着遥远的天际悠悠地说："富贵如浮云，是给别人看的，真正的高贵在骨子里啊！"

没有经过历练的清高是虚伪的，而我的阿婆她完全有资格如此一说。

她十六岁以大家闺秀的高洁嫁与后来外号烟王的阿爷为妻。家道兴旺时，少奶奶的阿婆的私房钱可装满一个枕头。后来，社会变迁，资产全部充公，阿婆成了有二亩薄田的农妇，做一手好女红的纤纤细手扛起了锄头，但是任何时候，阿婆总是洁净整齐，发髻光亮。直到阿爷早逝，阿婆为了供养叔伯姑们上学，不得已在街上摆起小摊卖小吃，她总是头戴白布帽子，不仅自己整洁利落，还将摊位打理得一尘不染。所以，她的生意是最好的，常常刚到中午便卖完整天的食品，还有些老顾客常常寻来预订。她从不串门，不东家长西家短的拉闲话，一街住几十年不见传说她与别人有过是非恩怨，连拌嘴都不曾见过，中年丧偶颇有些韵致的阿婆自始至终都不见任何闲言碎语。在叔伯姑们都自食其力后，阿婆便中断了她人气很旺的小吃生意。

阿婆骨子里并不赞同女子抛头露面，但是为了孩子们，她又果敢地踏出这一步。一旦走过最泥泞的一程，她又不为利润牵绊，决然放手。洁身自好，不随波逐流！阿婆虽不识字，但她一生都在诠释这个定义。

因此，历经多年后，阿婆虽已八十高龄，但她的起居与服饰的洁净整齐仍让我们懒散成性的晚辈汗颜，而她，自始至终都有一种气质，令人不敢轻易冒犯亵渎。或,正如阿婆所言,真正的高贵在骨子里!这是一位八十岁的老人,在阅尽人世沧桑后,对生命的总结。

当晚,在卧室,找来一铁盆,将所有发表与未发表的,及一些证明自己履迹的照片一一点燃。内心平静如水。现实中也不乏天才少年,但,我不是天才!有些成功是需要时间需要心力的,我还远远不够!

追 记

归来时,刚好临界二十三岁的生日,一个封闭得很完整的年轮。二十三岁,是每个人都会拥有的一截光阴,于整个生命,似拾级而上的台阶中最寻常的一层,循着惯性不经意的就一跨而过。只是,我在这一层却用尽心血,狠狠踏出一个印痕,让这一年光阴,成为卑微生命中最浓重的一道年轮。

一年的任性远行与草草收场,成了众人眼中的荒唐与笑料,于我却是一场梦想的追逐,甚至是对生命的探索。如一场漫长艰辛的跋涉,又犹如泅渡一场深海归来,我有种酣畅淋漓的尽兴,身疲惫而心欢喜。年少的浮躁与惶惑被人世汹涌的波浪席卷而去,对于自己细屑的生命,已然有了初步明晰的定位,心境清渺安宁,面对戏谑调侃甚至讥讽,能浅浅一笑不为所扰。我知道,世界丝毫不改缤纷繁盛,生活依旧琐屑意外丛生,这个红尘如此的美丽万千,而那一场辛劳,或喜或悲,或取或舍,所有的浮浮沉沉都是属于我一个人的花开花落。

正如三毛曾经的坦白:"我明白,我的人生观和心境已经再上了一层楼。但是,成长并不表示老化,更不代表我已不再努力我的前程。"此番任性远行归来,我更加努力地热爱这场来之不易的生命,我依然有梦飞扬,只是换了一种踏实的合适自己的方式。用心领略俗世中属于每个生命的正常琐碎生活,用心捕捉细小的真实的人性美,用心领略世间不同韵致的风华,再用心将这一切体验沉淀成一种收获,一种美,然后尽可能地用合适的方式播散出去。

所以,即使远离繁华转身进了沙漠,心也常常被感动充盈着。

在沙漠里,每天看着日出日落,做着琐碎的事情却从不间断阅读和感悟,将每段感悟记录在随笔里,一个个文字是我虔诚于生命的证据。偶尔拨弄几段不成调的古琴,是为自己单薄的生命弹奏的背景音乐。去戈壁,去胡杨林,去远山登高,倾畅胸怀汇纳这别有韵味的人间盛景,聆听这人世的华美乐章。

今天的我,已不会再大悲大喜痛哭流涕,但我依然常常落泪。为瞬间的人性之美,为四季的自然之美,更有时是为人性的丑恶,面对人性的丑恶,我没有憎恨,只有无能为力的虚弱。我用真与爱迎接着每一天的晨起日落,迎接着每一个偶然却也必然相遇的人与物。面对人世变迁,毫不隐藏真实情感,我珍爱每一个朋友,也珍爱自己的生命。经多番努力始终不能唤醒其真诚的过客,就果断地将其剔除于生活。当然,对其,我仍是深深地祝福——我们是两条平行线,各有各的轨道与精彩,人生太短暂,太多美好的事物等着去领略,实在不想将有限的生命耽于和虚伪较劲。

我明白,终其一生,自己也不会拥有世俗意义上的成功,我却为卑微的生命感到欣慰。坚持了自己的人生所求,认真地探索着自我微小的生命,在这个虚华的人世,我坚守住了自己想要的本真,嗅到了生命的芳香!

歌德说:在这个躁动的时代,能够躲进静谧激情深处的人确实是幸福的。如此,我似乎触到了幸福的大门吧。

这个秋天,抵达一座山的深处,在那人迹罕至的山坡上开满了星星点点的矢车菊,白的,粉的,黄的,紫的,阳光下,她们开得那样认真,那样努力。我突然涌起深深的感动,想起了所有不因为寻常与卑微而慢怠生命的人,想起自己那场探索跋涉的远行——明知道,花开花落注定是一场寂寞的演出,然而,因了那份热烈的膜拜与爱,我这朵山间的矢车菊,也曾擎着青春的花蕾,在阳光下慎重地选择生命盛开的方向……

回首来路,无悔也无怨,面对未来,不忧也不惧。只想努力做一朵矢车菊,根扎大地,面朝阳光,明媚而坚强,温柔而勇敢,安静而努力。

我坚信,只要心里有真诚与爱,可能会幸福,而心里没有真诚与爱,肯定与幸福无缘!

2010 年秋整理于巴丹吉林沙漠中

辑 三

距一豆烛火最近的地方

父亲是勇敢的、智慧的。无论尘世有多荒凉冷清，他始终没
手对人性的希望与坚守。他的心里也始终亮着一豆慈悲的烛火，□
己，也温暖着他人……

父亲的三句话，一世悲欢

　　高尔基说：父亲是一部巨著，读懂了父亲，便读懂了人生。初读到这句话时，我是很不屑的，甚至有些慌张地翻过印着这行话的书页，那突然而来的慌张烦躁里有着深深的失落与怅憾——我的父亲，那个卑怯成性、永远行着不合时宜举止、永远令人讥笑斥责、经常泪流满面、懦弱忧伤、永远不能给儿女带来渴望的依靠与安全感的男人，有什么值得我解读，有什么必要解读？

　　可是，行走东南西北、上下求索多年后，在莽莽撞撞地左突右冲后，蓦然回首，才发现自己苦苦寻觅的泅渡生命沧海的力量居然就在身边，我的父亲一直在努力地将挖掘幸福的工具向我递送，而自负狭隘的我却一直在拒绝。直到父亲猝然离世，那种血脉断裂之痛如壶醍醐泼淋下来，我幡然醒来，终于看清了父亲所有笨拙后的智慧，卑怯下的威严，眼泪里的温度，向生命俯首的姿态下的昂然。也终于明白了父亲三句话勾勒了一个多么辽阔的世界。

学如逆水行舟，不进则退

　　"学如逆水行舟，不进则退"是父亲独独留给我的一句话，也是近乎透明成玻璃的父亲一生中一个罕见的秘密。

　　按常理讲，这千古名句是个很正能量的话，以此来教诲孩子应该得到敬重，但这句话出自被"书"害惨了的父亲之口，只会成为母亲的打击目标。尝够父亲"书呆子"苦果的母亲当时正在全力以赴地围剿着父亲的言行和精神。只上过小学三年级的母亲用尽所能驾驭的犀利的、具有剜根蚀骨功效的言辞敲打冲刷父亲，力图把父亲从"书呆子"浊潭里拖拉出来。所以，父亲在这个当口说出这样鼓动女儿读书的话，可想而知是多么的不合时宜。而他居然还将这句话留在有着均匀小巧绿格格的作文本上，这可是真凭实据啊。父亲怎么这么不考虑后果呢？瞅着父亲清秀的一行行草小字，眼前却闪现着母亲将这页纸撕成一绺一绺，或举本子砸向父亲的咬牙切齿。惧怕了父母亲的争吵，更确切点说，不忍看父亲嘿嘿地承受着母亲劈头盖脸地训斥，我将本子塞进书包一字不提。父亲也从没提及，或许父亲以为我没看懂，也或许父亲本身就希望我悄悄地领会就行，也或许父亲就是一时心血来潮落笔，父亲就是这样一个常行唐突之事、忽发不合时宜之言的"书呆子"。无论哪种情况，总之父女俩很默契地一致选择了闭口不提，我该顶撞他时从来没客气过，该蔑视他时也从不收敛。

推算一下，父亲说给我这句话时，我九岁，父亲长我二十八岁，出现在我九岁视野里的父亲已是个三十七岁的非常卑怯、非常惶惑的男人了，是个家人、四邻街坊都可以随时指教他、训斥他、调侃他、讥笑他的男人。当然，父亲也是个具有罕见能力的男人，一句话引起群人围攻，温良的母亲瞬间暴怒成河东之狮。但是这并不能妨碍父亲仍然是个最受欢迎的人，与明显的弱点相比，父亲的优点也很明显，对任何不敬都哈哈一笑，或嘿嘿而过，骨子里谦虚至极的他，面对众人直言不讳的"笨拙"说词也大伤脑筋，也在努力地揣摩学习。清楚地记得父亲最擅长的回应是嘿嘿一笑，忙不迭地点头认错反省，有时还要独自琢磨好久。

只是父亲的资质实在令人痛心，非但多年没有长进，而且祖父母批评教导，母亲苦口婆心地规劝或连吵带骂的批判，邻人善意的调侃授意，或逗弄讥笑等诸多方式的言传身教，使父亲像邯郸一样失去了主见，常常在忘情发表论调中，突然醒悟地转成嗫嚅，有时干脆戛然而止地将正说的话咽回去。然后在轰笑声中嘿嘿地挠着头发，像个六神无主的孩子，腼腆而卑怯。然而这样的父亲依然经常做些令人瞠目的事，母亲常骂父亲"荒唐"，兄长厌憎父亲"迂腐"。

追根溯源，父亲沦落到如此境地，原因之一是父亲真的笨拙得不可理喻，给碗里盛面都要烫到手，好心帮倒忙是父亲的拿手戏，惹得母亲常常咬牙切齿却又忍俊不禁。而与真正的罪魁祸首比,父亲生活技能上的笨拙完全可以忽略不计。

母亲说,把父亲害成这个境况的罪魁祸首是"书",居然是书!

毋庸置疑,父亲是当时的文学青年。瘦瘦高高,四肢修长,家族遗传式的薄眼皮,细眯眼,即使笑也呈现一丝忧郁,常年藏蓝色中山装裹身,冬天时围条驼色拉毛围脖,典型的文学青年形象。由此可知,出生于1948年的父亲是那个年代少有的幸福孩子,外号"烟王"的祖父给了父亲一个幸福的人生开端。父亲一生的回忆中从不曾提到过饥饿贫寒一类事,更重要的是在那个年代他居然是个有书可读的人。

然而,有幸读了许多书的父亲没有发挥出"知识的力量",倒是一直淋漓尽致地演绎着"百无一用是书生"。十六岁,被祖父送去学医,聪颖勤奋,属优等弟子,只是两年后实习时,举着针管怎么也扎不下去,师傅急地吼骂,也没用。验看排泄物,每看每呕。医生无论如何是不肯当了,只好弃医进县水泥厂当工人。该相亲了,让街上另一小伙代替自己去相亲再度成为笑谈。所幸,误会很快澄清,山里的母亲嫁给了吃着公家饭的父亲。起初母亲是为父亲是个书生而暗喜过,对邻人嬉说的"书呆子"没有任何概念。新婚冬天的早上,上班途中的父亲满脑子回味着前一天看的书,把正抽的烟顺手装进棉衣兜,里里面面三层新的棉衣见火星就着。当腰间烟火腾腾时,父亲居然还乐陶陶地迎风猛蹬自行车,对面来的路人喊住父亲,帮着一顿手忙脚乱地拍打。父亲穿着烧掉半个襟的棉衣晃荡了一整天,又穿过了半条街回家,街邻的嬉笑中,祖母、母亲剜肉般的心疼,全家人积攒的布票就此化作一缕烟。

母亲初次领教了"书呆子"里潜伏的危害,对书开始排斥,只是以母亲的见识还远远估计不出这种危害的力度和深度。

沉迷于书,被父亲照顾的我们兄妹,类似哥哥玩尿泥,姐姐爬进水盆里,而不满周岁的我爬到大门口睡着了、被归家母亲一身泥土抱回屋等不堪的历史,或偷偷订阅《人民文学》,母亲大骂一通也就过去了,最怕的是那种影响生存和命运的危害。这类危害明知其存在,却无迹可寻,想预防找不到方向,想抵抗使不上劲,它就像水一样不知不觉地渗进命运的缝缝隙隙。

刚直不阿疾恶如仇历来是文人的一个通病，"书呆子"父亲没有文人的命却得了文人的病。在单位里，看不惯领导间的倾轧，拉帮结派，耻与媚上欺下者为伍，又笨拙的不擅隐藏好恶，所以，尽管一笔好文采，思维敏捷，善良懂礼，领导几番器重后，最终将他放弃，他始终只是个普通工人。但父亲是享受了长达二十年的特殊待遇的工人，只要开大会，厂长要特意给他两天时间自由支配，条件是开会前拿出一份讲话稿。父亲的才华通过迂回的方式传遍厂子旮旮旯旯。父亲的人品获上下一致认同，人人垂涎的物资保管员岗位被委任给他。于是家里开始有客来往，1982年的春节，上海冷库里的西红柿经厂里出差的叔叔捎进了我们家，北方一片冰天雪地，我们家厨房飘出的西红柿鸡蛋拌面香气引来四邻的艳羡与口水。

　　在母亲小小虚荣得逞的笑容里是父亲愈皱愈紧的眉。原来，拒绝是个深奥且无套路可循的难题，三番五次阻退了欲额外领取物品的笑脸后，父亲被孤立、讥讽，甚至谩骂包围起来。回来说给母亲，胆小的母亲就训父亲不会做人，开导父亲别死脑筋处处得罪人。父亲便和母亲争执，母亲多次痛心疾首地以全家人的生活重担为由逼迫父亲"学会做人"。父亲沉默了，母亲刚舒一口气，以为父亲终于"开窍"了，不料，某天吃饭时，父亲淡淡地宣布他已向厂里辞掉保管员肥差，申请上作业的最前线——矿山。母亲的愤怒可想而知，却已无回天之力。

　　父亲此举惹来诸多"你是英雄，你是男子汉"的拍手大笑，其实相比这些"赞语"，我还是比较喜欢听"唉，你这瓜怂娃"的长叹，虽然基本是同一个意思。矿山上除了值班员外，作业者都是背井离乡而来的临时工。一个为生存挣扎的最底层群体，连人都不认识几个，更不用谈背景和人脉了。厂里那些忙着"奋斗前程"的正式工没有一个人想上矿山，即使上，也是轮岗，或想办法托人情再回总厂，谁也不想脱离总厂圈子，好歹是县级厂子，几千干部工人，各自都有些错综复杂的人脉与背景，是不甘寂寞者长袖善舞的好舞台。

　　"瓜怂"抑或"英雄"的父亲主动请缨上矿山稳定了一方人心，上到矿山上又瞒着家人开启了一项长达多年的愚公工程：看见下班临时工们抖抖索索地用冰凉的水冲洗满身灰粉，他不言不语买了炉子，值班时便不停地烧热水，让工人用上了热乎乎的水。后来有工人离职时专门来家里告别并道谢，说"除了李师傅,还没有人把我们当人看过",家人方知父亲的"副业"。这次母亲没有责怪父亲,我们兄妹也真心地说父亲做得好,父亲便嘿嘿得很幸福。

父亲的幸福点似乎很低,不仅如此,父亲的笑点、怒点、泪点都与常人有很大的差异。

父亲从总厂的舞台出逃肯定是做过一番纠结取舍的,所以在母亲及众人的叹惋讥讽中,父亲一点也不凌乱,也不辩解,只是嘿嘿一笑,云淡风轻的模样。也从此在矿山上踏实地过起了他半隐居的生活,除却一年开几次会从不回总厂,但是隔几天去一次厂图书馆换几本书。图书馆在厂子一角,父亲一换书便悄悄走掉,而图书馆也基本没人。很多年,每到黑夜,在高高的嵯峨山半山腰上,总有一束昏黄的灯光从一间小屋里散射出来,静静地照亮着那一片漆黑。

下班回到家,清洁成癖的父亲总是扫这里抹那里,闲下来便带着我们看书,给我们讲故事。捧起书的父亲目光清澈而坚毅,那种全神贯注的神色令父亲身上焕发出一种奇异的光彩,那圈光彩让我暗暗自豪。可惜书本一合,往人群中一走,那种奇异的光彩顿时成灰尘四下飞散,我只能如梦方醒地看着父亲一再地出洋相,一再地成为街邻耍笑的对象,一再卑怯而惶惑地嘿嘿嘿。

不承想,这样的父亲居然和人吵架了,居然招惹的是街上出名的、邻人一提便发怵的妇人。其妇人的公公年迈卧病,妇人厌弃疏于照顾,老人某天来找父亲求助,父亲从此就经常买些馍馍等吃的送过去,顺便再买些止痛片、阿司匹林一类的常用药。谁料某天父亲送完东西出门时,被妇人拦在大院里大骂:狗拿耗子!你明明是让四邻街坊笑话我,戳我脊梁骨。

父亲一反素日的懦弱铿锵道:路不平,有人管,有我在,我就不会眼看着老人被饿死痛死。如果你们善待老人,哪个敢笑话?赡养老人是每个儿女该尽的责任,人人都有儿女,人人都有老的一天,希望你们好自为之!妇人非但不反省,又在大街上拦住母亲嚷叫,被羞辱了的母亲回家劝父亲,父亲满不在乎:让她骂去,我该如何还如何,我不能因为怕了这些人而置老人不顾。母亲气极:天下恶人多了,你都管去?父亲振振有词:天下恶人各有各的末路,我只尽我的心,能帮到谁就帮到谁,能帮一点是一点。

母亲及邻人轮番劝阻,父亲我行我素,直到几个月后老人去世。这一场旷日持久的对抗架,以及对邻人劝阻的漠视,令父亲荣获"二杆子"称号,这个名号远播究竟有多远?大约是七岁的某天,家里来了个中年女人,她边讲边哭,围听的邻人满脸不平,父亲眉头紧皱。当天晚上,父亲于灯下伏案疾书,在我们起床上学时父亲还在继续。

一些天后,女人又出现在家中,桌子上摆着最流行的糕点。妈妈推让,说你也不容易,带回去给孩子们吃,我们在街上想吃就买了,很方便。不行,女人抹起眼泪,要不是他叔帮忙,我们的冤一辈子也洗不清,我们也就这点能力啊。后来从大人们闲谈中听出大概,某村长的儿子奸污了女人家九岁的女儿,女人想上告,就必须写诉状,但那个村长有股恶势力,方圆能写诉状的人慑于他的邪势没一个人敢帮写诉状,她辗转听到了父亲的"疾恶如仇"的传说,便找了来。

恐怕那张诉状是父亲一生最满意最倾尽心血的一次行文,那张行文给弱者敲开了申冤的大门,那场官司打赢了。但是,在以后的岁月里,未曾听父亲提起过此事,书生意气的父亲大概有行侠仗义的情结,凡事只求尽心,名利回报一类根本不在他意识之内。

虽然母亲也知道"书呆子""二杆子"是对父亲善良耿直的通俗诠释,但是为了一个家庭的利益,母亲开始给父亲实施"独裁",阻止父亲看书,让父亲把精力放在改善全家境况上,而"笨拙"到骨子里的父亲放下书本对生活一筹莫展。"无能""没本事""废物"等词眼从母亲及亲戚邻里毫不遮掩地砸到父亲身上,父亲依然嘿嘿一笑,只是沉默的时候多了。一张口便遭到讥笑与斥责令他卑怯而惶惑,偶尔反驳的倔犟里有着某种不甘,但是我感觉最明显的还是父亲的愧疚,父亲会莫名其妙地抚摩着我的小辫或拉过母亲缝补着的衣服,盯着补丁悠悠叹息。

父亲似乎陷进某种反思与挣扎中,宁愿孤坐发呆,书在手边也不翻。母亲偷偷欢喜,破天荒地表扬起父亲,说这次像个男子汉,说到做到。我知道母亲所指,父亲多次发誓,这本看完就不看了。就在父亲终于下定决心跟书一刀两断时,有天我写完作业跑出去玩耍回来后,看到方桌上的作文本被人动过,一翻,在其中一页均匀有致的绿色格上有一行隽秀的连笔字"学如逆水行舟,不进则退"。我小小的心脏一动,满不在乎地将本子往书包里一塞,同时也将父亲的秘密塞进了心里。父亲从来没认为读书是种错,卑怯的父亲其实很倔犟,他以自己的方式与现实周旋,他弯下的是腰,却不是精神,他从来就没有妥协!

也正是如此倔犟,敢于不合时宜的荒唐的父亲,给了我们一个与众不同的童年。

"书呆子"父亲很讲究生活质量,衣着总是干干净净,常常细心地用香皂洗手,早晨起来站在院子里哗哗地刷牙,左右邻人都是地地道道的农人,便讥笑父亲资本家遗风。母亲受不住这种讥笑,几次建议父亲可不可以放弃这个习惯。父亲一笑,来日照旧不说,还经常检查我们的卫生,替我们修剪手脚上的指甲。在巷子里的孩子中我们总是衣着整齐,手上散发着香皂味。

从小没受过贫困之苦的父亲是不会理财的典型,只要市场上的时令蔬果一现身,我们当天就能吃到口中。在别人都抽九分钱一盒的羊群香烟时,父亲一直抽着两毛二的红延安,这让母亲很揪心。父亲发工资那天是我们的节日,父亲进门一拍口袋,我们便意会地嬉笑着拥上去围着父亲。父亲数完工资,将整的交给妈妈,角角分分的就分给我们,然后豪迈地大手一扬:花去,想买啥买啥!我们攥着一角两角的票子欢呼着冲出家门,穿过悠长曲折的巷子到街上的合作社里买零食,山楂卷、棒棒糖、冠生园的泡泡糖,糊了一层白面粉的甜甜的花生米等,常常让巷子里的小伙伴羡慕不已。

当时一斤醋才三分钱,所以母亲特别心疼,常常埋怨父亲不会过日子,把钱当纸地扔。父亲就辩:父母就是要满足孩子心愿,孩子开心欢喜不比两毛钱重要么?母亲便无言。但在以节俭为荣的年代,这样的行为是刺眼的,尤其是眼馋的孩子回自家一闹,便不断有邻人传话给父母:别太招摇了,这样下去会把孩子惯坏的。于是父亲猛然醒悟地叮咛我们:碰到邻家娃,要分着吃,不许吃独食。

除却为这些油盐酱醋茶的事发生摩擦,有三件事令妈妈叹息了一辈子。

其一,爷爷去世前几个月,忽然提起他早年的威风,很怀念那时常穿的一件皮大衣。于是父亲连自己当月工资并预借了一些钱,托人给爷爷买到一件当时很稀有的黑色真皮大衣。爷爷穿着念想多年的真皮大衣戴着瓜皮帽靠在祖宅老槐树下的躺椅上,旧社会老爷的姿态又回来了,虽然仅仅几个月后爷爷便与世长辞。

其二,外公是山里人,极其节俭,某次外公聊天时说了句现在羊肉贵得让人害怕(据母亲说市场价是七元钱一市斤,一般人不敢问津)。几天后,父亲发了工资,用一个月工资二十四元,买了三斤半羊肉,连家都没进,从街上直接翻山越岭送到外婆家。回来后,母亲讨要工资,父亲支支吾吾,两天后外公来家里狠狠训斥父亲,母亲一听,又气又急几欲大哭。外公亦气亦心疼训父亲:下来一个月你们喝西北风?你可以买一斤就行了么?父亲豪爽地大笑:没事,有我在,不会饿着,大不了预支一个月工资。老人家想吃羊肉,就一次吃个痛快,美美地过个瘾。这样的结果是外公在和父亲聊天时绝口不提某件具体的物品。

其三,父亲除了读书,还喜欢听广播。广播是当时最先进的传播工具,父亲一直有个巴掌大的收音机装口袋里,随时收听。立体声收音机一面世,刚领了工资的父亲便用当月工资四十元从街上唯一到货的店里抱回一台。母亲愤怒地将收音机狠狠地摔到地上:这日子不过了,不过了!谁料父亲将收音机拾起来,左看看右看看,然后抱出去修理。回来后嘻嘻道:本来还找了两块钱,维修费刚好两块,现一分都没有了。

母亲哭笑不得。我们兄妹不晓其中利害,立马欢喜地围上去让父亲给我们调台,也就那时我们在同学中最早收听"小喇叭",刘兰芳讲的《杨家将》等文艺节目,知道什么是新闻。那台收音机也给整个巷子带来了欢乐,一到中午12点广播剧时间,便有邻人来家里一起听。父亲有时干脆将收音机提到院子外的树下,男女老少围坐在一起听广播,场面壮观而温馨。

那时父亲在被母亲斥责埋怨时,常用一句话安抚母亲:毬!怕啥?天塌下来有我顶着哩!说那话时,父亲通常配着爽朗的大笑,有时还会摸摸头顶看看天,真有种不怕天不畏地的狂放与自信。

而这全是三十七岁之前的父亲,是写给我"学如逆水行舟,不进则退"这句话之前的父亲。

其实,细想想,卑怯不是父亲完整的姿态,这只是父亲的一个横切面。卑怯也不是父亲天生的姿态,这种性情的形成是一个渐变的过程,是一个由量变到质变的过程,在这个过程里父亲也曾如初春的麦苗挺拔、阳光,无惧无畏。一个月工资倾囊而出去实现一个关于口舌之福的心愿,也只有"书呆子"父亲才会创造的奇迹。某次探亲,恰逢兄姐都在,我们与父亲说笑,说父亲是最早的富二代,父亲羞愧地连连摆手,"年少哪知世事艰,不可提不可提!"

先天下之忧而忧,后天下之乐而乐

啪!先天下之忧而忧,后天下之乐而乐,你懂不懂?!父亲突然一巴掌拍到方桌上吼出一句话,旁边厉声絮叨的母亲惊得住了口,端着茶杯蹲在门口的兄长喷出一口茶。等我从厨房探出脑袋时,看到的是厅里方桌旁父亲涨红了脸直直地杵着,母亲半合着口仰着脸,兄长嘴角挂着茶水的脸扭向屋里。不用说,母亲和兄长的眼睛是锁定在父亲涨红的面庞上的。

三个人像在演哑剧,足足静默了半分钟,然后爆出史无前例的大笑。母亲笑的直擦眼睛,兄长笑得前仰后合,手里的茶缸直往外扑水,嘴里不停地模仿:先天下之忧而忧,后天下之乐而乐,你懂不懂?!嗯,你懂不懂!

父亲挺直的身躯似乎松软下来,嘿嘿着,一手取下除了夏天其他三个季节长在脑袋上的蓝帽子,抬手挠头发,掩饰难为情。不用说,父亲又冒"傻气"了,肯定被母亲的斥责逼出了惊人之语。

你没看到父亲刚拍着桌子吼"先天下之忧而忧,后天下之乐而乐"的架势,太威风了,你说国家怎么不让父亲当省长呢,当个县长、镇长也行呀。去去,我打断兄长嬉笑揶揄,却也忍不住笑了。父亲总是出不合时宜、不合身份之言,这些话语跟他一贯的卑怯懦弱形成极大的反差,从而产生嬉戏的效果。

母亲好容易笑毕,为什么吵架也给忘了,只是怒其不争地撇嘴:连自己死活都顾不过来的男人,还天下天下的,你放心,这天下没你更安宁。母亲的话很尖锐,也带着一定的情绪,但是这里边揭示了一个鲜活的事实——当时的父亲深陷水深火热之中。

人到中年,多事之秋。其实从我们兄妹的相继出世,父亲已步入生活的艰难境地,只是后知后觉的父亲尚未觉察,也或许从小生活优裕的父亲不相信自己会跟贫困发生交集,也根本不知何谓贫困。对生活准备明显不足的父亲大概认为自己与贫困只是做个短暂的狭路相逢擦肩而过，他没有料到贫困是个"癞皮狗"，一旦被咬住就难以挣脱。

其实在之前，在贫困中挣扎长大、颇具忧患意识的母亲因为父亲花一个月工资给外公买羊肉，或一个月工资买广播时的大吵已经提示贫困来临。而父亲的无知与盲目乐观，也让我们沉浸在一种盲目的无忧无虑中，甚至在下雨时帮着母亲拿盆碗接屋顶的漏雨时，还很兴奋地争抢，蹲在各自的盆碗前等着雨一滴一滴地落进去，过一会儿比谁接得多。我们丝毫不知那就是贫困，我们在母亲的忧愁里享受着贫困的乐趣。父亲偶尔也会忧愁的，看得出，是怕挨母亲骂而装出的忧愁，是种被动的忧愁，所以很短暂，更多时候是笑哈哈地对愁容满面的母亲说：看，这多好，免费音乐听着多美！气得母亲掐死他的心都有。然后，不管母亲有多气恼，父亲自顾自地给我们讲书里的、广播里的奇闻轶事。当然，在父亲的讲述里时常插播进来母亲"没心没肺，不知忧愁的瓜子"的斥骂。

父亲主动开始忧愁是从爷爷突然生病开始。

威风一世的"烟王"爷爷中风后需要治疗，没有毫厘积蓄的父亲急得团团转。在祖母出力抢救回来爷爷后，父亲开始陷入歉疚与自责的情绪中，同时倾心尽力照顾起瘫痪的爷爷，擦洗按捏、喂药喂饭，早年因见了排泄物呕吐而放弃学医的父亲在爷爷排不出大便时，戴上口罩给爷爷用手指掏秽物。每次掏完，跑出院子吐几口。日渐衰弱的爷爷想起年轻时的威风，提到了当年爱穿的一件真皮大衣，父亲去厂里借了两个月工资托人给爷爷买了回来（这次母亲没有反对）。爷爷穿上心心念念的皮大衣，又是欢喜又是疼惜这个"不会过日子"的儿子。父亲笑呵呵让爷爷不要想那么多，日子没那么艰难，只是父亲笑里的单纯清亮减弱，余音酸楚隐隐。

实现了最后一个心愿的爷爷去世了。从厂里赶回来的父亲跌跌撞撞地扔下自行车跑进幽长的庭院，刚跑到院中老槐树下爷爷每天坐的躺椅前便扑通一声跪跌在地，一声"大啊"冲出胸腔，冲出喉舌，响彻院子直奔云霄。满院子的邻人纷纷撩衣襟抹泪，原本对死亡没有任何概念的我也哇的一声哭起来。

爷爷是父亲世界的太阳。生父亲时，奶奶仅仅十六岁，还是个大孩子，她素来喜好洁净，怕儿子尿脏了炕，便时常将襁褓中的父亲放在铺了麻席的地上。

一个夏天过后,即将满周岁的父亲开始学走路时,从父亲哇哇啼哭不肯用脚触地时,才发现父亲的腿风湿了。随后叔姑相继出生,奶奶顾不上经管父亲,每逢阴雨天,风湿病特有的疼折磨父亲时,便是爷爷耐心地给父亲揉腿,并怜惜地叮嘱父亲长大后该怎么照顾自己。

爷爷的离世,撕裂了父亲的天空,从一声撕心裂肺的悲号开始,父亲开始了真正泥泞的人生。

贫困,是个世界难题,也是个历史死结,贫困是摧毁一代代人的"老三观"(人生观,价值观,世界观)"新三观"(事业观、工作观、政绩观)的最直接暗力。关于贫困,罗伯特·清崎说得狠:贫困是万恶之本。虽然有失偏颇,却也不是空泛之论。中国人谁不知道一分钱难倒英雄汉的无奈!元稹也被穷困逼出了千古长叹说:贫贱夫妻百事哀。所以贫困不是件丢人的事,却是件痛苦的事,因为与贫困随之而来的是一些意想不到的伤害与悲哀。

所以,父亲一生挨着的折磨同普天下广大穷苦之人的苦是相同的,因此我也不认为父亲的苦难比别人更深重,我只是心疼父亲他那颗对痛特别敏感的心。有一句话说,每个人经历的苦都是大同小异的,其痛的程度与每个人的心有关,而父亲极其敏感的心注定了他要承受更多更深的痛。绕了这么多,其实就是想说一句,在那个贫困遍地的年代,被贫困笼罩的老宅里,有几年烽烟四起的记忆。

在贫困搅扰下,婆媳姑嫂,情绪失控过激,争吵时有发生,在连擦肩时都要冷眼相对的紧张空气里,孩子都不敢轻易地玩闹,出进小声小气。一边是失偶的奶奶和失去父爱的未成年的弟妹,一边是不谙世事的儿女和与自己一同在贫困里挣扎的妻子,看着善良可亲可爱的亲人互相伤害,最为难的是父亲,原本笨拙的他陷进深深的自责里:作为一个工人,一个月的工资连做父亲、丈夫养家糊口基本责任都无法扛起,有什么资格责怪妻子斤斤计较?作为长子、长兄,他无力尽到责任,又怎能有勇气劝说奶奶或姑姑?

笼在贫困的阴郁里,默默承受着来自母亲的斥责、弟妹的冷落、妻儿的抱怨的父亲更瘦了,偶尔哈哈一笑也干巴巴的,细眯的眼时常噙着忧郁与自责。而渐至中年的父亲,腿病趋于严重,走路时间久点就开始跛,不知是病痛还是压抑,父亲时常发出莫名其妙的哀叹。但是一旦捧起书来,便眉头散开,面色祥和。只是这样的时候越来越稀少,院子里的气氛越来越紧张:

大年三十,父亲给祖母拜年,祖母将点心丢到院子来……

姑姑订婚,整个家族全体出动,连嫁出门的堂姑都带着孩子来了,我们却只有眼巴巴地趴在厨房的小窗上看。一堂叔问:怎么不见大哥?阿婆响亮的声音从窗户上飘进来:我给人家说我女子是老大,没有大哥,让他去,纯粹丢人现眼……

屋漏偏逢连阴雨,长达半月的秋雨,满地满炕的盆碗,一家人缩坐在炕角里,几双困倦、可怜巴巴的眼睛鞭挞着父亲。父亲终于抹下自尊收起面子,下了狠心去厂里借钱准备盖一间房。不料责怨深重的奶奶却坚决让扛不起长子、长兄之责的父亲带着妻儿远离视线。如果搬出去另起锅灶,可不是只盖一间房的钱了,那需要几倍的钱啊,更何况,按镇上规定,长子离祖宅,必须先将祖宅购为私人所有。父亲从厂里借来的钱仅够买回一张老宅的地契和一页宅基地准盖同意书。父亲再想向厂里借钱时,遭到冷冷地拒绝:借款已达到厂规底线。房子还没一点眉目,熬过无雨的冬天,眼看雨季节将来,笨拙清高的父亲辗转反侧了几夜,在母亲的催骂声中,硬着头皮开始出门借钱。

借钱,是父亲一生最艰难的课业,从优裕环境里长大而沦落到四处求人借钱的地步的父亲心境是何等的悲凉!而清高孤傲的"书呆子"心性更是父亲难以跨越的坎。

所以,从母亲斥责逼问与父亲知错嗫嚅"我看人家也不容易,哪忍心开口嘛"的言辞中可知,父亲好多次根本没开口。气极的母亲便破口埋怨,大骂,威胁:再这样下去,我带几个娃回山里挖窑洞住去。

吵吵闹闹后,父亲又默默低头出门踏上借钱的路。后来不知父亲究竟有没有开口,总归是父亲从来没有借到过钱。借不回来钱的父亲经常靠着墙发愣,或像小孩一样将下巴抵到蜷起的双膝上,双手抱头,让人看不清表情。但是听到母亲恨其不争地骂过几回:一个大男人,动不动就哭,算啥本事?!

在小舅的全力帮助下,经过一番煎熬,房子终于盖起来了。

搬离老宅那天,父亲去给祖母告别,顺便偷偷拿走了地契。接过地契的祖母对父亲扔出一句:快走,快走,别在这啰嗦了,你早走一分钟,我能多活一分钟。父亲移晃着细长的身子出来时眼睛红红的,按下装满物品的架子车车辕缓缓开步,母亲在车侧扶着一摇三晃的桌椅,兄妹仨拎些物什跟在车后。穿过悠悠长巷,巷口转弯时,父亲下意识地做了稍稍停留,又假装不经意地扭过头向老宅大门口迅速地一瞥,我也好奇地跟着张望了一下,老宅门前空荡荡的。

很多年后,我才明白,当时的父亲不仅仅被贫穷所困,而贫困导致的亲情的淡漠,对于情感细腻的父亲来说,是更大的隐痛。搬出老宅,让父亲有种被抛弃的悲苦,是父亲一生的精神断裂之殇,这份忧伤甚至笼罩了父亲很多年。所以在最初有了属于自己的家的欢天喜地里,我们不明白父亲为什么笑得总是很勉强。母亲斥责过好几次:留恋老院子,那你搬回去啊,看你妈要不要你进院?父亲便沉默,或苦涩地一笑,搪塞:胡想啥哩,我是在愁日子怎么过。

的确,父亲带着我们悄无声息地完成了生命中最大的迁徙,仅各有一床一桌的三间瓦房接收了我们和旧零碎,也接收了如影相随过来的贫困和贫困带来的忧愁、战争。巨额的债务、三个孩子上初中的重担、日常开支与亲戚间逢年过节红白喜事的礼尚往来,压得父亲像一根几欲断裂的枯木。在简陋的新家里,远离了祖母叔姑的束缚,焦躁的父亲与母亲开始肆无忌惮地争吵,并多次升级至打架。腿脚不灵光的父亲不会打架,胡乱挥动两下细瘦的胳膊便被母亲推到一边去了,或被母亲虚张声势地挥动的扫把吓得捂着脑袋四下躲窜,父亲一跛一跛躲窜的样子很是滑稽,所以每次打架不用人拉,打着打着母亲便扑哧笑了,父亲便也跟着笑。或许在那种窘迫中,打架也是种压力的释放吧。

贫困的煎熬,病痛的折磨,亲情的疏离,这些苦还并非父亲的全部,母亲经常斥责愁眉苦脸的父亲:过好自己的日子就行了,别操那么多闲心!父亲长叹:心不由人啊。次数多了,我便问母亲父亲究竟为何整日忧心忡忡。母亲指指大门外,说看现在这环境,还能让人活不?我走出大门,一辆车从门前过,我被扬起的黄土呛得连连后退,而后恍然大悟。

在记忆里,我们这个古老的小镇一直是背靠青山,绿水环绕,树木戚戚,尤其门前泾惠渠边两排浓茂的梧桐,很多我都环抱不过来。这些树福荫了小镇多少年,怎么突然就消失了?河堤上只露着一个个树根被掏过的黑洞。失去了绿荫保护，马路上塬土深积，有点微风或一辆车，便漫天飞尘乌烟瘴气。母亲说，你爸还不仅仅为这些乌烟瘴气睡不着觉，唉……

家门口比较开阔平坦，常常聚来左邻右舍，从一个个长吁短叹、愁眉紧锁中知道，二十世纪九十年代初期时，政策不到位，执法不严，小执权者们肆意妄为，农民的日子已到了山穷水尽的地步。遇上骑着车子下班回来的父亲，总会有羡慕声音：工人，还是你滋润，旱涝保收，都说工人阶级是领导阶级，你也给我们农民找条活路嘛。父亲就笑说，没事，坚持坚持，一定会有好日子过的。关起门来，父亲叹气声不断，有时看着报纸，啪地拍在桌上：一派胡言，贪官当道，民不聊生，什么时候中央才能下来体察民情啊。

父亲一直坚信党坚信国家是爱护农民的，只是被一些丧失良知的官宦巧言令色地蒙蔽。然后就骂镇上强行砍伐老树的领导，说那是老祖宗福荫后代的，这些浑蛋砍卖了中饱私囊，这样暗无天日的生活什么时候是个头？经过历史运动的母亲就连忙关窗关门求父亲：求你了祖宗，别惹出乱子了啊！

而父亲在那段时间又开始往家里拿书报，只是换成了《求是》《参考消息》《人民日报》等，父亲经常蹙紧了眉在报页间、薄薄的《求是》里搜索，似乎在寻找某种出口。寻着寻着，又失望地往桌上一撂，望着窗外愣神。

日子越来越紧巴，终于到了最艰难的时候。每个月的开始，妈妈就念叨着下个月发工资的日期，一到日子，有限的工资在父母手中经过精心地计算规划，还一些迫在眉睫的外账，手中已只剩下些毛票。几次，父亲想和从前一样将这样毛票给我们当零花钱，硬是被母亲夺了过去：这还能买几斤醋几斤盐哪。看着我们期待的眼睛，父亲犹豫后讪笑：等以后宽裕了，给我娃们补上啊。

哼，你哪辈子才会有钱。我们不客气地顶撞着散开。

快春节了，我们围着母亲说自己要买什么过年衣服，父亲在一旁沉默着，而后难为情地开口：娃呀，看你们的衣服都新新的好好的，咱今年就不买新衣服了，等春天时，再补着买更好看的，行不？这是记忆里父亲第一次让我们节衣缩食。很意外很失望地黯然点头。很多年后听母亲说，那次父亲偷偷地流泪了。或许，从那时起，父亲就背负了太多的心债。

沉重的生活让父亲看不到希望，世道混乱，四邻皆苦。隔三岔五回老宅看望祖母,祖母依然冷眼冷语,让父亲更加的痛恨自己无能。他常常苦笑自嘲:上对不起老母,下对不起妻儿兄妹,我这一辈子究竟有什么意义?

父亲终于向生活妥协了。不再看书,不再天天早晨在大门口哗啦哗啦地刷牙,除了对起居环境依然保持高指标的洁净之外,衣着不再顾及了,常常在母亲的威逼下才换洗穿了半个月或近一个月的衣服。明明有一辆新飞鸽自行车,他不骑,坚持骑他骑了十几年的只有两个轮子的破永久。

被自责与自卑包裹的父亲在四十岁的时候终于放弃了挣扎,心甘情愿地沉到一种之前他很不屑的生存状态,他似乎在用邋邋遢遢的生活方式来提醒自己是这个世界上多么卑微的、可有可无的角色,他铁了心要躲在自己破烂的壳里挨完这沮丧的一生。

父亲的变化更新了四邻调侃耍笑他的页面,大家爱冲他喊:不刷牙,吃饭不香了吧? 文化人,今报上又有啥新闻了? 工人,咋现在弄得邋遢得都不如咱这泥腿子了哩。父亲豪爽地哈哈一笑。是的,那时父亲又恢复到了哈哈大笑,他似乎是个认赌服输的拔河手,确定自己拔不过了,干脆放手,反而轻松与达观。同时他也开始无所顾忌地一意孤行地发扬他的"不合时宜":

春节前几天,父亲上集市上买了两斤白糖,付了十元钱,应找回八块。而顾客拥挤中,那人居然找给父亲五十三,误将刚开始发行的五十元纸钞当成五元。父亲大大咧咧惯了,没看就装进口袋。快天黑时,身上从不装钱的父亲将钱交给母亲。母亲惊奇地问:怎么会有五十多? 父亲立时明白,抓过钱赶忙骑车上街。暮色里,繁闹一天的街上狼藉遍地,在一堆纸屑菜叶的垃圾里蹲着一位中年汉子,双手紧紧地揪着头发。父亲跳下车子急问:你见过中午这里卖白糖的人没有? 那人霍地抬头,父亲欢喜地说:老哥,幸亏你还在,要不今晚我一晚都睡不着觉了。你多找了我五十块钱。

卖糖人不敢相信地站起来看着父亲,要知道,一天卖糖下来也挣不到十块钱啊。

你真给我送钱吗? 虽然父亲已在递钱给他,卖糖人还是一再问。

对不起,老哥,怪我粗心,早发现就省得你难受这么半天了。父亲很自责。卖糖人极力将口袋里没卖完的几斤糖塞给父亲,父亲又塞回:"你忙活一天又累又冷能挣几块钱？快拿回去明天继续卖。"骑车回家，门口聊天的四邻听父亲说的确把钱还了，纷纷笑父亲书呆子，死脑筋，瓜怂。啧啧，五十块钱能买多少年货哪。父亲一撇嘴：那些年货，谁能吃得安心？

家里有三分自留地，母亲学着邻人种上了蒜，春天卖了蒜苔就是一份额外的收入。为了多卖钱，一季蒜苔卖完，有的人家自己吃到嘴里的竟然可以论根计。母亲也想这样，可是每次母亲辛苦一早上划出一捆蒜苔，下午便被父亲挨家挨户地送人了。只要是没有蒜苔的亲戚，不管是上班的、务农的、直系的、表的、堂的，挨着送，不偏不向，分量均衡。第一天不够，第二天继续，对远处的亲戚还得搭上来回车票。母亲气哭了好几回。父亲坚持：都可怜啊，舍不得掏钱买，自家种的，不花钱，就让大家都尝尝鲜。母亲说：谁说不花钱？种子呢？我栽种的辛苦呢？再说，我不是不给，第一茬卖了，第二茬的再送也一样嘛。父亲说：咱们辛苦些没啥，要送人就送最好的，不要拿次品糊弄人。几次吵下来，每年第一茬蒜苔划好，父亲值班不在家，母亲也不卖，等着父亲第二天回来送人。为此，母亲被连带着遭人讥笑为"不会过日子的二杆子"。

大年三十祭祖和给亲戚拜年是每个春节父亲雷打不动的作业。

年三十下午，腿脚不灵便的父亲便开始出发赶往离镇三十公里的李家沟李家墓地祭祖，返回来天刚好黑透，再率领我们去祖宅里祭拜爷爷。在祖宅里一直供奉着爷爷的牌位，每次奶奶坐在牌位旁的椅子上，接受我们晚辈一一叩拜。即使后来父亲都有了自己的孙子，也成了一老者，奶奶说你就免了吧，父亲也硬是坚持将伤痛的腿跪得服服帖帖，仆着身子，对着爷爷的牌位和奶奶，虔诚地咚咚咚三个标准的响头。

大年初二一大早，父亲便扛着大大一包礼一瘸一拐的上路去邻县老外爷家拜年。别人家拜年都是几个自家蒸的包子、一把挂面、一包点心，也只选重要亲戚拜。父亲清一色的四样糕点，舅爷家、舅爷去世的舅奶奶家、表叔家，一家不落。每次父亲端回一箱子年货，母亲便闷闷不乐，我们也冲着父亲嚷。父亲不恼不辩，只一句：长大了你们就懂了。

四邻背后撇嘴，笑话父亲"穷大方，败家子"。而真相是，父亲从来没想过给自己花一分钱，一年四季都是两套一模一样的中山装在互换。吃东西，先让妻儿吃,妻儿吃过了,剩多剩少都由他全包。他的口袋里一年四季只有手绢,买东西时向母亲要钱,买完东西将找的钱一分不留地还给母亲。母亲有时劝父亲,一个大男人家,身上不装点钱,也不行啊。父亲头一偏,"理直气壮"地言:谁规定男人身上就要装钱了?! 母亲要给他添东西,他就发火,斥责母亲胡闹。母亲多次心酸地质问:你不是人啊? 你生来就是为了受罪为了还债? 父亲唇角翕动几下,似乎有很多话要说,但是出口的却只是:甭管我的事!

　　从脆弱到坚强,从混沌到明白是生命成长的规律,而父亲竟然逆生长,之前母亲说父亲是刘备,动辄流泪,我们并不相信,因为亲眼目睹父亲流泪只有屈指几次。而进入"四十不惑"的父亲泪点低到极致。父亲听到谁家老人遭遗弃虐待了,流泪。听到有人生病无钱医治只有等死,流泪。听到哪个孩子失去了父母,眼角就潮;有个表叔自杀了,父亲送埋回来,一举箸便流泪。为人流泪不算,还为一只狗流泪:

　　下班途中,一只小狗一路跟随父亲来到家里,父亲遍询未果,小狗就成了家里一员。家里第一次养狗,父亲吃饭时一手抓一个馒头,一个送往自己口里,一个扔得高高的让狗去接。妈妈恼怒,父亲便说,狗也是生灵,能享点福就让它享点。狗很通人性,父亲下班,老远它就跑过去摇着尾巴一路撵着回来。春天,狗在穿过马路时,不幸被一辆车撞上。父亲将狗抱回家,一遍遍抚着它的皮毛,一边无声地落泪:狗啊,你是个忠良,来世你要投胎好人家,不要饿着冻着。那狗就一直眨着黑亮的眼睛看着父亲,到咽气也没合眼。几个邻人吵嚷着要将狗炖了吃,父亲不容商量地摆手拒绝,并亲手将那只狗埋在了后院的杏树下。被干脆拒绝的邻人很尴尬,笑骂父亲是这只狗的孝子。

　　就这样一个邋邋遢遢谁都可以训斥调笑的父亲,为狗都要哭一场极不男人的父亲,又在为天南地北人发"闲愁"时,被母亲骂火了,居然吼出"先天下之忧而忧,后天下之乐而乐"。我这不合时宜的父亲啊……

世界就这么大,哪个不是亲人

　　"生活是座桥,有下坡的时候也有上坡的时候",这是小时候抢看父亲的

《人民文学》上一篇小说结尾处的一句话,莫名其妙地扎根在心里,在这一刻再度跳出记忆,似乎是为了替父亲诠释某种道理。

兄妹各自成家立业,一家人挣扎出了贫困,年迈的祖母也对父亲露出了慈母的笑颜。三农政策实施,农业税的取消,乡邻们日渐富裕起来。短短几年,高楼商铺迅速林立,规划过的小镇,青青的柏油路四通八达,路边垂柳依依,小镇一扫往日颓败,现出生机盎然之景。街邻们喜气洋洋,你娶我嫁,左盖仿古右建楼,男男女女衣衫光鲜,闲谝的人堆里常常爆出一阵阵笑声,父亲经常跟着那些笑声呵呵地乐,但是更多时候父亲显得很孤单。邻人们说的他懂,可他的世界,没念过书的邻人们肯定是不懂的,所以很多次看到人堆里,父亲笑的面孔上浮闪着孤独的光泽。

据兄长描述,关于取消农业税及其他利农政策的新闻播出后,父亲激动得像个孩子,不停地絮叨:几千年了,哪个朝代都没有免过税啊。共产党太好了,共产党真是人民的恩人啊!苍天有眼啊!

兄长是当笑话传播给我的,兄长一辈子耿耿于怀父亲的"迂腐",调侃起父亲一生的轶事常常要笑岔气。兄长也常常当场戏谑父亲的荒唐之举,而父亲有时嘿嘿一笑,有时还很不屑地扫兄长一眼:你懂啥?这次也是这个桥段,兄长就不客气地顶撞:你以为你是狄仁杰?你是哪个级别的领导,苍天跟你有啥关系,天下百姓跟你有啥关系。父亲无语,兄长得胜。

但是父亲的确是熬来了春暖花开,父亲第一次开口让母亲给他做几身衣服。最惊奇的是,父亲买回一套新的洗漱用具,大清早便站在门口哗啦哗啦的刷起牙来。

父亲五十五岁的时候光荣退休了,每日奔走在旧宅与新宅之间,照顾祖母成了父亲最幸福的事。几年的风雨无阻,街邻们都看到了这个满头白发的孝子每天给七十多岁的老娘送饭的情景。有天下了点毛毛雨,父亲摔倒在院子的青苔上,膝盖骨裂了细缝,原本病残折磨了一辈子的腿更疼了。母亲说常常听到父亲不经意的呻吟声,问到底有多疼时,父亲便装作没事一样说就疼那一下子,过去了就没事了。可是,母亲说父亲常常半夜辗转于床,偶尔忍不住发出呻吟。就那种状况,兄嫂替他去了几天,他不放心,咬着牙拖着腿亲自去。祖母便秘几天,胀得难受。父亲急得团团转,医生也无能为力。最后,父亲又一次重复了当年对爷爷的孝道:近六十岁的父亲将裂了骨缝的残腿跪在冰凉的水泥地上,用手指一点一点地给奶奶掏粪便。同住一街,行了半辈子医的医生连叹:这样的儿,世间少有哇!老人家修了几世的功德生了这样一个孝子!

照顾祖母的日子很累,但是,我们都知道,这是父亲最幸福的时光。这样快乐的日子却在一个清晨猝然而断——父亲因脑溢血于半夜倒在了地上。经过二十一天抢救后回到家中,父亲拉着祖母哭:妈,儿无能,想照顾你,却又无能为力了,儿一辈子对不起你啊。

父亲不仅是祖母的孝子,母亲经常调侃父亲是所有人的"孝子"。

母亲多次讲过父亲一个"笑话":某日,年轻的父亲骑着自行车,自行车后座上有同样年轻的母亲。行至一截丈把宽的小路时,对面骑来一老者。隔着两丈远,父亲让母亲赶紧下车,然后自己也迅速下车,把车子移至路的最边处,静静地恭候老者慢慢骑近,骑过去一丈远了,才重新上车。母亲不解地说,还以为你认识老人家,下来打招呼哩。父亲说,老人家一般视力不好,也胆小,擦肩过时受点惊吓,容易摔跤,把路给让宽些,安全。反正咱也不急着赶路。母亲恍然大悟捶父亲一拳:神经病!尽操些八竿子打不着的心。

如此"神经病"的事母亲随手便可捋一把:买菜常常是青椒半截,西红柿熟过头,白菜烂了心。这绝不是父亲贪图便宜,他给出的理由常常让母亲失语:青椒尖坏了,已经切了,又不影响分量,也不影响味道,都不买,卖椒的人怎么办?等坏了全扔掉么?而别的菜,肯定是那些卖菜者不是老人,就是身后跟着孩子的妇女。一样的价钱,总是买回劣质菜,母亲恐惧了兴冲冲抱着菜进门的父亲——母亲摸清规律,父亲平时根本不购物,若购,肯定是常情之外。常情之外的后果就是换来母亲痛心疾首的斥骂。母亲万不得已是不让父亲去采购东西,偶尔指使父亲去买点东西,父亲必定要先找找有没有零钱,若没有,就四处找人换开。家人不解,父亲解释:卖东西的人忙,拿着五十、一百买一点点东西,如果找不开,不是给人家添乱嘛。记忆里有多次全家人蹲在院子里的阳光下嬉笑着看父亲东颠西跑地换零钱的画面。

新宅在镇郊的路边,是附近乡里人上街的必经之道。不知哪天开始,父亲在门厅里摆放起一张小木桌几把小凳,桌上放着擦拭得干干净净的茶具,一看到神形疲惫的路人,父亲便亲热地喊姨、叔、老哥、老弟喝杯茶歇歇脚吧。于是,时常家门口坐着三三两两喝茶人。家里有水果,父亲绝对是倾囊端上来,硬往人家手上塞。若是有人借东西,只要有,父亲二话不说便取了递过去,连姓名也不问。母亲原本就怨言不断,某次,父亲的自行车被人骑走了,赶天黑也没送回来,父亲只好走着上班去了。过了几天,还是不见踪影,母亲从抱怨到斥骂再到幸灾乐祸:哈,这下把你毛病治了,看以后还轻易把东西给人不?父亲乐呵呵且自信地回应:没事,肯定会还回来的,不还,肯定是有意外的原因,不要把人想得那么不堪。

母亲和父亲还因此打了赌,赌注是谁赢了以后家里就听谁的,当然主要针对的是不许父亲擅自做主把家里东西往外借。结果,半个月后,自行车还回来了,借车人连连道歉。父亲笑哈哈地挥手打断,没事没事,需要了再来骑去。母亲也在一旁跟腔:就是,就是,谁没有个急事呢?人一走,父亲装疑惑:你今天怎么也大方了,学我的话?母亲嗔怒地瞪一眼父亲,父亲得意地笑了。从此,父亲更是无拘无束,一来二去,左右邻里戏称我们家是乡下人的接待站。

日子宽绰,父亲的豪爽终于派上用场。没事就往门厅里一坐,大门洞开,桌上摆上茶点水果,见人就招呼,见孩童就逗,就塞吃的。四邻们说我家像是有吸铁石一样,没事就想往我家门口来,而刚学会走路的孩子也知道扯着大人往我家走。那些年老的外亲们也时常来家里走动,父亲便乐得像个小童一样跑前跑后地服侍,让母亲嫂子尽心做饭还不够,一定还要在饭馆里买回几个菜,说长年在山里的人能吃几次像样的饭,咱能让他们高兴就让他们高兴一些,这么大年纪了,还能见几次啊。走的时候,再给三五十的零花钱。母亲笑说,这些人啊,名义上来看你这个老外甥老侄子,其实是打秋风啊,别的侄子外甥家咋不去。父亲便笑说,还是这个外甥在他们心里分量重嘛。母亲笑:别羞了,别羞了。

终于熬过艰难岁月的父亲原本可以好好欢笑几年了,可是父亲依然爱流泪,有一次家门口经过一颤颤巍巍的老人,八十几岁了,据说几个儿子将其丢在老屋里不管不问,老人几次饿得跌倒在地,被路人救起。没人照顾的老人全身都是怪味,几个喝茶说笑的邻人都起身回了家,父亲却上前将老人扶坐到椅子上，给老人擦手，端茶，问老人饿不饿。老人难为情地点点头，父亲赶紧去厨房将还微热的包子端给老人。老人吃饱喝好，流着泪抓着父亲的手："侄子啊，儿子都嫌弃我，你居然还这样对我。"父亲也直擦泪，然后想给老人再装几个包子带上，老人连连摇手。母亲趴在父亲耳边说：老人儿媳不许老人吃别人的，说是丢自家人，让儿媳知道他吃别人的东西，他少不了要挨骂。

父亲拧起了眉，欲拍案而起，最后却深深叹了口气，把老人扶着送出好远。返回来后，默默地坐在桌前，不时地擦下眼睛。母亲心疼父亲，斥骂：跟你不沾亲不带故地，哭啥。父亲幽叹：这些儿女呀，啥时能懂事呢？

后来母亲把这事当笑话讲给我们，我们就笑。我边笑边说：就是呀，又不是你亲人，你心疼啥？父亲嘿嘿一笑，用一辈子习惯了的"强词夺理"的语调言：世界这么大，谁不是亲人？又惹得一家人哄笑，父亲也笑得心无城府。

可是，在父亲离世后，某个瞬间，我想起父亲这句戏言时，有种醍醐灌顶的豁朗，幡然清醒般看清了父亲所有笨拙后的智慧，卑怯下的威严，眼泪里的温度，向生命俯首的姿态下的昂然。当然，看得更清楚的是父亲单薄的身躯里那颗心是如何的浩瀚，父亲一生的爱是如何的辽远……

阳光下的告别

How beautiful！启眸处，阳光明媚，绿树鲜花环绕，身旁是知心爱人，好一幅人世至景啊，自小憩中醒来的白朗宁夫人欢喜出声。白朗宁闻声欣喜地低头瞅枕在自己膝上的爱人，却见一朵笑靥凝固在她的颊上——她微笑着离开了世界。

这段文字与阳光下枕着爱人臂弯含笑长睡的女子图被上初中的我用双眼摩挲了许多遍，痴怔里认定，原来告别尘世还可以有这样美丽的方式，那么生死又有什么可畏、可殇？

二十年后，当另一场阳光下的告别上演时，我的泪汹涌而下。

初冬，晴朗的上午，母亲煮了当季新玉米糁粥，父亲的最爱。父亲吃了一碗，还要吃一碗，第二碗没吃完，乐呵呵地给母亲说，给我放着，我一会儿锻炼完还要吃。父亲第一次欢喜地主动提出要锻炼，而且胃口大好，母亲以为父亲病情好转，欢喜地搁下碗扶起父亲出门锻炼。

近十一点的太阳暖烘烘的，天特别蓝，一排排房舍的门洞开着。母亲搀扶着父亲从门前的小路上走过，吃饭的、聊天的邻人们纷纷出来打招呼，逗趣：老两口一大早就玩浪漫啊。父亲哈哈大笑：日子好了，不玩浪漫干啥呀。大伙笑，啧啧恭喜母亲说父亲恢复得真好，母亲笑眯了眼。走到桥头后，转身往回走。与之前一样，见到邻人就笑。在差一户就到自家门前时，父亲突然往母亲肩上一靠，轻喃：我有点难受哦。

这是父亲告别尘世的最后一句话。

父亲在蓝天白云下，在暖暖的冬阳下，在邻人的簇围中，靠在相濡以沫了四十年的伴侣肩上结束了他卑怯的一生。

　　人生是场戏，葬礼，便是最后的章节，是一个生命对尘世的谢幕演出，在这场演出里，参演过逝者生命的人会尽可能出场。卸去悲欢，父亲容颜宁静，而我戚悯怜惜齐齐涌来，我懦弱卑怯了一生的父亲，少亲没友的父亲，迂腐不合时宜的令人啼笑不能的父亲，他的谢幕戏会有几人登场呢？

　　很意外，灵堂前人头攒动，八九十岁的老翁、老妪，二十出头的姑娘、小伙，或衣着褴褛，或行头华丽，或西装革履，或休闲时尚，更有从四方赶回来的从未谋面的族兄弟姐妹。看着一张张陌生的、却有着真诚的悲哀的面孔在眼前交织，诧异之余不停地揣度，这些人究竟与父亲有怎样的交集？笨拙迂腐的父亲用了什么样的方法将这么多看似毫无关联的人拉进自己单薄直白的人生？

　　一直与生活格格不入的父亲，在自己的谢幕戏里成了主角，在一些无意的叙说中，我拣回了父亲遗失在外的一些片断。

　　一个二十出头的小伙，时尚的装束外罩件白色孝衣，讲：那年我九岁，父母不知为啥总忙得不回家，我经常饿肚子。一天下午我蹲在街上肉夹馍店对面瞅着里边人来人往，肚子咕咕叫。那香味太诱人了，身旁几个青年一再唆使我去偷，我忍不住，颤颤巍巍准备行动。一个影子挡在面前，他将破自行车撑到一边，拉着我过了马路进到肉夹馍店。他买了两个肉夹馍过来，坐在长条凳上看我狼吞虎咽地一口气吃完，还问我够不够。我边吞咽边点头，猜想这人为什么对我这么好。等我吃完，他又要了碗水给我喝，擦净我嘴边的油迹说，娃啊，按辈分排行，我是你五爸，住在东街桥头那一排，爸妈不在家，饥了渴了就来五爸家吃饭。还有，要有脑子，再怎么可怜都不要做偷鸡摸狗的事儿，那是一辈子的污点。后来我离开小镇，再也没见过五爸，这么多年，我时常回想起那一幕，幸亏呀。

　　你五爸，我该叫姨父的。另一个三十出头的男子接过话头：小时候家里很贫困，夏天吃个西瓜跟过节一样，时常在夏季将结束、西瓜便宜得没人要了我们家才能吃上一次。那个夏天，西瓜刚上市，很贵，我们兄妹围在房檐下看着对面院子里吃西瓜。难为情地说，十三岁的我就差流口水了，只是，家里连吃盐都困难,西瓜我连想都不敢想。就在那时,姨父手里抱着一个大大的西瓜跨进了院门。来,娃,姨父看街上西瓜好,给娃们买一个尝尝。我爸妈听到从房子里跑出来,姨父已放下西瓜转身走了。爸妈追着喊,哥,你喝口水再走,这么远的路,这么热的天。姨父哈哈笑着挥挥手,说不喝了,我还赶着上班去哩。看着姨父一瘸一跛的消瘦背影,我妈揉着眼叹息,唉,你姨父家也不宽裕,还整天惦记着咱们家。那个西瓜的甜我到现在还记着。

几个古稀长者拄着拐颤颤巍巍进门,冲着父亲的遗像一遍遍地喊大侄子、大侄子,你这个孝子怎么就这样走了? 你可是这个街上老者们的希望啊,都羡慕李家出了这样一个大孝子。我对娃对孙子常说,做晚辈的就要做到你五叔的样子,父母一辈子的苦才算没白受啊。

大侄子,每次路过你门口,你都要扶我坐一会儿,给我泡茶端吃的,我儿女都嫌我又老又脏,不愿跟我同桌吃饭,你一点都不嫌弃。好娃呀,你好好走吧,阴间菩萨会照顾你这个好娃的。

几个年轻的孩子走来:给五爷上炷香,我爸我妈说五爷是个好人,值得尊敬。

有一个领导派头的人的到来引起一阵私语和打诨:你这个能人,街上红白喜事从没见过的大人物,今咋有时间来看热闹。这怎么是看热闹? 五叔是这个街上的道德旗帜,这面旗帜倒下了,有天大的事我也得放一放。他恭敬地上前擎香三鞠躬,然后点燃祭在父亲灵前。

望着一拨一拨来来去去的身影,我忽然明白了,父亲无意播出的爱的种子已然开花结果,蓬勃生长。父亲一生都自愧于这个世界,其实,大家都是如草如尘的生灵,有一滴爱的灌溉,就足矣。而父亲一生善良的微行,不仅无意间浇灌了很多颗种子,更在这个古镇古街上捍卫住了一种叫仁孝礼义的人性之旗!

下葬的前一晚,与姐兄侄一起跪坐在父亲灵前。一直盼望儿女能如幼时一样环绕膝前的父亲,以告别尘世的方式,将为了生计四处奔波的儿女召唤到了身边。靠着父亲的棺柩,听着兄姐侄们讲着父亲一生的荒唐过往,那个捞面要烫到手的笨拙的父亲,跑回去送多找的钱还要一再道歉的迂腐的父亲,自己穷困交加却还要慨然喊出"先天下之忧而忧,后天下之乐而乐"的不合时宜的父亲,动辄为毫不相关的人甚至为一条狗哭泣的父亲,在指责讥笑里卑怯憨厚一笑的父亲,不时冒下傻气、通宵达旦为受害乡民写讼状的"二杆子"父亲,在昏黄的灯下摊着书、在邻人堆里孤独地举目苍天的父亲一步步从岁月里走来……

突然,一抬头,年轻的父亲笑笑地骑着自行车从悠长的宅院里进来。他的车后夹着书,我追跑过去抢书,可是父亲这次没有等我,他一直向院子最深处骑啊骑。再抬头时,父亲却在半空中,脚下一架金光闪闪的阶梯直伸进云层里。父亲踏着那金光闪闪的台阶一步一步走向云端,爸,爸,我惊叫。父亲转过脸笑,那样的轻快,是很多年没有见过的年轻时的笑容。我也笑了,停止了呼喊,替父亲欢喜般喃喃爸,爸,爸。

怎么有啜泣声?父亲笑得多开心啊。诧异地转头去寻,醒了,是姐姐在哭,欢喜瞬间消散,有隐痛自胸口升起,我知道,父亲真的走了……

启明星渐渐升起,天空微微泛蓝,院子里开始有人影散动,父亲在家的时间以分以秒计算了。兄妹三人慌乱地爬起来,绕着父亲的棺木走走转转,悲怆的哀乐直冲云霄,礼炮巨响,无论我们怎样地抓着棺木不让动,父亲的棺柩还是被抬上灵车。我们追着灵车,身后是浩浩荡荡的送葬队伍和凄婉的哀乐。

记忆里很长的一段路,在那天早晨显得那样的短,一场哭泣来不及歇息,眼前便出现一片田野。这片田野曾是二十年前熟悉的,二十年前尚是孩童的我们曾跟父亲在这片田野里挖过红薯,那时父亲年轻而阳光,哼着歌讲着书里的故事,让劳动变得不再乏味。那时,我从不会想过,某天,父亲会老,父亲会离开我们。而此刻,父亲亲手为爷爷栽植的几棵树下,是父亲新的墓穴。

棺柩入墓穴,心底再次漫延起撕裂之痛,眩晕里只觉尘土飞扬,再睁开眼,面前多了一座新坟。父亲,真的走了,他去了天国,从此,我成了没有父亲的孩子,那个给了我生命,给了我这个卑微生命最纯粹的爱的男人再也不会守在电话的那一头,每天撕去一张日历,计算着我的归期……众人离去,站在旷野里,迎着初冬晴朗的朝霞,再次静静地观望父亲的新坟,脸上有薄薄的寒意。忽然发现,这居然是个很美的初冬的早晨,金色朝霞一泻万里,苍穹碧澄,白云如棉,成片成片的矢车菊花在晨风里绽放,摇曳成一片片紫色的云雾。俯视双足,已然陷在一丛丛花蕊里。和姐姐采了几捧紫色的矢车菊一枝枝地往父亲的新坟上插。

姐姐：你说人真的有灵魂吗？

我：应该有，至少父亲有。

姐姐：你说父亲现在在哪？

仰头望向深邃的蓝天，那里流云缕缕，眯离着双眼，我说：父亲现在回到了天上，回到了我们永恒的家里，那个家里有疼他爱他的爷爷，外公，小舅，有许多他爱和爱他的亲人。父亲不会丢下我们不管的，他一定在守望着我们，他肯定不愿看到我们悲伤，所以，我们要好好地生活，堂堂正正地生活，就是给父亲最大的安慰。

姐姐垂泪：父亲一生太辛苦了。

我果断回道：错！父亲是少有的幸福之人。

姐姐困惑地望着我，我拉姐姐在父亲的新坟旁坐下，像守坐在父亲床头一样，跟姐姐絮叨起来：

父亲一生是幸福的，换言之，父亲与生俱来便具备幸福的要素，他的性格注定了他与幸福狭路相逢。怨与恨，是幸福的最大阻碍，而笨拙的父亲，他一生就没有恨和怨的能力，这些伤人伤己的负面情绪，丝毫无法入侵他的生命。卑微的父亲明了自己心房很小，他将人生的不如意一并抛掉，腾出空间盛装别人对他的恩惠。父亲似个痴愚的孩子，对这个不尽人意的尘世只有浓浓的爱，他对自己的际遇很知足，一生只觉得自己做得不够好，他只记得别人对他的好，记住这个世界的好，他不为世事所扰，带着感恩的心尽力地付出自己所有，倾尽全部热情。看似懦弱孤独的父亲，其实有着很强大的内心，他一生都坚持做真实的自己，顽强地守护着他的本心本性。所以，父亲是勇敢的、智慧的，智慧与勇敢之处在于他自始至终都没有放弃对人性的失望，他一直坚信人性向善，无论这尘世有多荒凉冷清，他心里始终亮着一盏灯，暖着自己，也温熏着他人……

而事实也给了这份勇敢和智慧一个圆满的回应，父亲对这个世界倾尽所有，世界也给了他最好的结局，妻贤子孝邻人善。善良的人们没有让他失望，一个卑微如草的生命的离去，惊动了一个镇，近千人送埋，父亲在天上看到此情此景，定也感慨万分吧。

姐姐释怀地点点头，擦掉眼泪，也仰头望向蓝天白云。虽然庆幸父亲一生幸福，但想到明天自己便又要奔赴天涯，待到来年再来，父亲坟丘上肯定已爬满青草，泪还是溢出眼睫。

　　兄长过来，我们再次排排跪下……

　　父亲，阳光下，今生暂且别过，来生我们再在这里相聚。

一语思念欲语迟

1

从父亲坟茔前采折回来的矢车菊静静地绽放在桌角，一抬头便看得见。紫色的小花朵，在白色的陶瓷瓶里紧紧地偎成一束，羞怯而顽强，寂寞而温暖。凝神间，我忽然觉得她们像极了父亲和母亲领着我们兄妹三人相依相偎于这尘世的画面。

我们一家是世间最卑微的生命，父亲曾这样说。父亲还不止一次地说我们是蝼蚁，是荒野里的毛毛草，我们不要渴慕高山，不要艳羡大树，毛毛草长在高山之巅依然是毛毛草，蝼蚁爬上月亮依然是蝼蚁，而大树，即使在山谷，也依然是大树。父亲要我们安分守己，尽力而为，做好一棵毛毛草，做好一只蝼蚁，足矣。

这些话深深刺伤了年少的自尊，十四岁的我离开家门，想要摆脱毛毛草的宿命，想要推翻父亲这短浅的预言。

因是赌着一口气离开，所以在很长的时间里我没有想念过父亲。

其实，没有想念，是因为父亲实在不是个能让人产生想念的父亲。高大个子，因为消瘦而显得单薄，忧郁的眼神令人压抑，懦弱胆小沦为四邻街坊笑话让我们习惯了随时顶撞，"老好人"声名远播得令孩子们感到羞耻，不合时宜的礼数令人厌烦，而忧国忧民为陌生人泪流满面的荒唐更让人摇头无奈。在邻里，父亲一直是遭人戏耍取乐的对象;在家里,更是谁都可以呵斥。

懦弱、笨拙、迂腐、单薄的父亲实在不是我理想中的父亲,没有大山大树一样的伟岸,既给孩子带不来荣耀与体面,也无法给予一个孩子渴求的安全感、保护感。所以,我一直忽略父亲的存在,对父亲的一言一行都抱着不屑与不敬。所以,在离开家的二十年里,我真的没有思念过父亲,甚至想不起他的一丝一毫。父亲没有给我留过任何温暖的记忆,下了那么多年的雨,居然连一次去学校送伞的记忆都没有,让我从何处去拧开思念的阀?

很多年,父亲的存在,于我的意义,就是让我知道自己生命的源头。

真正意识到父亲的意义时,是兄长在电话里说父亲不行了! 最最最起先的须臾,我居然是笑着的,我不知道该称为父亲的男人与我何关。他不行了又有何不同? 可在最最最起先的须臾之后,我的大脑一片空白,双膝发软,全身似乎有某种东西被抽离的虚脱与松软,以至于哭都没有力气,噙着大珠的泪,就是掉不下来⋯⋯

千里奔波,在初冬的黄昏,我站在了故乡小镇的入口,暮色寒风里飞扬的幡纸触目惊心。白,如雪的白瞬间遮蔽了整个世界。那一刻,眼前白茫茫,心里白茫茫,满世界都白茫茫,混混沌沌里闪念而过《红楼梦》结尾处的那句"一片白茫茫,大地真干净"。

然后,悔恨与遗憾漫天涌来,我觉得自己冥冥中错失了什么,心脏无由地抽搐,清晰地感觉到自己成了荒原上的一棵草。恍然意识到,父亲,或许就是一截千疮百孔的墙,我是这截墙根下的一棵草,一直以为自己的悲欢与墙没有什么关联,可当它轰然倒塌后,才觉出四面的风是如何的强劲与凄凉,才懂得这墙曾为它抵挡了什么,才恍然明白自以为走遍了天涯,其实始终在墙所遮挡的范围之内。而现在,这截曾经让我轻慢的千疮百孔的墙倒了,我的天塌了,我的世界开始冷风嗖嗖。

父亲一直对我们兄妹不偏不向,可是这次没有等我,在棺柩里,我看到了父亲人世最后的容颜。安睡于棺柩中的父亲,安详极了,比睡在炕上几十年的容颜都令人亲切。卸去人世悲欢的父亲,眉目舒展,甚至连皱纹都抻平了,曾经佝偻的身躯彻底地舒展开居然那样的伟岸,伟岸到令我缺失了几十年的安全感、依赖感、敬畏感齐齐涌来。

就是在那一刻起，记忆开始全方位苏醒，居然想起四岁时在古老的令我畏惧的镇医院大门口，父亲蹲下身子为住院的我用脚踩踏核桃。想起五岁时被父亲牵着去学校报名，我蹦蹦跳跳，两小辫拍打着脑袋，在路过合作社前新铺的水泥地面时，看到初秋的阳光下自己顽皮的影子，我更是咯咯地笑得止不住。回溯来时路，那竟是一生中幸福的最彻底最完满的时刻。古老的学堂可是我赖着哥哥去了好几次的地方啊，盼啊盼，终于盼到可以理直气壮从那扇斑斑驳驳吱呀作响的大木门里进进出出，生命中第一次梦想的实现，怎能不幸福不欢喜啊。更何况，自己的小手还牵在父亲温热的大手中。

父亲的手不是宽大、厚实的那种，邻人们都说父亲是个拿笔杆子手。父亲经常捧书的双手真的像女人的手，修长而单薄，我们兄妹经常拉着父亲的手比大小，比手指长短。

可是，这修长单薄的手的温度足可以包裹一个五岁小女孩的幸福以及未来漫长的人生啊！

可是，为什么，在匆匆成长、匆匆赶路的几十年光阴中，我居然将这份温度忽略了呢？

2

对父亲的记忆一直停留在十四岁离开家之前，之后的所有情节都是在母亲兄姐及一些亲友乡邻口中得知。母亲永远是挑恨铁不成钢的讲，讲父亲的懦弱无能，讲父亲的笨拙与痴迷不悟。兄姐永远是挑令人无奈令人哑然失笑的讲，亲友邻人们永远挑父亲不合时宜的趣事讲。在埋葬父亲的那两天，满院子亲邻都在传播回放父亲一生的迂腐不化，可是他们为什么说着说着就眼睛红了，湿了？平日那个最爱抖父亲笑料的姨站在院里大放悲声，惹得那么多人叹息抹眼说这个书呆子二杆子咋还真的走了，再也见不到了，世上不会再有第二个这样的二杆子了……

按风俗，逝者在三天后下葬。在那三天里，我的脑海里起伏的都是父亲，来来往往的人说的都是父亲,透过漫长的时光,我终于拼凑出了一个完整的、真正的父亲。

父亲一生孤单而又丰富,卑怯而又桀骜,懦弱而又勇敢,在这些矛盾又统一、看似分裂的个性里,我看到一个顽强倔犟的昂然身姿,一个虔诚跋涉于茫茫的荆棘丛林中的背影——困惑过,受伤过,疼痛过,挣扎过,无奈过,失望过,脆弱过,疲惫不堪过,抱怨过……无论尘世怎样的风大浪高,无论怎样的不堪重负,父亲始终不肯放下情谊、善良仁慈、道义伦理这些生命的行李。

其实,如若放下这些行李,父亲原本可以不是这样一种人生的。父亲拥有聪慧灵秀的天资,洞悉人性的眼,如若将智慧与有幸从那么多书里获取的力量化为一柄捞取名利的利器,父亲的人生又会是怎样的呢?

可是,父亲用那把利器剖开人性后,没有利用人性的弱点捞取荣华富贵,他清澈的常噙满泪水的眼将人性的拙劣一概过滤掉,只留下对生命的体恤与无奈。而他的惶惑与笨拙,是他心底早有答案。父亲从来没有放弃过对人性的坚持,他知道人心所向,体谅人之不易,包容人的劣根性,而父亲嗫嚅的"世界就这么大,谁不是亲人?"让我看到了红尘的本相。父亲没有刻意地修佛参道,却轻轻一语道破人世玄机。

正是这份无法企及的智慧,这场以一棵毛毛草的力量欲擎起一份浩瀚的爱与慈悲的坚守,令父亲一生涂满孤单与煎熬,却也熬煮出了一份专属的幸福。父亲诗意别世和盛大的葬礼,在为自己的坚守做了完美收官之余,更是向我这个在幸福迷途中上下求索者演绎了某种明晰的指向。

对父亲的敬重与钦佩像山泉的水,自心里缓缓涌出,源源不绝,然后在这日积月累的敬重与钦佩中,我清晰地看到自己一路走来的仓皇。

父亲从没去过我们的学校,从来没有给我们兄妹三人送过伞,他拿着伞冲出院门又踅回去时,又是怎样的纠结?若有选择父亲宁愿淋的是自己而不是孩子,可是怕自己的形象丢了孩子们的脸,怕还不曾长大的孩子被同学讥笑,父亲压制回对孩子的心疼,以保全孩子们的虚荣。

父亲也漫不经心地求证过如此选择是否正确,笑嘻嘻地说正想给你们送伞,你们就回来了。而我们居然异口同声地说不用送不用送,跑回屋里换着湿衣湿鞋笑哈哈:千万别去,宁愿淋病了,也不想让同学看到咱爸。

少年的虚荣,让我们错过了享受父爱天伦的幸福,是不是也加重了父亲的自卑自责?

很久之前,我抱怨过父亲,直到今天我抱怨依然:父亲的溺爱,纵容了我一再犯错。对我的顶撞,总是嘿嘿一笑,令我忽略了他该享有父亲应有的尊重。我体弱、脾性懒散,小时候父亲不许母亲说我,长大后也不让我做任何事,更不让我进厨房。探亲的时候,我一直想做几道拿手菜,总在父亲的"下次做吧"中嘻嘻一笑了之,以至于今天成为一道遗憾。

从小"脏腑浅",一见污秽就呕吐,所以在父亲患脑溢血抢救过来之后行动不便需要人照顾的四年时间里,我没有给父亲洗过一件衣物,没有喂父亲吃过一次饭。短短的十天半个月休假里,父亲模糊的印象里仍然记着我的脾性,谁为他换有污秽的衣物都可以,唯独我不行,只要我走进他的屋里,他就呜哇呜哇的生气摆手让我出去。排泄物、换下的衣物,坚决不让我碰触。倒了一次尿盆,父亲脸涨得通红,自责得像个犯错的孩子。

父亲细心的体恤,让我成了个负疚颇深的孩子。所以在安葬父亲的前一夜,按风俗,逝者儿女要答谢前来帮忙的父老乡亲及乡邻,原本是兄长讲话,而我却抢过话筒,向四邻亲友答谢他们一生陪伴在父亲身边的恩情。我说作为女儿陪在父亲身边的时间没有邻居多,作为女儿为父亲做的没有亲友四邻多,我这个女儿远不如儿媳,不如邻里乡亲。然后,我呜咽着双膝落地,长跪拜谢嫂子,拜谢四邻……

周遭一片唏嘘与抹泪,队长动情地说,看看,这就是一个女儿的表率,看看为人子女应该怎样做!

而我要的绝不是这个效果,相信父亲在走向天堂的路上回望,一定看得清女儿是被满腹的愧疚与遗憾压弯了双膝……

父亲安然入土的那一天,同样是一个很明媚的日子。在那个很美的初冬的早晨,成片成片的矢车菊花在晨风里绽放,摇曳成一片紫色的云雾,在近千人的送别中,父亲睡在了那片有爷爷睡着的土地里。那片土地,二十多年前父亲曾领着孩童的我们挖过红薯,那时年轻的父亲,哼着歌讲着书里的故事,让劳动不再乏味,那时父亲一边修葺爷爷的坟茔,一边声情并茂地讲述祖父当年的传说。那时,我总以为时光可以无限漫长的如此下去……

那天我跟姐姐照样采了很多矢车菊,紫的、黄的,一大把一大把地插在父亲新坟上,然后在父亲的坟前坐了好久。守着那堆黄土,细细地捋着父亲生命的脉络,当时冬阳和煦,剪剪凉风拂动一地矢车菊花的紫雾,如碧海苍穹里有一片洁白的流云,一直不肯离去。我的眼眸一直追着那片流云,仿佛它是父亲频频回顾的面容,总觉得父亲想叮咛我什么。然后,看着那朵很祥和很宽厚的云,我蓦然想起父亲一生嘿嘿而笑的憨态,心下豁然洞开:

父亲用卑怯的一生向我诠释了什么是真正的勇敢与坚强,用无语的憨笑暗示给我幸福的方向。很多人说,父母是孩子的第一任老师,可我的父亲一生都在向我示范着生命的真谛:坚信人性,体恤人性,无论这尘世有多荒凉冷清,心里要始终亮着一盏灯,既暖了自己,也能温熏他人。

父亲,那盏灯,是不是就叫作"爱"或者"慈悲"?

笨拙的父亲擎着这盏灯,误打误撞地获取了幸福的钥匙。

$\int$

虽然一再告诉自己,父亲是幸福的,是想说服自己不悲伤,可是想起父亲一生的辛苦与孤独,我不能不时常泪流满面。尤其在沿着岁月的堤走了一段长长的路之后,在更深地步入生命深处时,我更是身临其境地懂了父亲的世界。

经过切割手术的胃在好几年里一直隐隐作痛,或许将一直痛到生命的终结,在每个被胃痛搅扰得无法入睡时,我体会到父亲被病腿折磨的一生。别人轻轻松松地就过完一天,而对于被病痛折磨的人,过一天,要付出常人多少倍的艰难?不能因为自己的病痛而四处求悯,不能因自己的病痛而打扰别人的愉悦,我们忍着病痛坚持着人生规则,我们的人生漫长而煎熬,又时时面临着生命终结的恐惧和留恋。在一个个失眠的漫漫长夜,我捧着书一字一行……父亲,幽幽的白炽灯下的女儿,可是当年昏黄的油灯下您靠墙捧着书本的影子?我们读的是什么?是命运?是孤独?是眷恋……

在历经人世风雨近四十载的时候，我终于站在了当年离开家时父亲的年纪。每天送女儿上学，看着她小小的身影彻底看不见了，我才恋恋不舍地走开。下午放学，那个小身影跑到面前，总要抱在怀里狠狠亲亲额头、小脸。离开一天都觉着漫长，都有很多的惦念与不舍，在我十四岁离开家门时，父亲又是怎样站在车站看着我的背影消失在烟尘中？

母亲多次笑说，你父亲有神经病，时常站在车站看来来往往的班车，那有啥好看的，又没有咱的人，我当时也笑了父亲的怪癖。可是现在一想父亲年复一年坐在车站前那棵孤零零的龙爪槐下看着一辆辆呼啸而来呼啸而去的班车时清孤的身影，一次次嘿嘿着以喜欢看车来掩饰对女儿伤筋动骨的思念的笨笨的笑脸，我的心便隐隐的痛，痛到双睫濡湿。

既如此，父亲为何从没有提一个字，也从没有阻止过我一次次远行？

细细搜寻，父亲其实是说过的——在那年我从南方折返至家准备回新疆时，父亲悠悠地低语：终归是卸甲归田，可不可以不那么东奔西走了。

想想，我是一个多么笨、多么寡情的女儿，在父亲彻底离开世界后，才开始懂父亲。而父亲在很久很久以前就懂了我，也或许在我初落地时，父亲便懂了我——父亲懂女儿如同懂自己一般，所以，父亲是以那样的神态说的：小心翼翼，忐忑不安，腼腆自责。

父亲低头喃喃一语的神态当时并没有引起我的思量，只引我烦躁的一顿顶撞：谁还没有个起起落落了？我才不要回到原地！

年轻骄傲自负的我，怎么会轻易妥协于命运？怎么会接受这样一个给孩子带不来一丝依靠感的父亲的建议？我的烦躁潜意识里有着对父亲的不满。以父亲的敏感与智慧，肯定是明白的，所以看我发火，父亲像个说错话的孩子，头垂得更低了，只是一声长长的叹息从胸腔里颤悠悠地飘出。我一甩门帘走了出去。

可是，在两天前，终于获得丈夫的兄长分出来的三分宅基地时，我喜极欲泣，因为我想起了父亲，也终于懂得了父亲多年前那句话：你终是要卸甲归田的。

或许，生命本就是个求证的过程，在东南西北寻觅一圈后，在走过漫长的一截光阴后,我终于知道了生命的方向。我放弃了在繁华里浪掷时光的打算,厌倦了在城市高楼里看似精致却毫无生命力的生活。在城市楼阁左移右迁的人,就如花盆里的花,看似精致,却脱离了大地,没有丝毫的踏实,有的只是缺少大自然养分的灵魂和不堪一击的躯体,我渴望回归到最初的小院,回到几亩薄田里春播秋种。而我也终于接受了父亲说我们本就是一棵毛毛草的论定。我们是一棵毛毛草,我们的根在黄土,只有回归田野才能获得生命的舒展与自由。城市,是属于奇花异草争芳斗艳的天堂。

父亲懂我,还是更懂得生命?父亲不忍说,只是不想打乱我奔赴红尘道场的脚步,自己却扛起了所有的牵挂与心疼。父亲知道儿女们也将遭受一番每个生命所要遇见的磨砺,他懂得那份痛,那份煎熬,任谁也无力替代,所以选择了默默守候,尽量不去给儿女增添一丝负累。

所以,父亲从来不给我打电话,也不接电话,只是听母亲说,每次和母亲聊电话时,父亲总是静静地守坐一旁听着笑着。父亲不许母亲提他生病说他腿疼得下不了地的事,父亲让母亲什么时候接电话都要高高兴兴的,不要让儿女担忧,而父亲在脑溢血抢救过来失去所有记忆时,却清晰地念出三个孩子的小名。因为生病,父亲不再克制思念,让母亲告诉十四岁离家后再也没有在家过一个团圆年的我,回家过个团圆年。我允诺了,于是父亲每天起床第一件事便是用仅能使唤的左手颤巍巍地取下挂在床头上方的日历,撕掉一页,再挂上去。直到离世那天,出门前照例撕下一页日例,对母亲说:10月25啦,女子再有两个月就回来啦。而走出门后,父亲再没有醒来。从那以后,我再也不敢看那种撕页的日历,一触目,便看见父亲颤抖着手一页一页撕日历的身影……

有时想,若跳开父亲与女儿的定位,早早和父亲以两个独立的生命好好对语一次,也许,我会少走很多弯路,能早点释怀一些心苦。可是,因了自负轻慢,终是错过了借用父亲的智慧打通生命壁垒的机会。

父亲离开的三年里,我无数次梦到父亲,每次梦醒都会流泪,有时甚至是哭着醒来。更时常莫名其妙地掉泪,很多次是在厨房里,翻炒着菜眼泪就滚落下来。女儿拉着我,怯怯地仰着小脸问:妈妈怎么又哭了?我蹲下身子抱住女儿,呜咽出声,这一幕多年前曾上演在一个小镇深巷院落里。当时,年轻的父亲摊着手，将跑进怀里的小女儿深深地环抱起来，有时还会举过头顶，看她又惊又忍不住地咯咯咯。

那些笑声都飘落到哪里去啦？是云里么？从父亲走后，我终于相信了天堂的存在，我告诉自己，父亲在天上一个有山有水有花有草有田野的地方静静地住着，那里有爷爷、外爷、阿婆、外婆、小舅……父亲和所有已抵达那里的亲人相亲相爱地守护着我们永恒的家园，等着我们这些还流浪在红尘里的亲人们修完一生的课业后归去，在那里，我们将永不离散。如此，在想父亲时，我便抬头看天看云，总觉得父亲的容颜就藏在哪块云后边。

现在，我终于完全踏上了父亲的心路，在从父亲离去后最初的荒凉中挣扎着站起来后，我爱上了太阳、爱上了月亮星辰，爱上了每一朵花一棵草，一只猫一只狗……像父亲一样爱上了每一个生命，怜惜着每一个生命，放下斤斤计较的心，世界忽然就豁然开朗了。而这一切，让我相信，父亲永远没有离开，父亲的爱依然随着每日升起的太阳、每夜临空的月亮笼罩着我。而我有句话一直羞于表达：父亲，其实，您是我们最好最合格的父亲！你单薄的胸腔里用至真至情至善至孝至义凝练起来的心如同一豆烛火，而我一直就在距烛火最近的地方，循着这豆烛火，我在纷乱的尘世中越走越坚定越轻盈……

今天是父亲三周年祭日，父亲离开的一千零八十天里，我写了一些关于父亲的文字《这不是一篇祭文》《您的名字烙在何处》《指尖的温度》《那张容颜究竟藏在哪朵云后边》等，每篇都写了父亲对我的想念和牵挂，却唯独不曾表达一次女儿的思念。其实，父亲肯定早看懂了，这是被他宠惯了的女儿一贯的表达方式，顾左而言他，也或继承了他的脾性，不习惯表达情感。而今夜，绕了这么多，其实就是想说一句——

父亲，我想你了……

绣佛的母亲

母亲的嗜好

该我了！轮我！下来是我！一瓶罐头在兄妹三人手中流转。

小心，小心，别把瓶子打碎了！母亲低低地喊，噙着焦急的眼睛跟着几只小手中轮番移换的罐头瓶转来转去。父亲在一旁打趣：看把你妈眼馋的。母亲难为情地一笑，眼睛却一丝也不游离，眼看孩子们吃完最后一块果肉，喝净最后一滴汤汁，母亲才长松一口气，抓走圆圆滑滑的玻璃瓶去厨房。不一会儿，那个瓶就会被洗得干干净净倒扣在窗户台上，而像那样的瓶子在窗台上已排了一队，是母亲一个一个积攒起来的。

积攒，是母亲一生最大的"嗜好"，不知是与生俱来还是后天形成，待觉察时，母亲的"嗜好"已深入骨髓，近乎条件反射。母亲的眼睛时常搜索着屋里屋外、地面墙角、桌椅下，甚至大街上也会控制不住低头瞅寻。母亲的积攒包罗万象，罐头瓶、破衣服拆下的纽扣、父亲看过的报纸、裁衣服剩下的碎布头、化肥袋子、糖果袋、织毛衣剩下的小团毛线、纸箱子、塑料袋、小铁钉、小螺丝，甚至断了的铁锹柄、挖树留下的树根树枝……

这种近乎变相的捡破烂的"嗜好"严重挫败了父亲做男人的尊严，父亲多次大光其火，烦躁地扯走母亲手中的烂东西砸进垃圾堆。而母亲始终是嘿嘿一笑"知错不改"的迂回态度。受父亲启发，我们开始努力帮母亲戒掉"嗜好"，甚至有一度救治母亲的"嗜好"成了全家唯一齐心合力的事，常常监督、围攻母亲。一番抢夺争扯得逞后，母亲总是心疼不已的叹息，不甘心地一看再看那些躺在垃圾堆里的"宝贝"，当然也有背着我们又偷偷捡回来的时候。后来干脆使上了"口是心非"的手段：当面不捡，或干脆地说一会儿就扔掉，但是过段时日后，会发现那些东西悄悄地安放在某个角落。

我们与之对应地使上了"侦查"手段，常常偷窥母亲的行动，看到母亲连地上一拃长的毛线头都要弯腰捡起来，便逼问被抓了"现形"的母亲：这一拃长的毛线头你说能干啥？母亲难为情地嗫嚅：这……没事，放起来，又不占地方，说不定哪天就能派上用场。

说不定哪天就能派上用场，总是有效得让我们无语。几番周旋下来，始尝拮据滋味的我们隐隐的明白，从贫穷岁月一路走过的母亲对生活有着深深的忧虑和不安，她这不仅仅是节俭，她为依然陷在拮据的家做着堵漏补缺的准备。为了保护这只称为家的"小舟"能在光阴的浪里平稳前行，她用自己微弱的力量拼命地储备给养。于是，对母亲的"嗜好"我们开始睁一只眼闭一只眼。

在母亲坚持不懈沉默而顽强地积攒下，家里处处涂抹着母亲积攒的"痕迹"：碎布头拼成的门帘风姿绰约地在门框间翻飞；旧衣裳对接的枕罩送来一场场安稳梦；年底，父亲读过的报纸准让家里焕然一新，满墙的报纸散发的墨香味令人莫名兴奋；摞得整整齐齐的各色纸箱里换季的衣裳在休养生息……

而细想，母亲的"嗜好"的确让我们受益匪浅：打碎了调料瓶丝毫不用紧张，母亲会立马换上一个不知什么形状的玻璃瓶；去河里摸小鱼捉蝌蚪，别的小伙伴急得团团转，看着我们手中的罐头瓶直埋怨自家妈妈，母亲把窗台上的瓶子分给这些孩子，孩子们便对我们多了份谦让；突然停电，鼓风机转不动时，晒干的树根、树枝会让我们按时吃到香喷喷的饭；衣扣掉了，在妈妈的小竹篮里可以随便配上合适的；当对着待携带的东西一筹莫展时，只要喊一声"妈"，母亲扫一眼，扭身走开，不一会儿出来时便有合适的工具。看着我们欢天喜地的样子，母亲小有成就感地絮叨：闲时攒下忙时用。

天长日久，念及母亲"嗜好"的功劳，一家人放弃了抵触，并用行动支持母亲的"嗜好"，把要扔的东西通通交给母亲过目：你看着处理。母亲接过时总会嗤笑，并露出掩饰不住的小得意，母亲得意她终于"征服"了手下这几个不懂过日子的兵。

所有的妥协是有目的的。当需要什么时，我们便理直气壮地大呼小叫向母亲讨要。而母亲几乎没有让人"失望"过，有时甚至不抱希望的东西，母亲居然也能拿得出来，让我们惊喜的同时，更有种母亲无所不能的踏实感，似乎只要母亲在，没有什么事会犯愁，母亲是我们稳定的大后方。

"闲是攒下忙时用"是母亲给自己"嗜好"善后的最有效的一句话，是母亲使用频率最高的一句话之一，也是母亲奉行一生的真理。积攒入魔的母亲什么都攒。

农村一直流传着同悲同喜的风俗习惯，一家红白喜事，家家户户都要出人去帮忙，父亲要上班，帮忙的事全落在了母亲身上。母亲忙完大总管分配的活，又去帮别处，不管是谁的活，只要没人做，母亲便会顶缺，很多次都是天亮了我们上学时母亲才回来。所以我最怕母亲出去给人帮忙，埋怨母亲，说她笨。母亲说红白喜事，主人忙，顾不上，邻里要给主家多尽心，别人怎样做你别管，既然帮人就要倾尽全力。非但如此，只要父亲下班回来，母亲还要催父亲抽时间去帮忙，能帮多少是多少。上了夜班的父亲很累，就发牢骚，母亲知错却又倔犟地小声解释：乡里乡亲，平时咱多帮些别人，咱有事时别人才会帮咱，人情要靠一点点积攒啊。

农闲，一圈媳妇坐树下纳鞋底，母亲常放下自己手里的鞋底，帮上了年纪的阿婆把鞋底上最硬的一截纳完，帮刚结婚的小媳妇处理需要技巧的地方。要么帮谁缠毛线，挟在胳肢窝里出去的活计常常原封不动地挟回来，等我们睡下了，母亲又开始在灯下加班。家里地少，农忙时，母亲会帮邻人割麦、掰玉米、挖红薯、栽蒜挖蒜。为这些事母亲没少被我们抱怨阻止。母亲的解释从来只有一句话：不要等到需要人帮忙时，才想起维持，那就迟了。自以为聪明的我们便撇撇嘴，不屑，认为母亲强词夺理、迂腐。

不管服气不服气，凭着"嗜好"，母亲不仅使自己成了邻里最受欢迎的婆姨，处处被尊敬、被信赖，连我们走到哪，都要受到礼待，那些姨婶总是拿出好吃的往我们手里塞。虽然我们通常是嬉笑着跑得远远地躲开，但是仍能在那些"什么样的母亲就有什么样的娃"的叹息中享受到浓浓的疼爱与敬重。

一边与母亲的"嗜好"斗争，一边享受着母亲"嗜好"带来的好处，不经意间，岁月过去了一大截，到了兄长结婚的时候。这可是我们家多年以来第一件大事，大喜事，但从开始筹备起，父母亲便开始担忧。

红白喜事是乡间最隆重的课目，是主家家里人气、威信的集中体现，"过事"的顺畅与否从某种程度上也是主家人缘好坏的反映。暗地里有磕绊的乡邻，会借着帮忙找茬闹事搅局，出主家的洋相。而因家族四下离散，在小镇上，我们家近乎独门独户，从没操办过大事的父母不知自己究竟有几分威信，"树活一张皮，人活一张脸"的父母极怕兄长大喜的日子成了全家人丢脸伤感的日子。尤其，当时镇上有个约定俗成的习惯：邻人随礼为五块钱现金，亲戚们要送被面子、床单、被罩一类的"条子"，这些"条子"要挂在主家院子里铁丝上，向乡邻展示自家的人脉与实力。母亲和父亲掰着指头算来算去，我们也只勉强能收到十几个"条子"，连铁丝的四分之一都挂不满。

那多难看啊！父亲叹息，估计父亲的心跟那臆想中的铁丝一样空荡。

不管多难看，总得过。母亲给父亲打气，明显是做足了丢脸面的打算。

意外状况出现了，原本每家出一个代表帮忙的习惯打破了，要么夫妻俩，要么母女父子同上阵。看着一波波涌来的邻人，父亲惊喜得见谁都上前拉住人家的手语不成调地说谢谢。谢啥哩，你家的第一件大事，我来难道不应该么？该！该！该！父亲声音发颤。

大总管让拉挂"条子"铁丝，父亲说没地方，就不挂了。父亲实在是想避免难堪的境况。大总管没理父亲，转身吩咐：准备铁丝，结实点的，横过整个院子。父亲嗫嚅着，嘿嘿一笑，无奈而怅然。

翌日上午，乡邻开始随礼，亲友上门恭贺。等父亲从房间里忙完出来后，惊呆了，横穿院子的铁丝上没有一处空缺。大红的被面子，粉色的床单，各种花色的布料让整个院子里喜气腾腾,原来乡邻们很多在五块钱礼金的基础上再加了些钱买了"条子",原来乡邻们知道我们家亲友少……

书生气十足的父亲,从那些条子下走过去,一一地念着名字,不时地揉下眼睛。等看到一个名字时,父亲一震,这个人一年四季穿着补丁衣服啊。父亲转身喊了一声,那个叔叔从人堆里抬起头,不待父亲说话,哈哈一笑:钱算啥,人情重要,你两口子帮大家的还少吗?

兄长的婚礼空前的热闹盛大顺畅,令母亲和父亲感怀好多年,乡邻们见到父母时也交口相赞、表示羡慕。这场婚礼也是给母亲"嗜好"一次隆重的表彰和肯定,父亲再也不打趣母亲,下班在家,不用母亲提醒,谁家里有事便跑去帮忙,跑前跑后,直到主家家里没有任何活计了才离开。

兄妹三人相继成家立业,家里不再拮据,而母亲的"嗜好"依然不改,积攒的"宝贝"时常惹人大笑,比如"顶针"。母亲当年纳鞋底用的,女儿拿着玩儿,母亲一直不离左右,待女儿玩腻了丢到一边,母亲赶紧放回自己的储存盒里。我笑母亲,难道历史还会倒回到纳鞋底的时代?母亲振振有词:说不定呢!

母亲积攒的"嗜好"注定是戒不掉了,只要她高兴,由她去,儿女们各忙各的,也不知她究竟积攒了些什么。

夏天,携女儿回故乡,在母亲的旧房里,女儿拉着漆掉的斑斑驳驳的木箱子上的钥栓玩。

妈,这破箱子,咋还不扔?我将比我年岁还要长的箱子拍得嗵嗵作响。白了鬓的母亲走过来,伸手轻轻地抚摸着箱子:这是我出嫁时,你外公给我定做的。哈,传家宝!让我看看还有啥。逗趣母亲,也为了再次"抓到把柄",我不顾母亲面上突现的一抹羞涩哗地掀开箱盖。

啥年代的破衣服了?!果真不出所料。须臾惊讶后,我将箱中的衣物一件件往外扔,母亲忙不迭地弯腰捡拾:不扔,不扔,都给我留着。

这是啥?我抖搂着一截蓝白相间的布,圆筒状,上边一大块墨汁。妈妈接过去:这是你上初一那年做的套袖,刚戴了一天,你就打翻了墨汁瓶,拿回来说不要了。

心下一震,若无其事地应:是吗?我早忘得一干二净啦。低头的眼里却已迷蒙。原来满箱子收集的都是我和姐姐穿过的旧衣服、旧东西,连小学一年级时的围巾都干干净净地叠着,而这两条一红一绿的围巾是妈妈当年在料理家务的空隙中给人家盖房子当了一星期小工挣的钱买的。当时那个胖胖的女班主任曾啧啧叹息,这样好的围巾给小孩子围委实有些可惜浪费……

满头白发的母亲还是习惯积攒,将用过的手机积攒起来,从走街串巷的商人手中换来铁勺、小铝盆。原本很少做饭几乎不需要这些物品,但是每次我都欢喜地"抢"过来,说家里正好需要。母亲就很欢喜,像以前那样略略得意地说:闲时攒下忙时用,再有淘汰的手机就给我拿回来,不敢扔啊。

这个冬天回家,母亲神秘一笑,抱出一床漂亮的新被子:几十年前积攒的毛线头加上多年积攒的旧毛衣拆洗晾晒,拿到弹棉花的地方,加工成了一床棉絮,套上碎花的新被单,成了一床抱着轻盈盖着暖和的被子。

"闲时攒下忙时用",母亲的"嗜好"终于在现代化高科技的时代里再次开花结果!

暖不暖和?轻巧不轻巧?母亲坐在床头,笑眯眯地问惬意地蜷在被子里的我,我嗯嗯地点头:暖和暖和,这是世界上最暖和最轻盈的被子哦。

这个答案是不是母亲期待中的?母亲的笑里分明有丝如愿以偿的幸福在闪动……

母亲的爱情符号

擀面杖

看我不敲死你?!躬伏在案板上擀面的母亲呼地转身,挥扬起擀面杖,灶下拉着风箱的父亲赶紧扯斜了身子,抬起胳膊护着脑袋……母亲的擀面杖肯定是挥不下去的,即使挥下去,也只是轻轻地点在父亲的背上,但是脸上却是浓浓的黑煞。

文艺青年式的父亲,一辈子都很笨拙,时常将温良恭俭让的母亲惹成一只暴怒的老虎。从记事起,母亲斥骂父亲一直像斥我们一样随便,而冲父亲挥擀面杖更是反复上演在小小的厨房里。

稍稍长大一点,开始替父亲打抱不平,质问母亲:你就不能对父亲温柔点?

去,去,去,温柔是啥?我不懂,我只知道让娃吃饱穿暖。

面对如此理直气壮的理由,我们只有哈哈一笑,笑里满是对父亲的同情。仅读过三年小学的母亲极其缺少情趣,父亲给她读书上的故事,她会听几句就睡着,父亲给她献殷勤披个衣服、递口水她会劈手夺过,丝毫不领情。

再长大,自觉可以和母亲公平对话了,启发式地询问母亲:你和父亲之间就没有一点爱情?

母亲不屑:爱情是啥?能当饭吃?

我哑然,不禁对父亲和母亲的一生深深婉叹。没有爱情,抑或不懂爱情的他们一辈子如何的乏味寡淡?而跟不解风情的母亲相濡以沫细腻感性的父亲,一生该是怎样的孤独苦闷?

电　话

爸,我妈要跟你说几句。我一手捏着话筒开心地对父亲传递着讯息,一手狠狠扯住几欲挣脱的母亲。

真的?你妈肯跟我说话?!快让我听她说。笨拙的父亲不会掩藏自己的惊喜和渴望。

快跟爸说几句话,行不行,一句也行,就当我求你了。明明说定了的事,却要临阵逃脱,我有点恨铁不成钢,而为了不让电话那边笨拙的父亲失望,我还是将半气半恼换成哀求。

母亲终于伸手接过了话筒,却举在半空定格,犹豫不决的样子就像要上战场的新兵。

屋子里很安静,只有父亲在话筒里欢喜地喊:喂,她妈,喂,她妈,她妈……

说呀,答应嘛。我扯扯母亲衣角。

哦,哦,母亲从怔忡中缓过神,有点慌乱,我把她举着话筒的手推到她嘴边,母亲抽抽唇角,终于张口:唉——

还没待我吁口气,母亲被火烫着一样,咚一声,把红色的听筒丢在桌上,转身往卧室里走:不说不说,有啥说的。

捡起话筒,父亲豁达满足地笑:好了,听到她的声啦! 这么低的要求? 我突然心疼起父亲来,扣下电话,走过去恼火地一把推开母亲的门。

小木床上端坐的母亲呼的一抬头,眼神自我脸上惶恐掠过。我一怔,那是怎样的眼神啊,羞怯,慌乱,自责,完全一个知错又无助的孩子!

很多天后,午睡起来,见母亲坐在客厅的沙发角上,手搭膝盖,望着空空如也的墙壁,安静得像尊雕塑,而眼神分明像是陷入了某种回味。我喊了声妈,她陡然一惊脱口:奇怪,你爸的声音怎么是那样的? 我一脑子糨糊似的瞅母亲,母亲低头去摸电视遥控器,难为情的样子似乎自责泄漏了什么秘密。

我忽然想起父亲与母亲那次唯一成功的通话,想起妈妈在父亲“娃她妈,娃她妈”的急切呼唤后那一声仓促的“唉”,想起母亲惶恐的眼神,似有团火灼醒了神经,我瞬间明白,多年以来,我以为母亲不懂感情,不解风情,不屑于爱情,其实,看似强势的习惯于咆哮的母亲啊,在感情面前如孩童般笨拙稚气! 在我们稀松平常地信手便抬起话筒做情深蜜意的呢喃时,于母亲,是多么的神秘与庄重?! 第一次与生命里唯一的男人通电话,于她,宛若第一次相亲,她不知在那个男人面前应该持什么样的语调,什么样的表情。在换了时空换了方式的状况下,她像个情怀初开的少女,慌张,羞涩,暗喜。原来爱情,在母亲心里,早已堆积如山。

我贴着母亲坐下,抱住这个一生因为太珍重太笨拙而不会表达感情,仅凭零星半点回忆便可幸福得回味无穷的女人,无限怜惜从心中涌起……

青瓷碗

似乎一夜之间,满世界都电器化了,家里安置着两只大铁锅的灶台突然就成了摆设。而这个摆设的最角落里静静地放着一只碗,青瓷,厚底,像个巨大的酒盅。

这是父亲用了一辈子的碗,是打记事起,就被我们埋怨的碗:为什么每次都要先给父亲舀呢? 明明我们就在跟前呀。

对父亲一直没好脸色的母亲对我们的抱怨也从来都是置之不理,只是每次将舀满的碗塞到父亲手上时恶狠狠地嘟嘟一句:猪,就你能吃! 父亲在我们嘻嘻中也嘿嘿一笑地接过碗。

有时父亲实在没及时赶回家,母亲第一碗饭仍是舀给父亲的。我们扒着饭,不时地看看父亲碗里缕缕的热气,而母亲则有一口没一口地吃着,不时望向门外,随时挥手驱赶妄图靠近父亲碗的小飞虫,像保护自己的阵地一样尽力。

父亲脑溢血抢救过来后,留下严重的后遗症,只有左手左脚有点知觉。好强的父亲不愿成为家人的负担,坚持不让人喂饭喂水,而他颤颤巍巍的左手常常将饭送不到口中,掉到衣服上、桌上、碗里。吃完饭,父亲一身一脸的汤水,于是父亲认定自己的吃相会"恶心"到别人,再吃饭时,不管谁把饭端进去,放在他指定的位置后,他便挥手相赶清场。连给他戴上围裙、递上勺子的母亲也常被赶出来。母亲很心疼父亲,在争吵了多次后,父亲终于允许母亲陪他吃饭,父亲脸上一有饭渣汤水,母亲赶紧给擦掉,吃不完的饭,父亲总是一再叮咛倒掉,我弄脏了,必须倒掉啊!

母亲一边"知道了知道了"的答应,一边在厨房里偷偷地倒进自己碗里。我们阻止,母亲说自己男人的,有啥可嫌弃的?

父亲是在吃过早饭和母亲在门前小路上锻炼走路时猝然离世的,那天的早饭是当季的新玉米粥,父亲连吃了两碗,后边一碗吃了一半。父亲出门前欢喜地说,新玉米真香,一会回来,我再继续吃,吃完它。埋葬父亲的邻人拥进院子,怕母亲伤心不吃东西,亲友端饭给母亲。母亲没言语,去厨房找到父亲的碗。大家说别吃了,倒掉算了,母亲无语地端着拧身进了她和父亲的睡房。

我不知母亲是怎样合着泪水一口一口咽下那些冰凉的饭团,而在那闪烁着青瓷光芒的碗口里,我似乎又看到了父亲生病后母亲奔忙的身影。

面对生活不能自理的现实,清高洁净了一辈子的父亲不愿面对自己成了"废物",拒绝锻炼恢复,只求速死解脱。这时的母亲忽然心性大变,每天不顾父亲谩骂恼怒,一遍遍地扯父亲,有时又像哄孩子一样哄劝父亲起来锻炼。

父亲生病的四年,母亲的作息表如下:早晨5:30起床,给父亲洗漱,喝牛奶或豆浆。半小时后,吃药。8:30吃早饭。10点搀扶父亲在院里院外走路锻炼。

父亲午睡时,母亲再备午饭。午饭后,把父亲扶到门口和邻居们纳凉。下午6点,父亲晚饭。晚上8点,给父亲擦澡,吃药,安顿父亲躺下。然后洗父亲一天弄脏的衣物。这其中还要随时听父亲召唤,帮着他上厕所、喝水等。如果来不及,大小便会溺拉在裤子里,母亲随时给换洗衣服擦拭身体。

母亲像照顾小孩一样寸步不离地照顾着父亲,父亲说想吃羊肉泡,母亲便每天早晨穿过悠长的老街给父亲端一碗回来。父亲让母亲一起吃,母亲答应着,却分出来一半留给父亲下一顿吃,自己只喝稀饭就土豆丝。给父亲做的虾、鱼、鸡,母亲也总是只给父亲吃,我们发现了逼母亲吃,母亲才尝几口。父亲连吃几顿厌倦时,母亲又将剩下的全包。明明经济已宽裕,根本不须在吃喝上节俭啊,为此,我们兄妹都训过,甚至太心疼而责母亲太笨太傻。母亲喃喃地说:你父亲病了,我吃得与他一样,太没良心……

寒　衣

十月一,送寒衣,北风凄切里的一个连通亡人与在世之人的节气。

无论怎样不忍面对那堆冰冷的黄土与那片荒草,却也知道,那黄土与荒草里睡着那个给了自己生命,给了自己一世温暖的人。于是,含悲忍泪地停车在城外的纸货店。父亲个子高,买大点,买最新式的,买古典的棕色,让父亲在那个世界里体面点。

妈,看看,我给爸买的,好不好看?

妈,这是我给爸买的,您看全不全? 姐姐也捧出从西安买回的纸衣。

都好,都好,你爸够穿了。妈妈一件件拿在手里端详。

好了,我们上坟去了,妈您在家等着,我们肯定烧完整,一会儿就回来啦。

嗯,嗯,母亲点着头却有点难为情。

我们用眼神询问母亲,母亲轻叹一声,伸手从大门后提出竹篓,满满一篓纸衣,纸面打皱,一点都不平展光滑。

谁让你做啊,现在啥都能买到! 姐姐脱口埋怨,实在不想妈妈辛苦啊。

唉,买的哪能比得上自己做的顶用。你看,这是褥子,你爸怕冷,我给多絮了些棉花;这是袜子,你爸风湿脚,天一冷就疼,也给絮上棉花,他不怕难看的;

这是外套,你爸就爱穿中山装,爱穿我做的……母亲一件件拿给我们看,一字字地解说,我有一瞬的恍惚,似乎父亲从没离开我们,他只是出远门去了,他在等我们给他送御寒的衣裳,他盼望穿上母亲亲手缝做的衣裳……

纯棉花做的寒衣燃烧在北方的寒风里。父亲,您的冬天一定不冷吧。

长 头

初夏的太阳骄傲地俯视着大地,法门寺恢宏地伫立在蓝天白云下。十几尊镀金佛尊在阳光里流光溢彩,每尊佛脚下,香客攒动,长条的香坛上,粗粗细细的香烟缕缕。

我也是个虔诚的香客,一尊一尊佛地参拜过去,不断地上香、叩头。母亲身体不便,只上香。到地藏菩萨脚下,上过香叩过头,我照旧给母亲讲解:地藏菩萨是负责掌管去世人的灵魂,根据他们在那个世界的表现分配他们下一世的投胎轮回……

让我磕个头!母亲丢下说着话的我走向蒲团。

你身体不行啊。我扯住母亲。

你让我磕几个头,我要求这菩萨在那边多照顾你爸,你爸腿脚不好,不要跟他见怪,让他下辈子投个好胎,不要再受这辈子的苦。

扯母亲的手忽地就无力了。

母亲憨憨地一笑,在蒲团上慢慢地跪下去,然后笨拙地合起手作揖,再将胖胖的身子佝偻下去,深深地,深深地,将头叩至硬邦邦的地面,一下,一下……

我仰望苍穹,不让眼里的珠液掉落。

母亲,一生没有说过"我爱你",母亲,一生不谈爱情。

绣佛的母亲

从非洲回来三天的兄长在沙发上翻看我扔在茶几上的一本书,看着看着,忽然一拍书嚷:真是这样的,真的是这样的!

放下果盘,抽过兄长手中的书,原来兄长看的是一个小故事。一个年轻人到处寻佛,在一座山里遇一高僧询问,佛在何处? 是什么模样? 高僧对他说:你一路走回去,一个赤脚为你开门的人便是佛。年轻人欢喜地上路了。一路走,一路借宿。很遗憾,满怀期待的年轻人一次次看到为自己开门的人,都穿着鞋。年轻人很愤懑,觉得高僧搪塞了自己。最后,沮丧的年轻人深夜时分有气无力地敲响了自家的门。门迅速打开了,快得出乎年轻人的意料,难道母亲半夜还没睡? 有些意外的年轻人看着举着油灯站在门里的母亲,猛然愣住了。天寒地冻的夜里,披着衣的母亲居然光着脚站在门里!

原来,母亲就是自己的佛!

真的是这样的,兄长接过书给我讲起来:前天,我从非洲到北京,再从北京到咸阳,从机场回到家时刚好也是半夜。刚一敲门,门就开了,妈好像一直等在门后似的。我仔细一看,妈妈一只脚上有鞋,一只脚上没鞋。妈说急着给我开门,把鞋穿颠倒了,走了一步掉了,也顾不上再穿,怕我在门外冻着了。

哈哈,我当时还笑妈太傻,也不怕扎了脚。兄长笑语的音低了下去,然后长长地叹:我傻傻的老妈啊。

是啊,我那以奉献为幸福的傻妈妈一辈子做了许多傻事:为了省粮食,装作这个不爱吃那个不爱吃,常年四季总说剩饭好吃,每逢有好吃的,便说自己不舒服;自己长达五年没添过一件衣裳,却从没少过我们一次过年的新衣;儿女远行,明明放心不下,却大大咧咧地说快走快走,走了清闲,而儿女走后却几天吃不下饭,一夜夜辗转难入眠;给她零花钱,她总是拒不接收,除却贴补家用,一辈子不会为自己花一分钱……

儿女们各在天涯,父亲去世后,母亲的世界一下子空了。想接母亲到城里,母亲不习惯,她要坚持守着她的"地盘"。母亲说,有妈的地方才是家,就算我一个人在那个院子里,那里也是你们的家。孩子是小雀,飞累了,就回窝里来,只有窝里才能彻底放松。

空荡荡的院子里,一只小哈巴狗毛毛陪着母亲跑前跑后。虽然如此,母亲每天还是照例从院内到院外的打扫抹洗一遍,房间里整整齐齐,母亲做着我们随时回去的准备。一听到有人要回去的电话,妈妈一大早便开始准备吃的,儿孙们谁爱吃什么，她心里都清清楚楚。导致女儿一听要回外婆家兴奋得连觉都不想睡，一见到外婆就抱住外婆不放，吃得小肚子圆鼓鼓。这还不算，每次回城时，母亲准会拿出前一天烙好的饼，蒸好的包子，冻好的手擀面、饺子，她怕我忙起来没时间做饭。

知道母亲一直在盼望我们随时回去，我们也尽量有时间就回去。只是还是有那么多的日子要妈妈一个人过，想起母亲的孤单，我们不能不担忧不能不心疼。有一天，母亲打电话来，兴冲冲地：你们都不要再担心我了，我有事做呢，一点也不孤单。

原来国际文化大融合，一夜间韩国的十字绣风靡大街小巷，几十年前有一手纳鞋底绣鞋垫的女红手艺的母亲也迷上了，给属相都是狗的兄嫂绣了一对可爱的小狗挂在床前，说兄嫂万一要吵架，就看看这两只甜蜜相偎相伴的狗儿，要向它们学习。给尚未成婚的侄子绣一大幅"家和万事兴"，叮咛年轻气盛的侄子记住成家后一定要以"和"为重，要谦让，不要斤斤计较。还给吵闹的女儿绣了一幅简单喜庆的"喜羊羊"，让女儿像喜羊羊一样天天欢喜。或许，父亲的突然离世对母亲的影响很大，母亲知道自己也在一天天走向衰老，知道终不免最终的别离，所以母亲的每一幅十字绣里都带着浓浓的离别叮嘱之意。

看着欢喜的儿孙，捶着腰的母亲笑眼里有着深深的眷恋和心疼，并念叨，什么样的方式可以多守护你们一些岁月。而我们也才知道母亲因日夜绣十字绣，患上了腰椎间盘突出，于是我们强迫母亲不许再绣了，母亲连连允诺不绣啦，不绣啦。

那天想给母亲一个惊喜，便突然回家。推开大门时，屋檐下背对大门的母亲一边回头惊喜地笑一边手忙脚乱的藏手里的物件。我好奇地上前从母亲手中扯出来，原来还是一幅十字绣，画面上佛祖端坐莲花座上笑视苍生。

母亲不是不痴迷拜佛么？在这百年古镇的周围有许多的寺庙，每年都有多次庙会，也经常有邻里姨婶来邀约她一块去拜佛，她从来没去过。节俭一辈子的母亲说那实际上是逛庙会，是一次纯粹的吃喝逛，她不想乱花那些钱，她把佛搁在心里敬着呢。

面对我询问的眼神，母亲羞涩地说：嘿嘿，妈怕哪天不在人世了，你们兄妹几个孤单，绣个佛祖陪着你们，护着你们，妈在天上也不担心啦。

　　绣了多少天了？

　　半个月。

　　看看绣了一半的佛祖，想象着母亲在太阳下、灯光下戴着老花镜佝偻着腰身穿针引线，一针一针地扯着那长长的丝线，泪水迅速盈睫。阳光下，再次端详莲花座上的佛祖和含笑的母亲，突然分不清，究竟谁是佛祖谁是母亲……

辑
四

我从沙漠来

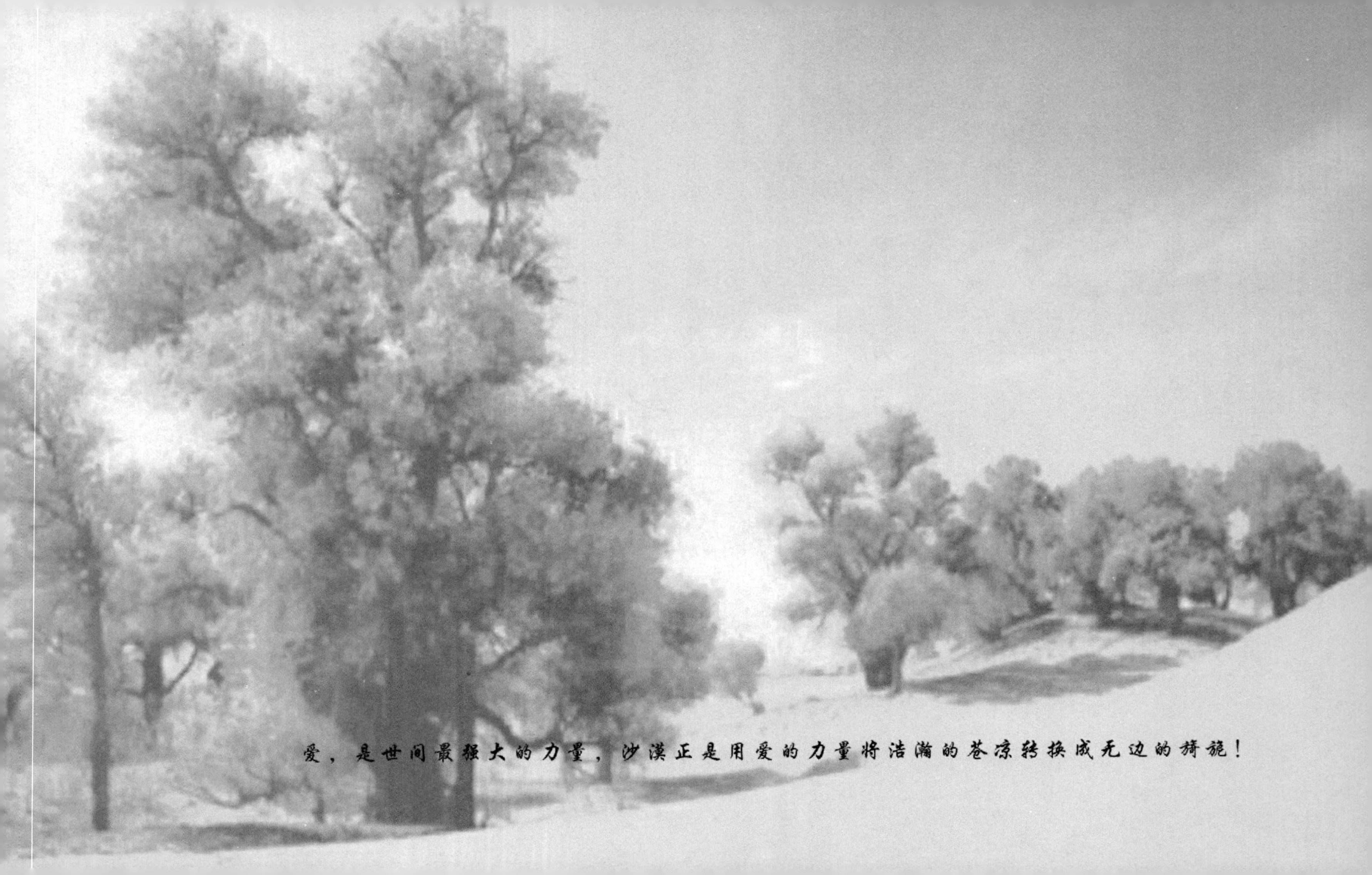
爱，是世间最强大的力量，沙漠正是用爱的力量将浩瀚的苍凉转换成无边的绮旎！

我从沙漠来

　　一个真正贫穷的人不是财富的稀少,而是心里爱的缺乏;一个不懂爱,不会爱,丧失了爱心的人才是真正的贫穷。

　　离开了沙漠,穿行在水泥墙林立的城市里,有时在人潮汹涌的广场,有时在繁华的街头,我会忽然驻足,仰望天际,迷离了双眼,遥想那片旖旎的苍凉,心里时时回味它无言的叮咛:心里有爱,世界永不荒芜……

——题　记

初遇与停留

　　好长好长的一段光阴里,一直像个虔诚的教徒,不断地体悟着生命,试图调整一个适当的姿态与这个尘世和平共处。

　　曾徜徉于海边,浩瀚的海水漾来片刻的宁静后便是沁人心肺的冰凉,银色浪花翻卷的壮美里裹挟着对生命深重的威胁,劳顿的心,始终无法沉静;曾入住深山,雄伟的山姿令人顶礼膜拜,可罩在那种威慑里,更深地感到生命的促狭,那种巍然的傲慢不经意地刺痛了卑微的自尊。八千里路的云和月,扛着沉甸甸的疲惫怅惘举目四顾,何处有生命所求的海阔天空?冥冥中,走近了一直下意识抵触的沙漠。

和很多人一样，印象里，沙漠是生命禁区，是一片荒芜死寂冰冷冷的沙海，然而，在巴丹吉林沙漠上落足的刹那，心魂就被一种无形的力量攫住。一张巨无边的驼色地毯平展展地自脚下铺开，一路直抵天尽头，大大小小的沙丘起起伏伏起雄浑壮阔的气象，一道道波痕，宛然刻画进时空里的大地年轮，细细密密无休无止。而悠远清澄的碧色长空，更是一片无形的消音玻璃，将世间所有喧嚣屏蔽开来，只给眼前过滤出一片浩瀚的静谧与无边无际的苍茫。这种浩瀚成苍茫的静谧有种神奇的力量，轻易地便拂去了人的焦躁、困顿、惶惑，甚至记忆，轻易地便让人安静下来，甚至令人模糊了时空，轻易地便陷进关于永恒关于生命关于很多很多的遐想中。前不见往者，后不见来人，苍茫宇宙，我是谁？你是谁？生命是什么？生命有什么不同？沙与人，谁大谁小？孰重孰轻？

亘古的阳光倾泻着亘古不移的灼热与光亮，一粒粒细沙安卧在大地上，安静地散发着熠熠的光芒，干净而圣洁。弯腰脱下鞋子，赤足小心翼翼陷进近乎不忍亵渎的圣洁里，一缕柔软的温热从脚心缓缓升起，然后沿着脉络四处游走，当其钻过心隙时，枯涸的心魂似乎被激活，抑制不住地奔跑起来。有风掠过耳畔，缤纷绚烂的人世背景在身后纷纷沉落，拥堵在生命里的爱恨情愁在急急远退，长歌当哭也当笑，大声呼唤低语呢喃……一场肆意的情绪泛滥后，躺在温软的细沙上，头枕双臂，看朵朵流云在碧海苍穹中轻盈温柔地来去，然后，突然觉得这些云就是一把拂尘，一把正打心田轻拂而过的拂尘，拂掸间，凝在心底的偏狭愤懑似尘垢般纷纷散落，心忽地通亮许多。再起身四顾，纷乱的脚印不知何时不见了痕迹，静谧与洁净一如之前，那一刻，我想起幼时，拿着抹布，随时帮我擦去落在桌上衣上的污秽，不恼不怒，只有包容怜惜的母亲。

我想，我对这片沙漠产生了如同对母亲般的依恋，旋即又感觉，这种心境似乎与朝拜尊者的心理无异。

曾看到过一段关于禅学的文字，其大意是，每个人的生命中都有一个引导其开悟的人或物，那便是他的上师。在上师面前，人可以毫无禁忌地释放自己，因为上师懂他,无限理解他,肯定他的生命。得到这份理解和肯定,人便会忽略掉恩怨情愁,变得豁达慈爱,淡定欢喜。所以我一直相信,尘世间每个人都在努力维护善良与本真,因太多阴差阳错,令人背负了太多指责和委屈,导致方向迷失,或最终放弃坚守。即便如此,我相信每个生命至死不渝地渴望的仍是一份尊重与肯定,这份尊重与肯定,是建立在对其生命价值的懂得之上,为这一份懂得,甚至可以"士为知己者死"。懂得,是对生命的尊重与爱护,是一份一旦获得便所向无敌的自信,更是一股无比强大的心力,只是这份力量可遇不可求。所以,纵横世间,多的是高山流水的寂寞,多的是需要上师指引,或渴望救赎的困顿的灵魂。

伫黄沙之上,携着忽然而至的轻盈,回望来路,来路上曲曲折折深深浅浅的足印在轻风里慢慢地、慢慢地消遁,慢慢地恢复如初,心下再次乍亮:浩渺云烟下,有多人来了去了? 而沙漠没有留任何痕迹,它任凭人来人走,不拒不弃不偏不倚,不做丝毫牵牵绊绊。这份慷慨与豁达,这份对众生一视同仁的礼遇,不正是每个生命渴望的尊重与肯定?!

那一刻,我任性地相信,沙漠就是自己遍寻不遇的上师,它定会用它的智慧引领我走出生命的困窘。

我决定留在沙漠。

温柔与旖旎

加缪的小说里曾出现这样一个场景:寂寞的女人整天在沙漠边缘看日出日落,与黄沙私通,生命渐渐和沙漠融为一体。我一直以为那是地球另一端的景象,当我日复一日地对着日出日落痴怔时,我突然懂得了生命与生命的相通,与地域无关。

但是,有一点我要强调的是,我肯定是孤单的,但绝不寂寞。寂寞是心没有方向,而我选择留在沙漠的动机很明确,换言之,我从来没有放弃过对生命的热情,而且可以理直气壮地说,虽然始终笨拙不得要领,但对生命一直是倾尽所有地认真与忠诚。对于生命，一直在千方百计地上下求索，只有我清楚自己安静的表象下涌动怎样的激流，我甚至觉得毫无意义地消磨时间是对上苍的不恭，是对生命的亵渎，我不允许自己有意地犯下如此过失。当然，偶尔的虚无，百无聊赖的时候还是有的。所以，除却看日出日落，还有更多的时候，我是沿着温软的黄沙走啊走，我喜欢在那深深浅浅的沟壑上一跃而过，跌倒了，便咯咯地笑一场，爬起来再走。我执拗地视这些沟壑、沙丘为沙漠的脉络，坚持不懈地循着这些弯弯曲曲的脉络向沙漠内心挺进。当然，一路上，少不了其他的符号，比如芨芨草、骆驼刺、湖泊、红柳、胡杨、狂风走石、牧民等等，所有的生灵我都认定其是沙漠的另一种标注。

从开始，就将沙漠视作一个有血有肉有灵魂的上师，但是从没想过他究竟是何等的模样和性情，当借助这些符号或标注看清了沙漠的四季，了解了沙漠的喜好，终于成功抵达沙漠的心室，我最终确定沙漠是一位成年男子。感情内敛深重，心里万般旖旎，却是不肯或不擅表达。他有专属自己的浪漫，专属自己的温柔，甚至专属于它的——爱情。所以，沙漠并不冰冷，沙漠自有另一番繁华与温度，它春夏秋冬不同，晨昏不同，阴晴不同，昼夜不同，它的美，无声无息，却瞬息万变。毫不夸张地说，我在穿越浩瀚的苍凉中遭遇了一份旷世的旖旎。

先从日出日落说起。

沙漠的阳光很充足，一年四季，失去光芒的天空屈指可数。没有大山的掩蔽，每天清晨，刚觉察到光亮，即刻就霞光万丈。如箭光芒带着早晨的清新洒落沙漠的缝缝隙隙，每粒沙都即刻间生动起来，无以数计的沙粒齐齐反射出的微弱的光凝聚成一束束温热的光线。沙漠，这沉默的圣人，顿时便通身流光溢彩。中午，干爽的阳光明晃晃地浸润着整个沙漠，沙粒们承受着阳光恩惠也毫不客气地吸收着它的热量，赤着的脚如同踩在温热的床上，一脚陷下去，被温热的细沙抚摩着，舒服得直想咧嘴笑。

到黄昏，太阳便收起一天的锋芒，变成一枚大大的、橙黄橙黄的落蛋黄，慢慢地从天上滑落到沙子上。那时候，整个沙漠都是柔和的，稀少的浅浅的山岚，层层沙丘都显得非常温软,晚风中摇曳的芨芨草、红柳更柔弱到惹人爱怜。而天边,肯定铺满锦缎一样斑斓的晚霞,笼罩在那种浩瀚的温柔里,常常在不知不觉中便痴迷了。

沙漠的日照时间很长久,月亮常常耐不住它的磨磨叽叽,当太阳开始西移,月亮便迫不及待地登场亮相,唯恐沙漠陷入一片黑暗似的早早挂在天边以稳其心,所以,日月同辉是沙漠里常见景象。而从新月如钩到满月如玉盘,沙漠夜晚的美层层递进演变。

弦月夜,沙漠的夜肃静庄严。沙粒们像是被驯服的孩子般无奈地睡去,天上的星斗开始热闹了,它们眨着顽皮的眼,幸灾乐祸地瞅着悄无声息的沙粒们。喜欢观星的朋友此时便可以对着教具或天文资料将星座一一核对,基本上没有哪颗星会缺席翘岗,群星璀璨的夜景是沙漠里经久不衰的美。月如玉盘之夜,浴在如水月华里的沙粒们很兴奋,争相闪着淡淡的清辉,整个沙漠都罩在银光之中。银光里的沙像雪一样洁白细密,然后相信"大漠沙如雪,燕山月似钩"绝非是一种虚构。

日、月、星辰是天空的孩子,孩子已如此的不平凡,孕育其的天空拥有绰约不凡的风姿也在情理之中——深海的质感,琉璃的光芒,沙漠里的天空,蓝得很纯粹很通透,不时流过的云朵像一片片柔软飘逸的裙袂,缭绕得整个天际益发地宁静悠远。而黎明时的瓦蓝,朝霞中的红和玫,傍晚时的橙和紫,烘着月的绛与靛,疾风骤雨前的波光诡谲,大雨骤歇后完满的彩虹,适时变幻的色彩,不仅让这幅蓝静基调的天画一年四季气象万千,更让整个沙漠日复一日地美不胜收。

风,是沙漠的另一道壮观风景。确切说应该是狂风,因为沙漠本就是一个肃穆的汉子,不喜婆婆妈妈今儿一缕明儿一股地搅搅扰扰,一旦要刮,便是狂风。狂风中的沙漠就像一头暴怒的雄狮,呼啸而来,呼啸而去。所到之处,狂风卷着沙粒碎石,明亮的天立时昏黄,铺天盖地的尘粉眯得人无法睁眼。遭遇狂风时,我会紧闭门窗,然后伫窗前,看漫天的风起云涌,看平地腾起的足可以遮天蔽日的沙雾从远及近,然后沙粒开始扑撞玻璃,鼻间有了缕缕灰尘。但是,我还是不舍挪开,我喜欢看着它从窗外呼啸而过,看着它遇谁灭谁不管不顾,欲以摧枯拉朽的劲头将世间所有罪恶连根拔起的豪迈,敬畏瞬间油然而生。

狂风强劲而果断,说停,干净利落,毫不拖泥带水。往往狂风过后的第二天,早早的,太阳便若无其事地悬在碧蓝的天空,整个沙漠宁静安详,令人犯疑:昨天是不是遭遇过一场风的浩劫?又加上沙漠的风一般发作在换季时节,平素很少来干扰沙漠的秩序,所以才有"大漠孤烟直"的场景。

提起沙漠,很多人立马想到有关沙漠的影视剧里干渴的皲裂的唇,因此沙漠被打入生命禁区的范畴。的确,沙漠里最稀缺的是雨雪霜露,雨和雪如珍珠般稀有,一年难遇几次;偶尔一场雨,落在沙上,须臾不见。雪,稍稍能停留得久一点,幸运的是,我在沙漠里遇到过一个多雪的长冬。那个冬天,连着落了几场大雪,在雪花飞舞时,沙漠似乎有些惊诧莫名地惊怔住了,在那种宁静里,我清晰地听到了雪落的声音。

无声与热烈

在沙漠里待久了,我发现,沙漠里的一沙一草都似乎有种默契,它们不是冰冷的、毫无关联的存在。这里的生命都是鲜活的,是有情感的,是息息相关的,它们是一个庞大的整体,它们的一呼一吸间都有种默契,有种暖暖的气息存在。

所以,多次蹲在一丛丛茇茇草前,思绪万千。这个灰涩得不起眼、资料上都无法查找的植物,这种在百草争妍处,定遭砍掘命运的生命,在沙漠只要是生命便来者不拒且同一礼遇的慷慨豁达里拥有了安身立命之地。它们不畏严寒与狂风,纵然知道自己终归是被践踏于脚下的卑微,也依然要绽吐出细碎若米的花,无须谁来赞美与爱怜,它们只想倾自己的最美装扮沙漠。沙漠是懂得的,所以沙漠静默无语尽量给它所有的天地,怜惜地成全它的回馈之心,任它们以酬知遇之恩的劲势生长繁衍,布满自己的角角落落。

像这样的生命,还有骆驼刺和几种终是打听不出名字的植物,都属于低矮的植被。有一种叫沙枣的树,是植物中的翘楚。沙枣树叶子碎小似铜钱,很皮实地簇拥着树枝,远远看去总是一堆堆的繁茂,厚实的墨绿叶面上总像附了一层霜,泛着淡淡的白,尤其在阳光下,经常反射着白亮亮的碎光。这种树是沙漠里唯一见到果实的植物,深秋成熟,一串串的、红彤彤的葡萄样的颗粒,看着诱人,放嘴里一咬,没丝毫水分,只是面面的涩涩的,微微有点甜意。这种果实当然并不是人们能接受的,所以,那果实最后都在风的摇晃下落满一地。

我最喜爱的是它的花。沙枣花六月份盛开,开得很密集,一夜之间几乎全部绽放。那花极小极小,白白的,像米粒,却极香,而且香里带着缕缕的甜味,不仅能刺激人的嗅觉,还能激起人的味觉。所以,扯住人的不是它的美丽,而是那种带着淡淡甜味的香气,几乎所有途经之人都会在它的荫下停留片刻,狠狠嗅吸几口那馥郁香甜之气才肯离去。

最初很奇怪,沙漠里怎么有如此的花香?思忖后豁然明了:这就是沙漠之花,吸收着沙漠的养分,传递沙漠的芬芳——我生命本贫乏,不能给你最好,只能倾我所有。而沙枣花也让我再次相信,灵魂的馥郁远比外表的艳丽重要。

红柳,是沙漠坚实的守卫者。据说红柳一般是生长在水边的,其断裂的根跟着河水走,流动的河水将其带到哪,就在哪生根发芽,所以我一直不能确定自己所见的红柳究竟是哪条河流带来的。附近有一处居延河,据历史记载,其曾经是一旺盛水域,只是沧海桑田,在我抵达其身旁时,只看到了遗迹和一个流传下来的名字。但我想,这已不是很重要,也没有考究的必要,只要看到寒露之后,火红成一片的柳林,便会惊叹生命的奇迹。它们像一团烈焰炙烤着沙漠的宁静和荒芜,又像一面火红的旗帜,在凛凛寒风中宣扬着生命的繁华。

每个初冬时节,我都会反复赶赴这些繁华身边,倾心感受它们无声的热烈,也坚决地认定它们肯定是接受了沙漠的教导,耐住寂寞,扛住狂风,只要顽强不息,在哪里,生命都可以蓬勃繁衍。

上善若水,水的品质决定了它将是沙漠忠实的伙伴,有生命的地方,肯定就有水的追随。在我的居所附近百公里之内,不仅有多个小小水泊,还有一条名为弱水的长河。初闻弱水之名,不禁嘀咕,是先有"弱水三千,我只取一瓢饮",还是先有这条河? 它们是不是同一个所指? 又是谁先给这条河命名"弱水"? 弱水河,横穿沙漠,没有人知道它的源头,也没有人知道它的尽头,更没人知晓它流了多少年的岁月,还将流过多少年的光阴,无论春夏秋冬,它就那样昼夜不息地流着,缓缓地,浅浅地。清可见底的河水,温柔妩媚,从来不会制造大波大浪的激烈,只时不时在微风中荡起层层涟漪。

经年的滋润,弱水河两边的沙地居然长出了茂密的芦苇,夏天里郁郁葱葱,远远望去,就像为沙漠披挂上一条绿色的丝巾,沙漠顿时焕发出几分生动与柔和。秋天,这些细弱而极富韧性的细身姿上纷纷抽出苇花,像羽毛一样,轻盈地、弯弯转转地镶在弱水河两畔。此时的河水,极清,极亮,映着碧蓝的苍穹,在大漠经年不衰的艳阳下闪烁着激滟的水光。秋水长天,泛着刚强的旖旎,那种美直沁心底,所以,那明亮的河里倒映过无数次我徜徉不舍的身影。

沙漠还有许多不速的有声之客来造访它和这些长驻的无声生灵,比如天空里飞过的各种各样的鸟雀。我幸运地遇到过一只鹤,很长时间都不敢确信,沙漠里怎么有如此娇贵的鸟类? 查过图片,确信自己的眼睛没有欺骗自己。难道它们也风闻到了沙漠的广阔豁达? 这些生灵的到来,划破沙漠一贯的沉稳而显出丝丝缕缕的欢欣。也遭遇过偶然闯入的羊群、驼群,挥着鞭子的牧者,嗅着鼻子很是失望的牧犬,一时间,苍茫的天地间居然有了几分喧嚣。

胡杨与爱情

素有世界遗迹之四之名的千年胡杨林是巴丹吉林沙漠里一道胜景(也或圣景)。沿着连绵的沙丘沟壑逶迤成海的胡杨,每株都有上百年的历史,树上的叶子都进化成几种形状,有些树干已被雷电劈裂或烧焦,可在它的顶端或残活的一枝上仍然密集地长着一簇簇叶片,它们这种顽强不肯放弃的执着,令见者动容。它有着所有植物的生命节奏,春天发芽,夏天繁茂,秋天则是它璀璨时节。到中秋时节,胡杨沧桑的虬枝上形状各异的叶片纷纷显示出太阳的颜色,金黄金黄,在无垠的一碧蓝天下起起伏伏,就像一片浩瀚的金色海洋。那种烂漫,那种热烈,那种美,壮观到令人莫名忧伤。在初次被那份绝伦的美震撼之后,便笃定地认定,这,便是沙漠的爱情!——凝聚了千年日月雨露,擎着一身的华美,隐没在这茫茫世外,狂风摧折过,雷电劈灼过,是什么支撑着它一次次带着伤痕重新屹立起来?

世间,除却爱情,还有什么力量如此强大?

很惭愧,作为一个女子,爱情永远等同于生命,在那一刻,眼前出现的全都是沉陷于爱情的悲绝痴烈的女子,比如张爱玲,比如三毛。看着眼前那处锦绣,宛若看她们烈焰熊熊的心,她们静寂如海的表象下,酝酿着波澜壮阔的柔情,她们苍凉悠远的淡定下,有着生生不息的痴热。尽管,一旦爱了,便势不可挡地烂漫,便纤纤毫毫里都充盈着爱,甚至可为爱生,为爱死,却不用爱去惊扰他人。她们只是倾心地去爱一场便罢,她们懂得爱的真谛,懂得遵循着人性的走向,呵护住爱的美好,成就爱的永恒。

当我以爱情的意念去品读胡杨极致的璀璨时,那枝枝叶叶里闪耀的都是它的热烈与执着。传说中,胡杨有千年的生命,千年不死,死后千年不倒,倒后千年不朽,三千年后的胡杨显然已成化石,它的精魂,它的爱,聚集其中,一生一世永不散去。纵然,这份痴热或许永远不会被它的爱人所见,可它的心,从不死去,从不绝望,年年岁岁,擎着它永恒的热烈在等待,在眺望……

有人说美到极致是忧伤,也有人说爱到极致是忧伤,而当最真的爱以最美的方式表达出来时,却是那样令人心痛的绝望。因此,那时节,我常常贪婪地一次次流连那片金色的海洋里,仰颊痴望着一树树金黄的烂漫,不觉间,便会潸然泪下。

因为,我无法不想到当下的一些所谓的"爱情":拼命追求爱,却不懂爱的真谛,不懂如何去爱,常常把花前月下一时片刻冲动的海誓山盟当爱的依据,用飞蛾扑火的悲情博取一厢情愿的占有,视苦苦挽留的强人所难为执着。可悲的是,一边苦苦寻觅真爱,一边不断地用容貌、身高、学历、财富、地位等标尺去衡量，去分析筛选。一层华衣，头顶的光环，身后的背景令多少人沉迷不拔？多少人忙着用财富、美丽、权贵为自己增添被爱的砝码、被尊重的资本，甚至为此不择手段，丧失良知，丧失本心。寻爱未果、失恋后自暴自弃的沉沦与报复，更是种爱的假象，将面子与自尊打上爱的幌子去维护时，爱只是种商业化的交易，他只是不甘心自己的付出没有预期的回报。这种偏执若也称得上是爱，我就要为爱鸣不平了，这简直是对爱的冒犯！

不得不心痛地承认，从某种程度上言，爱情已被一群膜拜它却又不懂它的人联手打造成生存、前程、政治的工具。在这种怪圈里，爱早已被踩蹭得面目全非，这种混沌导致无数生命在孤单里沉浮煎熬，导致无数温柔的心在狭隘与倾轧里流离。而从这种畸态的爱里幸运地尝到的甜蜜，其实离爱的内核还有着厚厚的距离，他们拥有的爱，很多时候只是一种浅表愉悦，根本没有尝到爱的真正滋味。而尝不到真爱的滋味，生命是多么大的浪费与悲哀！

什么是真正的爱？世间究竟有没有真爱？爱，对生命究竟有着怎样的意义？一次次追问与寻思中，想起一直不得其解的一场对话：我问佛，世间有没有真爱？佛说：有，真爱就是放下自己，在爱中不放下自己，就是以自己需要和想法为主宰，那不是爱，那叫作贪欲。真正的爱是"无我的慈悲"。

一次次凝望着一树树胡杨自顾向天的烂漫痴烈，我蓦地懂得了爱就是一场不问回报、不问结果的付出，为爱坚守与付出，本身便是种幸福和美丽啊。换言之，真正的幸福来自于自己心底的拥有"真正的爱"。

懂得的刹那，生命似乎打开了一个隐秘的阀，有一种力量缓缓注入身体，当那个力量抵达眼睛时，眼光成分悄然剧变，悲悯替代了厌憎，仁慈驱走了苛责，宽容更换下狭隘，然后，整个世界开阔通达起来，眼前一切皆平和而美好。忽然就明白了，恋爱中的女子为什么那么柔和美丽，沐浴着爱情的男女为什么那么豁达宽容，因为一份好的爱情会激活生命中其他的爱，会激活内心对世界万物的爱与悲悯。获得真爱的心是无比的知足与感恩，仁慈与友善。装满爱的心，就如同盛装了一团棉花，温柔了自己也温暖了别人，而以一双泛着慈悲的眼看世界时,世界便也处处显出温柔,被温柔相待的心便会幸福与喜悦。

原来,世界真的决定于看待它的眼,决定于对待它的心。原来,这才是爱对于生命的意义。原来,懵懵懂懂的一番挣扎后,才开始找到了生命的入口。真的,在那一刻,强烈地意识到,懂爱、有爱的生命才是有效的生命,而我在这一刻才以爱情为切口正式开启了有效生命之旅。心念转换间,欢喜与力量忽涌而至,如同一个个在暗夜里摸索的旅人突然看到了启明星。

心里有爱便是幸福,能酣畅淋漓地去爱便是幸福。走在冬天的胡杨林里,不再对卸去一身华衣、裸露着斑斑驳驳沧桑躯体的胡杨感到悲哀。看着在寒冷的空气里,在呼啸而过的风沙里,不畏不屈地伸向苍穹的冷峭虬枝,似乎在向日月昭示它永不妥协、永不放弃的坚定姿态,除了震撼,更有种敬慕。敬慕它的生命力,敬慕它无怨无求的执着,敬慕它心里那份千年不熄的爱。那年,以自己幼稚的心替胡杨,抑或是替沙漠拟下一份心思——《胡杨的爱恋》:

1)躲开一世的繁华,是因为/不想做别人眼中的风景/今生,我只想活成你/心中的雕塑。

2)千年的光阴,我/不愿老去,老去/我不敢倒下,倒下/我不敢朽去,是怕啊/怕你踏过千山万水寻来时/无望的哭泣。

3)为了一场约定,我/守望了千年/在风雨中,在荒沙中/在无尽的白昼与黑夜交替中/亲爱的,别脚步零乱/别心怀责疚/只要你来,再守望千年/又有什么/不可以?!!!

4)流沙呜咽狂风低鸣/我日夜不懈地/辨着来来去去的足音/循着你的来路/揣想着你今世的容颜/我不敢卸下这/最美的华裳,只想/在重逢那一瞬/照亮你,惊喜的眼眸……

生命与信仰

生命常常制造出惊讶,在这个千年的沙漠深处,还有居民。很多次,望着远处不知哪个沙坳后边升起的炊烟愣怔,是什么将他们留住不舍离去?为此,我专程去寻访。

一片灌木丛里,用沙泥坯筑起几道一人多高的墙,上边搭些枯枝毡布,连表皮都没去掉的陈年薄旧木板粗糙地钉在一起,歪歪斜斜地挂在框上,随着不时掠过的风吱吱扭扭地响动,随时有掉下来的危险。所谓的窗户,是在矮墙上掏了个一米见方的洞,洞上蒙着一层黑乎乎的塑料。

主人是两个看不出年岁的男女,佝偻着腰身,棕色的皮肤,脸上沟壑的深度令人怀疑是与生俱来的。身上的衣服,看不出年代质地,只觉是一片片彩色的料子披在身上,用一根布条拦腰束住。

为什么住在这里? 他们摇摇头,生下来就在这里啊。

没有想过去沙漠之外? 沙漠之外在哪里? 眼神里闪烁着不可思议。

你们生病了怎么办? 病了就死了哇。嘿嘿。

今天是几月几号? 什么月? 什么号? 嘿嘿。

或许是语言不通,还是我们思维差异,在同一片沙漠上,我们形同来自不同星球。他们憨厚朴实到不知今夕是何年! 而我感慨万千,感慨到羡慕:没有贫富概念,没有对生老病死的恐惧,没有恩怨情仇的体验,没有人世的颠沛流离,忘了年岁,忘了日月,顺其自然,一如眼前摇曳于微风中的骆驼刺,生在这里,便落在这里。

这样的生命究竟是幸还是不幸? 还是原本,生命就该这样?

沙漠是我眼里的尊者,它留给我的问题,深奥? 浅显? 穷其一生,我都无力回答,因为我没有那么强大的能量,能翻越红尘的樊篱,也没有足够的勇气背叛繁华与文明的诱惑。

如此的人家,散落在沙漠的沙坳里,总共也只有几十口人。后来,在一片胡杨林后边,我居然找到了一座寺,有人告诉我这个寺院叫作辛西庙。寺门立了一块石碑,黑色的底子上刻着"江其布那木德令寺"。据相关资料讲,六世达赖仓央嘉措曾流浪于漠北三十年,也曾长期在这巴丹吉林沙漠上停留传讲经文普度众生,所以这个名字究竟是藏文还是蒙文,我不能明断。

从外观看,这寺庙应该有些年岁,有些残缺简陋,但飞檐尖顶的寺宇建筑外形还是具备。佛,是种无形的力量,到达佛家之地者,无端的便会谦卑起来。罩在这种气氛里,我转起了竖立在寺前用石板铺平的一块场地上的转经筒。很虔诚,但心里一片空白,并没有向佛祖祈求什么。

转啊转,想啊想,是佛家气息由此弥漫了整个大漠,还是沙漠禅境历来都有人感知到,自己只是其中一个?而这座寺宇,便是虔诚于这份禅意的人们将这种禅意从虚无凝聚成实体,同时也可借此将尊崇与爱表达给这最高大广袤的尊者?

思绪缥缈间,面前尽是一片匍匐于尊者脚下朝拜的行者身影……

智慧与力量

一个人若一味地肃穆,难免有失情趣,久了,便索然无味;情感泛滥,又不免流于浮华。而不食人间烟火,又怎能明白人间烟火诸般滋味?又怎么能医治各种凡俗情障?所以,不经历凡俗七情六欲的修行,都是一种不切实际的模仿,抑或置身事外的高谈阔论。只有遍尝世间滋味,才能留下一种合乎情理的标尺,给生命指引一条光明之路——沙漠不拒生死离别,不拒爱情蚀骨,不隐藏喜怒哀乐,它在风霜雪雨狂风怒石的浇淋中化解着各种生命的死结,用它深远辽阔的胸襟默默地诠释着人世风情,将一份深情悄无声息地分付给尘世,却把淡漠留给自己,从而也获得了一份辽阔的从容。

我深深地爱上了沙漠!这种爱是精神的崇敬与心底彻底的信赖。

敬畏,是常常相连的一个词,可对于沙漠,我心底确确实实只有敬,在我认为,若还有一丝畏,只能说明他还有一处角落让人无法抵达。而沙漠,一路绵延过去的坦荡里,尽是毫无保留的爱!初遇沙漠时,我认定每个生命需要一份尊重与呵护,而在十年后,我将尊重与呵护凝化成一个字"爱"。而爱是什么?爱是每个生命都渴望的能量,爱是一种无限包容,是无言的接纳,是发自灵魂深处的对生命的尊重。

沙漠这位禅者,一直在用它的沉默肃穆诠释着爱的谜底:无言地接纳任何一个愿意走近它的人与物,富有或贫穷,尊贵或落魄,美丽或丑陋,青春或老朽,只要融入它的心田,那种厚实,那种细软,瞬间便将所有的劳顿化为乌有。这种公平,这种沉稳,说到底,便是对尘世,对万物,对生命的深广的爱!

广博深远厚重的爱,赋予禅者一份无上的尊贵。进入沙漠的人,都会莫名其妙地滋生一种敬意,在每双眼里,每颗心里,眼前的每一粒沙都是那样的洁净,洁净到不忍亵渎,洁净到情不自禁地想去抓一把,忘了细菌,忘了病毒。握一把,看着它从指尖缓缓地流出、飘落时,感觉奇妙无比,会令你一瞬间懂得,很多事物,比如幸福,比如爱,你抓得越紧它流失得越快,而当你松开手,给它自由时,它便会静静地停留在你的掌心,散放着它本初的光芒。而我们常常缺少这种拿捏得当的能力,很多时候害怕失去,急功近利地想占有,结果却是两败俱伤的一场辛劳与悲伤。

所以,幸福与爱,皆如细沙,它只停留在懂得呵护它的人的手心。

无数次伫于沙丘上举目浩瀚的沙漠冥想:沙漠是因为有了这份爱而有了宽容豁达的心胸,还是因为宽容豁达的心胸而具有了沉稳雍容的气度?而一个狭隘的心胸,整天忙于斤斤计较,怎么会修炼出这一份从容祥和?

而这种气度和境界又何尝不是种智慧?这是一种爱的智慧!

沙漠懂得要爱其他生命的前提是先要懂得如何爱自己,他不因贫瘠自怨自艾颓废自私,他洞悉人世间一切都是过往云烟,来来往往都是一个过程。所以,走也好,来也罢,他不留任何痕迹于心,再大的创伤,他都尽力快速修复,他的心永远纯净如初。

沙漠懂得爱,懂得贫富、美丑、聪愚、年少或苍老,都只是一个生灵寄存于世间的暂时的状态,而这些丰富多彩的状态下是一颗有着同样渴求的心,都渴求的是爱和尊重。所以他大大方方地将这些给予每个愿意走近自己的生命。他默默无语地看着一个爱他或不爱他的人在他的世界来来去去,他不强求永恒,不执意要求别人对自己的理解接纳,他尊重每个人的选择,给每个生灵最大的自由。沙漠倾尽所有给需要它的生灵，为世界添一抹生机，既完成了上苍的托付，也没辜负自己的生命——成就了他人，也成就了自己！而这一切全源于他有一份辽阔的爱。

我深深折服于沙漠的智慧。

相比之下，人类是多么的不够智慧。自以为是地将爱悄悄偷梁换柱，给亲情、爱情、友情都戴上了功利的枷锁。因为功利，世间多了倾轧，多了世态炎凉人情薄的寒冷。篡改爱的初衷，导致一连串错位，在狭隘偏见里取舍挣扎，在自我私欲里奋斗。人人渴望爱，却将自己的爱固锁成一块冰铁，睚眦必报，锱铢必较，原本美好的世界被冲撞得爱恨情愁乌烟瘴气，满眼苍凉荒芜。

守望着茫茫沙漠，曾多次痴想，若是所有的生命都懂得了爱的真谛，知道了如何去爱，这个世界将是多么美的天堂。互相搀扶，互相关爱，一路欢歌，井然有序地向着太阳的方向走下去，在爱的磁场中，不再怕孤单的侵袭，不再有伤痛，不再有离散，不再有担忧，不再恐惧衰老死亡……

然后又想起了三毛，那个曾横穿撒哈拉沙漠的已故台湾女作家。想必，她也是领会了沙漠无言的禅意，即使起初是懵懂的，在她穿过那片沙漠时，她的心也一起穿越了世俗的牵绊，升华至世人无法触摸的境界，所以她不带走一片云彩，洒脱地绝尘而去。而她留下的文字，都是那样的细碎凡常，却是让人深深着迷，那里面的每个文字都似一粒粒吸饱阳光的沙子，温暖有爱。

作别与叮咛

那一日，再次伫在了大漠之中，夕阳西斜时退出了沙漠，看着脚印在习习的风中渐渐模糊，不由浅笑。世间多的是因缘际会峰回路转的奇妙，千山万水的跋涉，居然于一片沙漠里找到生命的海阔天空——若要精彩地穿越生命的沙漠，就必须具备将苍凉转换成旖旎的能力，那便是——爱！因为，爱是世间最强大的力量，沙漠正是用爱的力量将浩瀚的苍凉转换成无边的旖旎！而爱，也是每个人与生俱来的与一生不断汲取的能量，一个真正贫穷的人不是财富的稀少,而是心里爱的缺乏。一个不懂爱,不会爱,丧失了爱心的人才是真正的穷人,值得怜悯。

翌日清晨,也是初春的清晨,我离开了沙漠,如同十年前的到来,无须相送,没有惊扰。车轮在辽阔的寂静里飞驰,空气清冽,碧海苍穹,灰蓬蓬的芨芨草渐已柔软的腰身挺立在万丈霞光里。最后一次回望被霞光唤醒的沙漠,突然于苍茫里捕捉到一句深沉的叮咛。

离开沙漠,穿行在水泥墙林立的城市里,有时在人潮汹涌的广场,或繁华的街头,我会忽然驻足,仰望天际,迷离双眼,遥想那片旖旎的苍凉,心里时时回味它无言的叮咛:心里有爱,世界永不荒芜,心若慈悲,世界处处温柔……

辑

五

女
人
心

我想，一个生命走就如一朵花，自开自落的同时更要尽力添一丝馨香于世界。这是对生命与尘世的一种尊重，也是一种必需的责任与答谢。

粉色的怅憾

至今记得那个夏天的早晨,初夏的日光里,幽长的集市半明半暗,攒动的人头一半沐在阳光里,一半落在阴影里。阳光里的面孔汗光莹莹生机勃发,那些抬腿挥手很是鲜活生动;阴影暗光一半里的身形像是早期的黑白电影,明明也是嬉笑喧闹,却仿佛走过了一段遥远的距离,被时光过滤去了部分声响,呈现着一种沉静的错觉。

我和母亲在阳光打造出的动静殊异的场景里穿行,单薄的肩膀不时遭遇擦撞,但这也妨碍不了一个十二岁少年逛集的欢喜。且不说逃脱了课堂的轻松,就是这热气腾腾的市街景象也足够莫名兴奋,况且母亲专门带我来添置夏天的衣裳。其实,靠父亲一个人的工资养家糊口,母亲用每分钱都要经过深思熟虑,能慷慨地带我在这个时候买新衣裳,完全是怜惜我刚病了一场,想让一件新衣冲淡我病后的虚弱。的确,一听要买衣裳,我立时精神抖擞起来,十二岁的少女,像三月枝头鼓起的桃蕾,对美有了懵懂的渴求,已懂得用衣裳为自己添彩着色。

沿着街两边挤挤挨挨连成长龙的衣服摊,母亲拉着我一家家询问,一件件提起来对着我比画,忽而阴面,忽而阳面。母亲扯住欢喜得信马由缰的我:咱们先看这边街上的,折回来看那边街,东颠西跑,说不定会遗漏了最合适的。

嗯嗯。我点着头,眼睛却还在四处逡巡,然后反扯紧母亲:看,看那个!母亲顺着我手指的方向望去,眼睛也一亮。

阳面街上一个摊位前一个中年汉子正将一件白衬衣抖开给几个妇女看,那似雪的白在阳光下泛着晶莹的光。我和母亲从人群中挤过去，母亲摸面料看做工，而我则盯着雪白的衣领处那朵红艳艳的蝴蝶结痴怔。浮想联翩里，满身都是踏进缺席一周的教室时投向自己的艳羡的目光。这件衬衣的白，不是苍白，不是了无生气的白，它因了方格暗纹而白得很有质感，而光滑的化学纤维又让它沉静中透出华丽，领口处鲜红的蝴蝶结更是神来之笔，恰似浓雪里的一点梅瓣。

母亲也的确被这件衬衣袭击住了，破天荒的没有过多讨价还价就买下了，唯恐迟一下就买不到了一样。捧着心仪的衬衣走出很长一截，母亲才懊恼：怎么头脑发昏没讲价？应该还可以便宜一两块钱的啊。没事啊，妈，我觉得这件衣服值这个价。我在安慰母亲也在维护这件衣服的尊贵。

也是，母亲瞅瞅我，释怀了。我知道令她释怀的肯定是女儿脸上迸发出的欢喜与幸福——在每个母亲心里，为孩子的欢喜与幸福花多少钱都是值得的。

觉得自己幸福达到最高点时，母亲又扯着我向一个摊位挤过去，明明也是卖衬衣的呀，竹竿上挂的那件粉红色的衬衣就像一片粉红的云。母亲踮起脚取下那片粉红的云，两手捏着衣肩放到我颌下上下打量，自语：大小合适，能穿。

妈?! 前所未有的吃惊，一天之内买两件相似的衣裳？从没敢做过的梦啊。

可是母亲在问：爱不？女娃娃家穿粉色的最好看。

因有了白衬衣，我根本没细看这件粉色衬衣，母亲问时，仔细一看，还真有几分喜欢。粉色的纯棉衬衣，柔软雅致，胸前还有几朵碎花刺绣，是与白衬衣截然不同的美。哪个女孩对美不抱有贪婪之心呢？于是我点点头。

那就买上啦！母亲很干脆。我却急了：不要不要，刚买了一件，不能再买了。

母亲顿了须臾，又继续：喜欢就买上。

母亲低头从裤子口袋摸出钱，一元两元地往出数。我摇晃着母亲的胳膊，妈，下次再买吧。

万一下次再没有了呢？有些东西一错过就再也没有机会啦。

是啊是啊，你这个妈当得明白。摊主接过钱回报给母亲一句恭维。妈妈牵强地扯扯唇角，把衣服袋塞给我转身便走。妈！我忐忑不安地跟在母亲身后。

隐忍中的果断，母亲明显陷在一种遗落别处的情绪里。一想到家里的窘境，这两件衣裳花掉了父亲半个月工资，我抱着两件新衬衣全然没有了欢喜，倒平添浓浓的忧虑，甚至后悔自己不该流露出喜欢的神色。

　　出了集市，过了桥，在通往家的路上行人稀少了，四下很安静。母亲悠悠开口：当年，妈妈最想有一件粉色的衬衣。从十二岁盼到十九岁，全村的女娃都穿过粉色衬衣，就妈妈没有，家里负担重，好几年妈妈没有添过一件新衣，更别想粉色衬衣了。后来嫁人了，想买件粉衬衣，可那个时代，一个运动接一个运动，男男女女都要穿革命服装，不是黄军装就是蓝中山服，谁穿有颜色的就遭人骂，街上基本就没有带颜色的布料。现在时代好了，啥都有，人也自由了，想要啥就有啥，但却错过了年龄。唉，一辈子就没有个啥念想，就是一件粉色衬衣，自始至终都没有穿上啊。

　　我莫名地驻足，母亲浑然不觉。河边栽满了白杨，五月白杨树荫下母亲自顾说着走着，悠长的叹息被过耳的轻风捎了过来，看着前边几米外母亲的背影，忧伤袭来。近四十岁的母亲已稍显佝偻，脚步也不再轻盈，眼角已开始有了皱纹。从记事起，母亲似乎就是这个样子，就是这样一个只知埋头操持家务，唠叨完父亲唠叨我们的毫无情趣的女人。我们忽略了她是个女人，忽略了她也从少女一路走来，忽略了她也会有梦想，忽略了她作为一个细腻女子所独有的心事……

　　在这一天，我开始懂了母亲。一件衬衣，对于一个能领略万千世界的都市女人来说，细小得不足一提，可对于一个生命半径仅五里地的山里女孩，小镇女人，却占去很大一块空间，大到足够忧伤与怅憾。母亲透支全家的生活费，是将她的怅憾实现在女儿身上，饱尝怅憾的她，尽量用她微薄的力量呵护女儿，尽量减少女儿的怅憾。

　　长大后，我买给母亲的衣裳总是带有粉色元素，母亲每次都要抚着它，然后叹息，再然后就挂在衣柜里，说不好意思穿。那个冬天，我灵机一动给母亲买了套粉色保暖衣，母亲乐呵呵地穿着照镜子，边左右看边像少女一样羞涩道：也不知你父亲看到会说啥？一辈子想让他看到我最好看的时候，可惜一辈子都没有机会。

说这话时,父亲已于一年前去世了。

　　在最好的年华里,穿着最钟爱的衣裳,把最美的时刻让最爱的人看到,这既是每个女人的梦,也是每个女子心中那份热烈的爱的表白吧。因种种原因,母亲的这种表白终是没有机会达成,而母亲在多年前就说过有些事情一旦错过,就再也无法弥补,想必她早已懂得了生命的规律。而我也从母亲粉色的怅憾里懂得了岁月留给女人的忧伤……

诊所里的小女孩

　　2014 年的冬天没有落一片雪。

　　抵不住异常气候的恶势，终于在 2015 年的元旦开始发烧，不得已走进诊所，和几十个同病相怜者排排坐挂吊瓶。

　　叔叔，我病了。令人怜惜的稚嫩哽咽。医生身后角落里的我从书页中抬起头，是一个四岁左右的小女孩被年轻的父亲抱着站在医生面前。两鬓泛白的医生慈祥地仰头笑：是吗？别怕，有叔叔呢，叔叔帮你治病。

　　叔叔，叔……叔。一身黑衣黑裤的小女孩哽咽得更厉害了，脑袋顶两寸长的小发鬏一晃一晃的，苍白的小脸上泪水点点。显然，小女孩情绪很激动，她被病痛所折磨，她一定感到委屈，一定渴望着有人来拯救她，而在她幼小的心里，医生就是能驱除她痛苦的万能上苍，是她依赖的唯一。所以，一见到医生，她百感交集地哭泣起来。

　　而她小脸上滚滚而下清澈的泪珠让我眼一热，我想起了三十年前，北方百年古镇上那所粉刷得四面惨白的医院里，那个无数次冲着医生哭泣求助的小女孩。她不明白，她那么乖，那么听话，为什么她要一次次受病痛的折磨，而那些顽皮的时常惹爸妈生气的小伙伴却整天健健康康无忧无虑？

　　她不明白，她委屈，她觉得爸妈在骗她，祖母、祖父，包括所有告诉她乖孩子就会少生病少受罪的人都是在骗她。她只有向能解除她病痛的医生求助，她视那个穿白衣服的人为神明，她觉得他肯定能医治她的苦难，能医治她的委屈。

　　可是呢，这个神明也让她失望了，他给她更大的绝望与恐惧：打针与吃药！

要让那尖细锐利的金属刺进血管里,要吞咽下那片片散发着呛鼻味道的白药粒黄药粒,那该是怎样的后果?怎样的疼痛?

孤独与恐惧包围着她,尽管身边的人都在哄她,不疼,越乖越不疼,她能相信这些人吗?他们为什么不能帮她赶跑恐惧和孤独?为什么没有一个人肯为她做陪,或者为她分担一点点?为什么这么多人围着她,要看她一个人迎战这些恐惧与刺痛?

恐惧、委屈、刺痛、困惑搅扰得小女孩什么也说不出来,只是放声哇哇大哭,一再推开被她视为神明的医生,一如眼前这个小女孩……

很多年过去了,小女孩长成了大人,长成了大人的小女孩还是比较健康的,好多年都不再去医院。但是童年求医时的悲伤体验仍时时侵扰着她,她甚至从很多次的回忆里去寻索生命的出口。

然后,她模模糊糊地明白,自己是不该责怨那个神明的。那个她所依赖的医生纵然是一位真正的神明,他手里的确掌握着解救世间所有苦痛的良方,他也愿意将这些良方悉数给予被苦痛缠身者。可是,不可回避的是,每个救赎的途径都伴随着这样或那样的、另一种短暂的苦难——刺痛或难以下咽的苦味。生命,是不是原本就是一种苦与一种苦的交替?所谓的快乐幸福,就是两种苦交换成功后的喜悦,或是穿插在一场苦与一场苦之间的那段喘息?

再想想在医院里见到的形形色色的病人时,她也释然了,自己不该责怨任何人的。每个人与生俱来便携有既定的苦难,每个人的救赎之路都是他人分担不了、陪伴不了的,每个人的人生,别人只能旁观,只能劝慰,最终所有的悲喜忧欢还是要独自去扛。换言之,任何的安慰与哄劝都是种鼓励罢了,丝毫减弱不了苦难的程度。每个人都必须孤独地去面对、去承受自己命定的恐惧与疼痛。

所以,当时年轻的父母没有骗她,年迈的祖父祖母没有骗她,那些爱她的叔伯哥姐没有骗她,因为他们也实在讲不清楚,为什么乖乖的孩子会生病,为什么所有的生命里都有那么多无法躲开的苦难,她们只能告诉她如何减少苦难的办法:做个乖孩子!

做听大人话的乖孩子,还是做顺应宿命的乖孩子?

不论哪一个,她似乎都做到了。她是个乖孩子,她是个循规蹈矩的孩子,她还是个懦弱的孩子,她不忍与任何人争执与竞争,她甚至因为比赛输给自己的同学的哭泣而放弃领奖……她所做的一切退让妥协,都是因为她是个贪求幸福平安的孩子,她想将苦难与苦难之间的间隙尽可能拉长,尽可能做足够的喘息。她将自己彻底交给命运,可是命运洞悉了她的目的,并没有厚待她,在人生之路上,她一再浮浮沉沉,一再颠簸流离,一再被病痛折磨得日夜难寐,一再遭遇失去与离散……

  沿着岁月一路而上,此时的她已不是当年诊所里的那个小女孩,那时的小女孩可以号啕大哭发泄自己的恐惧、孤独、委屈,可以得到一些怜惜与疼爱。而长大的女孩,连哭都不能那么自由,因为那些怜惜疼爱她的人都已老去,他们更需要怜惜与关爱,她知道只有坚强乐观的笑容是自己能给予他们最大的疼惜。至于周围的人,既然每个人都有属于各自的苦难,又怎么忍心用自己的哭声去惊扰?

  所以种种的种种之后,她选择了隐忍与沉默,也习惯了隐忍与沉默。再看看周围同自己一样沉默的面孔,怜惜之心悄然而生:他们又何尝不是与自己一样?祖祖辈辈又何尝不是如此地活一生?而这种隐忍又何尝不是生命与生命间的体悯与爱护?而这些爱又何尝不是这荒凉人世间最暖人的一份力量,最值得坚持下去的动力?

  在一场病痛与康复、悲与欢的交替中,现在,女孩也终于明白,生命就是一场一场救赎与治疗的过程,上苍并没有厚此薄彼,在那每一条无法拣选的幸福与苦难交替的路上,所有的苦难都只是通向明天明媚的一个隘口,独行在恐惧与孤独的诊疗路上,只有希望才是最可依赖的力量。而希望是什么呢?是父亲许诺的,打完针给你买支棒棒糖?是母亲说等这场病好了给你做件好看的花衣裳?的确,那是小女孩肯放下恐惧去配合医生最大的勇气了,是父亲和母亲代替命运向她公布了她坚持下去后的美好结果,所以她勇敢了,坚强了,她战胜了恐惧与孤独。可是之后的人生路上,谁还会代替命运许诺一个美好的目标,谁还能给她一个坚持的理由与希望?

  如果实在没有,那就自己给自己一个理由与希望吧。长大的女孩望着扎在血管里的冰冷的针浅浅一笑。

隐秘的忧伤

紫色的连衣裙

亚丽服装店门口挂的那件紫色连衣裙撞进眼中时,十四岁的女孩第一次有了强烈的渴望。那一袭淡淡的紫就像一团雾气萦绕而来,女孩隔着马路怔怔地望着,犹坠梦里。而后怕人发现,又急急地走掉。

三天里,不喜欢上街的女孩找借口上了几次街,其实她只是为了看那条裙子在不在,有没有被人买走。看到紫裙还在时,女孩不安的心才会落下,转身往回走时,便有浓浓的伤感。女孩知道自己不能再给父母添惭愧——老实忠厚的父母一直以不能实现孩子的心愿而时常内疚自责。眼下姐妹俩马上都要上高中,兄长又要结婚,父母真的力不从心了。

第四天的时候,未婚嫂子来了,走时按礼节要送她两套衣裳,母亲说买什么合适呢?女孩立马想到那件紫裙,自告奋勇地给兄嫂领路。嫂子果然也对紫裙一见钟情,立即买下。

嫂子在家里穿给母亲及几位串门的婶子们看,女孩欢喜地跑前跑后,在啧啧赞叹声里,身着紫裙的嫂子笑红了脸。而女孩在一旁暗暗叹息:浑圆的嫂子根本没穿出那紫裙的飘逸,邻人们都或许是被那片紫色本身的美惊住了。

女孩拿本书去了后院,静静地坐在屋檐下,看了几行字后,抬头望向浓夏午后的天:还好,心心念念的紫裙总算买回来了,虽然不是穿在自己身上,总算知道它的下落。而那个有着白净面孔、阳光俊朗爱穿成套牛仔装的少年转学去了哪里呢？很多年后，偶尔的片眼里，女孩还会猜想，那件紫裙穿在自己身上会是怎样的一份美丽？如果穿着那件紫裙出现在那个少年的视野里，他的眼眸里会不会迸出她暗暗期待的那份光芒。

后来，女孩路过亚丽服装店时还下意识地看过那面墙，紫裙卖掉之后，那面墙居然空着，有点像女孩空荡的心。女孩知道，不久那片空白将被别的衣裙填补，但是都与自己没有任何牵连了，她的紫裙已经辗转而去……

橱窗里的婚纱

二十岁的女生抱着几本书从新华书店往学校走的时候，路过一家影楼，影楼橱窗里站着的"新娘"一下子拉住了女生的眼和心，她一改腼腆，跑过去看。脸贴在冰凉的玻璃上的女生看得很贪婪，越看越痴迷：雪白的纱裙，层层叠叠地从"新娘"裸露的肩上垂至脚踝，蓬起的裙褶像怒放的白莲，纤细的新娘在那朵白莲的衬托下宛若仙子翩跹而来。同样雪白的头纱上点缀着几枚小小的绿叶和几朵碎碎的玫色小花更像璀璨的神灯一样点燃女生许多遐想。

虽然女生还没尝过恋爱的滋味，对着这袭美轮美奂的婚纱她大胆地憧憬着自己做新娘的模样，那天一定要穿着这袭婚纱出现在那个肯与她到天荒地老的男生面前，让他看到自己最美的时刻。

两年后，女生遇到了那个肯与她到天荒地老的男生。他们惊心动魄地恋爱，忙碌而欢快地准备婚房，当然，女生一直念叨着那袭婚纱。男生说，你放心，那袭婚纱找不到了，我一定会上天入地找到另一款你满意的，让你那天成为世界上最美的新娘。

女生说，我不期望做世上最美的新娘，我只想让最爱的人记住我一生中最美丽得刹那。说这话时，女生正在女友家里帮即将做新娘的女友贴闪闪发光的通红的"囍"。

试穿上婚纱的女友从里间走出来给女生看，女生抬头间，惊住了，原来婚纱真是有种魔力的，平凡的女友笼罩在婚纱里居然美丽得令人咋舌。这是你么？

女生欢喜地捉住女友的手问,女友羞涩地一笑,幸福而忐忑地问:真的很美么?真的,真的! 女生忙不迭地回答:我结婚时一定一定要穿婚纱,哪怕下着雪呢。

女友咯咯大笑:你穿婚纱肯定更美,会美得像仙女下凡哦。

嘻嘻。女生似乎大言不惭地默认了,其实她是陷入了浮想联翩之中。她忽然记起了很多结过婚的女人说起婚礼那天的情景,即使脱齿说话漏气的老阿婆,在提起结婚的话题时也会将几十年前自己婚礼上的细节点数出来。于是,女生在这一刻恍惚明白了婚礼对于女人的意义,婚纱对女人的意义:人生如戏,对于一个寻常的女人来说,婚礼那天便是她人生这出戏的巅峰时刻。那一天,她将是一生中最美的时刻;那一天,是她唯一当主角的时候;那一天,她可以心安理得地享受主角或公主的待遇,那么多人包围着她,注视着她,祝福着她。有了那些铺天盖地的祝福,他和她是不是真的就可以一生幸福,一世不分离?

女生觉得自己好可笑好贪婪,一边想着穿上雪白不染的婚纱扮超凡脱俗的仙子,一边又想占取世俗的幸福,可不是么? 自己就是一个寻常的,没有动人容颜,超越不了柴米油盐酱醋茶的烟火女子啊。越是清楚这些,越是期盼那场婚礼那袭婚纱。

女生盼得很矜持,很小心翼翼,甚至——很虔诚。婚期已定,眼看着那一刻即将到来,女生终于可以安心地选婚纱了。

可是就在距婚期一个月的时候,命运轻轻地一个拐弯,所有的虔诚只换来一场支离破碎。

女生离开了那个不再有梦的城市,她走了很远很远,她也嫁人了。因一些客观原因,她没有婚纱,没有婚礼,甚至没有一个人道声喜,婚房是丈夫的宿舍,一桌一椅一床的宿舍连一张红"囍"字都没有贴。所谓结婚,就是女生坐在光秃秃的广场上,看着丈夫走进对面那幢冰冷威严的大楼,半小时后,丈夫又从那楼里走出来,跑到女生面前,递给她两本红色的"结婚证",翻开"结婚证",看着自己和丈夫的合影,再看看身边近在眼前却远在天边的男人的脸庞,女生突然泪眼模糊,她知道,自己一生的巅峰就这样过去了。从二十岁起开始的期盼,开始做的梦,在这一刻全部尘埃落定了。如果说,爱情与婚姻是一个女人生命的谜底,那只能毫无选择地接过这萧瑟冷清的答案。可是,年轻的她还是有些不甘的:为什么,自己活得这么认真,这么努力,却连一个最寻常的女子该有的权力都没有,上天为什么对她如此吝啬苛刻呢？那一夜,女子流泪到天亮,迷蒙中,她看见了那袭婚纱,看见到处都是红彤彤的"囍"……

当然女子也不会无限地陷入这种悲剧的念头里,她知道梦醒后生活的真实,她努力地经营着小小的家,全力以赴地体恤着眼前相濡以沫的人。随着女儿的诞生,成长,女人逐渐忘掉了自己那场久远的梦和期盼,只是她还是有一个怪僻——不参加婚礼。她不是小肚鸡肠的人,她也不是嫉妒那些女子的幸福,只是在那个热闹幸福的场景里她无法控制突然涌进眼眸里的泪。很多年里,她甚至不敢去看婚纱店的橱窗,那些美轮美奂的婚纱是一生无法醒的梦,她在那场梦里时哭时笑……

有时,丈夫说她是娇情的女子,世界上没有穿过婚纱的女子何其多,没有婚礼的女人就不幸福？女人自责地默认了,也努力地不去娇情,只是每每女儿看了人家的新娘,兴冲冲地跑到她面前问:妈妈,你结婚时是什么模样？你的婚纱也是白白的像天使一样吗？她便会有几秒的结巴,然后转换话题:宝贝,等你长大了,妈妈一定帮你选一件最美最美的婚纱,好不好？

好啊好啊！可我什么时候才可以长大哦？稚气的小女生兴奋之外又开始烦恼,看来婚纱梦的确是每个女孩最易沉醉的梦啊,当然也是场持续最久的梦。比如女子,闭上眼,她仍能清楚地看到二十年前那个边塞小城里那扇橱窗里的那件婚纱,还有当时伏在冰凉的玻璃上那个贪婪的女生……

寒夜数微梅

读以蔷薇自喻的江南女子的文字,恍若看到蔷薇的妩媚与娇羞,低低诉说里,一令人爱怜的蔷薇女子若隐若现……很羡慕江南蔷薇女子的温婉和清澈,能行文如此,应是个很幸运的性情女子,这着实令我羞愧不已！

同为女儿身,有人将女子做得如花似水,而自己少年的梦想里尽是快意恩仇仗剑走天涯的侠客。

这不能不说,是我将女子做得太不尽心,太不细致！

细心清点,着实劣迹斑斑。时常在哈哈大笑中,夫俯在耳边抗议:能不能笑得不那么豪放,至少别盖了我的气场! 于是幡然醒悟,迅速内敛仰首苍穹俯首脚尖地扮斯文。夫也多次指责,徒有一身羸弱欺世盗名赚取文气的印象,骨子里化不开的强悍令人啼笑皆非。保护欲泛滥至变态:行于大街上,习惯于将他置之内侧恐车来车往误伤;睡觉,将其赶入里侧,怕其掉床。夫无奈地大嚷:要做绕指柔的是你!!! 于是,讪讪地惭愧地抱着枕头找到自己的位置。

知错就改,是这顽劣女子唯一的优点。只是,屡改屡犯,这个女子,真真令人扼腕!

在江南蔷薇女子的映衬下,深感自己作为女子的粗糙,粗枝大叶的有违上苍一番造化。于是也很想细腻一回,找一朵花来作为自己的宿身。可是,在穿越了厚厚的浮尘后,即使明白每个女人就是一朵清新的花,而倾尽所思,终究无法将自己归属于哪类花草。

浮光掠影地忆起,在某年某月的某一天,女性的本能促使,似乎借雪莲发过几句娇情的牢骚,可那瑰丽高洁的华姿岂是今天这个烟火女子能牵强附会的?当然更不敢亵渎那荷与兰的清丽不染。电光石火间,一道场景涌入大脑:师范的某个冬天的某个中午,异想天开地想穿越那几乎无人行走的捷径赶赴教室,岂知彼广场一冬的积雪委实太厚,至中间时,举步维艰。

踟蹰于冰天雪地中央揣度,是踩着先前的脚印返回还是继续前行? 熟料,那狼狈一景居然入了一为艺术不畏严寒四处捕景的摄影者镜头。那帧照片上,看不清女子青春的表情,除几缕轻舞飞扬的发丝稍显生动外,便只是一袭俄罗斯款的娇艳似火的披风在皑皑雪原中触目惊心。

摄影者说,好一株红梅映雪哦。纯属巧合,当时的女子对水墨梅花情有独钟,常用拙劣的技法乱点几枝梅,于是大家也调笑——"梅女"。

众口铄金! 一语成谶! 梅的宿命便左右起了一个女子的一生。

很多次流连于各种梅图前,看着雪白宣纸上那一朵朵艳红呆怔失神。世间丛花万千,朵朵青翠娇媚惹人怜惜,唯梅,沧桑的枯干虬枝泄露了其一世的挣扎。

因挣扎,花的柔媚温婉消磨殆尽,滴血般的花瓣灼烧的是她毕生的深情与热诚。可是,花开花谢,烈焰深情,又有几人能懂?一年年遗世独立的守望,一年年将孤傲与坚贞绽放,能等来几个踏雪而来的身影?

梅,为万花之一,却与繁华无缘,究竟是命运选择了她,还是她选择了命运?春有百花秋有月,夏有清风冬有雪,除却雪,冬便只有彻骨寒风携来的萧瑟,如若没有一缕美丽,世界该是如何的荒芜纷绕尘世。应处处留希望,或许就因了这个美丽的心愿。梅,甘愿接受命运的选择,甘愿空耗一生的芬芳,用一世寂寞抚慰茫茫雪野的荒凉。无畏冷清,不因无人怜惜便自怜自艾萎靡情怠,既已接受上苍的使命,梅自有一番凛然与从容。

"草木无本心,何堪美人折",越是寒冷,越是风凛雪狂,她越是娇艳,茫茫风雪中,梅不是在绽放她的娇艳,她是把生命燃成一束束跳动的火苗点燃冰天雪地的希望照亮荒芜的心。这是一份对生命与尘世的爱,痴狂而浓烈,彻底而纯粹,没有丝毫矫情虚掩与保留,此爱,与世间一切功利虚名皆无关。

花无言,谁解花语?谁能懂她明媚倔犟的姿态下一世的落寞?谁能看懂她刚烈的表象下柔情似水的心?花到荼蘼,随风飘落的红香里,更有谁知,那默默无语中深深的眷恋与不舍?有谁懂其寂寞洒脱的一生,是如何等待过?而那似血的浓烈里,又是如何的一份痴狂?

陆游是懂得的:驿外断桥边,寂寞开无主,已是黄昏独自愁,更著风和雨;无意苦争春,一任群芳妒,零落成泥碾作尘,只有香如故。

记录到此,不禁摇头叹息。

有些事物终归是模仿不来的,蔷薇女子的文字行云流水,幻想中她的眉眼上都氤氲着淡淡水雾。那种温婉柔媚的姿态谁不我见犹怜?而灯下这粗糙的心,居然将一朵花的心事,赤裸裸成对尘世的告白。

即使告白,也一番铮铮铁骨,实在欠缺花的温婉柔情。

若梅有神灵,今夜是否会铺天盖地将这女子淹没,以示惩罚?

那将是女子一场华丽的忧伤之梦吧……

惊　梦

我病得很严重么？

必须做手术，做了手术，生命还能维持一段时间。

手术有风险吗？

当然有，有些人就没走下手术台。

怎么办？还有那么多事没做完，来不及了，怎么办，怎么办？

早干什么去啦？

是啊，早干什么去啦？早干什么去啦？

恐惧，悔愧，不甘，拧成一股粗藤勒在颈间与心上，泪眼蒙眬里望着模糊不清的身影，如若乞求神明般急切求告：再给我一点时间，再给我一点时间……

模糊的身影悄无声息地隐去，急急地追望，抬眼时，触到静垂的帘幕，原是一场噩梦。原来尚完好地安睡在温软的床榻上。不禁长吁一口气，有劫后余生的战栗。这个梦太逼真，令人恍惚间分不清虚实，即使彻底清醒了，心还困在那种被绝望催发出的紧迫里。

拂晓的微曦穿透帷幔，室内物什被晕染上一层薄弱的凉白，睡意尽消，披上睡衾走至窗幔前，撩开尺余，伏在窗棂上，放极视线。整个城阙陷在黎明前的沉静中，鳞次栉比的高楼大厦的模糊剪影似起起伏伏的波浪，绵延着接近天际。枝叶稠密的香樟忠诚地挺拔在楼前，吸饱了露水的月季俏立枝头，邻家大爷种的丝瓜沿着墙根往上爬，藤萝蜿蜿绕绕涂绿了半壁红砖墙，一朵晚开的黄花挂在墙头最高处，娇嫩又骄傲。

一切都如此美好，又是明媚的一天的开始。可是为什么却丝毫轻松不起来呢？梦里的那份紧张恐惧，不，确切说应该是紧迫，再次涌来。

这种紧迫感从何而来呢？

清楚地记得那场尴尬：部队例行体检，和邻人同往。医生问年龄，我脱口32岁。邻人纠正：我33，你比我大一岁啊。哦？对呀，32岁应该是上次体检时的年龄，平日很少讲到年龄，怎么给忘了呢。

女人年龄是秘密，可在医生面前就没必要遮掩了吧。邻人揶揄，男医生体谅地呵呵一笑，我倏地红了脸，张口结舌。

看着医生笔尖下迅速划出的"34"，心突然无法平静了，颊上再次灼烧起来，虽然从一个混混沌沌的女生长到一个混混沌沌的妇人出过不少的洋相，可这一次的洋相实实在在灼烫到了心魂。

火辣辣的颊，羞耻的心：居然连年华流过都无知无觉！

小时候总说等我长大如何如何。现在已然长大，而小心翼翼盼望长大的自己就是这样的么？生命就是这个样子么？当这些问题袭来时，只觉无力、沮丧不堪。

之前总觉生命悠长可缓缓行矣，在那一天，闲庭信步的从容倏然遁形了，继而陷入空前的慌乱，几次抓着女儿问：如果有一天有人问你，你的妈妈是怎样的一个人，你怎么回答？女儿歪着小脑袋做回忆状："我妈妈做饭好好吃，穿衣服好漂亮，嗯……"看着6岁的小人儿搜索得吃力的样子，再次愧从心起。作为一个女子，留给女儿的记忆竟是如此稀薄，稀薄到支撑不起一个母亲的形象。

必须改变，而且时不我待，必须即刻开始。弗洛伊德说梦是人现实生活中的一种反射，古人也常说梦由心生，推算起来，应该从那时开始陷入了莫名的紧迫与惶恐。也开始频频做关于紧迫的梦，最多出现的场景是学校、考场上，老师催着交卷，正高兴地要交时，一瞅，居然还有几道题是空白，顿时魂飞魄散欲哭无泪，自责自己粗心遗漏了题目；要么边做题边看腕表，眼看时间将到，题还没做完，寻找哪道题最好做分最高，又急又怕……

很多次从这样的梦里醒来，醒来的心总是一阵惆怅与焦虑：人生有这么多考题，究竟遗漏了哪一道？哪一道才是最重要的？怎样才能抓住重点题目考到力所能及的最高分?

其实,这所有的问题都是一个指向:怎样让自己的生命呈现最美最有价值的一面? 或怎样才能少留几处遗憾,怎样才能让生命的答卷没有那么多空白?当然,这完全跟虚荣心与名利没有关系,我认为的是,一个生命就应该一朵花,自开自落的同时更要尽力留一丝的馨香予世界,这是对生命与尘世的一种尊重,也是一种必须的责任与答谢。

怎样做才能做到呢? 怎样才能做到呢? 在岁月面前乱了阵脚的我觉得做这样的思考都是种奢侈。可以说,自从紧迫感涌来那一刻,便像个从昏睡中蓦然醒转的拾荒者,站在光阴的旷野里,前不见店后不见村,行囊空空而天色已暮。

慌乱中,一个意念凌空而来:不要再浪费任何一分一秒,不知能走多远,也不知前路的风景如何,更不用去管结局在何处,只有沿着脚下的路往前走,除此之外别无选择。而在没思考出更合适的途径之时,我所能做的便是不停地阅读,写些凌乱的、琐碎的文字,这种态度算不算是给生命一个交代?

踏雪归来轻煮茗

"人生到处知何似，应似飞鸿踏雪泥。泥上偶然留指爪，鸿飞那复计东西。"

细腻的烫了青山图的骨瓷杯的温热在指尖漫延，袅袅茗香缭绕在鼻尖，窗外，漫天的雪瓣洋洋洒洒，舌尖上突然涌出少年时读到的这首诗，也突然领悟了苏东坡深沉而辽阔的情怀。可是在那个青涩的年纪，这首诗只停留在匆匆一览中。

只因不懂此诗，只因不懂生命，只因不懂漫长的人生究竟为何物，只听说，在遥远的边疆有一场终年不息的雪，那雪里有凌寒独自开的梅，那梅开时天地会黯然失色。于是，挥一挥手，转身离家而去，记得那天，在清冷的月辉里，有年轻的父母站在庭门前看着我的背影消失在车门后。

以为自己完全长大，要用自己的脚去丈量这个世界，用自己的双眼收集尘世间的美丽，像急不可待地去赶赴生命里的一场盛会。十四岁，离开家园踏上茫茫天涯路的脚步很洒脱，很轻快。

一路风雨一路尘，一场思量一场神伤。雪，纷纷扬扬的雪，铺天盖地的雪，一旦开始便不休不止的悠然的雪，壮观了西北大漠苍凉的天地，壮观了一个千里迢迢寻梦少年的世界。

有多少次，站在雪地里，仰着头，摊开臂，看着雪花曼妙的身姿在广袤苍穹下轻盈舞过，任雪瓣飘洒在脸上，脖颈间，浸入肌肤的那一丝沁凉让少年肆意地咯咯咯地笑。

有多少次，站在光芒万丈的太阳底下，伸开掌心，看一朵朵琼花停驻，轻轻一握，手心便多粒晶莹剔透的珠水。小心翼翼地托着一颗颗珍珠，合起眼睑，享受着太阳雪的奇妙，少年的心，对姗姗而来的未来充满无限的期待。

光阴流转，踏雪无数，却终没有找到梦里那株老梅。几经起伏，现实与梦想终是南辕北辙，少年的狂热逐渐敛息。于是，又有多少次，站在月牙与雪光交相辉映的暗夜里，任青年的落寞开成一脸忧伤，俯身摩挲厚如细沙的积雪，试图在那上边找到一缕心底渴求的温度。

后来，如一只孤雁，飞出西北大漠，飞过大江南北，尝遍南北不同的四季冷暖，感受过南北阳光的温度，领略过南北星月的清辉，穿过传说中的繁华尘世，到最后攥住的只是一声悠长的叹息。

一场人生一场梦。雪，还是那样的如期而至，还是那样的轻盈不惹纤尘，而归来的人，脚步却不再轻快。常常在落雪的时候，或雪息的下午，独自走向远方，走向落尽叶子的树林深处，身后留下一串深深浅浅的足印。

很多次，倚棵老树，让雪后清澈的阳光洒在脸上身上，就那样静静地闭着眼感受着天地的气息。偶尔，枝上一只雀飞过，撞落枝上的雪沫，细碎的雪沫便会漱漱地掉在头上，脖颈间，那股沁凉，惊醒遥远抑或近在咫尺的从前，心下便一阵恍惚。

生命为何而来？世界究竟是何面目？如果生命是场漫无结果的追寻，生命的出口又在哪里？

雪后的清晨，信步间，又置身于雪野，天地肃穆宇宙清静，周遭只有流动的风。蓦地，太阳破空而出，寂寥的天地间突然便霞光万丈流光溢彩起来，眯眼看远处玉树琼枝，看碧海苍穹浮云如缕，世界还是如此清澄，如此令人心旌荡漾，世界还是如此充满诱惑。尘世，终归是美丽的！

砌于心口的坚冰轰然碎裂，人生不是充满激情就可以风生水起，生命不是万般虔诚便会诸事如愿，世界有那么多灵魂在追逐生命的圆满，跌跌撞撞，一路仓皇，难免不相撞不相伤。自己能做的，只是走稳自己的方向，若真是不小心与人擦碰,轻轻掸掉泥尘,重新起步,不要困在泥泞里耽误了前路。

解读开宿命,所有的爱恨情愁都是上苍对我们别出心裁的爱啊。

再看周遭,一如少年时眼里的模样,恬静安好,突然记起,这一程踏雪似乎太久了,应该回家了。

家园依旧在,只是斑驳的大门已焕然一新,旧陋的屋舍被青色小楼更替,母亲身形已佝偻,父亲慈颜再也找不到,只有那棵梧桐岿然不动,蓊蓊苍苍,片片叶脉间闪烁着光阴的流痕。原以为永远年轻的父母,在岁月面前,如一枚叶,一触即落。心心念念的美景,却也只是一场海市蜃楼的虚幻。

那么,原以为永远不会释怀的爱恨,是不是犹如尘世里司空见惯最寻常不过的一缕风?

是的,这世界我们来过,这世界我们也将离开,可是我不能因自己终究是个过客便可以轻慢。

既是客,就要遵客道,宽容这没有经验可鉴的世界,宽容任何一个没有经验可模拟的同行者,怜惜每个跋涉的路人。既是客,就不要辜负主人的一片盛情,上苍给了我们一处繁华尘世,我们岂能揪住某个不如人意的细节而心怀怨怼。既是客,我就要以客之心来细细品味生命的盛宴,酸甜苦辣,爱恨情愁,一样错失都会是个缺憾。

很多人都说,生命是场悠长的漫旅,于我,生命就是场踏雪寻梅之旅,虽然终究没有觅得梦里那株虬枝老梅,可正因此,那枝梅一直开在心间,风吹雨打终不会凋零。它给了我激情,给了我勇气,给了我珍惜生命一个最美的理由。

人生一场,踏雪一程。雪,为天地的精灵,诱惑着许多颗对世界充满期许的心。雪,有刺骨的冰凉,它也有万丈霞光下的流光溢彩。抵抗不了美景的诱惑,便要接受相随而来的寒凉,只是,别让那寒凉浸灭我们心里的那把火,黯淡了生命的瑰丽。

楼下有人欢欣涌出,有少年逆风而立,摊开臂,摊开掌心,仰面,缄目,面庞上有清澈的笑。欢欣上涌,感谢上苍,让我穿过光阴看到少年时的那个自己。世界缤彩纷呈,分分秒秒都有人在启程,奔赴自己的踏雪之程,而我已踏雪归来。

　　踏雪归来，我更深爱上这个斑驳陆离的尘世，更爱自己卑微的生命。踏雪归来，世界依旧，我心依旧，掸掉身上一路轻尘，偎炉而坐，煮一壶清茶，看窗外风景流转，听世上争相传唱的繁华。踏雪归来，点数记忆，上苍赐给这个卑微生命的礼物已远远超出了预想。

　　伫窗前，轻啜杯中茗，望尽天涯，浅笑无语。沐在这份厚爱里，在有生之年，除却做好红尘间一优雅恬淡的过客，我别无选择……

晓晴，天凉好个秋

1

　　头顶的树冠被山风掀起碎浪，你秀美的笑脸在阳光与树荫的交错里半明半暗，噙笑的眼眸像极了星星，也像极了多年前你家葡萄园里的紫晶。

　　在这个秋日的山间午后，在我们晒了半天的秋阳后，在我们沿着山路缓缓行走了近一个小时后，在我们终于不忍就这样结束这难得的浮生一日闲时，我们很默契地憩坐在这棵果实已落尽枝叶依然茂密的山核桃树下。

　　你捋捋唇角的发丝，问我：这么多年，你收获到了什么？

　　是你问得太突然，还是我原本就准备好了答案，我竟脱口而出：苍凉。

　　笑盈盈地说苍凉明显有些牵强，所以，你诧异地一歪脑袋，唇角哧出一抹顽皮的"鄙视"，你一定认为我在为赋新词强说愁。我又一笑，补充：苍凉并不代表不幸福啊。

　　再走走吧。我扯住你的腕，走出树荫。晓晴，二十年前，我就习惯仗着个子高，这样扯着你的腕和你的不情不愿，走遍学校所有有树有花的角落。

　　那时我们俩或吵或说，总是叽叽喳喳地不让嘴闲着，而此刻，在我们分开二十年后的重聚里，在这样一个适合一吐私密的氛围里，我们居然只有迎着西斜的秋阳，听凭山风自耳畔轻撩，在被野草覆没的山径上，无言地走啊走……

　　晓晴，怎么说得清呢？

十二岁跑进中学的教室，第一个认识的便是你，当时你的笑容像一轮太阳灿烂了黯淡的教室，你璀璨的眸如黑夜里的火把。你还那么善良，你总提醒我不要那么忧郁腼腆，要笑就要大声笑，因为你就是那样明媚那样咯咯地大笑。你清脆颇具感染力的笑声击碎了课堂的沉闷，吸引着青涩的心纷纷向你靠拢，不管男生还是女生，你一直是众人的宠儿啊。

　　晓晴，你也一直是命运的宠儿。

　　这是一个遍地滋生流离的时代，在所有的同学都或近或远或长或短地漂泊、迁移时，唯有你在一座城市上大学，毕业分配，结婚生子。你像一棵落地生根的树，在故乡的土地上枝繁叶茂，善良聪慧为你建起了庞大的爱的磁场，你的亲友一个个健康平安地围拢在你的身边，成全着你的幸运。所以，在多年后的今天，你依然有明朗的笑，纯净的眸，对苍凉一词有着诧异的表情。

　　而我呢，在认识你之后的两年，就展开了一生颠沛流离的轨迹。辗转几千里，亲人离散，寄人篱下，亲情裂变，恋情猝断，至亲相继离世，忧思成疾的我手术后在重症监护室里昏迷三天三夜……

　　从死亡线上挣扎回来，麻醉剂散尽的伤口火烧火燎，医生一再问我要不要加麻醉剂。烧到38.5度的我，摇着红彤彤的颊，笑说不需要。医生佩服地叹，你怎么还能笑得出？

　　我无语，还是笑。医生走后，我霍地明白了，原来生活榨干了我的眼泪，留给我的只有笑。

　　我感谢生活。

2

　　晓晴，你会不会认为我是在变相报怨命运的不公？不是这样的，真的不是。我可以用灵魂起誓，我也用自己卑微的生命对命运做个中肯的鉴定，命运从来都是公平的。

　　我们车被超了，被抢车位了，你大动肝火，我付之一笑。你惊奇这么大的事我居然一笑了之，而我惊奇，这么小的事也值得你浪费情感？

命运让我吃足了苦痛,以至于我的苦点麻木,反倒对幸福格外敏感,笑点也就特别的低。别人的一个笑脸,医生职业式的一句提醒要保持好心情,我会欢喜;太阳明媚,一朵花开,一片云来,我都深深地庆幸……

而你呢,我亲爱的晓晴,太多的幸运麻痹了你的幸福感,你的烦恼点太低,所以你时时烦恼,为奖金多少,为跟别人撞衫,为儿子一次试没考好……聪慧如你,你早发现了这种情形,所以你说,你幸福的麻木了,有时真想找点沧桑资本证明你真的活过一回。

看,生活就是这么滑稽,在许多人对你的幸福可望不可求时,你却眼馋他人的颠沛流离。晓晴,人生要是场自助餐多好,可以依自己口味选择取舍。可惜,我们永远只能对着别人的盘子馋涎欲滴,却不得不咽下自己盘子里的所有。

所以,即使生命的元素相同,我们嘴里的生命却总是不同的味道。

美好的是,尽管我们咀嚼着不同的生命味道,但是生命的需求,有时有着惊人的一致,比如真诚,善良,友爱。

所以,隔着二十年的光阴,踏过千山万水后悄然归来的我,原本打算隐匿在这个城市一角,抖掉一身霜寒风尘,清零过往读云伺花地度日,是你辗转打听到我的音讯,蓦地站在我面前,你纯净一如当年的笑颜令我玄然欲泣。

你开口第一句是:你开朗了,会大声地笑了。忘不了那一瞬你眸里的惊喜与欣慰,我小心翼翼堆起在心口的矜持与忐忑立时七零八落。盘桓于你我之间二十年的距离仿若长梦一场,梦醒,我们都还在原地。我们相怜相惜一如当初,我终于长成了你期待的模样,你还保留着我念念不忘的纯真。

你看,命运让岁月带走了很多,但终归还是留下了一些该留下的,送来了一些想要的。所求即所得,是多么美不胜收的滋味啊。

所以,当你在电话里说,我们脱逃一天吧,城市令人窒息,我便应声而至,关闭手机。所以,我们才能在这个明媚的午后,躲过一切琐碎,拥有了一刻背靠背坐在山坡上晒太阳的清闲时光,宛如昔日少年时光重来。

晓晴,在这一刻,我是多么的知足与欢喜!

细细想来,世上根本没有幸福,或是没有纯粹的幸福,所谓幸福只是一种相对的心情,也或许,生命其实就是场关于幸福殊途同归的体验。你的圆满,我的苍凉,都是幸福的一种具体呈现,就像花,有红有紫;就像水果,有甜有酸。

或许说到底,生命原本就是从出生到消亡的过程,是一段虚无的时空跋涉。而上苍为了我们这些生灵不至于厌倦这卑微的生命,热爱上这段旅途,真是煞费苦心。他让我们捧着自己的碗果腹却又对别人的碗艳羡憧憬啧叹,以这种方式哄着疲惫的我们一再迈步前行,为了转移我们对生命原本就是场虚幻的颓丧,就用所谓的"幸福"激发我们的豪情。仿若拿一朵花引逗着蝶儿去追逐,而那朵花永远在能看得见却追不上的恰当的地方。

无论上苍是何种手法,他能创造我们,将我们引至这个繁华红尘间,初衷肯定是美好的,所以他一定是深爱着每个生灵的。对上苍这份无与伦比的爱,我怎能不深深俯首……

晓晴,我固执地认定,生命的元素真的是雷同的,比如生生死死,比如离离合合,比如悲悲欢欢。这些元素因人而异地在每个生命里铺陈一段段风景,光阴和青春则是统一的背景,我们的爱恨情愁悲欢离合都在这道背景里做着计时性演绎。

所以,所有生命在光阴与青春面前都有种窘迫。比如刚在铺满大大小小山石的河畔上的坡林间,你坐在青石上,挥着细树枝抽打着一株小山栗树,一下一下,嘻嘻间,便痴了:怎么就一下子就这么大了呢?我真的不想老去啊。

晓晴,你是如此美好的女子,真希望你一直这样明媚快乐下去,也好让我隔岸看到另种幸福的模样,多份憧憬的由头丰富闲余的大脑。可是你也在无奈地呢喃,我心忽地就一痛。

在青春飞速背离的光阴面前,有几个人能自始至终淡定如一,优雅从容?是不是每个殊途同归者都对生命的尽头有深深的恐惧,就连我这个即便青春时段也很冷清的女子也不愿这一页快快地翻过去。

可是我又能怎样呢?我只能环转脖颈于山涧,最后仰着头,瞅住你我身旁高大的遮天蔽日的山栗树,树顶有几个裂开的山栗刺球,宛然扬臂伸指:你看,它的果实早已洒进泥土中了,来年这山坡会多几株绿。也正因它葱茏过,才创造了这整片山林的绿色,它的生命会在它的子子孙孙中传接下去,这个世界我们从来就不会真正离开,又有什么遗憾与不甘?

你眉头一展:是啊,我儿子都快与我一般高了。话语轻快,而唇角残留的无奈让我不由自主地附和。

无奈,也应是所有生命共同的元素吧,无论多通达的人都有被无奈困扰的时候。比如我,最想有的表情便是宁静,可是我要时时保持笑容,笑是一款面对男女老少皆宜的面具,我觉得整天冷冷淡淡的脸是对他人的不负责,就像一个不化妆的女人是对他人的不尊重一样。言及此,我忽然想起你第一眼看到我时翕动的唇角,你定是想脱口而出:你怎么也化妆了?!我想我会有一丝难堪的,因为你的脸颊纯澈无邪。而你说的却是:你好漂亮啊!

我哈哈一笑,笑生活最终也让你言不由衷,那层粉扑住了我一脸的憔悴,恰如笑掩盖了成长路上的悲哀。晓晴,我终于明白了,我们当年一起相约长大后决不做穿高跟鞋描眉化妆的脂粉女子是多么的傻气。我开始化妆了,而你也极度地依赖起了高跟鞋,一米五的身高令你学会了自嘲。你看,生活就是这样让我们一点点背离自己的初衷。是不是强悍的生活,就是想将每个生命打磨成它想要的模样?还是原本生命就是这个样子?

4

斜阳拉长了我们的影子,山风凉意渐浓,山顶上笼上一层云雾,我们只好踏上归途。

车子疾驰在阔阔的环山柏油路上,连绵起伏的山峦在我们身后倒退。俯向车窗,看见我们走过的那条山路细成了一条带子,弯弯绕绕地搭在绿的山坡灰的河畔上,居然那么长,那么陡。原来,生命原本就不必我们殚精竭虑的,我们只要顺其自然,量力而行地一直走下去,便可以走出一定的高度和长度吧。

不知是山风吹醒了我,还是我习惯了思量,在蓦然回首作别相守一日的终南山时,欢喜又忽地浮起。晓晴,生命是不是就是这秋天的山峦,无论怎样的千疮百孔萧瑟荒芜,在他人眼里仍有着壮美的轮廓,葱郁的生机,有着令人着迷的神秘和美,并互相给着希望,遥遥相望心意相携地一路前行?

所以,我们从来就不曾孤单过,所以,世间从来就没有离散,有个叫作"爱"的元素一直将我们以不同的距离、不同的方式连接在一起……

所以我深深地爱上了这个尘雾迷漫的世界,爱上了多舛的生命,我真的感谢生活,感谢上苍!命运从来不会厚此薄彼,它只是赋予每个生命一种专属路径,而那专属的路径上自会有相得益彰的风景。但是,无论哪种路径与风景,都是上苍的一种厚爱,我们的使命,便是心平气和地品咂上苍赐予的那份或具体直观或冷涩抽象的爱。

可是,晓晴,为什么顿悟的欢欣之后,又有淡淡的悲凉打心底扫过?

我还是留恋刚才那条悠长的山径,想一如当年,仗着个子高,总是将你当成小孩一样,出出进进牵着你的腕,沿着那条山路缓缓地走啊走,走啊走。那样,是不是就可以走回我们的十二岁——

扎着一模一样两条小辫,小辫上系着一模一样两朵果绿色梅花的两个小姑娘,在三月满树桃花下,背靠着背,大声地诵读生命中的第一阕词:少年不识愁滋味……为赋新词强说愁。而今识尽愁滋味……却道天凉好个秋。

辑六 | 同根树

世界上有多少事是自己不知道的？生命中有多少真相是自己不知道的？成长中有多少误会是自己不知道的？更有多少或长或短或重或轻的爱是自己不知道的？

同根树

小姨,什么是姐妹?

妈妈,什么是姐妹?

姐妹啊,就是同根树,分担风霜共抗岁月,并在某天,父母离开人世后,接替父母陪你走完剩下生命路途的人哦……

1

一个是粉琢玉雕的洋娃娃,一个是黑瘦干瘪的丑小鸭,真不知造物主是怎么想的,安排出这样一对亲姐妹!

容貌天地之别,性格更是水火之别。

洋娃娃一样的姐姐是团火,走在哪都是焦点,每个见到洋娃娃的眼睛总是倏然一亮,而后便盈满亮晶晶的欢喜。她们愿意停下手中的活计逗她,他们愿意将她举过头顶,听她清脆的大喊大笑。

与永远被亲友乡邻疼爱的笑脸围绕的洋娃娃相比,从小爱哭,哭时总是不出声,只是默默地流泪,似乎受了无尽的委屈,却又不愿惊动别人的丑小鸭就像一汪寂静的水。这汪水永远躲在人群后边,旁观着洋娃娃姐姐那束火苗在疼爱的笑脸里跳跃闹腾。她知道自己没有姐姐讨喜的外表,更没有讨人喜欢的性格,受忽略是天经地义的,可是她还是控制不住羡慕与忧伤,唯一还能招来夸赞的那双异常黑亮的眸常常汪着两珠泪水,这泪水为她赢得了一个"刘备"的绰号。

　　每每知道洋娃娃和丑小鸭是亲姐妹的人，总是露出吃惊或遗憾的神情，还有的啧啧同情：为什么不能把姐姐的美丽可爱分给妹妹一点，一点点也行啊！

　　同情像一把火，舔舐着羸弱敏感的心，自卑早早在妹妹体内发芽，她沉默懦弱少言。放学回家见家里有客人，就悄悄溜到厨房抓块馍馍跑回学校。坐在学校斑驳的木门前老槐树下啃着馍馍，想象着被亲戚逗弄的姐姐银铃一样的笑声，妹妹有着被全世界遗弃的孤单。而很长时间里，有些亲戚居然不知父母还有她这个女儿，他们都羡慕爸妈"一儿一女活神仙"。

　　冰火两重天的姐妹俩，在成长中也势如水火。姐姐永远风风火火，什么东西都要合她意，否则就大闹，动手抢夺。在父母干涉下知道不该占有，却还要想方设法毁掉，那漂亮的睁圆了的眼眸里射出唯我独尊，即使毁了也决不让你得逞的憎恨。

　　为什么令自己自豪与羡慕的姐姐要厌憎自己呢？她已经拥有那么多了啊。当她委屈与伤心混杂在一起哭泣时，母亲也训斥姐姐，甚至假装打姐姐，只是非但没效果，还让姐姐眼里的憎恨更深，常恶狠狠地威胁：等妈妈不在家时再说！那眼神那语气令她心悸，她一刻不离地跟在妈妈身后，处处抓着妈妈的衣角，唯恐妈妈将她撂给对她虎视眈眈的姐姐。她的粘人，令妈妈头疼，时常烦躁地掰开衣角上那只小手。她更自卑孤单了。

　　妹妹当然也有不孤单的时候，也有被众人包围的时候：生病时。

　　落地便体弱多病的妹妹一年四季都在生病，以至记忆里都是一片惨白，那是百年古镇上新修砌粉刷一新的医院墙壁的颜色。住院，出院，出院，住院，虽然大人们爱逗弄姐姐，可是当妹妹病时，那些关注便都转移过来，他们和她们会围着妹妹轮番询问她想吃什么，哄她吃饭。尤其是母亲会日夜不离地守护着，饭也是小心翼翼地一口口尝好温度喂给她，买来稀有的糕点、麻花哄着她吃。如果她不吃，宁可放起来，也不许姐姐碰。姐姐也会很罕见的呵护起她，将来给她打点滴的护士往外推，边推边骂：坏蛋，出去，不许给我妹妹打针！听到姐姐口口声声说"我妹妹"，被高烧和疼痛折磨的妹妹便开心地笑。

　　可惜，当妹妹病好后，一切恢复如常。姐姐依然霸道，依然厌憎妹妹，宁愿带着巷子里其他孩子玩也不带妹妹。妹妹只有一个人在不停地忙碌的妈妈身边过家家自娱自乐,妈妈似乎成了妹妹寂寥的成长路上唯一的依傍。

2

上初中后,妹妹看到了别人家姐妹,方知道姐妹原来还可以那样的亲亲热热互疼互爱,于是妹妹尽量地去靠近体贴姐姐,想以此换来姐姐的回应。可是她失败了,妹妹的主动令姐姐更加敌意深重,姐姐甚至不许妹妹说她们是姐妹俩。为什么呢? 妹妹不敢问,不忍问,因为愈发漂亮亭亭玉立的姐姐眼里的不耐烦与鄙视已经让她知道了答案:依然黑瘦干瘪的自己怎么配当她的妹妹啊。

连姐姐都以她为耻,她怎能不更自卑呢? 妹妹成了离群索居的少年,陪着她的是一本本小说、一本本散文和诗集。她的作文被老师拿到几个平行班里朗读,很多同学知道有个女生作文写得超好,就是对不上号。而考试后,妹妹的名字和分数像个陌生的符号冷冷地居于前列,同学们对对不上号的名字丝毫不感兴趣。而对见了老师便躲起来连声好都不愿问的不礼貌女生,习惯坐在教室角落里从不举手发言的女生,老师当然也不会多搭理一下。

"校花"姐姐这边风景独好,老师一再指定为班长的姐姐,时常对男同学挥起树棒,任何活动缺她不可……只是,享有男女同学众星捧月风光的姐姐对妹妹的厌憎有增无减。妹妹不会骑自行车,就住校,三天回一次家。回一次家,便要遭会骑自行车、几乎每晚回家的姐姐一顿莫名其妙的骂,尤其一看到她和妈妈在一起,便破口大骂,莫须有的借口让妹妹有口难辩。妈妈护她,姐姐骂得更凶,甚至和妈妈吵。于是,妹妹减少了回家,只在周末回家。有一天,妹妹发烧了,在宿舍里躺了一天,实在扛不住了,放学时硬着头皮去找邻班的姐姐:带我一次,好不好? 我实在走不动路了。

哼,有那么娇气么? 姐姐冷冷地撂下一句,骑着自行车追她的一群车友去了。

十三岁的妹妹独自往家走,发烧一天,一天没有进食的身体虚弱得直摇晃,双腿挪动一步都要用尽全身的力气。穿过无人的田野,拐过一条一条小径,五公里的路途在那一天格外的漫长……在终于看到家门时,妹妹虚弱得跌坐在泾惠渠岸边,望望几百米外的家,回首暮色里曲曲折折的路,那空荡荡的田野,妹妹无声地哭了。回到家,妹妹一个字也没提,吃了药就安静地睡了,她渴望姐姐的爱护,但如果是父母强逼的,她宁愿不要。

后来,妹妹还做了一些向姐姐靠近的事,比如给姐姐挤好牙膏、兑好刷牙水,比如在家里拮据情况下,过年妈妈说谁缺衣服给谁添的情况下,妹妹不假思索地说给姐姐,比如说暑假她抢着刷了一暑假的碗。可是每次都惹得姐姐大怒,骂她放那么烫的刷牙水明明是想烫她,而她也没有想到姐姐为什么那天会提前十分钟起床;骂她陪着买衣服的时候满脸的不高兴,而当时她忧伤的是,因为妈妈对她的那种歉疚。骂她抢着刷碗是为了作秀给全家看,她只是不想姐妹俩因为刷碗争执而引起母亲失望。

被姐姐痛骂的时候,妹妹不做解释,只觉得自己笨极了,做什么都不如姐姐的意,姐姐为什么对她有这么大的误会呢?姐姐对她只有仇恨厌憎,姐姐似乎早已给她定了性,她的存在就是姐姐最大的烦恼,换言之,只要她不存在,姐姐怎样都会是开心的。

父母为姐妹俩这样的状态苦恼不已,姐姐痛骂已造成了妹妹心理障碍,只要姐姐一瞪眼,她就自卑得、惶恐得只想躲起来。而渐成少年的妹妹隐隐明白,罩在姐姐的光芒与厌憎里,她就像一株大树下的小草,永远直不起腰身,永远不可能有属于自己的阳光。她要逃开这片阴影,努力长成一株树,证明自己不是那样的不堪。

以年级第三的成绩考入高中那年的一个耳光,让妹妹终于下定决心彻底逃离。很清楚地记得那是中秋的前一天,姐妹俩先后回到了家。一家人坐着聊天,妹妹手边刚好有一个花瓶状的酒瓶,妹妹说着话,不知不觉中将上边的商标撕了下来。正在她将那些印痕往彻底地擦拭时,姐姐突然一步冲了过来,不由分说一耳光扇了过来:手贱!

有力的耳光扇掉了妹妹脸上包裹着的脓包,血水沿着脸流了下来。妹妹以为姐姐会内疚,会住手,没想到,姐姐又挥起了手。她彻底地决望了,抬手一把抓住姐姐的胳膊,对有点意外的姐姐幽幽地说:我一直把你当姐姐,你为什么不能容我呢？从现在起,我不再有姐姐!

　　她多希望姐姐能在那一刻有一丝惊醒。没有,姐姐冲着她踏出屋子的背影吼:我从来就没有妹妹,你少自作多情!

　　一个月后,妹妹离开了家,在几千里之外,妹妹给姐姐写了封信,诚恳地对姐姐说,如果自己的存在妨碍了她,希望自己的离开能让她开心,祝福姐姐快乐。可是姐姐的回信内容却是"或许将来某一天我们会泪眼笑荒唐,但是现在我这封信就是通知你:从此后我们断绝姐妹之情!"

　　妹妹不知道姐姐为什么会如此,她们肯定有误会,只是这些误会与成见究竟因何而起呢?有些问题是没有答案的,就如一些感情是没有起由的吧。那就那样吧。

8

　　此后几年,妹妹真的与姐姐没有任何联络,她们真的消失在彼此的视线中,从父亲的信里她知道姐姐高中后,没有上大学,随从初中起就痴恋她的男友去了南方。妹妹很替姐姐惋惜,那么一个美丽聪明的女孩要是进入大学该有怎样精彩的一段人生啊。幸好,在 1995 年,高中学历的姐姐学习了半年电脑凭着娇好的外形顺利地进入一家外企当了办公室文员,待遇也不错。想象着长大后姐姐的模样,妹妹暗暗为姐姐欢喜。而当时师范毕业的妹妹已踏上了三尺讲台,也有了属于自己的甜蜜恋情。

　　就在离家几年、终于可以在几千里的异乡建立栖身之处时,一连串意外出现,亲情裂变,爱情夭折,友情的溃散,在边陲小城孤立无援的妹妹绝望极了。又不能惊扰到渐老的父母,在心痛得夜不能寐时,妹妹想到了姐姐。妹妹第一次给姐姐写了信,可将信投到邮筒后就后悔了,自己怎么会在最无助的时候想到了最厌憎自己的人?姐姐接到信时会哈哈一笑还是直接丢弃?

　　可是半个月后,她接到了电话,姐姐带着南方口音的普通话依然有她熟悉的音色,只是这音色不再冰冷。姐姐喊着她的小名,掷地有声地说:不用怕,有我呢,我马上来接你。要不给你寄钱,你买张飞机票,回家也行,来我这也行。

那边的一切都抛开,就当这几年出门旅游了一趟。

妹妹捧着话筒任泪水纷纷滚落,虽然有点意外,但她一点也不质疑姐姐的诚心,她毫不犹豫依赖上了这份力量。

分开六年的姐姐和妹妹终于又回到了同一屋檐下,南方归来的姐姐美丽娇俏,边塞归来的妹妹孱弱忧郁。姐姐依然处处强悍霸道:想吃啥,说,我给你做!走开,不用你动手,水太凉!想要啥,给钱,买去!

姐姐处处呵护着她,姐姐出手阔绰,似乎有用不完的钱,似乎什么都不在话下。妹妹开朗了很多,无所畏惧的姐姐让她特别的踏实和依赖。她终于承认自小霸道的姐姐的确比自己出息能干,最难得的是,姐姐不厌憎鄙视她了。

干吗这样对我好?

嘻嘻,谁对你好啦?你小嘛,只要你高兴,为你做啥都行。

妹妹倚在门边看着姐姐水池里刷碗的手,心里暗自悠叹,如果,如果小时候能这样该多好啊。

给你五千块钱,你去旅游一趟,散散心,然后回去安心上班,好不好? 1998年的春节,姐姐洒脱地对妹妹说。妹妹不要去旅游,要跟姐姐去南方,看姐姐工作的地方,尝试下南方的生活。姐姐犹豫一阵后答应了。

三月,广州的木棉花灼灼满街,妹妹在到达姐姐的居所时,兴奋与欣喜倏然退去。姐姐居住的出租屋根本不是她憧憬中的雅致温馨,而是简单得不能再简单,甚至是简陋。姐姐在妹妹明显的失落面前讪讪地笑:打工嘛,住那么好干吗?把钱攒着以后回家创业。

然后妹妹知道,姐姐和姐夫没有大学学历,在公司里待遇总是要低一些,他们不可能去住设施齐全的公寓套房,只有租住在城中村。

妹妹对姐姐很失望,她认为姐姐目光短浅,因早恋而放弃上大学,出手阔绰全因了虚荣。妹妹如此想了,便也如此直言不讳了。姐姐一笑,是默认了。然后简直是把她孩子一样照顾,连饭都要试下温度,啰嗦得有时让她烦躁。她就不客气地发火,而姐姐居然还好脾气一笑,似乎知道自己让妹妹失望了,也打落了妹妹刚刚建立起来的依赖和踏实感,姐姐笑得很歉疚。这样的姐姐让妹妹心里很不是滋味,她宁愿姐姐还是那么强悍霸道。

妹妹很快在外企找到了经理助理的工作。姐姐说你运气真好,妹妹故意刺激姐姐:哪里是运气?有学历还愁找不到工作?妹妹对姐姐没有上大学还是很不满的,她当年离开家,就是希望如愿以偿姐姐能有一个好的前程,而姐姐居然……

一年后,假满,妹妹辞职回北方小城。走的前几天,姐姐便开始笑里含忧。离开南方那天,一进火车站,姐姐眼里便蓄满了泪水。火车缓缓启动,车窗前的妹妹看着姐姐在站台上追着火车跑,边跑边擦眼泪,直至变成一个黑点。

邻座人问:那是谁啊?感动得我都想哭。

我姐姐。妹妹面无表情。

你姐姐?你有这么好的姐姐,你好幸运啊,有这样疼爱你的姐姐!

妹妹没有言语,她也不知自己居然会这样的冷静,居然面对姐姐的泪眼无动于衷,她究竟怎么了?

南北相隔几千里,姐姐和妹妹在各自的生活轨道上安静生活。从偶尔的电话或母亲的转述中,姐姐感受着妹妹的喜怒哀乐,妹妹也了解着姐姐的酸甜苦辣,有分歧时还会在电话里大吵摔电话,只是过几天后总有一个人先向对方拨电话。

后来几年,姐姐从南方回到家里,生了个女儿,妹妹也结婚了,也生了个女儿。姐妹俩再见时,姐姐咿呀学语的女儿伏在妹妹襁褓中的女儿身边欢喜地嚷:妹妹,妹妹!不知是不是巧合,母亲满眼笑地在一旁说:简直是你们俩小时候的情景再现啊!妹妹心里一动,生命的最初,姐姐见到她时也曾这样欢喜么?从什么时候起水火不容了呢?

是啊,表面上看,姐妹俩不再有芥蒂,可是,妹妹总觉得心底有块坚冰,偶尔便会跑出来硌一下她的神经,尤其是在不如意时。

那个夏天,妹妹被诊断出胃里有个间质瘤,需要手术。"肿瘤!"没法不谈瘤色变啊,妹妹一时陷入悲痛之中,她第一时间里想起的竟然还是姐姐。姐姐接到电话,一个星期后便领着五岁的女儿到达千里之外的妹妹家门口。晕了两天车的姐姐,脸色蜡黄,妹妹突然对姐姐有了深深的心疼,只是她习惯隐藏感情,什么也没说。而她们的女儿却很快地玩到了一块,姐姐、妹妹的呼唤声不断地回荡在房间里。

去兰空总院住院那天,妹妹拉着姐姐女儿的手和自己女儿的手叮咛:宝贝,你们是姐妹俩,姐姐要疼妹妹,妹妹要让着姐姐,一定要相亲相爱让小姨、让妈妈放心哦。小姐妹俩眨着亮晶晶的眸似懂非懂地点头。出门前,姐姐的女儿似乎明白了什么,拉着妹妹的手稚声稚气地说:小姨,你放心,我是姐姐,我会好好爱护妹妹的。

妹妹的眼泪刷地滚落,三岁的女儿是她最牵挂的,如果病情严重,如果手术有意外……

放心去,吉人自有天相。姐姐对妹妹的眼泪很反感,很不耐烦地催她出门,根本没把她生病当一回事,唯一听着顺耳的一句是:我是你姐姐,你的女儿就是我的女儿,我会疼祺儿超过晴儿的。

晴儿是姐姐的女儿,祺儿是妹妹的女儿。姐姐如此承诺,妹妹是无条件相信的,只是她什么话也没说,心底一声幽叹,转身远走。

幸运的是,手术很成功,医生说注意保养,过几年会完全恢复的。二十天后,妹妹出院回家,看到妹妹胸前十七厘米的伤口时姐姐眼里泪光一闪,接着又大大咧咧地说:嘻,就说你没事嘛。好了,虚惊一场,安心养着就是了。

手术后身体恢复得不是很理想,贫血,低血糖接踵而至,免疫力低下,隔三岔五便感冒咳嗽,胃里整天火烧火燎的痛,常常半夜痛醒……病痛摧残着妹妹的身体,也逐渐击垮了她的意志,她变得易烦易躁易悲观,在被病痛与绝望包围的时候,妹妹便寻找根源。

医生说,所有的胃病都是长期心情不好导致的,那自己不快乐的根源在哪里呢?她想如若当初姐姐不那么的憎恨她,鄙视她,她不会那么早离开家;若不离开家她便不会有这后来的际遇,也不会积忧成疾以至于今天随时面临生命的终结。

她不得不承认,对姐姐,她心底里一直有着无法抚平的心结。是啊,她怎能不心怀怨怼呢?

所以,当那天姐姐又在怒气冲冲地训斥侄子时,那个辩解无力、逃避不了的小孩满腹委屈与受伤的表情一下子点燃了妹妹压抑在心底多年的积怨,她霍地爆发了：你毁了我的一生不够，难道还要再毁别人么？

姐姐受到重创，怔怔地看着妹妹：你，在恨我么？在怪我吗？

是，都是你，如果不是你，我不会是今天这个样子！妹妹悲愤地喊出了几十年的怨气。

家人迅速地汇集到房里，想要拉开姐妹俩。姐姐颤着音：都别管，让她说出她的怨恨！于是，妹妹声泪俱下地讲了成长岁月中那些忧伤、渴望、疼痛、自卑与逃离。

姐姐听完大骂：愚蠢！哪个兄弟姐妹成长过程中不打架，不吵架？我那时还是个孩子！

可是，我也是孩子！孩子的承受力也有限啊！妹妹不甘示弱地吼。

姐姐沉默了，泪光闪闪，叹气：是，你的命运是我造成的，那我的命运又是谁导致的？你知道，我用了多少年时间才冲出自卑的阴影？

妹妹疑惑地看向姐姐。在姐姐幽幽的叙说中，妹妹终于看到了另一个女孩成长中的艰涩。

原来，妹妹在妈妈身体里的落根，妈妈终止了给八个月的姐姐喂奶，并将姐姐送到了山里的外婆家。以后几年，姐姐基本长住外婆家。妹妹体弱多病，妈妈的重心都放在妹妹身上，所以那些围着姐姐的逗乐里经常出现"你是没有妈妈的孩子，你妈妈的宝贝是妹妹"。所有别人的宠爱哪里能与妈妈的爱相比？长期受母亲忽略的姐姐有了深深的自卑和孤单，她渴望母亲的怀抱，甚至暗暗希望像妹妹一样生病。慢慢长大，妹妹优异的成绩和乖顺总是让妈妈欣慰地笑，更加深了姐姐的自卑，妹妹与妈妈亲昵地依偎细语，让姐姐觉得自己就是个多余的。孤单与自卑促成她的叛逆与烦躁，甚至是嫉妒，以至于一直暗自与妹妹较量。在姐姐眼里，孤傲不群的妹妹处处做得好就是映衬自己的拙劣，所以她怎能不憎恨这个令妈妈一再训斥自己的"妖精"？后来姐姐放弃上大学随姐夫去了南方，就是当时的姐夫乐观，带给她渴望已久的阳光般的明朗。如果当初她没有这么多不开心，上完大学，她的人生会是什么样子呢？会有那么多遗憾么？

这个答案让她意外，也让她深深自责，原以为自己一直是姐姐的受害者，岂不知姐姐也是自己的受害者。看着单薄的姐姐，妹妹心里涌起一阵阵心疼：姐姐生女儿的第二天母亲入院做手术，没有照顾过她一天；生儿子时并发心脏病，用了心脏起搏器才从死神手里抢夺过来，而当时没有一个家人在身边。在公司里，无论怎样有能力，没有一纸学历，总是得不到公平的待遇……

那你为什么当时不说出来？妹妹痛心疾首问。

我当时也是孩子呀，我能讲得清楚么？嘿嘿，我当时也有说啊，我说最讨厌你，你是多余的，你原本就是妈妈不想要的孩子啊，你们谁会相信那是我真实的心意？谁来给我一个解释？

妹妹恍然，姐姐是多次在吵架时尖声地喊叫：你讨厌，你根本就不是妈妈想要的孩子！这句话是把利器，她立马像被刺中的气球一样泄了气，只有愤愤而无奈地哭泣。因为妈妈也经常给人说原本一儿一女刚刚好，偏偏多出来个她，她生命的最初经过三番五次的危劫，是爸爸与时间抢夺，从人流手术室揪出妈妈才为她争取来这一场生命。

嘿，是啊，当时都是孩子啊，妹妹也哧地一笑。嫉妒，争宠，成长路上谁不曾暗暗辛苦？

一直在屋外的家人们又都拥进了房子。母亲说：哪个孩子不是母亲身上掉下来的肉？当妈的怎能不爱自己的骨血啊？只是在那个年代，你们父亲上班，家里家外我一个人操持，难免对谁有个疏忽，妹妹身体不好或许跟妈妈当时吃堕胎药有关系，妈妈对妹妹有亏欠，所以尽量想照顾她多一点。谁知……都怪妈。

不，是我的错，后来我也知道妈妈一样深爱着我，意识到自己的自私狭隘，我是姐姐啊，我应该让着妹妹，妈妈给了我健康的身体就是最大的偏爱啊。去了南方后，我尝到了离开家的滋味，想到你那么早离开家一定受了更多的委屈，就暗自发誓，这一生都要不断努力，一定要给你做最大的后盾。你什么时候累了，倦了，就回家来，姐姐会像妈妈一样照顾你。

妹妹背过身去，忍住眼里的泪，她不想让这些爱她的人看到她的脆弱。姐姐说得没错，她的骨子里是有一股与生俱来的孤傲，不喜欢表达感情。

姐夫误会了，以为她还不肯接受姐姐，补充：你姐每次接到你不高兴的电话便会哭一场,有时整夜无法入睡。她从南方回来,出手阔绰,是想让你和全家人以为她挣钱很容易,让你不要有心理负担,让你相信她完全可以做你的依靠。她对全家人都大方,唯独对自己很小气……

姐姐狠狠剜姐夫一眼,姐夫拍额头知错地哈哈:听到你病时,你姐姐说卖房子也要治好你的病,第二天她拉着我在市里一家家医院挨着问,这病究竟能不能治好?医生给出的答案轻重不一,有个医生说只要动手术就有风险,也有从手术台上下不来的。你姐姐出了医院就蹲在路边大哭……

为什么我不知道呢?妹妹喃喃自语,咸咸的泪水涌进口里。是啊,为什么自己不知道呢?世界上有多少事是自己不知道的?生命中有多少真相是自己不知道的?成长中有多少误会是自己不知道的?更有多少或长或短或重或轻的爱是自己不知道的?

母亲过来坐在床边,拉过姐姐妹妹的手按在自己腿面上抚摩:前世有缘今生才做姐妹,妈妈最庆幸的是听了你爸的话,生下了这个多病的女儿,这样你们姐妹俩有个伴。爸妈都老了,照顾不了你们了,以后你们要互相照顾,如果有一天父母离开了人世,姐妹便是世界上最亲的人。你们姐妹俩一定要结伴走好后边的路,爸妈在天上才放心。

姐姐递给妹妹一块纸巾,妹妹难为情地接过,又笑又哭,一屋子人都笑了。哥哥过来一手拍一个脑袋:这两个傻丫头,记住,这辈子啥时都是姐妹!

是啊,前世已注定好的姐妹啊!这一生错过了太多,还是生命原本就埋伏好了这些曲里拐弯的误会和柳暗花明?幸好,错过了那本该是一场相亲相爱相依相伴的成长岁月,还有未来一段旅程可以一起走。

4

秋天,巴丹吉林沙漠里的胡杨林呈一片璀璨的金色海洋,妹妹和几个友人流连其中。

嗨,你们发现没,这些树很多都是一个根上长出两棵或三棵树身,下边是紧挨着,上边就各自歪向一边了,很辛苦的样子哦。一个友人站在两棵呈 V 势的树下喊。

妹妹放眼一望，还真如此，很多树都是一个根上长出来的，都倾斜着，似乎为了避免枝丫打架一样。于是叹息：离得太近总会有妨碍，所以各自都要寻找自己那片天。

友人又指着远处一些树困惑：明明是同根，怎么都是一棵粗大高挺，一棵矮小细弱，同样高低粗细的很少。沙漠这么广阔，它们干吗不分开长？若分开长，肯定都可以长得很强壮。

另一个友人说：虽是同根，却也有着一些先天条件的区别，再加上后天吸收养分能力的差异，导致各自不同生命状态。但是，同根树最大的好处，就是当其中一棵遇天灾人祸后，依靠另一棵的养分会重新发枝。也就是说，只要其中一棵活着就无论如何会帮另一个活下去，所以同根树生命力更强、更持久。你们看那棵。

友人指的是另一株呈 V 势的胡杨，其中细的一棵枝叶稀疏，而另一棵粗的根本没有叶子，树干焦黄，显然是被雷电劈过的。奇特之处是在那枯焦的根下，居然冒出了一根细细的枝，枝上挂着两片小小的叶片。但是就这两片小小的叶子，点燃了很多希望，可以想象，经过多年修复以后，这两棵遭遇强灾祸的生命一定又会鲜活盎然起来。

或许，在茫茫沙漠中，胡杨就是靠着这种互相储备支撑的方式增强着生命力，抵抗着不期而至的天灾人祸，让单薄的生命成就了千年不死的神话。

对着那两棵同根树，妹妹脑海里突然掠过姐姐的影子。

姐姐！

车还未泊稳，十岁的女儿已欢喜地拍手喊叫。透过车窗，挂着两盏红彤彤的灯笼的门楣下，洞开的两扇朱红大门里站着粉琢玉妆的"姐姐"！

妹妹！粉琢玉妆的"姐姐"粲然一笑，奔了过来。

车门一开，女儿迫不及待地跳下车，两个小女孩在晨光里抱着又是笑又是跳，所有的欢喜只凝缩成一声声呼唤：姐姐、妹妹，妹妹、姐姐……

身旁站着的另一对姐姐妹妹不由得笑了，笑得很欣慰，很庆幸，很感恩。上苍或许想给这一对姐妹那段缺憾重重的成长岁月一个安慰与弥补，在多年后，分别又赐了她们一对姐妹,酷似姐姐的"姐姐",酷似妹妹的"妹妹",她们相差两岁的年龄间隔也与大姐妹的完全重合。

她们酷似各自的母亲,又显然比母亲们完美了许多:"姐姐"粉琢玉妆的娇蛮里多了洒脱明媚,"妹妹"清秀温婉里多了开朗顽皮。堪称一对人见人怜的健康美丽的"姐妹花"。

最让人欣慰的是,粉琢玉妆的"姐姐"虽然也霸道,但非常的爱"妹妹",总是处处谦让着、呵护着"妹妹";"妹妹"呢,承传了母亲的那双黑亮眼眸里不再是泪水,而是时时噙满了笑,她知道自己小,又额外的多了一份"姐姐"的疼爱。"妹妹"依恋"姐姐","姐姐"也依恋"妹妹",小姐妹俩虽然一年只能见一两次面,却互相依恋到每次分开都要哭泣,每次相聚前几天便开始掰手指期盼,一见面便如此刻一样抱着又笑又跳。

来,女子们,快来吃水果!一头白发的母亲,笑眯眯地端着一盘蜜橘向楼梯前阳光里的"姐妹"走去。小姐妹俩丢下手中叠的折纸转身迎向外婆。

姐姐,给!

妹妹,给!

母亲胸前的水果盘下交叉着两只可爱的小手,一只手里擎着一枚金灿灿的蜜橘,原来她们不约而同地想先给对方啊!哈哈,咯咯,呵呵,"小姐妹"俩和母亲同时笑了,屋檐下细语的大姐妹也同时弯了唇角弯了眸,又很默契地汪起满眼的怜爱望向对面的楼梯。

温暖的冬阳里,楼梯口的台阶上,小姐妹俩一边一个抱住外婆一条胳膊,小脑袋依偎在外婆胸前,一边咀嚼着橘子,一边语言接龙:

"姐姐":外婆,给我们讲讲我们妈妈小时候的故事吧。

"妹妹":我们的妈妈那时候跟我们现在一样吗?

"姐姐":嘻,我妈妈有我这样爱护妹妹么?

"妹妹"撒娇:姐姐,我好羡慕咱们的妈妈啊,她们小时候天天在一起,我们一年才能在一起几天啊。

"姐姐"小大人般:妹妹,没事的,不管在不在一起,我们姐妹俩都是相亲相爱的哦。

母亲笑眯了眼，万般疼爱地抚摩着胸前两颗毛茸茸的脑袋，喃喃：你们的妈妈啊，小时候天天打架吵架，但是，谁也不能说她们就不相亲相爱。姐妹，姐妹，一个姐妹，注定了这一辈子打不散吵不散啊。

啊?!两颗粉嫩的面孔霍地惊讶相对，然后莞尔一笑，跳起来向屋檐下的姐妹跑来。

小姨，妈妈，外婆说你们俩小时候总是打架吵架，是真的么？

对啊，姨妈，妈妈，老实交代，为什么要打架吵架？

面对两张娇顽小脸的咄咄逼问，姐姐难为情地一笑，妹妹哈哈地刮下她们的小鼻子：因为，我们姐妹俩靠的是同一个妈妈的爱的供养，我们经常为了抢夺养分而争吵。上天怕你们姐妹俩也有这样的烦恼，就分别配给你们各自一个妈妈，这样你们都吸饱了爱，所以才这样阳光豁达、谦让可爱啊。

哈，这样啊，我们太幸运喽！两个小人儿拍手笑。笑着笑着，"姐姐"停下来，仰起头问她眼里"博学"的妹妹：小姨，什么是姐妹啊？"妹妹"也恍然追问：是啊，妈妈，什么是姐妹啊？

妹妹低头俯视着这一对有着她们妈妈当年影子清澈眸子绯红纯真的小脸，心头涌起无限爱怜，一手揽过一个，一字一字地说给她们：姐妹啊，就是同根树，分担风霜共抗岁月，并在某天，父母离开人世后，接替父母陪你走完剩下生命路途的人哦……

辑 七

那年明月初照心

爱情是生命的华章，绝不是全部。爱情是为生命增光添色的，绝不是黯然失魂伤情的借口。爱情无定法，真正的爱，是帮助一个生命拍美丽的方向成长。

那年明月初照心

——十八春后答君书

在别人的戏里流完自己的泪后,如何将自己拯救上命运的堤岸,如何在解读他人命运的同时找到自己命运的密码?

或许,将爱转化成爱,转化成慈悲,转化成温柔是最好的办法……

1

黄昏,从春雨里走出,立于楼檐下收起伞时,蓦然想起了张爱玲的《十八春》,仰望着楼隙间那条烟雨空蒙的天,不由得惊觉:距那场相别也恰好十八个轮回之距。

十八春,十八个寻寻常常的四季轮回而已,可是因了那个旷世才女的低吟,我硬是觉得其沾染了厚厚的禅意,硬是寻思十八春一定会有些什么不同。而耳畔的雨声似乎也在证明着这是一个异于以往的春——这是经年以来第一个雨水如此饱足的春天,在落笔时,窗外还下着这个春天的第三场雨。前两场各下了一天两夜,这一场从午后三点开始,直至此刻夜晚十点半依然没有停的迹象。

雨滴均匀地敲打着金属的窗棂,不时发出清脆悦耳的窸窣,从这细碎偶或叮当的声响里我居然听出了轻盈与顽皮。轻合眼眸,想象着那珠只顾跋涉、不问命运兀自欢喜的精灵,在穿过万里云层后落在迎接它的窗棂上时炸裂着飞翔开去的情形，不由抿唇一笑。笑意未退便暗自惊诧，这是多么显著的一个不同啊，是已过了落花惜雨更伤春的年岁，还是因为想起了你？在确定想起你终能豁然一笑时，心像冰雪初融的河，透亮而春潮轻涌，也突然想起你留下的那个问题。

C君，你那个问题很简单，仅仅几个字和一个问号，但是要清楚地回答却需要扯出很多的光阴。其实，每个生命穷其一生都是在解答抑或求证一个或几个问题而已，比如什么是爱？什么是幸福？更哲学禅意的问题是，什么是生命？生命的意义？也就是这些问题搭建起了我们虚幻的生命。如果说生命是一只风筝，这些问题便是那几根竹架，让我们涣散的血肉有所依附，有了飞翔的支点。

所以，为了回答你那个问题，我谨慎地思索了好几年，现在再归拢起一些岁月加以佐证，也算是对生命的一场作答吧。

许多年以来，我放下过天，放下过地，却从未放下过你，你始终在我的伤口里幽居。C君，此诗我仅读了一遍便已熟记于心，我觉得那不是读，而是信手揣起一份自己的感觉而已。我无意冒犯仓央嘉措禅师的尊贵，而人类对感情的体验常常很接近、很相似，佛家说众生皆平等，在感情面前应该是不分尊贵的，所以大慈大悲的禅师应不会责怪我的。而我也不得不承认，这么多年，我一直携着你的山水流浪，在你的山水里起起伏伏，多少次思量，究竟放不下的是你，还是一段光阴？

言及此，C君，很惭愧，隔着十八春的光阴我不得不告诉你，你住进我的心里并非是在你对我百般呵护怜惜时，并非是你一次次焦虑张皇得手足无措、弯下你184厘米的身躯俯首哄我笑时，也并非是你为我的倔犟心痛、为我的任性紧张、为不能令我欢喜而感到无力与颓败、为我一次次决绝离去而绝望的一场场落泪时，当然更不是看到你一圈一圈消瘦了颊，一包又一包抽着烟时。

你住进我的心里，是在那个苍茫的雪夜，在那个有一轮闪耀着亘古光辉的明月映着万里山河万里云的雪地，你转身离去的刹那。

C君,该说我寡情还是说我愚笨? 这一生我总是比岁月慢半拍。在中学时别人忙着早恋,我还在梧桐树下独自踢毽子,拉别人跳皮筋打沙包,遭到一次次明确的耻笑和隐忍的同情。上师范时拿着师兄塞过来的信追着人家边跑边喊你让我把这交给谁啊? 师兄落荒而逃,我只好犯愁求助同桌让其帮找信的主人。同桌笑哈哈地念给全班听,一教室人笑得前仰后合,我还问究竟写给谁的啊,同桌说是写给你的情书。我一撇嘴:才不是,一没我名字,二没有一个爱字一个情字啊,怎么能是情书呢?

　　我就是那样情怀迟迟不开的木讷女生,其实不仅仅不解风月,我还是倔犟任性、敏感自负、泪腺发达、迷迷瞪瞪、混沌不堪、一根筋的女生。在青春烂漫的时节整天抱着一本本冷冰冰的书独自来去,喜欢吉他便拨到指尖打泡也不肯撒手,吃饭只认准一家餐馆。某个中午那家餐馆临时歇业,居然就沿路返回,硬是等人家下午开门了才狼吞虎咽地补上中午的空缺……

　　而洋相百出时常令人瞠目的女子居然就撞进了你的眼,你不但无知者无畏地闯进她的世界,还付出得那么努力那么彻底,努力与彻底到一城人都啧啧羡叹。唯我不觉,除了埋怨便是挑剔,便是受尽委屈的泪眼婆娑。而你从不指责我,也不允许别人挑剔,你纵容着我的自私与无知,包庇着我的笨拙,你爱令智昏地追随着我无限的天真:如果有可能,以后你不要上班,给你买一屋子书,一架琴,你就在家里看书弹琴。我不要你打上世俗的烙印,永远做个清澈的女子。

　　是的,我是个在书与钻戒之间脱口而出选择要书为礼物、分不清梦想与现实孰轻孰重、对生命认知完全一片空白却还自以为是的女生。我振振有词地对你说世间书与花是我最爱,我讨厌虚假与纷争,讨厌仇恨与奸猾,讨厌两面三刀惺惺作态口蜜腹剑,讨厌一切虚伪与残忍,也讨厌所有的离别与无情。斩钉截铁到似乎自己讨厌了,它们就会饶过自己一样的天真。

　　讨厌那么多,却唯独不讨厌自己的低情商。低情商导致情绪常常失控,常常流莫名其妙的泪。比如一个学生父母离婚了,冬天的下午放学,他去爸爸家,爸爸推他出门去找妈妈,到妈妈家,妈妈推他出去找爸爸。无家可归的他蹲在路边趴在书包上写作业。捧着写得歪歪扭扭的田字本,听着他的解释,我泪水哗哗地流,那一天一想到一个六岁的孩子在风雪交加的黄昏趴在路边写作业的情形便泣不成声。

如此的失常你已习惯了默默倾听与幽幽长叹,你意味深长地劝导:世界上有些残忍往往超乎你的想象,你的心不能那么没有抵抗力。而我总是驳斥你想粉碎我的憧憬,想诱导我冷漠无情。每场为人性辩论争吵,最终都以你苦笑着向面红耳赤的我道歉才算结束。

我一直那样自负与骄傲,自信了解世事洞悉人性,觉得人生就那样简单,没有那么神秘莫测变幻无常,似乎一切都在自己掌控中般的盛气凌人,甩给你的总是凛冽的眉眼。最终,忍无可忍的上苍替你一记耳光将我从天真可笑中抽醒。当那些意外的却又的的确确属于自己的情节凌空而来时,我才知道夜以继日从书本里增长的"阅历"是多么的空洞无力,手足无措凌乱仓皇一番应对终身陷绝壁,于是就有了那个雪夜的告别。

那是一次别开生面的"告别",你一再嘱咐我照顾好自己,我一再嘱咐你要快乐。我们都说对不起,忘了我吧。你说好的,我说好的。我们想相视一笑,却都泪水横溢。那天我们一起流了一场最多的泪,那天我放下骄傲与矜持第一次主动拥抱了一下你,你有些意外,也有些欣慰与知足,我却责疚横生:享受了你那么多呵护,而我居然连一杯水都没有给你添过。当然更没有说过一句关于"爱"的话语。

我没说过,你也没说过,我们在一起很羞涩很腼腆,你甚至把能牵着我的手从大街上走过作为一份理想。奇怪的是,我们却是那样的彼此依恋信赖,似乎在见到你之前我没有认识过别的男生,在见到你之后也没想过再认识别的男生,而你也完全是这种状态。我们一见面便傻傻地一笑,便说一些无关紧要的话,由此,原本就愚笨的我认定卿卿我我、缠绵悱恻的确只是书本里的词句,你给我展现的爱是:不管风大雪大,早晨先送早饭过来,下班像父母接孩子般守在单位前的树下,吃鱼定要拔净鱼刺、吃虾定要剥光虾皮放到我碗里,吃水果要削好皮切成块……

我们始终没有说过一句关于"爱"的话,是羞于说,不习惯说?还是那个字太轻浅,承担不起两颗明澈的心纯粹的依恋与信赖?

更或许,二十岁的我们啃不动爱情这个庞然神圣之物,便干脆将其绕过,心照不宣自作主张地直奔相依相守、相濡以沫而去,全然忽略了身边还有一个浩瀚缥缈的人世。当我们被那片浩瀚缥缈出其不意地席卷进去后,我们眼前一片漆黑,年轻的心也失去了辨别能力,终于手忙脚乱的一阵扑腾后,尘归尘,土归土。

其实在你决定转身之际,我心口便有什么轰然倒塌——自负与孤傲抑或浅薄的自尊。

当那些虚无的壁垒倒塌之际,心倏然豁亮,然后清晰地看到了你如海浪滚涌的大波大波的爱,也清晰地看到了自己绵绵不绝的眷恋。可是啊,笨拙如我,怎么有能力驾驭这份姗姗来迟却又声势浩大的感觉?只有咬紧唇看着你抹一把泪转身离去。

你三步一回头,脚下似乎带着千斤之钧,那些玉一样的雪在你的脚下咯吱呻吟。在拐角处再次停驻,静静地望着我,冷月映雪的夜色里我看不清你的眼眸,但是我能感觉到你的渴望,那一瞬我是想不顾一切奔向你,可是我一忍再忍后向你高高地挥扬起手臂,你终于掉头奔进幽深的夜……

其实,你转身之后,我向前追了几米。我的手伸了又伸,唇齿启了又启,却终究止了步收起手虚弱地蹲了下去,蹲在深深的积雪里大口大口地吞咽着咸涩的珠液,听着你的脚步碾过心坎消失在天边。

那一夜,皓月高悬,与苍茫的雪相映生辉,整个小城在玉树琼枝的包围里静谧安详,没有人知道有一个二十岁的女孩在那样的夜里蹲在月下雪地上哭泣……

我不知道,是那轮明月照亮了心,还是那夜的泪水冲明了心?

C君,从你转身起,我开始正视起爱,迷蒙中我知道自己获得了怎样一颗纯粹的心,一份纯粹的爱。虽然并没有意识到这颗心这份爱于自己一生究竟有何等的意义,但是我本能地保护起这份爱和这颗心。面对那些好奇者旁敲侧击的探询与猜测,我始终一言不发,我绝不让那份纯粹的爱沦为世人的谈资,任何不恭的谈论揣测对你都是一种亵渎,对生命是一种损失。而当有人在我面前说起你在酒吧里买醉痛哭时,我淡淡一笑恍若与己毫不相干,于是,我远走天涯时除背负了一地记忆碎片便贴上一个决绝无情不知天高地厚的标签。

此后你在那个小城结婚生子,平静祥和度日月,而我则用与世界断了交集这种最笨拙的方式割断岁月,清除记忆,寻寻觅觅在天涯。是的,好多年里,无论行走在哪座城市哪条街巷,总是下意识地寻找一张面孔,某个身形携着微丝相似,便心跳得不可抑止,然后双眼濡湿。

C君,我就是这样一个笨拙的女子,一个总是与世事慢半拍的女子,所以这样的资质注定了要做许多不可理喻的事:

在猝然分别后,骄傲矜持的我几次在暗夜里偷偷地溜到那棵你每天守候我的白桦下,嗅着宛若还留有你气息的空气,痴望着归巢的乌鹊呢喃着盘旋在苍寂的头顶……明明知道你不会再出现,却偏不肯离去,像是负气,又像是偿还你曾经的等待,等得无望而委屈。有多少次,四起寒风吹乱了发丝,吹得衣袂猎猎作响。当不胜风力时便蹲在雪里,幻想你摊开的双臂,幻想你灿若星辰的笑眸。面前不断呼啸着来来去去的车辆,带来片刻的灯火后又抛下一地的冷清。中间曾有几辆大卡车满载了过冬的大白菜呼啸而过,那白菜凛冽的味道久久地弥漫在寒气中。那味道停驻在记忆里一直不肯散去。某年的冬日黄昏,行走于另一城市的街头,一辆运载大白菜的卡车擦身而过,那曾熟谙的味道瞬间便让我泪流满面。下意识抱紧双肩,恍若又回到了那个凄清萧瑟伫于街边守候你的黄昏。

在嫁作人妇的那个秋天,与已成为丈夫的男人行走在另一个小城里。丈夫欢喜于身边一袭玫衣长裙的女子牵绊住那么多艳羡的目光,而长发长裙珍珠色皮鞋的玫裙女子一改往日的沉静,喋喋不休地讲述不着边际的见闻,以此证明自己很快乐。

只是,在路过街边一棵粗大的白桦时,不经意的抬头,叶隙间流泻的缕缕秋阳,那熟悉到骨髓里的场景呼啸而来,伴随的还有呼啸而来的悲伤。而距此最近临街的音响店里居然飘出是姜育恒忧凄恻绝的歌:别让我一个人受,别让我一个人醉,寂寞的夜里……所有的坚强就在那一瞬轰然碎裂一地,就那样伏在身边男子的肩头呜咽失声,直到无力地蹲在树荫里抽泣,吓得丈夫束手无策,路人纷纷侧目……

2

C君,我一直清晰记得那夜的明月,很多年闭上眼就可见那夜的月光、雪光。那夜的莹莹清辉似乎成了一个女子生命的背景,无论走在哪里,头顶都有一轮清月,眼前都有那苍茫的雪。即使在赤道附近的东南亚,皮肤灼烫,心下却盈满清凉,那片片繁华锦绣一经她的眼便成了一片凉白。

而我也一直觉得自己是个月下赶路的旅者,很长一段光阴里与繁华辽阔的世界井水不犯河水。我无法遏止那轮亘古的明月跟着潮汐进行的圆圆亏亏,也习惯了沉浸在冰凉的月光里走进记忆,体味爱、品咂悲欢、解析命运、梳理心绪、修正自己。在你转身之后,我才发现自己是多任性自负,多么自私狭隘,多么天真荒诞。

羞愧时常捆箍我,我羞愧于那样一个不堪的女子被你那样的宠爱过,所以,我开始费心揣摩怎样做一个值得人疼惜爱护的女子。在嫁作人妇后,我放下书本,四处讨教,买菜谱,精心地为夫做每顿饭,为夫削好水果,分块插上牙签,泡杯茶,放于夫每天玩的电脑旁。夫吃着喝着玩着,我会站在他身后为他揉肩捶背,也为他游戏的精彩喝彩加油。他烦恼时我读书给他,放音乐给他,或耐心地听他发牢骚甚至无理的斥责……我像呵护一个脆弱的孩子,心很柔软,很幸福,我突然懂得了爱的含义,原来,尽心尽力地去爱去付出,本身就是种幸福!

而这一切都是你当初呵护我的方式啊。

然后我懂了,C君,你说过我棱角太分明,性情敏感而刚烈,不肯为谁低头,那是因为我当时不懂爱,心里缺少爱。是你为一个女子青涩的心注入了一份爱的引子,引发了她的温柔,而你的转身离去更是惊醒了一颗蒙昧的心,使一个混沌的女子懂得了宽容,懂得了付出,懂得了以心度心,懂得了珍惜……而这一切的一切,更是因为有你曾给了她一份丰足的爱一份纯粹的心,还有那一轮清澈的明月!

我的付出也获得了丈夫的回应。我们在一个城市角落里一套最寻常的命名为家的单元房里过着夫唱妇随的日子，周遭的人都羡慕我们的幸福。我闻之一笑，深深地庆幸。

　　心有归宿，便是天堂，我想我终是尘埃落定了。然而，花开花落，总是需要一个百转千回的过程，追寻幸福的旅途上更要穿过一段荆棘，思念与记忆时常像一根根刺牵绊着前行的足与心。

　　C君，我不知这种感觉是不是思念，但是我真的已经习惯想起你。想起你，如饥饿的人想起食物、寒冷的人想到炉火一样的自然而然。一次坐公交，零零落落的几个乘客，司机百无聊赖，居然放起了音乐，当车厢里飘过"不让你的眼睛，看人世太多的凄凉"的歌词时，我瞬间便泪流满面，我想起了你那句"我不愿你打上世俗的烙印，我想让你永远的清澈！"

　　C君，你终究是想给我在这乱世圈出一方纯净的。只是，这红尘风大浪高，依你我的稚嫩，又能如何？而你的一句"我不愿你打上世俗的烙印，我想让你永远清澈！"就像一句咒语，笼罩着我的世界，无论走到哪里，都似有你一双眼追随。所以，我努力做到最好，努力抵制世俗的侵入。这么多年，我依然爱读文字，甚至成了唯一的依赖。依然爱种花，还学了古琴，还有了一手好厨艺。尤其是被多年的思念打磨得温婉顺和，不再棱角分明，不再激烈偏执。见过的人都说我是个娴静美好的女子，我不敢确定是否真如此，只是暗里一遍遍思量，这样的女子，是不是你想要的模样？

　　而我也恍然知晓，爱情是生命的华章，但不是全部，爱情是为生命增光添色的，绝不是羁绊灵魂的借口。爱无定法，真正的爱，是帮助一个生命往美丽的方向成长。

　　C君，你来的时候，我不懂爱。你走的时候，留下一轮明月，在它清辉照耀下，今生，我无法不去做一个清澈、明净、温柔的女子。而你也正是用爱的明月给我在这个喧嚣的世界照出一方清澈，一路呵护着我走向美好。C君，百转千回，千回百转，骄傲到骨子里的我，该怎么告诉你？其实，这一生都是活给你看，唯恐哪里一点偏差，辜负了你曾经那么狂热的爱恋！

C君,是不是我还是不够豁达？我偶尔也世俗的斤斤计较：记着你那么多年,究竟值不值得？

在分别十年后,手机上跳出一个陌生的号码,接听起来却只能听到张雨生苍凉的《大海》：如果大海能够带走我的哀愁,就像带走一条河流。所有受过的伤,所有流过的泪,我的爱,请全部带走……迟疑间,一声幽深的叹息隐约而来,随后线断,四周回归寂无。那一瞬,我想惊喜地笑,却泪水眯眼,原来你从不曾将我孤零零地抛掷在岁月深处……

怔忡之后发短信：你在干什么？

你回信：在流泪。我的泪汹涌而出。

然后你又来信：你应该恨我吧？

你——应——该——恨——我——吧？

C君,这六个字加一个问号让我看到了关山迢迢之外的你携着厚厚风霜的无奈与自责,想必多年后你终于看清了一个笨拙女子在爱情面前稚气的拳路,纵然伤痕累累,也摆出一副与你何干的凛冽。她不懂爱,却本能地选择了付出就要彻底,无须领情,无须回应。

C君,你六个字加一个问号搅起了一个女子生命里的漫天风雪。你转身走后,我经历了生命中最阴冷的一个冬天。亲情、友情、爱情在同一时间里溃散,在那个风雪肆虐西伯利亚寒流频频侵袭的边塞小城,我淋漓尽致地体尝了一遍所谓的人情冷暖。可是C君,你不必自责,你见证了一个女子青涩的成长,你给她那么一段灼烫的岁月,那些用爱积起来的温度,足可以抵住世间所有的寒凉,她就是依靠不断调动你积存在她生命里的温暖一步一步站起来,一步一步走进遥遥的岁月。

C君,你六个字加一个问号扯起那么多灯下枯坐冥思苦想涕泪交零的日夜,在苦苦追寻而不得其解时,这个凛冽刚烈的女子甚至也信了宿命一说,更试图解析过宿命：心无数次地沿原路返回,试着回到某个路口,假设换个方向,你我是否就能逃得开离散的命运。可是种种假设都不成立,即使回到当初,你我依然是今天这个结局。当我们诞生在这个世界上时,大脑的纹路,心的经纬线,已然决定了各自生命的方向。我们不是靠精明活于世的人,我们都只凭一颗心,笨拙地相爱,爱得毫无章法,爱得太热烈,爱到没有退路。

正是如此,我们才得以痛快淋漓地一尝爱的滋味。如此,又有何怨何憾?

尤其是走了那么多路,看了那么多起起浮浮虚虚假假之后,我更是知道自己是多么幸运的一个女子,在这个尘屑四起的人世间,这个卑微的生命终是收获过一颗纯粹的心!所以,我深深地感谢这场宿命,感谢这个尘世间终归有个你,感谢你给我这个卑微女子一份深深的爱恋。

所以我回:深深地感谢你!

你误解了我的回答,还是了然了我的回答?在云山雾罩的两个对答后,便失之杳杳,沧海洪冥,从此再无音讯。但是这已足够了,我收获了一份安心的确定。

那一夜巴丹吉林沙漠上空的月牙分外清澈,却少了苍茫雪夜里的那份清冷。C君,有你留下的明月,我的世界不会孤寂冰冷。可是我还是觉得自己的回答太易起歧义,那个问题纠缠你了多少年?我应该给你一个可信服的答复抚平你皱折了多年的心。

只是这个问题一搁便又是几个春秋,直到这一刻。

1

十八春里,曼桢与世钧在十八春后重逢,对"半生缘"做了场终结性的畅谈。"因为懂得,所以慈悲",张爱玲这个洞穿情感与宿命的旷世奇女的确慈悲,给了读者一个仁慈的结尾,而她定也料到,世间有许多曼桢与世钧是没有再重逢的可能——在交通与通讯如此便捷的时代,若想一见也易如反掌,只是我们都回避了这个念头。在参悟了十年的爱情历程中,你我都已知道爱该如何起落,如何安放,才能永葆圣洁。

C君,就如当年我们心照不宣地相依相恋一样,此次我们再次心照不宣地认定:归于茫茫红尘,或许是那份至纯至美的爱的最好归栖。让它如那轮明月,永远纯净如初地悬浮在你我的记忆里,那是我们用心、用泪、用一生的光阴供奉着的信仰!

世事就是这样美好而残忍,有些人注定不能再见,有些路注定不能回首——弱水三千,我只取一瓢饮!你我都饮过一回,足矣!但,思往事,惜流芳,易成伤,所以,C君,请勿责我言不由衷。

C君,十八春之后,我早已浴火重生!

当生命从爱情、亲情、友情同时轰塌的废墟中再次摇摇晃晃地重建起来之后,我不知道,有什么还会令我动容,让我惊慌失措。我已大刀阔斧地剔除掉生命的虚华负累,懂得了在这喧嚣的尘世何去何从。可是我还是坦然地承认自己时常想起你,以前是,以后也是。

C君,想起你时毫无负疚之感,因为想起你时,没有一点私心杂念,想起你时,我就想起明月,便下意识反省自己的言行,反省自己有没有尽最大心力去做一个美好的女子,所以,我有时甚至怀疑你究竟有没有存在过!你是一个幻觉,还是以一种信念存在?或许我想的已不再是你具体的人,而是一份深广的爱,一份绵延不绝的力量。

佛家说世间没有无缘无故的相遇,所以,我在习惯地想起你,也习惯地感恩上苍,感谢它赐我一场生命,赐我一场华丽的爱恋,赐我一个翩翩少年用爱引度我蹚过生命的狭隘。你教会了我什么是爱,又留给我一份爱的力量,我借着这份力量去解读命运,解读世事百相,总能给心找到一个妥当的出口,甚至时常自感强大到尘世间没有什么能伤害到自己。收获了上苍这份恩宠,还有什么不知足?还有何惧何忧?还有何理由不怜惜每个注定要遭受各种悲欢离合的生命?

世间每个生命都在寻找自己想要的那份幸福,出于本能做着各自的选择而已,他们不知道自己的一点点力量便撬翻了别人的幸福杠杆。正如《十八春》里的曼璐仅仅是因为想保住她认定的富贵,而欺骗囚禁了妹妹曼桢,她将自己认定的幸福强加给曼桢与世钧。狭隘任性的她只是不懂,每个人的幸福是不一样的,世间总有一些灵魂需要一份纯粹纯净的爱来喂养。所以,在世俗的眼里,拥有祝鸿才财富的曼桢,拥有世家女温柔典雅的世钧的生活甚至让很多人望尘莫及,可是因爱的夭折,他们的灵魂一生都在呻吟呜咽。

　　他们该怨曼璐、恨祝鸿才? 恨所有有意无意隔断他们交集的人? 还是怨恨命运?

　　不是的,以张爱玲洞穿命运的才智,其本意绝不是煽惑读者去恨谁,她只是描述一场尘世间司空见惯的阴差阳错风月情愁,帮读者解读何谓命运,何谓幸福。正如后来席慕蓉说的:在别人的戏里流着自己的泪。

　　而我在这宿命般的十八春后想说的是:我们应该思索的是,在别人的戏里流完自己的泪后,如何将自己拯救上命运的堤岸? 如何在解读他人命运的同时找到自己命运的密码?

　　或许,将爱转化成爱,转化成慈悲,转化成温柔是最好的办法……

　　C君,谢谢你,谢谢你曾赠我一轮明月!

遐　思

岁　月

记忆,在那边,我,在这边,中间相隔的是岁月的河。

对岸是记忆的丛林,这岸是我相守的孤单,河中翻腾着光阴的碎浪。

光阴,一再拓宽岁月的堤,记忆只能与我遥遥相望。

今夜,请允许搭载梦的小筏,抵达光阴彼岸。赴一场记忆之约吧,让我再度握住年少的痴狂,让我的笑靥在那个明媚的春天再现。

然,滚滚不息的光阴啊,一次次把梦掀离航向,我只有徒劳地、无望地看着记忆在对岸明明灭灭,渐行渐远……

好累啊,掬一捧河水滋润一下干裂的唇吧!哦,为何如此冰凉咸涩?

惊疑间,有个声音从云端缓缓响起:孩子,那岁月的河里,跌落着尘世间太多悲与喜交融的泪。

哦,那么,亲爱的,请告诉我,卧于我手心里的这珠水,可否是今世,你我爱的珍珠?!

爱　情

是谁,在历史的源头,一遍一遍地吟唱着:山无棱,天地合,乃敢与君绝?那温婉的执着,刺破岁月的厚重,裹着千年风月的流痕淌进我今夜的梦。

孟姜女啊,你踉跄的脚步,踏过的,何止是秦时的千里关山?你惊扰了多少个女子的无眠夜,在浩瀚的星空下,去聆听尘世的悲音?

　　墨色浓香的线装书里,刘兰芝如何徘徊在孔雀东南飞的煎熬里?纵身一跃的决然荡起散不去的涟漪,映射着历史的云烟,悠悠袅袅。

　　而梁祝的蝶,扑闪着单薄的羽翅,不远千山万水相互追寻在每个轮回里。

　　爱情,太高贵!太纯净!映衬着凡俗的人世是如此的卑微与仓皇,所以,人世间能容纳无数的纤尘,却无法让你夺目地绽放!

　　所以,即使唐婉在坟茔里一再跺足:莫!莫!莫!也阻不住凡俗中的愚顽,于是,在那一群迂夫联手打造的大喜之夜,黛玉,幽怨地去了!

　　天界的绛珠草,又怎堪,凡俗的荒唐?

　　那么,亲爱的,

　　今世,你我的爱又是夭折在哪里?

生　命

　　生命,究竟有多长,有多短?在这段未知的时空里,我们一次次重叠着获的喜悦失的惆怅。

　　生命里有多少过客,人生有多少的偶然?是偶然的驻足,还是长久的流连?

　　我知道,有些人,注定是生命中的过客;我知道,我们也都是人世的过客,百年之后,我们同归黄土。

　　曾经有我们欢笑的红尘,并不因我们的归去而沉寂。有多少的过客仍在其中穿梭,继续着一段段人世的悲欢。我们只是岁月河床上的一粒沙,在岁月的潮汐中完成不可抗拒的宿命。

　　那么,我是否就可以蔑视人世的规则,我行我素?

　　那么,我是否就能摆脱人世的羁羁绊绊,随心所欲?

　　那么,我是否就可以无视这过往的一切爱恨情愁,游戏人间?

　　不,这尘世间,仍有些东西,是我之心所不能舍弃的,有些人与事是我之心所不能放下的。

所以,今生,我仍会有浓浓的悲哀,仍会有依依的眷恋!

所以,今生,我注定了,仍会携紧我的爱在人世间不懈地跋涉!

所以,亲爱的,别笑我的不够洒脱,别责怨我的痴狂。在这个苍茫的人世,说到底,谁不是个无助的孤儿在将爱的温度苦苦追寻?

凌乱的思绪

突然想起爱情

这是一个叫大寒的节气,罩在浓浓的寒气里,踩着北方的冰霜,穿过半个城后,静静地落座在地铁站里冰凉的条椅上。

站台上空空荡荡,头顶彻夜未眠的灯盏散放着慵懒倦怠的光芒,四周埋伏着的层层空寂趁势嚣张起来,跟着空气在这隐于地下二十米处的恢宏建筑里肆意地舞蹈。我很不屑地闭上眼,将它们声势浩荡的得意挡在意念之外。

轰隆隆的声音,遥遥而来,似紧迫的辘辘肠鸣,我知道这个城市开始苏醒了。果然,哗啦声中,铁门纷纷启开。启开的铁门像一口口幽深冰冷的黑洞,更像一只只怪兽的嘴,兽身还在颤抖,一串串身影便从这些黑洞般的嘴里吐出来,另一些身影也忽地从各个角落跑出来,争先恐后地钻进那一只只冰冷的嘴。当最后一个穿着白色棉衣黑短裙的背影进去后,怪兽意犹未尽地合上黑洞一样的冰冷的嘴,满意地、轰隆隆地离去。

目送怪兽远去后,突然意识到自己还坐在条椅上。奇怪,居然一点也不自责后悔,倒有点庆幸,因为,尽管那每扇门窗里都灯火通明,那些映在其上的面孔都带着微笑,而我却清晰地听到咀嚼的声音,在那咀嚼声中还有浓重地、隐忍地呻吟与无奈叹息。

所以须臾的庆幸之后，一种莫名而熟悉的恐惧又涌起。那一张张吞吐着神情各异的男男女女身影的嘴，那灯火通明却实际上是幽深冰冷的黑洞般的嘴，似乎布控在生命的角角落落，比如岁月，比如青春，比如命运，比如爱情。它们堂而皇之地截伏在生命征途中，不经意时，便张开血腥的大嘴将你吞噬，而你只能在它痛快的咀嚼中呻吟挣扎喘息，直到妥协，直到悄无声息。

似乎从意识到这一点开始，我就下意识的恐惧所有类似黑洞和嘴的东西，并且开始条件反射般的躲，比如眼睁睁看着这趟地铁离去。

其实，所有的躲逃都没有意义，所有的恐惧更没有意义，这些黑洞、这些残忍的嘴无处不在地追索。它们很狡黠，很高傲，它们胜券在握地不加隐藏它们的蔑视，它们相信自己的魔力，它们相信，只要动用一点虚幻的灯火通明、华丽乖张就可轻而易举地让一具具生命心甘情愿地沉陷，心甘情愿地供它们咀嚼，然后再等它们心满意足后吐出生命的残渣。

我恨极了这些黑洞这些嘴，恨极了它们的残忍，它们悠闲地将一个个忠诚它们、信赖它们、将自己彻底交付于它们的生命把玩于股掌，它们面无表情地欣赏着一具具躯体起起浮浮狼狈挣扎。它们就像面前这条冰冷的铁兽，做着尘世间最残忍的事，它们离间着世间最美的情爱，它们时常带离一些躯体却将心魂抛在旧处，抑或带走心魂，将掏空的身躯像垃圾一样丢弃在某个旮旯。

然而，不得不悲哀地承认，明明憎恨它们，躲逃它们，却又沉迷着不舍离开。就像讨厌岁月疾飞，却又不得不步履跟跄地将其紧随；厌倦青春，却又一再回望，恐惧爱情，却又一次次做着扑火的飞蛾……更可怕的是，这种尊严全无地靠近它们背后的依赖与企图，企图从他们构出的虚幻里寻找希望，依赖他们一次次为生命寻找继续下去的借口。

是荒唐？是滑稽可笑？我习惯了在这种荒唐和滑稽可笑里欲哭无泪或鄙视自己。

又一辆怪兽呼啸而来，一张张黑洞般的嘴嚣张地张开，嘲弄而惬意地等着一个个躯体前赴后继的自投罗网。抹一把面上的清凉，像是戴上了一副防护面具样放心大胆地向其中的一个黑洞抑或一张嘴走去。可是前赴后继的身影太多,当挨到洞口时,黑洞却倏然关闭了。

《昨日重来》的旋律低回,站台空寂,突然就成了一个空心人。自己居然被黑洞抛弃了,被自己厌憎的怪兽抛弃了?！当然,当意识到一同抛弃自己的还有岁月、记忆、命运和青春时,突然悲哀得恍然,为什么所有生命心甘情愿地纵身于那些没有归路的黑洞,心甘情愿地被那些残忍的嘴咀嚼,或许只有在那种痛里才能意识到自己还不曾被岁月、记忆、命运、青春抛弃。

人生是多么悲壮的一场证明啊,这一切,仅仅因为我突然想起了爱情……

2015 年元月 20 日,大寒

总是遇见这样一个女子

总是遇见这样一个女子:旁若无人,行色匆匆,只顾忙着赶路,身边的风景、人影丝毫牵扯不动她的眼眸,她似一个暮色里急急赶路的旅者,归心似箭,别无他顾。

她要归向哪里?

其实她也很模糊,她只清晰地知道自己与这个世界毫无瓜葛,她只是途经于他人的红尘。她的世界呢? 她只记得曾经有一扇门突然裂开,她猝不及防地跌了出来,当她惶恐惊惧地爬起身时,眼前虽然是相似的面孔,相似的风景,但是她知道,这已不是她的世界了。

总是遇见这样一个女子:笑着笑着便落泪了,噙泪而笑的她会无奈地摇头叹息。在不属于她的世界里,她诚惶诚恐,手足无措,她尽力去适应了,去迎合了,可效果甚微,努力而笨拙的她遵行的那套法则,在这个世界里格格不入,时常成为笑柄。而她就是一个跑错场的戏子,顶着无数讥笑与不屑,在别人的舞台上,尴尬着,别扭着,仓皇着,孤单着。

总是遇见这样一个女子:哭着哭着便笑了,笑着笑着便落泪了。静守在属于观众的看台上,她看清了辽阔的红尘大舞台上那些长袖善舞者油彩浓重的脸谱下的疲惫,看清了那些挣扎在利禄功名中的钩心斗角、尔虞我诈欲罢不能的艰辛,看懂了那些为情爱斤斤计较、虚虚假假的荒诞。

她很庆幸,或许她应该是个幸运者,那些都不是她要的,无欲则无累,无求则无染,她喜欢在一个个夜里臆想着自己心念中的洁净世界入眠。在那个世界,她不会再有尴尬和别扭,不会再有仓皇和孤单,那个世界里有她遗失久远的相亲相爱,有她渴望与期待的纯美的爱情。

只是,暗夜与白昼总是有规律地交替,走出夜晚的掩护,女子便不得不暴露出笨拙与不合时宜。

所以,总是遇见这样一个女子:孤单而惶惑,她一边奋力地前行,一边躲闪着四起的尘埃,纯净与真善是她一直守护的珍宝,是她赶往自己心念中那个世界的唯一行李。所以她走得很吃力,甚至力不从心,她被生活的鞭子驱赶的脚步趔趄,形色狼狈,经常被现实逼到死角。

这是一个倔犟的女人,她会汗流浃背,但是却从不会丢弃那些行李。正因携着这些行李,她不怕仓皇,也不怕孤单,不怕讥笑与轻蔑,不怕被斥蠢笨幼稚,更不怕那些自命清高自不量力的误解。她只是在这个纷乱的尘世里自播自耕一份希望而已,她只是去努力做自己想做的那个人而已,她只是不想让心底那份美好蒙上世俗的尘屑罢了。

这个女子的一生,注定是场叹息,不知她这份愚痴该称为勇敢还是一意孤行? 时常遇见这个女子,在梦里,在镜子里……

愿 望

其实,我的愿望很简单。

就是有那么一个午后,在山径的入口突然与你相遇。

什么也别说什么也别问,就那么相视一笑,心,便已穿越千山万水。

就那样吧,就那样让我们并肩,缓缓地,缓缓地走向山岗。

曲折幽回的山径两旁应该有浅浅的绿草,有零零星星的野花,有迎面淡淡的山风拂过微热的颊。

那一刻,山也含笑,水也含笑,满天的云彩将我心底的喜悦熏染的五彩斓斓。

在山冈上,让我们再次并肩,让我们一起看场晚霞如何归去,一起看场夕阳如何隐落于山岚之后,一起看场半月是如何升上夜的空。

在月儿最皎洁的那一刻,希望能与你深深凝视,让我们记住彼此这一刻的容颜,记住今生在人海里终究相遇时的悸动……

如果,真有那么一刻,我会用整颗心虔诚地感激上苍,一生的悲悲喜喜是否就是为这一刻所做的铺垫?!

爱情三弄

游　戏

彼时他对她说：你是宝我是贝，宝贝不可分开，一旦分开便没有了价值。

彼时他对她说：你若是逃犯，我便是警察，天涯海角也要捕你回去。

多年以后，在街的拐角的阴凉处相遇，他哈哈一笑，说：人生就是场游戏，爱情里谁没有几句戏言，感动别人也感动自己。

她也仰天大笑，笑得他连一丝胜出都没来得及表露出来。哼，她心下得意：我才不会像你那么不小心带出"爱情"的痕迹。

可是笑过之后是浓重的悲哀，就因他一不小心提供的"爱情"线索，她又要心甘情愿地回到自己的世界，继续自得其乐地玩起一生的游戏——回忆与等待。

而爱情，是不是也是最合适打发时光的游戏？所以，男男女女穷其一生都嗜好这个游戏……

事　故

爱情是个故事，大家都这么说，也都沉浸在自己一场或几场爱情故事中不能自拔。可是，你见过这样的故事么？

心痛得夜不能寐,思念得如痴似狂,哭泣得惊天动地,颓废得生不如死,抑或拂袖天涯,隐遁山门,弃一座江山一座城池于不顾,甚至抛下所有的关爱绝尘而去!

　　爱情,绝对不是个故事那么简单,爱情,就是场事故!是场灵魂相撞的事故,没有形式上的惨烈,伤口却终生难愈。而所有的泪与血,也都在心里流啊流……

笑　话

　　十岁的女儿百无聊赖,埋在沙发里翘着小脚丫翻起了我读的诗集。读着读着,咯咯咯笑起来:妈妈,太逗了!"我的爱情喝高了""爱情的副作用",咯咯咯……

　　稚子无邪的笑声甜美清脆,如一滴清凉的雨滴落在心口,令我倏然一惊,却也欣喜:原来,爱情可以是笑话的!

　　如此,可不可以得出这样一个结论:自己觉得焚心似火的爱情,在别人眼里只是场笑话;所有百转千回的爱情,在隔着一段距离或一段岁月后,都可以当成一场笑话。是不是当初在那场笑话里,泪流得越多,那个笑话也越加的令人发笑? 而所有的爱情啊,是不是就是在一场幻境里独自上演的荒唐?

小女人们的私聊话题

快乐

快乐的女人不会当作家!

××,对不起,希望这个回答不要打击到你,这句话虽有点偏颇,但不失为众多女作家,抑或所有作家的统一心理。作家必须要有阅读的积存,当借着文字走过千山万水横渡古今中外一遭后,善感的心或多或少便已苍凉几分。所以细究,作家似乎没有几个是内心快乐的。

但是,不快乐,并不代表不幸福。

在我认为,人,每时每刻都是幸福的,能来红尘一趟便为"幸",能正常体味酸甜苦辣、享受阳光雨露、安然生老病死便为"福"。至于快乐,则是幸福的一种表达形式,而幸福的表现方式不只局限于快乐一种。人的感官丰富多变,每一种感官都有自己的"职能",所以,快乐是幸福的,不快乐也是幸福的。依此推算,寂寞是幸福的,孤独是幸福的,思念是幸福的,忧伤是幸福的,甚至痛苦悲伤也是一种幸福。而快乐只是幸福中最易于人接受的一种模式而已,如酸甜苦辣辛中的甜,人人不拒。

喜欢缪塞说过的一句话:唯有苦恼,才是人生的真谛,我们最后的喜悦和安慰,不外乎来自追忆过去的痛苦。由此可知,快乐是幸福里不易出现的一种模式,更多的时候我们沉陷在快乐之外的幸福模式中。但一个懂生活的人,必是坦然地咀嚼各种滋味,而一个智者更是擅长从各种滋味中提纯出甘甜,继而快乐。

傻傻的爱情傻傻地待

千雪,你在爱情中是啥状态?

天,这么隐私的问题也要作答么?

必须的。

哦……那好吧。

怎么说呢,爱情是个瞬间便将智商拉低的事情,坦白说我深受其扰。一直认为还算有几分修为,但是遭遇了爱情,心底所有的淡定从容立即分崩离析,开始质疑自己够不够漂亮,够不够可爱,每天为穿哪件衣裙犯愁……患得患失,看到优秀的同性便下意识抵触,嫉妒……

所以相对于亲情、友情、乡情等情愫,在某种程度上说,爱情真是挑衅人性底线的一种检测,也是所有爱的修行中最艰难的修行。当然也是最有收获的修行,不经历一场真正的爱情的人生是不完满的人生,至少生命缺少了某种质感。

深陷爱情的女子,除却常规的状态外,根据个人的脾性也有各自的一些状态。在爱情里,我是没有精力去斤斤计较对方如何待我的,我只是努力付出自己的爱,努力将自己最好的一面呈现给他,当然也做过痴傻愣怔的事:回味其一言一行一笑一皱眉,暗喜,甜蜜,难眠的思念,思念到哭泣到心痛,担忧他眼角不经意的忧郁,看到一句"看到他笑,我比他笑得更开心;看到他皱了一下眉,我担心了好几天"时我就心酸地笑了。

很多人说最恐惧没有"结果"的爱情。爱情与结果有联系么? 爱情的结果,这是个很荒唐的意念组合,我认为不应该用结果去定义爱情的成败,抑或优劣。

如果实在要用结果去论断爱情,我觉得爱情产生的刹那便已是结果。就是说当你爱的那一瞬间,你的幸福与甜蜜,你忘我的付出,便是爱情的结果,而至于后来的天长地久相依相伴,那是爱情的一种状态,也是生活的一种状态,那时爱情只是生活状态的一部分组合,不再是纯粹的爱情,至少弱化了。

　　所以爱情的结果一直由自己掌控,当你全身心地去爱一个人,为他心甘情愿地低首垂眉,为他千姿百媚为他哭为他笑时,那便是爱情在那段时光里结出的最美的果。

　　在爱与被爱中,人们往往认为被爱者是幸福的,其实,我认为全力以赴地爱着的人才是幸福的。只有沉醉地去爱的时候,你才能尝到爱的醇甜香洌,你那一瞬的生命才是璀璨的、有效的生命。相对的另一种情形,就是一种"精明"的人,算计着付出,总以为自己占着爱的便宜,其实,在我看来,一个将骗取爱情作为享受的人是最愚蠢的。比如同样的一段时光,一个人在倾心地品尝着爱的甜蜜,从而让那一段时光成了有效生命,而另一个却在浪费生命而已。

　　所以,爱情中谁是真正的傻瓜?或许都是傻瓜,要么就是光阴太短,我们都来不及长大,那就让我们傻傻的爱情傻傻地待,只要彻心彻肺地爱过,无怨无悔便是完美人生。

失　恋

　　一句话概括失恋?

　　失恋,就是场感冒吧。患上后,很难受,很痛苦,但你要相信,它终归会痊愈的,它只是需要一个痊愈过程。得过一场感冒后,有的人从此便有了免疫力,也有人不幸患的是"复感",一生中反复地感冒,反复地痊愈。当然,在这种反复地感染与痊愈中,也有另一种幸福体验吧。否则他也不会乐此不疲的,毕竟失恋的前提是遭遇爱情,而爱情是件多么甜蜜的事啊。

嫉妒与虚荣

　　你有没有嫉妒心和虚荣心啊?

　　哈哈,这是个难为情的话题。

　　尽管一再修炼,但不能不承认,有时候还是会嫉妒的,就是在喜欢上一个异性时,就会嫉妒其他同性。所以,爱情是个很可怕的东西,会让人原形毕露,会激发人性中最深的幸福,也会激活人性中最原始的丑陋。爱情是我的软肋,在爱情面前我总是很狼狈。所幸的是,我现在不需要再受此干扰了,所以,青春有青春的洒脱,成年有成年的轻盈。

虚荣,在未成年时有过,现在基本上没有。虚荣,其实是一种心理病,是将幸福感建立在外在的认同上,所以,克服虚荣,必须要强大充盈自己的内在,要将幸福感建立在内在的自我认可上。

高度与命运

人生的高度,我从没有设定过,对于人生,也一直很盲目,甚至一片混沌。我不知自己将走向哪里,也从没借鉴他人的有效路径,我只是一直在努力地避免辜负,这一生所有努力的动机就是不辜负自己的苦与难,不辜负别人给予的暖。

而命运,我也实在无法说清其究竟是怎么一回事,我只能从自己有限的体验来说说自己对命运的理解:对于命运,要么妥协,要么超越,最忌讳的是针锋相对,最徒劳的是负隅顽抗,最糟糕的是心有不甘。

混沌的幸福

千雪,一定很幸福喽!

应该是吧,仔细想想,也没有不幸福的理由啊。

我说过,自己是个混沌的人,从不知自己的优点和缺点,有时觉得自己一无是处,有时觉得自己完美的无以复加,在自卑与自恋间沉沉浮浮。而更多的时候,是在嫉妒者那里知道自己的某个优势,在欺骗者处知道了自己某处价值,在误会自己人的那里知道人与人之间思维的差异。所以,对嫉妒、欺骗、误会者我往往深怀感激,对于给予我温暖的人,感恩自不必说,由此一来,倒真与不厌不憎不怒不谋而合,经常在暗喜中庆幸与感恩。这并不是我有意为之,所以我将其定义为“混沌的幸福”。

谎言与承诺

你有没有遭遇过欺骗？你有恨得咬牙切齿的时候吗?

有恨得咬牙切齿的时候,但是恨的对象是自己。我有个习惯,一直认为自己笨拙,所以,一旦出现糟糕的局面,总是责怪自己,厌恨自己不够好。所以,我没有觉得自己遭遇过欺骗,因为我有一个荒诞而无敌的逻辑,从不承认自己被骗。比如上学时一个外班的男生借了我五十块钱,当时我也不怎么认识他,别人说他是骗子,到处借钱不还,若他向我借钱,一定不要给。没想到他果真向我借钱了,我也痛快地借给他,舍友知道后狠骂我笨,我说人家明明说的下个月还啊。舍友说,你往白头时等吧,他就是个骗子!

果真是一借不还,但是我也没有生气,也没将他定义为骗子,当别人大骂他是骗子时,我还辩解:他肯定忘了,他就是个爱忘事的人吧。

是的,我一直认为没有人蓄谋当骗子,要么记性太差,要么是有不得已的状况,偿还不起,兑现不起,只好硬着头皮不了了之。由此,我又何必耿耿于怀呢。

在爱情中,男人喜欢给女人许下各种承诺,至于以后能否兑现,那是看男人是否有能力兑现,也在于这个女人是否值得兑现。当然这个值不值得的衡量标准在男人心里,女人是无法左右的。

我也听到过各种令人心花怒放的承诺,但是我根本没把这些承诺当真。我的心花怒放并非幼稚,而是认为,当男人给你承诺时便是在给那时那刻的"定价",在那一刻,他觉得你值一座城池,或值一枚9克拉钻戒,或值一件昂贵的衣裙,你听着就是了,笑过了便收获了,千万不要追着男人去兑现。男人就是个孩子,高兴起来江山可以拱手相让,上天摘月亮的愿也敢许,因为那一刻他忘记了自己的能力。而至于有能力兑现却不兑现的承诺,也是供女人自省或清醒的良机,要么提升自己,令他马不停蹄地兑现,要么立即悬崖勒马中止感情。

所以,就把所有的承诺当个美好的愿望,当个对自己价值的肯定,只要记住他的承诺就是为了讨你欢心,你欢喜了,便好。因为也不是每个人都有耐心哄你开心的,你完全可以按自己当时的心念付出对等的感情就行。当然,在爱情里,也没有完全的对等,只要你认为你的付出是心甘情愿就可。如果他兑现了承诺,那是一份意外的幸福,如果就那样不了了之,那至少你也曾收获过短暂的欢喜。曾写过一首《谎言与承诺》的长短句:

　　他们说,世间一切都是幻象

　　那么谎言与承诺又有什么区别

　　如果谎言的起始与目的都是因为爱

　　那么,所有谎言可不可以

　　当成最美的承诺?

　　如此,便可以拥有一份美丽的回忆:

　　在终归要逝去的岁月里

　　曾有那么一瞬

　　有那么一个人为了你刹那的欢喜

　　做过那样可爱的承诺

辑

八

蝴蝶的翅膀

我渴望做一只蝶，却没有绚丽的翅膀，那就争取做一只勤勉的蜜蜂，至少要做一只飞蛾，即使只拥有稍纵即逝的生命，也要勇敢地迎着光亮飞。

阳光的力量

　　小时候,因体弱多病干巴瘦小而成了亲友口中的"丑小鸭"。上了四年级,有了懵懂的美的概念时,这个昵称曾一度让我陷进深深的自卑之中,于是离群索居,用父亲的书打发漫长的孤单。

　　《丑石》就是在那个周末的黄昏摊开在眼前的。丑石,因为落在一个村庄,村民不识其价值,居然视其为废物,其价值仅是身上的坑坑洼洼存的积雨供散放的鸡来喝。可是,有一天其却被一些人用大卡车庄严神圣地拉走了,村里人才知,那个丑得不能再丑的废物居然是陨石,是天外来客!

　　最丑的,原是最稀有珍贵的,它的美在于其内在价值,原来世上还有一种最美——灵魂美!

　　郁郁寡欢的心霍地投进一道曙光,我要做丑石,虽然外相已无能为力,但是内在美可以靠自己努力。欣喜中,不顾天色已暮,趴在长院的石榴树旁,认真地往老师让用来记解词的棕色封皮"工作笔记"本上抄。

　　初冬季节黄昏里,吹着又红又冰凉的手,完成了平生第一次读书笔记,字字句句,抄得欢喜,抄得认真,抄得完整,清晰地记得抄"贾平凹"三个字时,小小的心里第一次朦胧体悟到恭敬,一笔一画的谨慎中,脑子里居然还掠过:这个人以后一定了不起。

　　果真在初三时,"贾平凹"三个字已横扫中原了,我欢喜地向同学嘚瑟:看,我有伯乐的潜质呢。当然后来明白,是高山,三岁小孩也能指认出来。

欢喜之余我忽然意识到，自从相信了"丑石"，自己变开朗了。一个人用他的文字将遥远地方一个陌生女孩的自信拯救过来，这是多么神奇的事啊！原来文字有着这样无形的力量，对文字更添无限喜欢，对先生也充满了感激。

1998年全国第九届书市在西安举行，作为东道主西安为此届书市大手笔地献上"陕西百名知名作家签名售书"活动，师范毕业不甘小城三尺讲台的闭塞，一头扎进繁华都城的我刚好应聘到此次活动承办方的"恒河沙文学沙龙"做内刊责编。"贾平凹"赫然入目让我欢喜异常。而老总居然安排此次活动中我是负责给签字作家做辅助工作，比如准备笔、呈书、翻书页等。

好运来得太突然了！如此，就可以见到先生庐山真面目？这可是从不敢做的奢望啊，对于先生一直高山仰止。现在居然要真的面对面了，运气再好的话，还能说上一两句话，可不可以将埋在心底的感谢告诉给先生？

终于领教了什么是粉丝，什么是狂热，活动8点开始，7点进展馆做准备工作时，展台前已围起了黑压压的一片人。

我看过《白夜》……

我喜欢《商州》……

贾老师在字画方面也很有造诣，你见过没？……

听说昨天才赶出来《高老庄》，今就是冲着这来的……

小到豆蔻青葱稚气尚存，老到银丝闪闪躬腰驼背，一张张或粗糙或温润的脸像过年一样喜气洋洋，激情热聊的场景让人辨不清谁与谁是故友，谁与谁是陌路，整个展厅如鼎沸腾，连空气都有了几丝热气——这就是那个叫贾平凹的人守着一张桌，一盏灯，握着一支笔，夹着一支烟制造出的盛况！

来了，贾老师来了，嘈嚷的人声立马平息下来，人群哗地裂成两半。先生谦和地笑着穿过，绕到桌后，说了声：大家能这样对平凹，平凹感谢啊！方才落座。

读者像潮水一样迅速地将先生淹没，而且还在不断地从四面涌来。原本安排维持秩序的同事，却忙在桌侧不闻不问，无奈之下，我跑出去维持秩序。那姑娘迅速在我的位子上坐下，她笑盈盈地脸靠向先生的肩侧，迎着咔咔的镁光灯，我恍然大悟。没有时间纠结，为先生维持一个良好的签字环境是当务之急。在我理解式的提醒下，因激动而挤搡的人丛安静下来，有的人急着要走，和前边的人商量着可不可以换个位置，居然被答应。

轮到一个头发稀疏且全白了的大爷，大爷很激动：贾老师啊，我是农村老汉，可一直喜欢看书，尤其是你写的。听说今儿你来签名卖书，我要来，娃怕我七十多岁出门危险，不让我来，我半夜就偷偷跑出来了，我到这展馆时才六点，一个人都没有。

先生哗地站起，动容地双手伸过桌子握住老汉的手：好叔哩，叫我平娃，你这样对平娃，平娃感谢啊，感谢啊！站在龙折蛇行的队伍后边，静静看着这一幕，思绪万千，也一直没有走近先生，只是卖力地疏导读者为先生维持一个好的工作氛围。

十二点，该退场了，先生不断停下来，冲追着自己的读者挥手说谢谢。一群有身份的人围上去，切断了先生与读者，而先生只低头往前走，并不答话，那群人里有急喊声：贾老师，这边走，咱们去×××（大酒店名）吃饭！先生抬手过耳地摆摆：不去，一碗油泼面的事，跑那里浪费啥时间哩。

任凭那些人涨红了脖子放开了嗓门失了仪态地喊劝，或半张了口定格原地，先生不再言语只低头前行，直到走出展厅，都没有再回头。

午餐，借"陕军"光，所有工作人员一起用西式自助餐。琳琅满目的器具，丰盈的食物，宾主皆欢，互道仰慕一类。坐在角落偷偷地四顾，旁边有一作家声响起：贾老师呢？贾老师呢？

咯咯咯，别找了，咥人家的油泼面去了！老总失落地打着哈哈。

啧啧，这贾老师，世上这么多好东西，他也不嫌错过了亏得慌。

几十年油泼面咥出一个大作家也不亏啊。

贾老师才不计较亏不亏，他只是清楚自己的胃口。

置身于谈笑之侧的我如淋醍醐，世间有无以数计的美好与诱惑，重要的是要清楚哪个合适自己，自己想要的究竟是什么。对于一个只爱吃土豆丝的人来说，山珍海味纯属多余，而若钟情于土豆，又何必挤到海边殚精竭虑地撒网？只是为了博得他人艳羡？为了达到别人眼中的成功和幸福的标准？

幸福与成功究竟是什么呢？古今中外，豪门贵胄，帝王将相，乡野媪翁，文人墨客……在沉陷八荒三千年式的冥思苦想里，先生沉稳的身姿神态像一豆萤火不时地忽闪在眼前：盛名下的淡定洒脱，对敬仰者不分身份的谦卑与感激，挥手挡住繁华侵近的坚决果断……

一场黑暗里的探幽终于遭遇了电光石火：在这个世界，要说钱，永远有人比你有钱，要说有名，总有人比你名气大。天外有天人外有人，名与利是一场永远没有尽头没有结果的追逐，而名与利不能决定一个人的幸福指数。换言之，成功的人不一定幸福，但幸福的人肯定是成功的。成功是踏实地付出后的水到渠成，如若把利禄功名看作是生命的终极目标，是成功与幸福的标准，尤其利用各种机巧谋取所谓的"成功与幸福"，某种程度上降低了生命的价值和意义！

而世间最大的成功，最大的幸福，应该是不为名利所困，活出原汁原味的自己！

同事们纷纷展示与先生的合影，比拼各自收获，对一无所获的我不乏惋惜与蔑笑，也有善意的、恨铁不成钢地叹我笨不懂抓机会。我一笑而过，也不想去追问究竟什么机会，也无法一一解释，这场先生并不知道的谋面中，自己收获的已大大超过了预期。

书市落幕，辞职返回小城，平心静气地做回了孩子王，在矮墙圈起的一方宁静天地里读书写字。歌德说：在这个躁动的时代，能够躲进静谧激情深处的人确实是幸福的。如此，我是否叩到了幸福的门环？

一个人的成长就像完成一次没有熟路可循的跋涉，需要借助许多外力，而我在踏寻属于自己幸福的幽径中，是先生在我两次力不从心时，及时推送了一把。而他又浑然不知，这究竟是一种什么力量？

仲春，楼下花坛里的蝴蝶花开得缤纷斑斓，对面花坛里却只有零星半开的蓓蕾。女儿稚气地问：妈妈，为什么会这样呢？我看看分隔于阴阳两面的花坛，习惯性地仰面望天思量。

苍穹之上，太阳静静地悬着，它的光芒融在天际，令人一时迷惑，究竟是宇宙的光芒还是它的光芒？亘古以来，它从不辩白，从不邀功，从不因被万物的慢急而减弱其光芒与温度,因为它知道世界需要它。

大脑游走间,答案从口中滑出:这是阳光的力量!

阳光有力量么? 阳光力量有这么大吗? 稚子困惑地随我一起看向苍穹。

低头揽过稚子肩一笑:当然有,世界上有一种力量,很轻微,轻微到你感觉不到它的存在,它也寻常至极到司空见惯。可就是那么容易让人忽略的力量,那种令人熟视无睹到质疑的力量,却决定着你生命的走向,决定着你生命的质量。

言毕,我突然想起了在所有是非曲直的喧嚣里一直沉默的先生……

四季使者

春

春天，十七岁的少女，被午后暖暖的春光叫醒。她慵懒地揉揉眼，再启眸，不由一笑，面前慈眉善目的老者正嘻笑瞅住她。

你在家，奶奶去街上，好不好。

逛街？我陪你哦。

不是逛街，奶奶去卖鞋垫。

卖——鞋——垫？！少女惊怔，也正式苏醒地望住换上一身素服的老者。老者身后两米外的沙发上放着一个小竹筐，里边分明放着剪刀、花色丝线、鞋垫、碎布。

呵呵，奶奶年轻时有一手好女红，尤其是缝鞋垫。手绣其实是一种民族文化，可在这多民族的边疆，没有人知道这种文化，我退休了，身体又好，总想做点有意义的事，于是就想坐大街上缝鞋垫。遇感兴趣的，奶奶就讲给她听，有喜欢的就卖给她，其实大多数是送的。嘀嘀，你知道吗，已经有好几个民族人带着亲朋好友来看了，她们说汉族文化就是丰富，汉人心灵手巧。奶奶说各民族人都一样智慧，只是需要更多交流，互通有无才能把我们的日子过得有声有色。哈哈，瞧，奶奶不但普及了汉族文化，还能促使民族大团结呢。

或许还有零星半点的人记得，二十年前边疆小城的大街边的钻天白杨下曾坐过一个满头银发的老者，她不顾路人的侧目，专注地扯着手中的丝线绣啊绣……可是谁也不会知道，她是当时本市人大主任的夫人，在此前，其随夫做过县委书记夫人好多年。

少女从此记住了那个春天，也从此懵懵懂得，每个生命都值得尊敬，或许那个最卑微最寻常的人心里也有个伟大的愿望……

夏

电子专业么？

不是。

懂 ISO9002 式管理么？

懂……哦不懂。二十二岁的女子吐出后边两个字反而轻松了，其实在外企的姐姐已经将所有外企管理知识传授于她，凭她的天资，也足可以假乱真，只是，她……不擅撒谎。

会讲粤语么？

不会。

几年南方工作经验？

女子认真地掰着手指数了一下：刚到广东十四天。

那你来干什么?！一问三不知!! 年轻的外企经理终于一掌拍在桌上。

对不起! 女子觉得自己在犯罪。

起身后，女子又真挚地道：谢谢你还肯耽误这么久的时间。我只是认为文职工作不需要太专业，况且在实习期我肯定全力以赴地学习。

年轻的经理头也不抬地挥手：走吧，走吧!

笨死了，南方靠的就是夸张、欺骗，教给你的那些足以应付应聘，猪头，咋就不开窍啊!!!

姐姐气得团团转，女子默默地扯过薄衾蒙住脑袋睡下。

快起来，傻人有傻福，经理来电话了，让你立即报到! 曚眬中被拍醒，女子不相信地白一眼欢喜的姐姐：有没有完？骂得不够还要戏弄戏弄？

谁有闲心戏弄你？经理说了，转告你妹妹，我聘用她的理由是——诚实，经验可以积累，技能可以学习，只有品质是谁也学不会的。

于是，女子以一问三不知的"实力"击败了诸多捧着各种精美简历的应聘者，成为一名有五千人的外企的职员，打破了在南方没有三年在职经历都别想去正规外企任职的传言。当然她的努力也证明了她的所言，一个月便通过了试用期。

在那个夏天，在那个浮躁的南方，女子再次坚定了做人的航向。

秋

香樟叶落了一地，陕西师范大学因一夜的秋雨而格外安静。

这节课，我带领大家一起回望下中国历史，从秦始皇开始，中国历经了秦二世、汉高祖……

挂着助听器的教授在讲台上气喘吁吁，而台下几十颗头颅早已低垂，玩手机的，看杂志的，咬耳朵的，睡觉的。

老教授在拼力想吸引住一群学子而无果时，将目光锁在了女子面庞上，坐在第三排的女子挺直的脑袋是老教授无言的支持，他讲得抑扬顿挫，不漏不减。

小姑娘，老师为什么这么卖力地讲课？我一个退休教授，国家给的薪金足够我颐养天年，可我坐不住啊，中华文化得传承，我想将自己所学所知尽可能地传播下去。或许明天我就会老年痴呆，或许明早我就长眠不醒，可今天，只要我还能讲话，我就要把自己一生所学传下去。

小姑娘，看得出，你是个真正来学习的人。下次上课，我把自己编撰的七本历史书给你，中华文化一定得传扬啊！

女子郑重点头，身后一片哄笑，教授叹惜着欲言又止地离去。隔了一天，历史课出现空白，老教授再也没有出现……

十年后，灯下读着四书五经的女子偶然的恍惚里，还觉眼角有须臾的莹润，她一直在寻思，当年南方外企归来的她是不是注定得遭遇那样一堂课，遭遇一个垂暮之年的学者？尽管女子连那个老者的姓名都未曾得知，但是她记住了那句重托……

冬

　　咸阳城终于迎来入冬来的第一场雪,沐在飞雪中的楼宇安静而又温馨,诱惑得一个个身影一进去便不再复出,所以看到空荡荡的大门前跺着脚的乡下大爷时不禁有些惊讶。

　　大爷是游走各个小区爆爆米花的,记忆中隔几天就来一回。因为他用的是最原始的烧炉式工具,那个在火上转呀转呀的黑铁膛每次都要吸引住一群进进出出的孩子,他们会捂着耳朵吃吃地笑。"砰"的巨响之后欢呼而上围住白胖胖热滚滚的爆米花又叫又跳,景象颇为热闹。

　　而这会儿,这一堆漆黑的铁搁在泥雪里,徒增寂静、冰冷。

　　大爷,这天气也没多少生意,你那么远来一趟真不划算。我"善意"地劝不知计算成本的乡下老人。

　　嘿嘿,上星期六在这摆摊时,有个娃,五六岁模样,特别稀罕这个,让我下个星期六再来,他还要看我爆米花。今就星期六,我怕孩子跑出来时失望,现在娃们上学负担重,有个喜欢的东西不容易啊。

　　大爷黑黢黢皱纹纵横的脸,憨憨地笑,像春风一样吹散了我眼前飞舞的雪……

世间所有恩怨都是一场误会

五月的美人梅，姹紫嫣红地绽放在街边，粉如云，白似雪，玫如锦，一树树一簇簇如梦如幻。

现在年轻人真该受受教育，一点敬老意识都没有。

喊，就是，别看外表华丽人模人样，没一点教养。

当这些话从后脑勺传入耳时，我下意识地收回望向车外的视线，拧转脑袋看看哪个是"无德青年"。结果，乍看之下，脸腾地红了。身侧站着一白发苍苍的老妪！而那几双聚焦过来的理直气壮的鄙视与痛心疾首的目光就像一束束探照灯，照得我无处逃遁。车刚好到了一个站口，我起身逃离这个尴尬的现场。

走在长满新绿的香樟树下，不由得暗自发笑，自己居然有一天也会成为过街老鼠般遭人围观谴责，而我只是贪恋了车窗外的花而已。

真是天大的误会啊！其实，这世界上又有哪些事不是场误会呢？而世间所有恩怨，又何尝不是场误会？

想起一个故事：一个一整天都没吃过食物的流浪汉刚得到一个馒头，正要往嘴里送，却被一个身着华服的人夺去。流浪汉恨死了这个抢夺他馒头的"冷酷"华服之人，以命相拼，不仅仅是为了一个馒头，更重要的是对"冷酷人性"的对抗。然而当华服人奄奄一息地告诉流浪汉自己迷路了，又丢了所有的财物，自己讨饭求助却没人肯相信，三天没有进过一粒米了，流浪汉突然虚弱地松了手。然后两人分吃了这个馒头，再一起去找果腹的东西，还结下了至死不渝的情谊。在某种转机下，华服的富人回到原位扶持了流浪汉一起过上了体面舒适的生活。

　　故事是想传播一个握手言和知恩图报的温暖故事，这种桥段在故事里数不胜数，而所有类似这种不打不相识的故事共同反映出一个事实：某些人，某些事，在某些特定的场合，巧妙地串联成一场完美的误会。

　　而导致误会的常常是因为一种主观臆断，是当事人以自己的角度和经验给所见的人与事下了定论。人常说，眼见为实，其实，亲眼所见也未必是实。眼睛看到的有时只是表象，或只是个瞬间，只是事情的某一段落，如同一只镜头，只截取了事情的某一个点一个面，并不能客观如实地呈现整个局面。如果这一瞬是美好的，倒也罢了，但是糟糕的，若恰巧截取到一个丑陋阴暗的画面，如果不耐心地去寻找丑陋的原因，便轻易地断章取义下定论，误会便生成了。比如，刚才，车上刚才那圈谴责我的眼睛，他们只相信自己的眼睛和判断，从而认定了我是个无德青年。

　　其实，误会是种伤害，很多时候，误会更是把双刃剑，既造成一种自我伤害，又造成彼此的伤害。比如刚才那些人在谴责我的同时多了份对社会、对世界的失望，对人心的失望甚至憎恶，对他人多了份敌视，让我也凭空多了份诚惶诚恐与难堪。

　　纵览古今中外，有多少悲剧不是因误会而起？而类似我这般如此的误会在生活中更是司空见惯。误会就像一场雾，时常缭绕在我们头顶，常常不期然的被其触伤。所以，要想在这误会丛生的世界里享得一份从容，应该具备一定的谋略和智慧，甚或独家秘籍。

　　曾经在乌鲁木齐清晨的大街上遇见过一个年轻的的哥，搭乘着他的车去酒店。他开车很稳很匀速，可还是避免不了麻烦：一辆车不断地S前行，不断地超车插队，在又一次超车加塞时车距过小，差点撞上这辆出租车。责任一目了然，况且有惊无险没有撞上，只是虚惊一场而已，要发火也该是这个中规中矩的的哥。但是事实相反，这个的哥只是叹了口气，对方却刷地摇下车窗冲着这年轻的的哥吼骂起来。的哥脸腾地涨红了，我心倏地一紧，怕两个年纪相近的小伙打起来。

　　很意外，的哥却微微一笑，踩动油门稳稳地离开。然后像是解释给我这个一直寂寂无声地坐在后排座位上的乘客听:唉,这哥们肯定遇见啥不顺心的事了。言外之意,这人平常肯定不会这么恶劣,只是他心情不好,这肯定是场误会。

当时我轻轻一笑,只觉得这个的哥很沉稳,不喜欢惹是生非,但是后来很多次想起他那一句话时,我突然意识到这是一份怎样的智慧啊——把糟糕的局面以误会来解释,如此为自己心里找个退路,体谅别人也不为难自己,轻轻松松避开了凌空而来的伤害。原来,有时误会还是可以利用的力量。

其实的哥这种巧用误会的谦让与豁达,也是对人性的乐观,始终相信人性的美好。

后来我多次运用过这位萍水相逢的的哥的这份智慧,在遭遇到不可理喻的人与事时,我会提醒自己:他或她是不是有什么难言之隐?是不是有些情绪的死结?他或她的无理并非针对我,我是不是误会了?如此一想,便心下释怀,不恼不怒,倒是多些同情。当看到违背常伦破坏了善恶秩序的事时,我总是很冷静地告诉自己,这里边肯定有些误会,这里肯定有些我们不知道的真相或缘由,当听到某些谣传时也不去急着相信,甚至劝义愤填膺的人也不要相信,更不要传播,避免以讹传讹。

所以,由此,我常听到一句劝告:你对人性太乐观,人性没你想的那样美好。我无力争辩,因为对人性,很多人都有分歧,人性的确有很多令人产生歧义之处,连释迦牟尼和耶稣都持着人性本善与人性本恶两种截然不同的观点,我又有什么资格去说服别人接受自己的观点?两位圣贤都言之有理,但是从长久的实际摸索中,我更偏向人性本善之说,所以我一直坚信人心没有那么不堪,世界上所有的恩怨情仇都存在某些误会。

比如一次夫战友的聚会上,主家从男宾席上过来给女眷们敬酒,他恭敬友善地给每一个女眷敬过。只到我时,我甚至都握起了红酒杯,而他瞅了我一下后,转身离去了。以为他去取酒了,可是他在另一个桌上又开始敬起酒来,我有须臾的尴尬。身旁的两个女眷说,他怎么能这样?叫过来罚酒三杯。另一个干脆说这个人太势利。

我淡淡一笑:他只是酒杯恰恰没酒了而已,过去拿酒时又忘了过来吧。

哼,你也真是好脾气,酒桌上的事你根本不懂。这个女眷愤愤不平的眼神扫视着其他女眷,在这些女眷中我们俩应算是最权低位微的。

他真的只是酒杯恰恰没酒了而已,这真的只是个误会。我仍然如此开脱,当然我也这样认定这真的是个误会,在这繁闹的场地,有一点疏漏在所难免,又何必去上升至人情世故! 有时候我们的伤害就是来自误会的蛊惑,来自对人性的否定。而持着"人性美好"的万能药,随时可以化解误会,随时可以舒解怨怼,从而及时地获得更多的海阔天空。

所以,"世间所有恩怨都是一场误会"成为我防守心灵的最坚实的屏障,我始终相信人心是一面镜子,世界只是折射其上的画面,你从哪个角度来解析看待这个世界,这个世界就是什么模样。不同的角度造成误会频生,而只有相信人性、体恤人性,或许是避开误会这把双刃剑唯一有效的途径。巧用误会,相信人性的美好,往大处说可以降低人世的寒凉,往实惠说可以免受伤害与困扰。对人性的乐观可以帮我在误会迷雾缭绕的世界里走得从容,能获得更大的宁静去品尝生命的甘甜,去积攒一些意外的温暖来抵御这尘世的风寒吧!

眼　睛

我想,有这样一双只看到人性良善一面的眼睛,再大的苦难都无法将其光芒遮蔽吧。有那双澄澈的慧眼,在哪里都会看到希望吧……

1

周末早上的菜市场真热闹! 一溜挤挤挨挨过去的青红白绿的蔬菜,切切嘈嘈嘻嘻哈哈的讨价还价招呼声,油条、煎饼果子摊前的缕缕油烟……狠狠吸着仿佛已遗失久远的烟火气息,带着一种重回人间的欢喜舒畅东看看西瞅瞅,一块白底碎花画布,不,确切说是一条围裙冷不丁撞进眼帘。

这条齐胸而下悬裹在一个妇人身上的白底碎花紫围裙,像从山涧涌下的一道溪水,清澈亮白得透人心脾,点点紫花让人的心无来由的柔软。显然,这道白紫分明的溪水出现在这样凌乱喧闹的地方非常的格格不入,我不由得隔着影影绰绰的路人打量起这个妇人:

清亮透白水布及胸而下至脚踝,将其略略肥胖的身躯分成三段,下端是沾了泥巴的白底黑布面的手工布鞋,上面堆着棕色裤脚。上端露出劣质的土黄色毛衫,再往上,便是跟毛衣色很接近的脖子和脸。

那是一张什么样的脸啊?! 五十出头的年岁,蜡黄粗糙的脸孔上居然沟壑纵横。齐耳的短发,稀疏枯黄,很不和谐的略略肥胖的腰身,让人下意识地想到荒原上残存的野火烧焦的老树桩,沧桑潦倒。

别的摊主倚在菜摊上或抽烟，或逗笑，以姜太公的慢条斯理等着顾客的光临，唯有她杵菜堆里，摸摸这个，拢拢那个，细小的眼睛紧张不安地从来往行人的脸上匆匆掠过。两个拎菜篮的妇人说笑着打她摊前经过，她抬抬颌，干涩的薄唇翕动了几下，大概是想兜售，最终欲言又止地退却，双眼垂视在自己的菜上，沮丧，怯懦。

显然，是新入驻的菜贩。

同情之心顿起，走向她。抽了一把葱递过去，她诚惶诚恐地双手接过，手忙脚乱地提起旧式的杆秤。我笑：不急，慢慢来。她难为情地一笑，瞅着悬荡的秤杆，攒眉，唇角翕动几下，然后抬头羞愧地求助：你自己算，我算不出来啊。浓重的山乡口音憋出的普通话。

两个挑菜的妇人扔下菜嘴一撇：连账都不会算还出来做生意？！她手一颤，紧张地瞅向我。我一笑：好的，你说多钱一斤，我来算。

她放下心来，报单价、重量。我大声地给她算，一斤三块，八两两块四，一共五块四，给你十块，你该找我四块六，对吗？她思量了一下，点点头，低头从挎在腰间的小包里给我翻零钱。我终于看清，她脸和脖子上纵横的沟壑，其实是深浅不一的伤痕，而她诚惶诚恐的笑眼，居然有着孩童的清亮羞涩。

从女儿学校回来顺便捎点菜，拐进菜市场。盛夏午后的市场人影零落，很多摊位都遮盖起来，老妇还是系着那条干净的白底碎紫花围裙，拎着洒水壶小心翼翼地给有叶的蔬菜上喷水。燥热的空气里，她的菜像早晨时一样精神新鲜。

这回她换了电子秤，自己称了、算了，但在总和时，她不停地用手在豆腐板上划拉，我耐心地等她算。她终于确定下来，报出数字。我一笑，你少算了一块，她一愣。我接过她双手递过来的菜，按自己算的付了钱。走了几步，侧身避车时，眼角余光里，她还在俯身用手指划拉着，很仔细。

我成了她固定的顾客，看得出，总是憨笑的她生意做得很辛苦。有次去时，妇人背对菜摊蹲着，我一开口，妇人刷地转过来，慌忙把怀里的东西往地上一放，走上前来。在称菜的空隙，我瞅她扔在地上几片菜叶子上的东西，莫名心酸：啃了一半的馒头，一个玻璃瓶，里边黑乎乎的半瓶辣酱。

整天就吃这？她憨笑：嘿嘿，没事，我身体壮着呢。

老妇很勤劳，哪个时间段去菜市场，她都在，而且对顾客都是谨小慎微地打招呼、询问、报价。顾客递过菜，她都是双手相接，称好一装，又双手递回，唯恐哪里有疏漏。谦卑的姿态，超常的敬业抵过口齿不清蹩脚普通话，而且她还很大气，一毛、两毛的零头总是抹掉，她摊前的人多了起来，我居然悄悄地舒了一口气。可暗喜还没几天，菜市场拆迁，所有的菜贩呼啦一下消失遁迹了。也不知老妇又渗进城市里的哪个缝隙去了，偶尔想起她会有一掠而过的担忧。

2

夫晨练回来递给我一把青翠带水的绿菜：门口菜店开门了，刚到的菜，瞅着水灵，买了一把。难怪！瞅着十指不沾阳春水的夫，因买次菜而心安理得地端起桌上的牛奶，我心里却暗自激灵。

放心，这个店主挺会做生意的。夫腾出嘴补充一句。

其实，之前的菜店也是火过一段时间的，一是方便，二是店主年轻靓丽。遗憾的是，她将菜店打理得乱七八糟，小铁皮房里盈满怪味，她却满身香水味地坐在隔壁的麻将馆里。喊几声，不见理会，只好走掉，即使碰上她在店里，也是耷着一张脸，手插在衣袋里不停踢踢这个，碰碰那个，像踢一堆恨不能立马丢出去的垃圾。有次应急进店，久搁的菜蔫得倒人胃口，拨拉着想拣出点能吃的。她一旁愤愤：这小区人都有毛病哩，我这明明有菜哩，偏要跑出去买，腿上有劲儿啊？吓得我再也不敢登门。而菜店位于小区大门的路边，是出入小区的必经之地，她经常杵在屋檐下，满脸戾气地瞅着进进出出的人，刀子般的眼神近乎造成我心理障碍，唯恐提菜打她面前走过，被她冷不丁跳出来指着大骂一通。

早饭后，牵女儿去菜店一探究竟。离着两丈远，水润的清新便从暮春阳光里扑面而来，走在干干净净的洒了水的路面上心情格外舒爽，往常从近旁麻将馆、商店带出的烟、冰淇淋一类的包装袋及其他垃圾，破天荒地不见了。

跨入店门，心更是一振。四面墙白得耀眼，地面拖洗得露出本色的灰水泥，沿墙搭起的半人高木板上摆着码得整整齐齐的菜。有些菜清洗过，红的萝卜绿的缨,白玉样的大葱……

人呢? 门后霍地站起一个人影。你?! 面前居然是老妇干燥粗黄憨笑的脸。她还是那身装束,毛衫更旧了,白色紫碎花围裙仍是鲜亮地系在身上。

她麻利地侧身从门后的钉子上扯下一个塑料袋,双手撕开呈在我面前。三种菜,共九块三,给她十块,她找回一块:三毛钱就算了。还是和以前习惯一样,并非贪小便宜,但是她这种大气的确令人舒心。

翌日早晨七点,送女儿上学,车拐上干道,就见大门前一个身影,弯腰,双手握帚,埋头哗哗地扫。滑行至一丈处,身影才发觉,疾速直腰,提着扫帚侧退上台阶,视线下垂,毕恭毕敬,齐胸而下的白底碎紫花围裙在晨光里格外爽洁醒目。我冲她一笑。

老妇的到来,不仅结束了小区一进门便凌乱的印象,她也似乎成了祥和的符号:每天早晨七点送女儿上学时,老妇就在洒扫得干干净净的路旁屋檐下撑伞、摆菜,像个忠实守家的长者。

天渐渐热了,店门前撑起两把大大蓝布伞,这下可好,每天一进小区,就见伞下一堆大爷大妈,摇着扇,说着笑,逗着孙子,热闹又祥和。停车买菜,便有人逗女儿,于是熟悉起来。散步遇上,互相问好或做简短的交流,女儿也敢一个人下楼扔垃圾或玩一会儿了——小区无形中像是个大家庭了。

俨然成为大家庭一分子的老妇一直那样卑怯,双手递接,不多言语,最多是咧嘴憨厚一笑。偶尔跟她聊两句,夸她会做生意,她叹,小区人少,老是有坏菜。有没有想过换个地方? 我小心地问,还真有点怕她搬走,她摇摇头,眼神投向门外轻轻地说:这个小区的人好,不欺负人,我舍不得走。她微微仰起的下颌下脖颈间的伤痕扎得我垂眼:再坚持一下,或想想办法,扩大影响吸引更多顾客。她嗯嗯点头。

几天后,屋檐下支起一溜木板,有水果、面包、馒头、瓜子、调料一类,怕落上灰尘,上面蒙着一层白白的棉布。小区大门前也撑起了一块招牌,一张白纸糊在压扁的纸箱上,上边用黑笔写着孩子体的字,菠菜、面条、苹果等及价格。如此,顾客中便多了左右小区的居民,我很高兴,一是为她,二是为自己,什么时候回家都可以买到新鲜的菜以及馒头一类,再也不必整天吃冰箱里的积压品了。

一个胖胖的二十出头的姑娘出现在菜店里,叫老妇妈。女儿与老妇最明显的不同是零头不再去掉,而是在钱盒里东翻西找地凑零钱来找。我们都理解,也不在意,可是老妇在意了。一天两个女人付钱,老妇说你的三毛不要了,你的两毛也不要了。女儿在一边抽抽嘴角,被老妇扫了一眼,又闭了嘴。待两妇人离开,女儿埋怨:一斤菜才能挣几毛钱?你这样做生意,难怪挣不到钱。

唉,娃呀,你不懂,这个小区的人好,人家来买咱的菜就是可怜咱,帮咱呀,咱没有能力报答人家了,就用这毛毛钱表达个心意,你以为人家缺这几毛钱么?

言毕忽然记起身后还有个我,娘俩不禁讪讪相视。我笑哈哈:你们说哪里的话呀?怎么听不懂!

没说啥,没说啥。老妇赶紧一笑。

§

周六上午,刚下楼,便被哭泣和叫骂声吓住,看着疾疾走向大门口的人,恍然觉出那哭声是老妇的,便跟了过去。

别打了,给你,别打了……老妇捂着脸和头往墙根旁的破躺椅下躲,一个黝黑矮胖的男人,颤动着满脸横肉,上前一脚踢开躺椅,捞着老妇的后衣领猛一扯,老妇咚地后仰在地上。恶男人弯下腰挥起手,我惊惧地闭上了眼。

扑嗵,啊! 扑嗵! 啊!

从没见过如此暴力场面的我四肢战栗几欲窒息。人群挤挤嚷嚷,不能打人! 打人是犯法的! 一句一句,却无人上前,男人更起劲了:老子管你啥法不法的,老子打自己婆娘关你们啥毬事?

妈! 伴着撕心裂肺的呼喊,胖姑娘扒开人群全力向男人撞过去。

撞了个趔趄的男人,一站稳,便捏着拳头挥向胖姑娘:他妈的,还敢打老子啦,老子将你俩娘们一块拾掇。

打我,不要打娃,打我。老妇从地上爬起来,冲过去护在女儿身前,一珠血挂在她的嘴角,干枯的头发蓬乱。

打你就打你,以为老子舍不得? 男人说打就打,音落一耳光便掴在老妇颊上,老妇捂着颊,吐着血沫,颤声问:这下可以走了吧,盒子里的钱,你都拿走,行不行?

哼,识相点,还敢给老子跑。跑到天边,老子也能抓出你。一口一个老子的男人得逞地冷笑。

一直发怔的姑娘,再次拼尽全力向男人撞去,男人被撞到青萝卜筐前。不等他开骂,姑娘抬手指着他大喊起来:

你不是人,你打了我妈一辈子还不够?生不出儿子怪我妈吗?你成天在外喝酒打麻将,回来就打人,家里都被你败光了,你还想怎样?我妈好不容易跟你离了婚,你整天打砸,不让我们在村里住,我和妈被你撵得无家可归,跑到这里找个活路,你有啥资格再来打妈,向妈索要钱?

听清曲直的人群像海浪翻滚般躁动起来:"明明是欺负人,打110,把这坏怂抓进去教育教育。""这么老实厚道的人,你咋忍心打她?"

哼,离婚了也是老子的人,跑到天边,抓住照样打。男人有恃无恐地抓起一个萝卜向老妇劈面丢去。

妈! 姑娘惊叫着伸出胳膊想护住母亲,没成功,萝卜重重地砸在老妇额上,老妇眼角立即渗出血。

豺狼! 我今儿跟你拼了啊。胖姑娘哭叫着扑向男人,却被老妇扯着胳膊拽住。然后,老妇向前一步,把女儿挡在身后,抬起头,望向那男人,男人刷地又高扬起手臂。我再次闭上眼。

然而,没有听到恐惧的耳光声。睁开眼,看到的是一个奇怪的场景:男人挥过去的手定格在老妇脸斜上方一尺多处,老妇不躲不闪,不言不语,不怒不惧,就那样静静地勇敢地望着那男人的脸,眼角一滴血珠慢慢地、慢慢地往下滑落。

男人静止着,胖姑娘静止着,围观的人群静止着,所有的眼睛都射向恶男人。

这是一场无声的对峙。男人似乎负有千钧之力,额角有汗渗出,凶神恶煞的眼神开始犹疑,他手臂动了动,不知是想挥下来,还是收回去,最终保持着原状。而老妇的眼睛始终平静。男人的眼神开始躲闪了。老妇颤巍巍但依然平静地吐出几个字:给咱们一个活路吧。

男人怔住了，脸上变幻着复杂的表情，终于褪去最初的凶恶，放下了手臂，但还是不甘心地指着老妇：你等着，你等着！语气虽狠，却后退两步，一转身从人群闪出的缝隙中一溜烟跑了。

1

冬天来临，呼啸的北风令人加快脚步。老妇的小菜店也常常保持着冷清，只是每天早晨送孩子上学时仍看到她已经打开绿色的铁皮门，没有取暖设备的门里透着森森寒气，她一边哈着手，一边给木板上上货。落雪的早上，沿着大门直通最里边一幢楼的主干道总是早早被扫出一条通道，而菜店前的一截路更是全面干净。

这件衣服蛮好看的哦。中午走进菜店，眼前的老妇让人眼前一亮，干净的白底紫碎花围裙捆扎的棉衣一看就是品牌货，老妇很爱惜地给胳膊上套了两只崭新的褐色袖套，气色也明显好了点，脸稍稍长了点肉，润泽了。

嘿嘿，是小区里张大妈送我的，这小区里人真好，送了我和娃好多东西了。

也是你娘俩人好，大家喜欢你们。

嘿嘿，这世上还是好人多啊。

春暖花开，出去学习，一个月后结束返回。远远的，便看到小区上空尘土飞扬，一年前传闻临街要盖高层商品房，没想到还是真的。小房子已夷为平地，那绿色的铁皮门窗，当成废品撂在保安亭后的墙根下。经过那堆废铁，我似乎又看到了不久前，隆冬的夜，老妇在绿门边，就着白瓷脸盆做的简易炭盆，静静地坐在昏黄的光晕里，那样的孤单而顽强。

恶男人闹事那天，我为了弥补自己不敢挺身而出的懦弱，跑回家取了药水和创可贴送去。快到门口时，看到胖姑娘蹲在老妇面前，仰着头给坐在凳子上的母亲用毛巾擦脸，泪光莹莹地说：妈，平日，咱们和小区里人这么好，可刚才那么多人，没有人来帮我们。如果有人帮我们，你也不会受伤了，人心怎么这么冷啊。

我心一缩，遂听老妇说：娃呀，不要埋怨，那些人其实已经尽力帮咱们了。

这世上的人,各有各的难,我们要体谅人啊。

我悄悄地转身离开。

还记起,有个黄昏,路过菜店时,想起女儿要吃红薯,就停住问有没有红薯。老妇顿了一下说没有,明天有。姑娘却说有啊。我顺着姑娘的手指,看到角落里躺着的几颗红薯,大的像脑袋,细小的像蔫了的胡萝卜,犹豫须臾,我将其全装到袋子里。哈,大的做拔丝红薯,小的熬粥。

姑娘孩子气地得意地扫了老妇一眼,麻利地一称:四块六,你给四块五就成。

不,三块就成。老妇从女儿手里夺过零钞,抽出一块五退给我。我坚持不收,她还是塞进红薯袋子,我只好连连道谢地离开。

妈,你咋回事? 一下子少收一块五,好容易将这些烂红薯卖出去。

娃呀,你咋没看出,你大姐是在暗着帮咱们,说不定,她一会儿就将那红薯扔进垃圾堆了。

其实,我还真在为此纠结呢,拎回家不免要受夫一顿数落。闻言,不禁回头望,恰恰看到她仰向门外的面孔,那苍老的面孔上清澈如孩童的眼睛似乎能穿透黑漆漆的夜空。

我想,这样的眼睛,这样一双只看到人性善良一面的眼睛,再大的苦难都无法将其光芒遮蔽吧。有那双澄澈的慧眼,在哪里她都会看到希望吧……

谁在掠夺着他的美好

1

他呀,就是那样一个整天混迹于各色女人之中的浪荡公子!当初就看出来的。

十几年后,G君消息第一次辗转进耳中时,居然是这样的。我有一瞬的惊疑,自律到近乎精神洁癖的他,怎么会这样?

旋即便悲愤地明白了,他,终于努力地活成了他们想要的模样。

20岁的G君,第一次出现在我的视野时,是狠狠地惊动了我。182厘米的健硕体魄,面孔温润,剑眉星眸,挺拔的鼻梁,修长的四肢很是舒展,然而这还不是他最美好之处。当时,他站在一排平房前的阳光里朗朗大笑,极具笑看天下一切的明朗与豁达,那是因为别人说你干吗不简朴点,别总披挂一身大品牌,处处贵公子做派。他收起几乎欲穿透云霄的笑声解释,这件黑白相间的亚麻休闲装是70块钱在街边买的,连商标都没有,已穿了三年了,而且还将继续穿N年。

为了消除那一束束疑问,G君补充自己从来不讲究品牌,只要是找到感觉的,地摊上的也会视之若宝。他说自己一旦喜欢上某种物品,便不会更改,比如一直用海飞丝洗发水与力士香皂,五年没有换过。

向日葵一样簇拥着他的人尽说不可能,而站在三米之外的台阶上的我却是信了。或因隔了一段距离,他和他的所谓的朋友们就像一个完整的影视画面,阳光下,他们的表情丝丝毫毫都攫进我的眼。同样的青春,只是G君那份从灵魂里散发的清澈气息像天际阳光无法遮挡地波及开来,淹没了那一圈嘈杂。

上天赐给他优越的高度,他像伟岸的领袖般扬臂一挥,挥起一片惊喜。他一转身,立马前簇后拥,笑着,闹着,我知他们又要奔赴某个酒店。

走出不远,他回头冲台阶上的我挥挥手:走哦!

我浅然一笑,轻轻摇头,他的回头是我预料之中,却仍难免意外的欣慰——他和我第一感知完全吻合:富有而善良,豁达而细腻,帅气阳光,美好得无以复加!

2

拒绝了他豪爽的邀约,却赢得了他的信任。

他卸下阳光的表情,在灯下默默无语,清澈的眼里满是困惑与不甘。他说他想用不露声色的接济,保全朋友的自尊又可获得意外的如愿以偿,所以他对他们总是有求必应,他愿意用一点点钱换得大家一场欢喜。可是,酒足饭饱,唱过舞过之后,为什么大家却嘲笑他是个笨蛋傻瓜,为什么那么恶狠狠地说既然你爱嘚瑟,就替你挥霍一把。他那么在乎友情,不在乎单方面的付出,为什么换不到大家一点公平的友情。

公平的友情,这是第一次听到。或许,有些词是要一定角色才能体悟地出。C君说他遇到很多的不公,别人买一根雪糕分给大家,大家会感激不尽,而他每次付出的何止是十根百根的雪糕,却感觉不到丝毫尊重,倒是有嘲戏冤大头的放肆。他一次次用朗朗大笑掩饰心底那份失落与孤单。

G君说自己其实很节俭,为了不惹眼,他的日用品衣物一类比别人的都低档,可是没人信,所有人认定了他是挥霍无度的富家公子。

他说自己小时候捉了只麻雀,几个同学抢,打伤了他,他不在乎,只想再抢回来。可是那么多大人鼓动一群孩子往死里打他,他不知平日那些自己尊敬的叔叔阿姨为什么对他有那么深重的仇恨。他深深地爱着周遭每一人每一物,甚至深爱着整个世界,然而,深爱的同时也有种莫名的恐惧,他总觉得冥冥中有股力量对他实施着掠夺。

稚气的 G 君不知这股力量来自何处，也不知其要掠夺他什么，只是这份隐隐的恐惧让他想靠近所有的人，得到一份温度。

G 君当然不知，身为权倾一方富甲一方的小城霸主的继承者，当他落地起，便站在了小城的风口浪尖之上。他背负了父辈沿袭下来的荣光，也背负着荣光背后的阴暗——为富不仁。他早早地便被设定成一个负面人物，从小便深受不公平的待遇：捡了钱包，送到公安局去；老人跌倒，搀扶送至家；本子和笔经常发送给同学……他所有努力只是换得哼一声意味深长的冷笑，抑或败家子或用钱收买人心的可笑之举。

虽然，单纯的行为总会被诠释得面目全非，他别无选择地接受着不知来自何处的暗箭与利刃，但是，从小读着"人之初，性本善"，有着清澈眼眸的 G 君，对人性充满着乐观，渴望与这个世界相融。他一再坚持向周遭证明富有者未必就一定包藏着一颗狠毒的心，倔犟地捧着一颗热诚清澈的心寻找着归属。上学时如此，孤单地走出校门，扇着翅膀扑进社会，仍在苦苦寻找着肯接纳他的群体。

用 G 君的话说，就是他很在乎这个世界，很在乎这些憎恶自己的"朋友"，日久见人心，他相信大家终会接纳他的。为此，他更要紧紧地守护住自己的美好。

$\int$

这一天没有到来，经不起众口铄金积毁销骨的力量，寻常的女孩实在找不到被宠爱的资本，经不起波涛汹涌的"善意提醒"，终于打翻了 G 君用纯纯的爱恋小心翼翼供养着的爱的油灯——倾心倾情的女孩，冷冷转身，将他孤单地遗弃在冰天雪地里。

放眼洁白的世界欲哭无泪，拔足欲追，却又向相反的方向狂奔，苍茫雪地里，G 君一声声对着苍穹撕破嗓子吼问：为什么？为什么？为什么认定美好的皮囊就不会专情？为什么富有就一定是用情不真？高富帅难道就没有节操？

为什么自己一定要匹配的是靓丽或有家世背景的女子?

而小城里的人理直气壮各如神明地说:怎么样? 早说了吧,喜新厌旧的浪荡公子!

没有人知道他一遍遍在暗夜里自斟自饮到长醉不醒,他一次次在旷野里大吼大哭,哭他的委屈,哭他的思念,哭他被遗弃的真心,哭他无以言说的悲哀……

再度现身时,G君变得玩世不恭了,他嘻哈说人都是没有心的,何必拿心以对? 可是,是不是为了证明他不是个贪色贪背景的功利之徒,他娶了妻,妻是个寄人篱下的孤儿,苍陌的容颜令人叹息。可是他却像对待公主一样,呵护着她,想给她宿命里缺少的那份爱。

不惜沦为小城笑柄,只为守护着心底的那份美好,G君倔犟地坚持着,他要将他那份真善给予需要它的人。只是,很多个黄昏,G君伫在城外的山冈上,遥望天边的云霞,安静得像尊雕塑。

4

木秀于林,风必摧之;堆出于岸,流必湍之。沿袭了古老文化的种族,内心的虚弱与好强演变成的嫉妒,是世间暗流中最汹涌的一股。而几千年积淀起来的偏见,形成了所谓的世俗准则。已习惯了,抑或默许了人性的卑劣之时,当一个美好的事物出现,已没有人会相信,只是众志成城地将其逼回"原形",从而证明自己的聪明。

G君的卓绝,颠覆了世俗的平衡,刺痛了很多不甘的心和眼,他们不肯相信他的纯真,更不允许他的美好突兀存在,他们心有灵犀联手一气布下天罗地网,一边乱箭齐发,一边如看戏码一样品赏着G君拙劣的表演,任他在世俗的网里左突右奔,寻不到出口。

权倾一城的父亲政治遇坎,急速退出。一夜之间,G君成了笑柄,成了挤兑的靶子。父亲政治对手们明里暗里实施着父债子还的权术,他一味地退让迁就,成了只丧家之犬。再退让,可还是被"你不是×××的公子么? ×××不是厉害得很么"的话包围。父亲的名字一遍遍从那个手戴金镶玉拈着兰花指剔着牙床的嘴里咬牙切齿抑或鄙夷不屑地挤出,G君终于爆发,挥起了愤怒的拳头。刚开始在政治上露头便踌躇满志的年轻政客鼻梁骨断裂的瞬间,所有的嘲笑、诅咒、谩骂像决堤的洪水滔滔而来,而这绝不是一天两天所有,这是积聚了多年的仇恨。

　　铁铐的冰凉刺醒了G君,他仰天长笑,突然明白了世界的荒谬,明白了自己的痴傻,也明白了自己的无力。几天的赎罪归来,他收起了热情和希望,低下桀骜的头颅,深居简出,在滔滔浊浪里,只想守护住最近的美好。

　　可是被他疼爱如公主的苍俗的女人,因安全感的缺失,一再用各种手段测试他的忠诚。他的沉默,她视为厌倦,大哭大闹,满世界宣扬一个怨妇的悲情,博得大家的同情之时更博得欢畅的嘲笑。于是他在离婚协议上没有任何异议地签了字,然后将洗漱用品和几件随身衣裳往车上一扔,头也不回地驶出从落地起便不曾离开的深宅大院的门,让一些智者们的预言得以切实地验证:这个浪荡公子早晚落得个一无所有。

　　G君开始追逐美女,在酒吧左拥右抱喝得烂醉,听着燕声莺语地喊公子很享受地摆着贵族范儿。他说瘦死的骆驼比马大,自己的财富谁也测不出,他对那些又想靠近自己的人变得锱铢必较,甚至连一杯酒也不许喝。他说与自己无关的人,休想在他身上得到一分钱的好处,除非会逗他开心。看着那些当年自己努力讨好却不买账的人现在赔着笑脸讨好自己,G君习惯了仰天大笑,笑出眼泪,笑得那些人心下惶惶,寒碜毕现。

　　看起来,他找到开心的途径了,财富与外相在带给他许多负累之后终于开始体现起价值。

　　可是,G君清晰地知道,世俗终于用各种各样的方式有意无意地将他逼进他们早就为他设定好的模子,他们对他的掠夺已成功在望。

5

　　十年后,得知最初那个女孩的音讯时,G君依然泪流满面。而那个女子也是泪流满面,她终于知道自己错过了一份怎样深厚的爱恋,丢弃的是怎样纯真的一颗心。

她说,造化弄人。G君长笑当哭:弄人的何止是造化?

这时的G君,已放弃了抗争,确切地说,在一场用生命与世俗不屈不挠的抗争中,他显然落败。他终于不得不承认,财富与权势是世间一条无法逾越的鸿沟,沟这边的他努力地向沟这边伸着脚,企图踢开横在自己面前的那道无形壁垒。尽管他将尊贵的金银玉饰通通收拾起来,穿着地摊的衣服,想将自己像水一样融进江河,可是他终归是珠异质的水,那些人联手掠夺掉他的珠华又将他摒弃出局。

他去了另一个城市,带着一个穷山村出来的酒吧打工妹。哈哈,看吧,富家公子就这德行,找的一个比一个差劲。

这是关于G君最新的消息,我长吁一口气。G君,果真没让我失望,他的本能促使他仍在坚持守护。没有人会稍稍用点心分析G君的三段爱情,他们只顾求证他是否是他们设定的样子。G君三次爱情的主角清一色的弱势群体,是需要爱与温暖的寻常女子,他就是在证明,他从来没有看中女子背后的东西,也没有贪着姿色而去,他只想用自己的力量给她们想要的呵护与疼爱。那个女孩,据说并不美丽但很纯真——纯真,是G君一直信仰的美好。

所以,G君仍在坚持,他对美好的向往从来没熄灭,他调整着各种姿势守护着自己的美好,小心翼翼而又隆重到背井离乡⋯⋯

多希望G君的美好不要再被强掠,可是,我仍依稀穿透时空看到漫漫长夜里对着夜空独坐到天亮的他的背影。他的心里一定被悲哀涌满,不知是为自己还是为别人,他一定不明白自己究竟是失败了还是成功了,是妥协了还是在坚持?他肯定依然在恐惧,恐惧不知来自何方的掠夺。他想使劲,却使不上,因为他始终不知道究竟是谁在掠夺着他的美好,他只能眼睁睁地看着那个当初自己很不屑的力量慢慢得逞⋯⋯

蝴蝶的翅膀(五则)

蝴蝶的翅膀

上苍赐了一双翅膀,蝴蝶用它寻找花朵的馨香,蜜蜂用来采酿甘蜜,苍蝇用来追浊。

同样是一生,蝴蝶是精彩的,蜜蜂是智慧的,苍蝇是可悲的。

世上有很多不如人意的结果,并非每场付出都会有如愿以偿的结果。比如,经历破茧之痛而出的不一定都是炫丽的蝴蝶,还有黯淡的蛾。

我渴望做一只蝶的,可是我没有那炫丽的翅膀。那就争取做一只勤勉的蜜蜂,若实在不行,那就做一只飞蛾,即使只拥有稍纵即逝的生命,也要勇敢地迎着光亮飞。

拙劣的演员

水袖舞得再好,终归是在演戏! 你呲着一嘴的鄙夷走出梅兰芳剧场。

那也比你这拙劣的演员强,三分真情便获喝彩满堂。

你蓦地站住,回身,俯视着我。我看到阳光下你嘴角的鄙夷更深更浓。

你是个拙劣的演员,我一直这么无休无止追骂你,你是个不懂只要付出一分真情就可以赢得皆大欢喜场面的拙劣演员……我殚精竭虑地妄图骂醒你时,你却遁迹天涯,留给我一团浓烈的怅惘。

今夜的灯下,我忽然发现自己也是个拙劣的演员——一旦投进感情便再也走不出角色的拙劣演员。

其实,谁又不是如此拙劣的演员呢,否则世间也没那么多拙劣的故事了……

最好的角度

释迦牟尼,出身王子,受天下人敬仰,享万千荣华,他眼里的世界一片锦绣旖旎,所以,站在他的角度鉴定尘世,人人皆善。因而,莲花座上,他笑得雍容恬静,向世界宣布人性本善,倡导以爱之名谦让。

耶和华,出身贫贱,流离人海,在苦难里颠沛挣扎,最后被徒弟出卖,他眼里的世界一片凄风冷雨,站在他的角度鉴定尘世,人人皆恶。所以,十字架上,他满面苦难,提醒全世界人性本恶,并以宽恕之名呼唤人人俯首认罪。

其实,世界始终一个模样,只是各自角度不同罢了。

谦让,给投机者埋下伏笔;宽恕,给投机者留下退路。所以,世界仍然善的善,恶的恶。

而为了利于短暂的人生,爱与宽恕无疑是生命最好的角度。

贫穷与富有

我承认自己没有多少钱,但我从没有感觉自己贫穷。在我鼓起勇气说出这句话时,发现擅长讲《论语》的于丹刚说过,我发誓这纯属巧合。

世界上的资源不外乎两种,一曰物质,一曰精神。当精神资源占有量丰富时,物质资源肯定相对少些,反之也是。所以不能因此来断定谁穷谁富。用物质金钱作为统一衡量标准是不科学、不准确的,况且物质资源与精神资源根本就没有可比性,就如火与水一样。

精神资源丰富的人要是自悲自怜自己是贫穷的,无疑有两种可能,一是贪婪,二是否定了自己资源的价值。守着自己的聚宝盆却对别人的聚宝盆垂涎三尺,可悲又可笑。

真正能享受到精神资源价值的是那个坐在陋巷里击盆唱歌的颜回。没了物质束缚,断了虚华的向往,安贫乐道,颜回品咂着自己的精神资源,却意外地熠熠生辉在历史中得已长生不老。

颜回是个个案,我并没有否定拥有丰富物质资源的快乐与幸福,只是那是种不同的景象,我会远观欣赏和祝福,但我绝不会妄自菲薄怨天怨地怨时运不公平。相反,我会更安心地回到自己的世界,享受自己拥有的资源滋养起来的快乐与幸福,而不用为觉得自己占有的太多资源惭愧不安了。

罪恶的源头

母亲常叹息:人都是好人,就是被穷给害了。罗伯特·清崎说得更狠:贫困是万恶之本。由此我更确信罪恶的源头是贫穷——物质的贫穷或精神的贫穷。

所以我们要憎恨的是贫穷,而不是被贫穷折磨得困苦不堪的躯壳。我们吵闹、争斗,是为了消灭贫穷,消灭某种贫穷豢养起来的凶恶的理念,而不是要消灭那个贫穷的载体——人。

这个念头形成时,我轻松了很多,也不再憎恨某个人了,而是积极地改善自己的窘境,用勤恳的工作来获取物质的充裕,以读书来获取精神的富足。而看到那些陷在贫穷里浑然无觉、做着伤害别人伤害自己的傻事的人时,我充满了深深的同情。

司马迁式的高傲

——穿过历史解读陕西精神

陕西人的精神之髓究竟是什么？"陕西愣娃"，对这个褒贬难辩的标签，我做了多次的分析，终是不得其解。作为华夏起源帝王故土的陕西，一直在中国历史上占着特殊地位持有无上荣耀。只是历史迁移到今日，其往日光芒与今日的沉默引来国人无限争议，殃及陕西人也一直备受争议。

有赞美这片黄土地雄浑壮美、文化璀璨、陕西人厚道耿直，有指责陕西人安于现状、固步自封、仰仗祖先遗产得过且过。作为陕西子孙，我劳心费神地思量过，惶恐过，羞愧过。但最终觉得国人对陕西精神了解得太片面，褒与贬，都不能概括清楚陕西人的精神之髓。

那日，友人戏说陕西人不解风情。我问何故？其曰：车过一村子，陷入泥坑，门前闲侃的几个村民啥话也不说，只是很快取来铁锨，铲的铲，推的推，将车子弄到正轨上。他感动地向众人敬烟连声道谢，可这些人跟没听见没看见一样，锨往墙角一靠，自顾自地又侃起来了。他讪讪地不知如何是好，其中一汉子给他摆摆手，走你路去啊。

帮了那么大忙像什么都没发生过似的。

我哈哈大笑，这是正宗陕西人，他们没训你啰唆已进步多了。在陕西人心里，帮人于急是人的本能，就像嗓子痒了要咳嗽，有什么大惊小怪谢来谢去的？

南方籍友人眉毛挑了挑,又说,说了那么多发自肺腑的谢谢,却没人搭个话,令人难堪,难怪有人说陕西愣娃不讲礼貌。

我又一笑:错,这正是陕西人可敬之处。

什么逻辑? 友人困惑。

陕西人最常说一句话,要是图你感谢,我就不帮你。陕西人全凭心做事,该出手时不用你请,不该出手时你九头牛都拉不去,你一味地感谢,实是低估了他们的境界。陕西人很讲究礼节,但不矫情。谁没有个三难四灾的? 谢来谢去不够烦琐的,真正的感谢,陕西人是藏在心里的。或许,这就是陕西人的境界,与生俱来或潜移默化而成。

陕西人真够高傲啊!

高傲?!

弦月西悬,一如既往地于灯下摊开《史记》,一页页翻阅过去。淡淡书香里,一个词凝缩成一种力量扑面而来——高傲!

高傲,处高方能看远,看远方能运筹,运筹自如方可傲视群雄睥睨天下。高傲,是种知己知彼知天下的气贯长虹的自信与笃定,所以,高傲者必有高傲的资本和条件,没有资本的盲目高傲只能是令人讨厌的自负和傲慢。没有条件,高傲无处生发。

司马迁具备得天独厚的高傲资本与条件:苦难与对抗苦难的力量。

司马迁,伟大的史学家、文学家,汉武帝执政时任太史令,因为李陵辩护,遭腐刑,著《史记》。这简单的一句话下堆积了多少历史的血雨腥风与一个生命的煎熬与浮沉? 当后人轻描淡写地一提而过或顶礼膜拜地传颂时,两千年前那个文弱书生,在他的一生里做过怎样的一番挣扎与坚持? 为忠臣谏言遭迫害,身体残缺,世人讥笑,皆如蚊蚁叮咬,吹掸而过,从容端坐案几前,顶着一豆烛火,郑重地以笔为刀,为历史刻下一段不灭的风景。

这需要怎样的胸襟? 这又是怎样的一种浩然? 恕我冒昧揣想,两千年前,这位可敬可泣可叹的孱弱书生,依靠什么力量拥有了那份胸襟? 是什么凝聚成他那种凛然不可冒犯的浩浩气场? 是陕西帝王厚土滋养出的那份对家国、对民族、对历史的使命,还是与生俱来随血液浸进灵魂深处的高贵?

灵魂的高贵,令他自动放弃与世俗的纠缠争斗,自觉担起家国民族历史的使命。而这种选择,这份将自己交付国家、交付民族、交付历史的灵魂必然是高贵到无法逾越。

高贵的前提是高傲,高傲的前因,是自信拥有高傲的资本。而这资本绝不是无聊的争辩,愚不可及的争斗怨叹,它是不动声色便将对手钉在耻辱柱上的智慧和胸襟。智慧与胸襟是对抗苦难的唯一力量,高傲是催生这种力量的原动力,这种力量的强弱由生命的高度与广度决定,如瀑布,越高越广,冲击力越强大。

一部恢宏传世的《史记》是司马迁高傲的资本,是一个生命的苦难以及一个生命对抗苦难全过程的痛快淋漓的演绎,悲壮得惊心动魄。《史记》仅仅是一本无声无息的书作,却空前有力地诠释了一个生命的高度、宽度及广度。它让后人对那个两千年前遭人讥笑迫害的书生肃然起敬,对那些制造苦难的宵小充满了愤怒与鄙视。可以说,司马迁以它独有的高贵流芳百世,那些宵小们便要陪着他遗臭万年。

谁是最大的赢家?

当司马迁仅携一部书稿转身拂袖隐没人海时,他已预测到这个结果,当然也肯定是他不屑一顾的结果,对侵上身心的凌辱都不屑计较。以其的高傲,怎么会将这些微誉收进眼底? 他的心在百姓,在家国,在民族。人生是场戏,社会是个大舞台,司马迁不屑与那些只顾追逐功名贪图荣华好舔鱼腥小利的宵小们同台共演,他断然弃场,携着高傲离去,连一个鄙夷的眼神都不肯施舍。

人固有一死,或重于泰山,或轻于鸿毛。司马迁这种高贵的鄙夷与怜惜对那些宵小们可谓挖骨剜心,而对于历史、家国、百姓却是无上的激励与感召。这就是智者的谋略,这也是高傲的力量。千年后,徐悲鸿说:人不可有傲气,但不可无傲骨! 司马迁早将其演绎得惊天地泣鬼神。当世世代代后人争相顶礼膜拜恢宏巨卷《史记》时,谁能看懂一介书生司马迁孱弱残体里那份无法超越的高傲?

有一种高傲是隐忍不发自行其路,有一种高傲是沉默不言无视俗尘坚持自我,这种高傲,非寻常人能懂,这种高傲是任何力量摧垮不了,任何肉体精神折磨也消融不掉。能凌驾这份高傲的只有民族大义,只有家国责任和历史使命!

　　司马迁,陕西韩城人,一个地地道道的陕西子民,他为历史创造了不朽传奇《史记》,也用生命在历史长空中成功地演绎了一场完美不灭的"高傲"。并以"高傲"的恬淡姿态坐化成一座亘古的丰碑,司马迁的大气与无言的高傲,才是陕西人独有的标签。

　　一方水土养一方人,但这种登峰造极的高傲并非陕西人可人皆有之,高傲的程度也与一个人的资质有关。司马迁式的高傲演变到今天便近乎犟与倔,便是播洒在陕西人脾性中的耿直和宁折不屈的刚烈。

　　"陕西愣娃"骨子里的自我与担当令人可气又可敬。不管男女都属顺毛驴,宁折不弯,吃软不吃硬,粗喉咙大嗓子,即使长相极为甜美秀雅的陕西女子,倔起来也令人挠头。犟汉子和倔女子的爱情也有其独特的表达方式:

　　一个姐,愁眉苦脸地说丈夫整天在外应酬喝酒打牌,后半夜才回来,不担心他有什么不规矩行为,就怕对他身体不好,所以她一天到晚地骂,但根本没用。我就支一招,以柔克刚,下次半夜时,就打电话撒撒娇,说想你了,快回来嘛。她乐呵呵地说试试,结果翌日一大早电话过来:好容易憋出个娇滴滴的想你了,人家那边就哈哈大笑骂一句神经病,啪给挂了。我差点笑晕,一出门刚好碰上其丈夫,就调侃,陕西愣娃不解风情!结果人家又是哈哈大笑说:我老婆不想我还能想谁? 还用她说?

　　看着其自信满满的背影,我不由地又笑了,真是地地道道的热血又细腻,憨厚又内慧的陕西人啊!从来不会质疑真情,从来都认为仁义礼智信是人的本能,从来认为助人解难是天经地义无须言谢,从来坚持滴水之恩涌泉相报,从来不肯为淫威低头却愿为正义真情而伏身,不是不懂计谋而是不屑玩伎俩……持着这磐石般的信念资本,走到哪都是铁骨铮铮的犟汉子和柔中带刚的倔女子,走到哪都是光明磊落坦坦荡荡的炎黄子孙。

　　这,又何尝不是种深层的高傲?

当然还有很多人说陕西人执拗倔犟,不懂与时俱进,缺少顺势而为的变通能力。我倒认为陕西人坚持原则,大气,不好争夺不虚慕欺诈。任现世物欲横流,陕西人决不动摇灵魂里的那份独有的高贵,更不会泯灭那份忍辱负重低调迂回的智慧。陕西人也正是依凭这份近乎是迂腐的智慧守护着心中的那份高傲与尊贵。

司马迁,是陕西人的骄傲,而司马迁式的傲骨也正是我们中华民族的标签,司马迁式的高傲也应是每个生命都该拥有的智慧与胸襟!

关不上的窗

《Scarborough Fair》轻轻循环,莎拉布莱曼空灵的嗓音呢哝出一份悠远宁静的画面。披着晨楼斜窝在藤椅里看向窗外,隔着清澈如水的玻璃,香樟挺着郁郁华冠,被楼宇切割出来的一绺三角形的天很蓝很亮。毫无疑问,这是一个难得的明媚的专属个人的上午,尽管是用一个月赶稿换来的一份犒劳,想想此时奔忙在路上、挤在公交地铁、堵在高速路上或在大太阳下求生计的身影,还是感觉有点奢侈,有偷得一份悠闲的庆幸与暗喜。如果,没有电话,这是多么美妙的一段时光啊。

可是,我说的是如果。

当那个二十一岁的孩子车祸离世的讯息传来时,我似遭到寒风侵袭般,从面上直凉到脚底,心也无法遏止地战栗起来。当意识到屋内一团寂寂时,我已走至窗前,一手抓着不知怎么挂掉的电话,一手无意识地摸索着窗户,从边缝到玻璃。我怀疑是一场突如其来的寒风推开了窗户,然后嗖嗖地灌进来,带给我这场彻肺的寒凉与战栗,甚至恐惧不安。我急于关上窗,躲开这一切。指尖下玻璃微温热,触目处阳光明亮香樟成荫,明明一幅现世安好的图景,而室在空荡荡的房子中央,明显地感觉自己僵成了一棵荒原上的树,虚弱枝丫不胜四面寒风,耳畔鸟鸣凄怆。

那个孩子是表哥的儿子,堂姑的孙子,按血缘排算,似乎我不应该有这么强烈的反应。可是,我真的悲怆得无以自持,不得不羞耻地承认,"恐惧症"的隐疾又复发了。病因起源于 2008 年 5 月 24 日小舅和舅母双双车祸离世的那一瞬。之前的世界是完整的、安全的、稳定的，如同一座闭合严实的屋子，我在这个屋子里尽情地喜怒哀乐，偶尔临窗观景，对频频而起的天灾人祸、生死离别的讯息也会叹息同情，那也只是对生命的本能悲悯与同情，可那毕竟与自己毫无瓜葛，它们就是窗外掠过的风，风去了无痕。

　　给了我一份浓墨重彩的爱的小舅和舅母猝然离世，第一次把死亡的肃杀带到了眼前。清晰地记得那天，初夏的阳光普照大地，而我如入深秋的海，心冷到瑟缩，身体战栗如风中树摇摇欲倒。也从那一刻起患上了"恐惧症"，恐惧冰冷，恐惧死亡，恐惧车祸的字眼，只要听到，便会条件反射般地去看窗，检查窗。心理学上讲，行为是心理的一种投射，小舅和舅母猝死摧开了我生命之屋的窗户，我关窗的潜意识是想拒绝那些寒风侵袭。当然这种行为只是心理上的一个抚慰，是没有一点实际作用的，于是在莫名恐惧的同时我也开始了习惯性的祈祷，常常在心里与上苍对话，感谢上苍赐予的一切，也恳请上苍继续赐我安静的流年。

　　可是所有的恐惧与虔诚的祈祷都无法阻住寒风的再次来袭，用许多昼夜的思念和泪水勉勉强强糊上的窗，很快再次洞开：仅仅时隔两年，父亲猝然离世。这更是场飓风，头顶的天几近撕裂，拼命守护的窗被彻底吹垮吹落。无力地陷在悲痛里，看窗户支离破碎的残骸在风里翻滚，绝望地知道，生命的窗户再也无法修复，无法关闭，再也回不到最初的那份安稳与踏实里。果真，一年后祖母离世。这中间还有一场场"小风"——爷爷弟兄三个，一共生养了包括父亲在内十一个男丁，我们这辈孩子共同称呼是大伯、二伯……我父亲排行第五。在父亲去世的同年，先后有三位叔伯离世，在如雪般一场场飞扬的苍白的幡纸里，修补起来的窗一次次瑟瑟发抖。

　　一场场穿窗而过的大大小小的风，掠走了快乐，幸福也逐渐稀薄。父亲的离世更是清零了整个世界，在没有了父亲的世界里，触眼总是一片荒芜萧瑟，就像飓风掠过的岛屿，即便世界复归风和日丽，但它冰凉的气息与痕迹遍布缝缝隙隙……

　　于是稚气的女儿几次问：妈妈，你怎么对什么都很平淡，怎么不像我一样高兴了又唱又跳咯咯大笑？望着女儿清澄企盼的眼眸，我有流泪的冲动。我想起了几个月前的春节与刚过去的五一期间,遭遇车祸而逝的两个师范同窗,他们的孩子与女儿一般大小,不知那两个孩子的窗户在洞开之后,要怎样才能关闭得上?而楼上那个和女儿同班的小男生,在母亲车祸离世后,突然成了失语者,每次看到他孤单地蹲在冬青下一棵棵地捻弄小草,我都赶紧将目光移开。

亲友、同学、街邻,如同秋天的树叶一片片坠落,我一次次浸在冰凉的风里,悲伤之余更多的是恐惧和愤怒。在所有殁了的亲友同学中,除了祖母是八十三岁寿终正寝,其他的长者,最大的六十三岁,而父亲六十一岁殁,刚刚退休一年,还没来得及体尝辛劳一生换来的天伦之乐,他们都被疾病折磨而死。而同窗,仅仅三十几岁,便被车祸带走。

我憎恨透了疾病和车祸,是它们一次次毫无预兆地摧开我的窗,让"我"无辜地遭受一场场寒风的侵袭,守着一地地的灰飞烟冷瑟缩。我也恐惧了疾病和车祸,这两个幽灵不停地吞噬着人类的生命和幸福。2015 年 3 月 10 日,十二届全国人大三次会议新闻中心举行的记者会上,国家安全生产监督管理总局局长杨栋梁公布仅 2014 年一年,全国车祸死亡人数 6.6 万。而 2015 年 2 月 4 日世界癌症日那天,世卫组织公布 2014 年中国约有 220 万人死于癌症。而早在 2013 年初,全国肿瘤登记中心发布的最新一版《2012 中国肿瘤登记年报》表明,中国每年新发癌症病例约 312 万,因癌症死亡超过 200 万,这意味着每 1 分钟有 6 个人被确诊为癌症。

这些触目惊心的数据下集聚着多少悲号?

心疾日益严重,一触到大大小小医院和诊所里人头泱泱排队等看病的人,一听到街上 120 呼啸的笛声,看到新闻上播报某某地车祸多少人伤亡时,便会莫名地烦躁。甚至排斥进超市,病从口入是古今中外,从百姓到专家都知之不疑的道理,高科技实验室里加工出的食品及果蔬让疾病泛滥成灾。我无数次神经质地指着那些琳琅满目色彩惊艳的食品对女儿讲,那都是毒品,要远离。

朋友说我患了现代文明恐惧症,在下意识地逃离现代文明,细忖之下不无道理。归根结底,疾病与车祸背后的黑手是现代科技与文明。所以,我曾狠狠跺脚埋怨这所谓的现代文明,甚至希望世界在一夜间刷新回最初的农耕时代,大家徒步而行,荷锄出门,嬉笑归来,虽然一生走不出多远的天地,但是却能细细品味生命的安稳踏实,从容、酣畅淋漓地体尝祥和幸福。

其实,类似我这种"焦躁"症患者无以计数,且与车祸、疾病的数字一样逐年递增。不禁寻思,在这个上得天、入得海,被现代文明重重包围得越来越富丽堂皇的世界里,为什么越来越活得胆战心惊?究竟是什么推动着人类发展?是智慧么?又是什么激发了智慧?是好奇心,是对世界的探究精神?而这一切可不可以换种说法——贪欲?

人类在不停地对世界刨根问底,不停地用所谓的智慧"探究着""挖掘着"这个世界,无非是为了更彻底地占有这个世界,更大程度地享用这个世界的能源资源。贪欲激发智慧,智慧催生现代文明,现代文明更大深度、广度地激活人性的贪婪与自私。为了更多地享受现代文明,很多人不择手段地捞取利益,钻人性的空子,徇私舞弊谋取私利,制造无数人为的灾祸。比如那些三聚氰胺奶粉等有毒食品为何能堂而皇之地上市,那些方向盘都抓不稳的司机又是怎样拿到驾照理置气壮做"马路杀手"?从造假、转基因增产到贪腐、徇私舞弊,都是迎合人性的贪婪而衍生。

如果说车祸、疾病、飞机失联、油轮翻沉,甚至战争是看得见的灾难,那么有种无形的灾难更具颠覆性。我们不知不觉地被绑架到"现代文明"这条船上,我们习惯了这种现代文明,甚至我们也开始追逐现代文明,我们不习惯徒步,我们要看遍世界风景,我们要在冬天里看百花开吃百果鲜……我们被现代文明豢养得失去了抵抗的能力,我们在现代文明这种隐性的"瘟疫"面前束手就擒,浑然不觉。甚至食之若饴,甚至默许了一些罪恶与黑暗的存在,潜规则成了成功的捷径,习惯了侥幸,得过且过,一个互害时代在无形中开启。而怪病、疑难病症的络绎滋生,车祸、空难、海难,甚至战争频发,更突显出不断壮阔的现代文明富丽堂皇的表象下掩盖的危机与灾难。

贪欲通向不归路,智慧是柄双刃剑。洪灾、地震、龙卷风频频刮开世界的窗户,车祸、疾病会随时刮开每个人的窗户。面对随着劲风一起涌来的夭折于瞬息间的幸福,有时想,人类殚精竭虑地征服世界,争相做着精致的外衣往自己上裹,争相拼抢,却不肯停下疲惫不堪的脚步反思下,生命究竟能消耗掉多少?生命究竟需要什么?生命究竟适合什么?生命究竟应该怎样最大化的享用?被贪欲左右住的灵魂,怎样才能停住痴愚的脚步?难道只有在光阴叫停时,才会蓦然醒转,只有在死亡的寒风里才会如梦初醒?

忽然很想很想爱因斯坦这个老人,这个睿智的老人说:"我不知道人类第三次世界大战将用什么,但是第四次世界大战人们将只会使木棒和石头打仗了。"这个老人在上个世纪就洞悉了人性,洞穿了世界的走向,而他的智慧阻挡不了"世界的进步"。也或许"世界的进步"就是核原子内部裂变的过程,要经历必然的紊乱、必然的爆发才能抵达最终的安宁祥和吧。

那是一个深奥沉重绵长悠远的命题,让我阐述明朗肯定是力不从心。我只是清楚地知道,在关闭不上贪欲,抗拒不了现代文明的现今世界里,我的窗户再也关闭不上,要随时面临着一场一场寒风的来袭……

辑 九

我的十日谈

8　9　10　11　12　1

15　16　17　18　19　2

22　23　24　25　26　2

29　30　31

一个生命真正的开始，是不是必须得谦卑，懂得爱开始?……

我的十日谈

第一日　前世·今生·来世

　　如果,真有前世,那么,今生所有的悲伤都有迹可循;如果,真有来生,那么,今生所有的遗憾都有所托付。所以,今生我甘愿做一只寂寞的蝶,充当岁月的信使,传递你我前世来生的讯息。

——《秋日蝶语》

　　涂抹下这样的句子,自己先笑了。前世、今生与来世,多么痴傻而又矫情的心思啊。从什么时候开始寻思起前世今生来世呢? 应该是从开始追寻生命的起源开始。

　　当时很小很小,大概有五六岁,同每个孩子一样,对生命有着本能的好奇,问妈妈:我从哪里来的? 妈妈的答案经常翻新,但有两个是固定的:"从石头缝里蹦出来的","河里发大水时捞的"。从别人的哄笑中我知道妈妈在糊弄我。

　　这个问题一撂就是好几年,直到自己有了解答的能力,甚至知道了生命的源头与尽头,知道生命只是生死之间一段距离,这样的谜底令我怅然若失,难道生命就是这么简单地来去?

不甘的心,凭着少年的联想力,在臆想中给生命涂抹神秘的色彩,联想力也就在那时得以蓬勃生长。联想是需要支点的,就像所有的光束都要有光源一样。当联想的支点都被耗光时,就去翻资料求证,企图寻找到新的光源,当"前世、今生、来世"撞进眼里时,心倏地一亮。

其实,应该说在母亲无数次的"上辈子欠你们这些祖宗的,下辈子做牛做马也不做你们的妈妈"牢骚里已经沐过了前世来世的概念,只是看落在纸上的"前世、今生、来世"才初次有了具体感、神秘感,甚至庄严感。

母亲口中的上辈子、下辈子、这辈子,勾画出的是一个雷同的氛围,没有一点遐想的空间和美感,似乎生命就永远是单一乏味的面孔,是受煎熬的。白纸黑字的"前世、今生、来世",六幅水墨丹青般的汉字描绘出的是辽阔的神秘,是无限的波澜起伏与美妙。

我喜欢上了这六幅水墨丹青的组合,喜欢在这六幅水墨丹青里放飞思维,尽情地勾画唯美到欣喜的场景。我给自己的前生换过多次角色,倾城美女,仗剑走天涯的侠女,所向披靡的女将军,佛前的青莲,或佛前晃着两抓鬏的小童子,掌管世间一切悲欢离合的仙子,等等,每个角色都是根据当时的心境而定,所以关于前生的角色,估计还要不断地添加。对于来世,我也设置了好多角色,但是看多了今生的变幻无常,不敢轻易给来世许诺下角色,因为前世已经过去,可以肆意改换,没有人来干涉来拆穿,而来世是有可能有见证的,所以一定要慎重。

我想我是个无趣的人,要么就是个极其认真的人,在预想来世这类荒诞稚气的问题时,居然如此小心翼翼,仿若真的存在一样。其实,在信与不信之间,我宁愿选择相信。当然,选择相信前世与来世的存在,与"迷信"并没有任何关系,其仅仅是我摸索出来的利于今生的一剂"万能膏"。诚如《秋日蝶语》里所描,在我简单的意念里,前世是今生的前世,今生是来世的前世。前世,已经无能为力,却可以用来释怀今生的憾,而为了来世的美好,今生一定要种下美丽的因。所以相信"前世、今生、来世"未必没有意义,而相信来世的存在,甚至令我不再恐惧衰老与死亡。

很多次想,如果今生是悬浮在时空里的一间密闭的房子,前世与来生就像镶嵌其前后的门和窗。打开门和窗,让时空对流,无形中,便拉长拉阔了生命的长度和广度,也让微小的生命与时空相融,不再那么孤立、憋闷、狭小、微弱,就仿若一滴水融进了大海,有更无限广阔的空间和更强的生命力。

换言之,前世是今生的根须,来世是今生的花与果,有了前世的力量与来世的希望,今生会更从容更认真更豁达吧。

第二日　一只蛐蛐死了

终是挨过了夏日燥热,原以为这样一个清凉的新秋之夜可以酣睡一场了,谁料一只蛐蛐清亮的音色在幽寂的夜里四散开来,将一场欢喜悠然阻断。期望它唱累后放自己一马,可这只蛐蛐居然有惊人的毅力,不眠不休地一声长一声短地瞿——瞿——叫。

我如在缝缝隙隙遍地蛐鸣里辗转一夜,头昏脑胀食不下咽地对付过早饭,俯池前清理碗筷,池边花架上的吊兰盆里倏地跳出一只黑影。

负荆请罪还是耀武扬威来了? 望着在池壁水珠里慌张上爬的罪魁祸首我幸灾乐祸。

眨了下眼,它不知怎么变成仰势了。再玩一会哦,见它小腿蹬得挺欢,我缩回捉起它的手,在另一个池里洗起抹布。

抹布洗好,转身抽了张纸巾准备捉它出来,俯下身,却怔住了,它乳白的腹部朝上摊着,细瘦如针的腿呈外蹬姿势定格着——它死了?!

才两分钟啊。仔细观察确定它千真万确死了! 昨夜还在欢唱,今晨却已如此恓惶,生死谁定? 悲悯与自责齐齐泛起,觉得眼前的蛐蛐,每一纤毫都在诉说着它的悲愤、挣扎、不甘、无奈……

虽说还达不到佛家"踏地怕地痛"的至善巅峰,但一直笃信万物皆是命,从小连只蚂蚁都不会故意伤害,即使它咬了女儿的嫩脚背,也只将其扫走,对噘嘴嫌不解气的小娇娇说,它是一时失误,罪不足死,我们原谅它一次好吗? 而任一个足是蚂蚁几十倍的生命在眼前泯灭,自己究竟算不算善呢?

自责中,不禁思量起,什么才是善? 怎样才能处处行善? 在找到小纸盒,小心翼翼地将其装起时,突然为自己找到一个开脱。

人之初性本善,纵然人人向善,可是我们不得不承认,有时自己一言一行已无意中伤害了他人,甚至犯下对另一个生命的罪。兴奋时随手采下的一朵花,弹弓射中的麻雀,泼出的一盆水可知淹死了多少蚂蚁? 一件琐事,对一个生命稀松平常,对另一个生命却牵扯着一生的福祸。正如昨夜这只蛐蛐的欢唱,导致了我睡眠紊乱,而我不知它蹬腿就是生命最后的挣扎,只因一个生命对另一个生命的不了解,一个生命的一念之间便决定着另一个生命的生死悲欢!

世界上,每个生命都有专属自己的笑点、哭点、痛点、怒点、承受点……个体的差异,导致太多恩怨错位,生活中很多误会是否由此而生? 古往今来的恩怨情仇起因也无非是一些无心的鸡毛蒜皮的事,甚至是一句话,也会导致一场"蝴蝶效应"的悲剧。

所以,善不是每时每秒都可拿捏到位,所以即使敬畏生命相信因果,即使相信积微善以修福之人,尽管一再坚持遵行"勿以善小而不为,勿以恶小而为之"的准则,仍难免会犯下无意之失,也因此不得不经受悲欢离合病痛灾祸的奖惩。

或许,在无法保证自己行为一定会有善果的状况下,善与不善最大的区别,就是抓紧做好眼前力所能及的事。比如,及时地捉起这只蛐蛐,比如谨言慎行。

捧着装了蛐蛐的纸盒,下楼将其倒在冬青下的草丛里,算是一种补赎吧。

第三日　昂贵的浪费

去一长辈家,奢华的家里有一个朴素的身影忙忙碌碌,长辈介绍是乡下亲戚。身影忙碌完毕,长辈从卧室里笑盈盈地抱出几件衣裳。

看看,这都是几百上千的衣服,压了几年了,送给你吧,你家里姑娘多。长辈谦和的笑里有对惊喜和感激的期待。亲戚浅浅一笑:您还是留着吧,孩子们都大了,喜欢穿新买的。长辈的笑容闪了闪:那就你穿吧。阿姨摆摆手:现在富裕了,娃们隔三岔五买新的,穿一两次就退给我了,我衣服多得穿不完。

亲戚走了,长辈坐在沙发上,将一件件昂贵的衣服拎起来左看右看,自语:这么好的东西,居然送不出去。我劝慰:新农村的日子一点不比城里差,有些农村人比城里人还富裕。早知这样，前几年送给她们多好，还能落个人情。长辈明显的有点失落，不仅仅是城里人在农村人面前优越感的缺失。

这的确是一次昂贵的浪费，而我所说的昂贵，全然不是指这些衣物的价格。

有一则故事：一个富商无意中给一个穷孩子二百块钱学费，那孩子得以继续上学，然后考了医学院。富商年老，得了重症，居然成了长大了的穷孩子的患者，而且他是这个病的专家，他倾尽心力挽回了富商的命。

这两件看似风马牛不相及的事会在我的大脑里撞车，是因为他们之间交集的"人情与因果"。

国人擅讲人情，仔细推理，所谓人情，就是一种无条件相助机会的寄存。就是说，我在没有任何利于自己的情况下，无条件给予对方一些恩惠，当时没有什么需要你回报的，但是一旦某天我需要你相助时，你必须无条件相助于我，还我"人情"。

这种情形类似于银行业务，有余钱时寄存起来，需要时来取。所不同的是，这是精神与良知的寄存，如果某天其能兑现在出其不意地方，就成为一种福气或运气，通俗讲便是因果报应。

在西藏有种专门乞讨的人，他们每次只乞讨一角钱，一般人是很乐意给的，因为这一角对谁都是九牛一毛的事，不伤丝毫便种一份恩惠，何乐而不为？大家都施得很愉快。

其实，这些虔诚于佛祖的信徒，就是在给众生提供寄存恩惠的机会。

生活中，我们偶尔会有这种体验，当你想助别人时，对方拒绝了。于是有瞬间莫名的失落，好心好意并非时时能落到实处，而当别人痛快地接受了你的帮助，你的欢喜甚至超过对方，你不仅觉出自己的价值，更觉得自己是个善良的人，善有善报，对未来更增一份勇气。所以，助人为乐，是种境界，也是身心成长的需要。持德行天下信念者，也是持了一份存储的善足够抵挡所有灾难的自信。

大千世界，为何强弱共存？细忖，强弱共存符合宇宙间气息流通的状态。当所有能量都均衡状态存在时，世界将凝固，所有的生命又有何活力？所以，只有当能量互动起来，世界才一片生动旖旎。我们常常认定强者是弱者的恩人，其实弱者何尝不是强者的恩人？弱者的存在,给强者太多储蓄福运的机会,谁接受你的帮助,便是为你存下一份福运。所以在某种角度上说,强者与弱者互为"贵人",世界大舞台上,强与弱是角色的需要,施与受是各自职责所在,是各自使命所在。

"善人结善缘,恶人结恶缘",这些民间俚语并非无据之说,有富余能力时,储存一点出来,未来遇到坎时,这些福运便会以另种面目出来渡你过难关,正所谓一份恩惠一份福运。这不仅仅是对宿命的迷信,更是宇宙万物运行规律最直观的解读,是对人性正能量的督促。

社会高速发展,储存的机会急速消失,一个贫困孩子,你的一本书、一支笔、一件衣裳都会让其感激不尽。当他们长大成材后,几十几百几千也会让其不屑一顾,而且雪中送炭与锦上添花的"利息"也相差甚远。

仁者安于仁,智者利于仁,无论哪种仁,都是生命的需要。当善良无法达成时,就像抱着一捆钞票无处可存,只有自己负责个人安危了。而错失一次施仁施善的机会,等于浪费了一个昂贵的机会,所以不要轻易错失储蓄福运的机会,让能量互动起来,千万别某天也抱着一堆送不出去的昂贵闷闷不乐,兀自失落。

第四日　恐怖片后遗症

炎热的午后,午睡醒来,看着窗外明晃晃的太阳,百无聊赖中,打开电视。凤凰电影台刚好在推出字幕,一向欣赏的硬汉子陈晓春迎面而来,遂将频道锁定于此。

影片的开场很寻常,很生活化:陈晓春(剧中名忘了)携其女友逛商场,不幸的是与商场相邻的殡仪馆里做人体生化科研项目时发生意外,一具生化僵尸失控跑进商场逮人就咬。而只要被咬过的人只有瞬间的记忆后也会沦为魔鬼,然后也去咬人……

剧情推演到此,抽紧的心脏提示我这是传说中的恐怖片,条件反射地抓起遥控器,准备换台。可是手指按在键上,却犹豫了,诡异的情节场景已令人欲罢不能了,深呼吸,壮壮胆,咬着牙继续看。

画面上，整个商场成为一个人与鬼拼斗的劫场。陈晓春拉着女友和几个哥们儿左奔右突，搏斗厮杀，一路奔逃下去，兄弟们一个个沦为了魔鬼。对着要咬向自己的兄弟，陈晓春几经挣扎，闭着眼挥下匕首……商场全面沦陷，只有陈晓春和女友尚存，当他们精疲力竭地奔至门口时，却听到直升机在空中叫嚣：商场里所有物品皆感染病毒，立即投弹炸毁！

陈晓春拼着最后一丝气力从撕扯着他的众魔鬼中杀出，拉着女友冲天空挥手狂喊：还有我！我！可是飞机上的炸弹嘶嘶作响，而身边的女友也有异样，陈晓春低头一看，女友容颜也突地变化。原来她在最后一刻也被僵尸咬到，凭着最后一丝记忆，她望着陈晓春想咬又咬不下去。陈晓春望望天上即将下投的炸弹，看看舍不下的爱人，终于妥协，苦笑一下，将胳膊温顺地递到女友嘴边，在其张口的瞬间，炸弹轰然作响，一切都灰飞烟灭……

恐怖片，十年之前没有看，此后十年更没有胆子看，所以这是平生唯一看过的恐怖片。十年后仍心有余悸，当时的震撼更可谓空前。当时我盯着屏幕上浓浓的烟雾，心里空茫成一片。

一个英雄面对整个世界人性的颠覆，面对兄弟爱人不管是主动还是被动的沦为魔鬼，当他们要人性迷失地向你张开血盆大口时，你是如何的心痛与悲哀？人性泯灭的他们已不知痛忧，唯人性尚在的人痛楚纠结。当人终于战胜魔鬼，保住人性杀出重围，却被更大的不幸袭击：你从魔地来，没有人再相信你还是人！

究竟谁是最可怕的魔鬼？最可怕的魔鬼是什么？人，是最可怕的魔鬼，最可怕的魔鬼是人性的泯灭！悲壮与无奈，无力与绝望，不甘与妥协，是影片中陈晓春望向世界的最后的眼神——英雄末路，不是毙于外界的灾难，而是绝望于人性的泯灭，在人性的围剿中纵然万种不甘，最终也只能妥协。

影片激活了心底某种隐蔽的恐惧：这个世界，又何尝不是一场真做假来假也真、假做真来真也假的残酷而悲哀的恐怖片？有多少人在人性的围困中苦苦挣扎不知前路？陈晓春最后看向世界的那个眼神，俨然一把利刃悬晃在眼前，只那光芒便扎得我多次从梦中惊醒。很多次回想起影片中的一些细节，那些对望的眼神透出的情感与现实中不差分毫，我很怕自己某天也会持那样的眼神，怕更多的人持有那样的眼神。看似富丽堂皇的世界上,何处不在上演着如此的劫难?有些拼杀看得见硝烟战火,有些拼杀是不动声色,有形的拼杀会在某时某刻,而无形的拼杀是无时无刻,无声无息。须臾大意,便会被魔鬼咬伤,继而也人性涣散,于不察中沦为下一个魔鬼。

而当魔鬼以人的形态存在时,令人防不胜防。

我觉得自己患上了恐怖片后遗症,为了化解医治这种莫名的恐惧,我有意无意地寻找着自我保护与救赎的方法。参禅,念经书,尽量不去看污浊血腥的事物,包括文字,偏向四书五经唐诗宋词一类,现代书目则是周国平、白落梅、林清玄等类型的文字,甚至还喜欢上了《花火》《80后》等青春小说刊物。这类文字像一簇簇矢车菊,不惊艳,不惊世骇俗,却自有种力量,可以让人嗅得见人性芳香,纵然轻微,心下也清凉,欢喜。

有朋友指责我这是逃避是懦弱,我支吾着认错了,而一向坦率的我在此事上实在是做了"阴奉阳违"之举。我固执地坚持,这世界上有鲜花也有污浊,我为什么不尽力地去寻找鲜花欣赏,而非要浪费有限的生命去一观污浊的丑陋?旁观污浊太多了,对人性的失望,自己的人性会不会在不知不觉中潜移默化?至少会降低了防线与标准。坚守人性,远离污浊,或许是我一厢情愿自欺欺人的生存方式,但是的确由此寻得了一些宁静喜悦。

当然后遗症并非都指负面影响,在一定程度上,这部恐怖片还是教了我一种化解困扰的办法。当受到刺伤时,便开脱自己,其也是一个被魔鬼咬过的人,也是人性的受害者,何必徒添烦恼?接着转念去思索,不知这个美好的世界上,是谁第一个遭遇魔鬼撕咬,从而将毒素传播?

是谁第一个染上毒素,西方人习惯说谁打开了潘多拉的盒子。这似乎是一个无稽之谈荒谬之思,可是,由此我们可以坦然接受一些现实,每个人的人性里都有潜伏的魔鬼,一点外力便将其激活,从而形成在猝不及防下遭人伤害又在毫不知情下伤害别人的可怕可悲的恶性循环。

尽管不知这个恶性循环链从何而起、从何而终,我们注定是要在这个繁华的沼泽里横渡一遭,既然知道所有的残忍都是情非得已,我们只能放下仇恨与抱怨厌憎,在浊浪滔天里,倾心修炼各自的渡世秘术。秘术没有高低,驾驭得得心应手便是最好,而我的秘术就是借用文字砌起一方天地,按林徽因所说的在心里修篱种菊自得其乐。

第五日 高 贵

毋庸置疑,高贵总是以巍峨不群的气势稳稳地矗于中国赞美词汇之巅,它像轮太阳,高悬在精神彼岸,闪烁着一片虚幻的璀璨,诱惑着无数生命前赴后继终其一生向其奋力泅度。追求高贵,已然成为生命的某种本能需求。

然而,高贵究竟是什么呢?怎样才能抵达?我想,要想修得高贵,最重要的是看清高贵的真实面目与方向。

其实在很久很久之前,可亲可敬的先人们用智慧和生命对高贵做了切实地探寻与求证,"平民种德施惠,是无位之卿;士大夫贪财好货,乃有爵之乞丐"。纸墨馨香的《菜根谭》里明确指示了高贵的线索:人的贵贱不在于地位的高低,真正的高贵是在厚广的品性中,生命的价值在于对这个世界留下多少美好。

因此,高贵,不等同于傲慢,更不是飞扬跋扈的嚣张。生活中,很多人弄不清高贵的概念,狭隘地将高贵理解为物质资产的丰厚,概念混淆导致到处都是富而不贵之人!

傲慢泄露了无知,嚣张暴露了愚蠢,把高贵定位于资产的厚度,则彰显了粗浅。若将高贵等价于华裳与璀璨的饰品,无疑会让高贵欲哭无泪,而借不可一世的霸道张狂展现高贵,无疑是对高贵的更大摧残。

高贵之人有一定的共性。

高贵者,首先是善良仁爱的。人之初,性本善,善是上苍赐予每颗灵魂安身立命于红尘的先天资本,这份资本足以支撑一个生命在人世浮沉中的从容优雅。遗憾的是,太多的人不断透支着这份原始资本。当一个人守不住原始的资本,与败家子有何异?当这份资产挥霍一空后,只留下苍俗甚至贫瘠丑陋的灵魂包裹在或华丽或褴褛的外壳下,又何谈高贵?

高贵者,必定是智慧的。只有具备了聪慧的心灵,才能做出正确地取舍,懂得守护生命的根本,这种智慧是无形的,抑或是大智若愚的,它不张扬不浮夸,甚至很卑微。

高贵者，是沉默的英雄，终其一生都在与世俗做无言的抗战，待其杀出误解、轻蔑、讥笑时，柔软的心也定是伤痕累累。但他不怨不恨不憎不怒不诉。

自古英雄多寂寞，所以，高贵者，是寂寞而坚强的，其卓绝的灵魂注定了其的孤独，若再没有坚强，又怎能抵抗漫漫人生旅途中的寂寥？又如何能守护住人性中那份美好，并将之散播递延？

高贵者肯定是平和淡定的，其智慧足以洞悉生命的本相，悲天悯人的情怀令其总是呈现谦和的姿态。对于他人的张牙舞爪，他不去接招，只是轻轻避过，从容走自己的路。

高贵者皆有根傲骨，当然这根傲骨是为了对抗人性的丑陋与偏狭，绝不围于某个人某件事。他们绝不妥协于人性的丑陋，也不屑浪费任何心力与龌龊周旋，他们精神洁癖患者般，固守着一处精神领地。他们阳光豁达，不失望不绝望，不沉沦不颓废。坚信人性的美好，也身体力行地践行着人性的美好，他们似一滴清水，涤荡稀释着人世的混浊，其所到之处必携着人性的光辉，唤起周遭人对美好的向往。

当面对刚落地的婴儿时，我们会震慑在那种恬静的气息里，会无端地小心翼翼，唯恐亵渎冒犯某种圣洁。可不可依此追根溯源得出：原本每个生命都携带着一粒高贵的种子，只是被成长路上日积月累的尘埃裹住了光华？

原来，高贵一直与每个生命形影不离，只要愿意，谁都有高贵的可能，不论是与日同辉的帝王将相民族英雄，还是碎如散星的草根百姓，都与高贵离着同等的距离。高贵，是一种气质，是一个人灵魂的外在表现，它凝聚着人心所向的人性里的美好，诚实的人是高贵的，正直的人是高贵的，洁身自好的人是高贵的，扶贫帮弱的人是高贵的……所有能担得起为人之责，具备了人性中的美好品质的人都是高贵的。

所以，追求高贵，并不需要上下求索四方追寻，只需要潜心培植，用善良与仁爱将其激活，以美好的人性当养料将其催发滋养。假以时日，当高贵的种子在灵魂里生根发芽开花怒放时，无论身着华裳还是简束粗麻，我想我们的周身都会散发出高贵的光芒。那是尘世间最美的光晕，也是生命本真的回归。

第六日　姿　态

与一幅黑白摄影作品不期而遇的瞬间,心魂便被某种力量攫住。浅浅的山坡,碎碎的草,一棵树突兀地挺立在中央,没有叶片,只有斑驳的枝丫四散开来,枝枝笔直,不屈不弯,似一个摊开臂的身影,就那么坦白地、心无城府地昂扬向天际,昂扬向远方,简单寥落,苍凉静默。

我一遍遍地阅读。

画作,本该用欣赏一词的,而我选择了阅读,是因为,面对这幅画面,只有阅读一词才表达出我对其的钟爱与尊敬。凝神轻息里一遍遍地阅读,一遍遍地在以微米来计算的线条里反复捕捉着其千丝万缕的心思,一遍遍地在那高像素的光影里听辨它的呼吸和脉动——我固执地认定它是有血有肉有生命的。

然后,我似乎读懂了。

读懂了它遗世独立下的执着;

读懂了它桀骜不群下的温柔;

读懂了它寂寥下的热望;

读懂了它坚强下的脆弱;

读懂它生命中那份无可名状的孤单隐忍;

读懂了它永不放弃的坚守与深邃的忧伤;

读懂了它对生命浓烈的爱……

再然后,我眼眸濡湿,恍惚中,我看到一个美好的生命在尘世的旷野里,对着苍茫的未来无怨无悔地坚守与等候。

如此,就倔犟出一个落寞的不合时宜的生命姿态。

一直相信,世间万物都以一种专属姿态存在。比如山有山的庄严,水有水的温婉,太阳有太阳的灼热,月有月的清澈,草有草的轻盈,花有花的妩媚……姿态,是一个生灵对自己生命的原始表达,是每个生命立世的标签。作为万物生灵之巅的人,也自有专属于自己的姿态。事实上,为了让生命有个华丽夺人的姿态,很多人穷其一生地自我雕琢加分,争地位,积财富,塑型美颜……

其实，这只是有改换状态而已。

姿态与状态是生命的两个层面，有关联，却截然不同。

姿态是内里的呈现，状态是种外在呈现，就如铁的锻造，经烈火炙烤，铁锤不断地锤砸，它最后可能是一把犀利的剪刀，也有可能是一口圆润的锅。剪刀或圆锅是其存在状态，无论它以何种状态存在，它共同的气息都是冰冷刚直，这就是它对世界摆出的姿态，这种生命姿态，任何打磨都篡改不了。

相比之下，状态的更改比较简单方便，一件华服可以令灰姑娘瞬间"像"公主，一顶皇冠可以让一凡夫须臾"似"帝王。但是脱下华服卸下皇冠，灰姑娘依然是灰姑娘，凡夫还是凡夫，永远不会发生三国故事里的情节：曹操自卑于自己的形象，让舒眉朗目仪表非凡的崔琰假扮自己接见匈奴使者，自己扮侍从立座侧。后间谍探来消息，使者云：魏王雅望非常，然床头捉刀人，此乃英雄也！

可见，状态影响不了姿态，姿态却能决定状态。可见，美好姿态是内里的一种修缮，是灵魂的锻造。铁的锻造在炉火中，灵魂的锻造在红尘烈焰里，如果说生命是上苍扔进人世熔炉里的一块铁，最初的元素都一致，在经红尘烈焰的萃取过程中，是我们依着自己的取舍选择了姿态的元素：豁达或狭隘，慈悲或凶残、谦和或傲慢，正义或谄媚，刚直或虚伪，无私或贪婪，率真或狡猾……

状态是种具体存在，可由世俗标准来界定高下，姿态是种无形存在，其优劣界定只能循着生命所向。凡是能给予生命温暖与营养的为美好，比如豁达、慈悲、谦和、正义、忠诚等，而贪婪、傲慢、凶残、霸道、虚伪、狡猾等带给生命黑暗与威胁的则是丑劣的、下等的。

美好的姿态是对一个生命最高端的诠释，因而，以最美的姿态招展于世，是每个生命的初衷。只是在漫长的锻造过程中，有些灵魂模糊了方向，为了状态的风光损毁了姿态，着实令人扼腕叹息。

而当我们在一幅现成的画作面前心安理得地倾其所能、甚至信口开河地评头论足，表达喜憎，谁又会去关注，在那一幅幅画作后面凝聚了作者多少辛酸？多少千山万水的跋涉寻觅与殚精竭虑的构思筛选？在那么多绚丽的色彩与丰富的造型中做出取舍，作者一定是做了许多辗转反侧的煎熬。

画作有生命，生命亦如画作，那么，当我们遇到一个具有美好姿态的生命时,可曾想到这个生命为了一份美好经受了怎样的风雨悲欢锤炼,经受了多少艰难的取舍煎熬,抵抗了多少的诱惑与讥笑?而他们倔犟地坚持保存下来的美好又何尝不是一种力量和方向?正如眼前品读的这棵旷野里的树,即使凋落尽所有的叶片,它依然选择昂扬向上,虽不言不语,仅这个姿态便足以引发我对美好的向往与坚持。

所以,面对历经风雨仍持有美好姿态的生命,我无法不致以深深的敬重与感谢,感谢它们或他们带给这个世界阳光和希望。

第七日　友情与嫉妒

当一群人中唯一的男人爽朗地笑着说"你们这一群美女中,××最美"后,女人们突然集体安静下来。男人左右环顾,眼露困惑,憨厚如他,也能感知到骤然的冷清与自己有关,只是他实在不知自己错在何处。他每天都看到这几个女人一起出入,称姐道妹好不亲密,他还曾慨叹:你们女人的友情令人羡慕。当时一群女人咯咯咯地回他,那你来生当女人吧,尝尝女人友情的滋味。

就为这份心无嫌隙的亲密热烈,他一直是她们的"追随者",遇上,就要停驻寒暄几句,有时间了,会聊得更多。他以为己是她们共同的朋友了,他以为对她们已经很了解,而在这一刹,他才意识到与她们其实隔着一层玻璃,有些微妙的东西还是没看清。

不仅他没看清,几千年的历史都没有讨论清。男女生理结构上的差异就注定了很多事是是无法默契的,男人常说女人如花,却常常忽略了花性——花无百日红。如花女人自有花性。

女人的友情,通常很壮观,很繁华,很铺张,如一树繁花,张扬得周遭空气里都弥漫着沁人心脾的暖香,让男人望尘莫及。而女人的友情破裂的也如花谢般快速,花期短,友期也短,更多时候女人的朋友像衣服,换个季节更新一茬,很少有恒久的朋友。女人很少为友情泣泪交加,就如同对旧衣裳偶有回味,却从不留恋。几十年的友情,会因一句话而结束得没有余地。对于优于自己的朋友,有的女人还唯恐避之不及,像躲一场灾难般决绝。

这一切的根源在于女人与生自来的心病——嫉妒。嫉妒解开来看便是"女+疾,女+户",可知古人造字时便已洞悉女人好妒。

女人的嫉妒常与姿颜有关,社会对女人的价值取向逼迫得女人都有唯我独秀的妄图,世界美容业繁荣不衰便是有力的佐证,其实这是一种心理疾病,诚如嫉妒也是一种心理隐疾。优秀到极致的女人,一生也尝过嫉妒之苦。

成为好朋友的女人,要么颜值持平,惺惺相惜,要么悬殊甚远,远到足可以调动起弱式一方的自知之明,主动熄灭嫉妒之念,得以友好相处;可是这也不能保证,在某个时候,还是掠过嫉妒。擅长演戏的,尚能保持若无其事的坦然,没城府的已冷若冰霜。于是,少了一对手拉手的朋友,多了一对无来由的敌人。

女人的忽冷忽热,让男人们常常摸不着头脑,昨天还在句句是好,今天却字字厌憎。而左右着女人友情与嫉妒的往往是男人,女人会因同时爱上一个男人而成为知己,惺惺相惜,也会因爱上同一个男人而生死对立。男人要想挑起两个女人反目,最简单的办法便是当着一个面狠劲赞美另一个。若男人在一群女人面前赞美一个女人,无疑是将这个女人推到众矢之的的位置。所以,如果男人想要呵护女人,切勿碰踩女人们的"雷区"。

男人的友情就简单多了,就如男人的服装不是西装便是夹克般简单分明。男人的友情,是山与山的凝望,外人常常看不出其深浅,只有他们自己清楚地平线牵起的那份划分不清的关联。男人的友情存活期长久,一旦认定,便一生一世。

男人也嫉妒,引起男人嫉妒的因子很多,容貌、家世、资产、地位、学历等都是男人嫉妒的引线,这也与社会对男人的价值取向有关。只是男人的嫉妒心掩藏得很深,深到可以发酵,所以从古至今战争绵延。男人的友情与嫉妒也与女人有关,男人很少会因为爱上同一个女人而成为弟兄,常见的是"壮士一怒为红颜"。金岳霖和梁思成是个特例,要么就是特殊时代的产物。

嫉妒让男人女人无所适从,像潜伏在体内的野兽,一微不足道的因子都可将其激活,伤着他人也灼着自己。根治嫉妒的方法是让全世界没有男人或女人,这可能么? 不可能,所以男人女人还将被嫉妒折磨下去。

而嫉妒是什么呢? 有人说嫉妒是最好的赞美,的确,嫉妒是承认别人的优长,心里却不愿接受的一种不甘。所以只要妥当驾驭嫉妒这只野兽,将其转化成检测自己不足之处的精神仪器,从而不断修缮自我,提升自我,嫉妒便是一种最有力的鞭策,是男人女人更加精彩地活下去的有效力量。

第八日　笨拙的打算

这是你一大早跑到商场买回来的美到极致的裙子么?

一进门,手袋便被女儿抢了过去,她似乎早就料到一样,将手袋里的 T 恤扯出来嬉笑,惹得她爸爸也从书房里跑出来围观。

哈哈,你一出门,女儿就说等着瞧吧,妈妈绝对会买回来个意外。

啊? 我讪讪地瞅向八岁的小人儿。小人儿眨着星星一样的眸,不乏怜悯地叹:哎哟,妈妈,你啥时候能按着计划去做? 真是个迷糊的女人哦。

迷糊女人?

夫为女儿助力添彩:一出门就迷路,购物从来都是说东买西,莫名其妙的事你做的还少么? 从来只知道你走路没方向,没想到做事也没方向。

颊上一热,沮丧地往地毯上一坐,怎么会这样呢? 怎么就活成了夫女眼中的迷糊女人! 其实何止是夫女,亲友哪个没嬉笑过我的"没主见"或"随心所欲"。夫女定义的"迷糊女人"应该是最贴切的。

细想,夫和女儿的调侃与埋怨的确有深厚的缘由。原本买裙子,却买回来一件毛衣;买香水却买回了一摞书;买辣椒,拎回一棵莴苣;要吃香蕉,却掰开了石榴;买洗发水不去大商场偏要在商场旁的小商店……在嬉笑与斥责埋怨中,也有一晃而过的悔愧,但更多的是只有自己偷偷享受的暗喜:毛衣便宜,可以省好几百,减少夫养家糊口的负担;香水是奢侈品,可有可无,而书香却是闻之便拔不开腿;临时拎回莴苣是想起他们父女都爱吃鱼香肉丝;而卖香蕉小伙子旁卖石榴的大爷满手皲裂,篓里只有最后的几个了,给他清摊,让他早点回家吧;大商场里人头攒动,刚开业的小商店冷冷清清,年轻的小老板眉眼忧郁……

我知道,这些摧毁初衷的原因,都是一说出来便招训斥的"强词夺理",所以从来都是知错地一笑,然后抵死不改,然后……就被坑害成一个不坚定、没计划、一出门便忘了目标改了初衷的没主见的妇人，甚至是随心所欲不按常理出牌的迷糊女人了。

知错而不改，我无法解释为什么，但又模糊地明白是为什么。想起八年前女儿的诞生，从珠胎暗结起便查词典，查生肖，查星座，查起名网，为她取下了"馨怡、戈瑶、慕珊"等婉转娴雅端庄大气颇具大家闺秀质地的名字，而在产房里护士长要求填婴儿名字时，我却用虚弱的手郑重地写下了"佳祺"，一个只凭音确定不了性别的名字。

后来，好几次被人问到"你姑且有几分诗情画意，为何给女儿娶了这样毫无遐想空间的名字"，我习惯性讪讪地笑。女儿也因这个名字总是跟男生撞车而大加抱怨，直到某次我认真地跟她说了原因：美丽眩目的事物总是很缥缈，摸不到抓不住。佳祺，佳指女孩，祺是吉祥，妈妈不希望你美丽眩目，只希望你做一个时时吉祥好运的普通寻常的女孩，有一份踏踏实实的人生。

女儿冲我不屑地吐出"俗气"后便再也没有抱怨过，她应该是听懂了这个对世间万物都持有恭谨而显得怯懦的母亲的心：这一切都源于生命深处那份为人母的本能的爱！为了爱，冷傲孤绝的女子终于驯服地低下了倔犟的头，开始相信起世间最世俗的祈求——好运与吉祥。

而生命旅程中，有多少事的更改不是因为心底那份本能的爱？

世间爱，范畴很广：血脉之爱，手足之爱，友恩之爱，师谊之爱，同窗之爱，伉俪之爱……这些爱在一定时间与空间里界定出一个生命对另一个生命的责任与义务，依恋与体恤，理解与帮扶。而抽离出这些既定的需求与界定，世间还有一种爱，那就是一个生命对另一个生命无缘由的怜惜与悲悯，是上天赋予万物生灵的一种特有的嗅辨生命的能力，是一个生命对另一个生命爱的本能，无论那个生命与自己怎样陌生得遥不可及。

当我莽莽撞撞地降临人世，当我懵懵懂懂地遭遇了亲情、友情、爱情，我在一圈又一圈爱的包围中起伏，患得患失，又在一份份爱的散失中饱尝着撕裂的痛楚，我深切地懂得了爱的意义，懂得了生命对爱的渴求。也懂得了，正是这些或有来由，或无来由的爱相互交织，才在世间织出了一层密密的防护网，才能抵御尘世一场又一场风霜，或风雨雷电之灾，或悲欢离合生老病死之殇。所以，爱是整个人类不可或缺的,也是每个生命所必需的营养,每个生命对爱的需求就如花对雨露的期待。所以,寻求爱、获取爱,是每个生命的本能,一个生命对另一个生命的爱护体悯,也是一种生命的本能。

所以,这个时常改换初衷洋相百出的妇人其实并不迷糊,她的行为有时合理有时不合理,但是肯定是合情的。她遵从心的指令——爱亲友,爱夫女,爱身边每个可能遇见的人,甚至大言不惭自作主张地妄想爱护世间所有生命,包括一草一木一蚁,甚至想尽最大的努力给所遇生命一点能量和体恤,让迷糊的生命在被爱中幸福,也在爱的给予中幸福。

其实,这个自圆其说的、牵强的辩解也可以换种文艺的描述,就是这个在生活中洋相百出的迷糊女子其实一直是循着爱的方向做着盲目的流浪:顺应生命的本能,辨寻着爱的气息在人世的旷野中跌绊前行,无论有没有意义,有没有结果,爱的信念永不模糊……

而对于一个常在文字间徜徉的人来说,若用文体界定生命,这种生命状态是不是应属"散文体生命"?形散神不散,文无定法,笔走游龙,但是主旨永不跑偏,永远围绕着爱寻找或创造各种素材与情节。

倾一生时间,写一篇散文,是不是很笨拙的一种打算?

第九日　真正的开始

从小学一年级起读连环画,四年级开始读《人民文学》,五年级读《巴黎圣母院》……直到上师范时图书馆老师破例不需要证件,便允她带走任何一本书。女子似乎将根扎在图书馆,除去正式上课,所有时间都泡在图书馆里。班主任也给她特权,完成规定之内的学业,自习课由她去,她一直是暗自骄傲的。在同学的叹服仰止里,经常抱着书本目不斜视地在校园的任何一条路上来来去去。

直到毕业踏上三尺讲台,直到被评为学区最年轻的优秀教师,她一直是信心满满的,她觉得那是种必然。当别人请教她的才学如何炼成时,她漫不经心地说起一年级时成箱成箱的连环画和父亲那一摞摞发黄的《人民文学》……

周围的人连连叹惋,原来她从那么早便开始起程了。

25岁,女子进入了陕西省师范学院进修中文,一脚踏进这座具有悠远历史的学府,女子有点惶惑,觉得自己像个无知的天外来客,整个校园被银杏香樟覆盖成一片深深的海,湮没了她所有的骄傲。怅然失神的时候,自然而然地想起图书馆,那个每次心绪凌乱一坐进去便得心应手的场所。

持着新办的借书证走进了巍然的图书馆大楼。书柜林立,肃然安静,下午的太阳斜斜地照进宽阔的木窗,站在光束里的女子,羞愧、自责铺天盖地而来,原来世界上有那么多书还没读,自己还揣着井底之蛙的良好感觉生活了那么多年。

那一刻,她强烈地想逃遁而走。

下一刻,她又知道她不能逃离,她要拯救自己的无知。

待心里波涛汹涌稍稍平息,她去书架前拿了两本书,在墙角唯一的空位上悄悄落座。也就在那两本书中的其中一本里,恰好遇见一句话,"当一个人在书的丛林里感到自己渺小无知时,才真正地开始读书"。

女子大梦初醒,原来,她还从未真正开始读书,那么多年的阅读只是抵达知识大门的铺垫,仅仅属于入学前的启蒙,那么真正的读书路会是怎样的遥遥无止无尽? 要么现在开始,要么继续陶醉在井底,当然,女子选择了前者。

因当时第一次去那座图书馆,没有带读书笔记,所以无法记住那本书的资料,在第二天带着纸笔专门去做读书笔记时,那本书找不到了,它像一粒沙消失在海里,就此擦身而过。

书本是精神食粮,女子不知道那本书究竟辗转过多少人之手,填补过多少饥饿的大脑,而它于女子,却是一剂即时贴,给她的骄傲下了一贴清凉的药膏。

女子暗暗收起了骄傲,埋头读书,她时刻记着,25岁才是她读书路的真正开始。而很久之后,在夜晚的灯下,当她摘抄着笔记时,一缕幽深的欢喜从心底漫延开来,她豁然懂得:一个生命真正的开始,是不是也从懂得谦卑开始……

第十日　谁是谁的天长地久

男:我娶的非我所爱,所以日日夜夜厮守着孤单。

女:我嫁的非我所爱,所以分分秒秒与寂寞相伴。

男人犹豫地探询:那我们可否从头来过?

女人面对男人的不坚定苦涩地推托:哦……算了,今生既已如此,就如此吧。

挥手别过,天依旧蓝,云依旧白,太阳依旧日日东升西沉,男女依旧走回自己的孤单与寂寞。

男男女女一生都在寻觅所谓的"真爱",男人一生责怪造化弄人,女人一生埋怨宿命差强,其实,最该责怨的应是男女自己。好容易,几千年的拼杀挣来了今天的婚恋自由,情感不用再受父母之命媒妁之言,可是,依然有很多人心甘情愿的一头扎进功利世俗的枷锁。财富、容貌、年龄、学历、社会背景织成的网太过厚实,始终是无法越过的樊篱。

有人说,幸福,是在最合适的时间遇见最合适的人。那么,哪时哪刻是最适合的时间? 那么,具备哪些条件才是最适合的人。当两颗心相互吸引,彼此莫名悸动时,那已是上苍安排的最好的时刻,可是,我们往往更在乎世俗标准的所谓完美。在一次次精细的计算盘衡中,被尘世的迷雾迷了眼失了心,抓错了幸福丢了快乐,所以,很多时候,随俗是种精明,也是种悲哀。

很奇怪,很多人情愿忍受无爱的煎熬,却不愿把那份坚忍化作勇气,很惊讶,许多人宁愿在孤寂中索然无味地挨过一生,而不去努力争取生命的质量。更荒唐的是,有许多自以为是的"智"者穿梭在混乱的情爱关系中,用一场场畸形的欢娱释放一生的压抑,安顿荒凉的心。

真的,有太多幸福不是败给了命运,而是败给了自己的懦弱,不是上苍捉弄了谁,实在是自己辜负了上苍的苦心安排。是自己前赴后继义无反顾地投入世俗的尘垢,任由虚浮吞噬了自己的情爱与幸福。

世间仍有苦涩的对白在流转:

女:爱我的男人娶了别的女人,娶我的男人爱着别的女人,那么,我属于谁? 我是谁的天长地久?

男:爱我的女人嫁了别的男人,嫁我的女人爱着别的男人,那么,我拥有什么？我的天长地久在何处？

天长地久，终是男女迷离世界里的一场幽梦，数不尽的天长地久交错着存在，曹雪芹的一句"厚天高地，堪叹古今情不尽；痴男怨女，可怜风月债难酬"叹凉古今多少滚烫的心？

而当指责别人的世俗世故时，自己又何尝不是最俗的一个？所以，问世间儿女，到底是谁打乱了宿命的罗盘？

谁弄丢了谁的天长地久？

谁是谁的天长地久？

究竟，谁配拥有天长地久？

辑 十

时光之林

某天，当我们离开这个世界时，会发现这世间所有一切都与自己无关，只有爱与被爱的感觉才确定我们切切实实地活过一回。

最好的阳光

　　六月早晨的山间,山鸟啁啾,漫山遍野的葱茏。早熟的野果在山崖间的藤蔓上探头探脑,不时地飘过一缕山风,一切都美好得无以复加——当然,这是在多年之后恍然知道的。

　　而当时,七岁的孩童却是厌倦极了那一切,厌倦的根源是给这一切美好涂上流光熠彩的阳光——在初夏的阳光里乏味地坐了两三个小时的孩子怎能不烦躁连连,不抱怨连连呢?所以她冲着几丈外挥着锄头翻地的母亲嚷叫:烦死了,烦死了,我要回家!

　　年轻的母亲直起腰身,拄着锄柄,一抹脸上的汗,仰头看看天,笑眯眯道:再忍忍啊,看,多好的阳光。哼,就是讨厌这阳光呢。边嘟囔边愤愤地抓起一块松软的泥土丢入空中,成心是要击落这个将人从被窝里拖出来,还要在这没完没了地炙烤的家伙。

　　母亲不再言语,继续躬身翻地,我暗自噘嘴生恼。一扭头,外公外婆从野草覆没的山径上缓缓走来。外公稳健的身躯拎着水壶,发髻在脑后挽成油糕状的外婆弯曲的臂间挎着小竹篓。我一跃而起,原想奔过去,不料被松软的黄土陷得跌跌撞撞。

　　地埂头上,外婆弯下腰,一手捉住我单薄的肩,用另一袖口给我擦拭额头的细汗,外公忙着把水壶往不停嘟囔着"热死了,热死了,我要回家"的我手里塞:呵呵,李家千金今儿受苦啦,瞧这阳光好的。

哼，才不好，讨厌这阳光！咕噜咕噜咽下几口水，我理直气壮地反驳，也坦然地承认"受苦了"，恨恨地道：我要做个大袋子，把这太阳装进去，不让它出来晒人。

明明是咬牙切齿的啊，可外公外婆和母亲像是听了天下最大的笑话，全都笑起来，笑声把身旁一株山枣树上的麻雀都惊得扑棱棱飞走了。然后还是青涩小伙子的小舅从山崖上冒出头来吼：啥事那么高兴？笑声忽地再次炸开，我也咧开了嘴。冒冒失失走捷径，从山崖攀上来的小舅嘿嘿的笑声、不顾草刺划伤大踏步而来的急切和鼓鼓的衣兜无不透露了一个好的讯息。

果真，在外婆转播我的稚言稚语时，急性子的小舅根本没听完便张嘴哈哈大笑，大笑的同时将衣兜里的宝贝往我手里塞。哇，好大的梅杏啊，一半黄绿一半玫红，足有我小拳头大，刚离开枝头的杏果！

以锄柄和地埂为凳，一家人围坐下来，外婆的小竹篮搁在中间。揭开潮湿的自家织的棉布毛巾露出顶着小黄花的黄瓜，洗得亮晶晶地带着绿樱的水萝卜，白胖胖的馒头，小舅也将鲜艳欲滴的大梅杏一个个掏放进去。一家人在大太阳下的山坡上吃吃喝喝说说笑笑。他们说到我笨拙的父亲，说到我精明能干的祖父祖母，说到贪吃却被锁进"笼子"里上学的哥哥姐姐，说到很多遥远的人，还说如果他或她也能吃到这么好的杏子该多好，还说在我和妈妈回街上我们的家时，一定要多摘些带着……

见我吃得欢喜，外婆笑眯眯逗我：长大就留在这山里吧，这面山坡阳光好，都给你留着种，好不好？想种啥种啥。

我扬起小脸，愤愤地答：才不呢，我讨厌这里的阳光，我长大要走得远远的，离这阳光远远的。

妈妈说：离开阳光你咋活呢？

我说：我要找我想要的阳光，最最好的阳光，不冷不热，刚刚好的那种阳光。

外公外婆妈妈都笑了。小舅不悦：哼，不知好歹！我轻蔑地白小舅一眼。

后来，真的远离了那块山坡，甚至那块土地，我要去不可知的地方寻找我想要的那片最最好的阳光。

情况是怎样的呢？

在边疆，一年长达五个月的落雪，将阳光浸得苍白温凉，即使在夏天，那阳光就像是被积雪的寒冷刺伤过一样，退得极为遥远。所以，边疆的天总是那么辽阔浩瀚，我总认为边疆的太阳比别处的小了一圈。当然，也就很少能感到温暖与灼热了。

在南方，连绵不断的雨淹没了太阳，太阳就像打湿翅膀的蝶，怎么振翅都飞不上天。即使飞上天，那阳光也湿漉漉地拖垂着，毫无明亮与轻盈；即使偶尔有，也是稍纵即逝，也是带着一股特有的黏湿。

在沙漠，太阳完全就像是一个深爱大地而得不到回应的女子，疯狂释放着积藏在心中的爱火，束束爱的烈焰，将人炙烤得如坐针毡。

而不管走过哪座城市，抬头看时，那些阳光都似被鳞次栉比的建筑切割成一块一块的碎锦，明亮得局促，明媚得矜持。

于是，好好晒一场太阳，居然成了一种隐秘的渴盼。

这个清明，十六岁离乡、而今已六十岁的舅父归来，大姨、小姨、母亲、姐姐、姐夫、表弟、表妹们，还有我们各自的孩子一起相陪着去那座山村为外公外婆扫墓。

山还是那样的连绵起伏，开始起身的野草泛着清新的绿将荒芜了一冬的黄土涂抹出一丝生机，辨寻着记忆里的坡径，从步履轻盈走到气喘吁吁时，一家人终于站在了外公外婆的坟茔前。深掩在荒草灌木丛里的坟茔如威严的外公和贤淑腼腆的外婆一样，沉稳安寂。

静立片刻，大家一起动手给外婆外公清理"家园"。边清扫，边叙说着久远的往事，舅父与母亲姨们总是在笑言间突然哽咽，在说到因车祸英年早逝的小舅时我的泪也涌了出来。而第一次抵达山村的几个小孩们兴奋不已好奇地四处打量、追闹、采摘隔冬的酸枣果。

不知不觉中额头渗出了汗，擦汗的瞬间，一扬头，看到了苍穹中高悬的太阳。阳光浩荡，明亮得那么透彻，明媚得那么舒展，不远不近，温暖得恰恰好。这么美、这么好的阳光，不正是自己心心念念寻寻觅觅多年的阳光么？这个念头涌来时,心下蓦地一震,定神望向对面的山坡,正是七岁那年晒了一个早晨阳光的山坡,那些地里现在是一片片苹果树,新发的叶片在阳光下跳动。

霍地,若大梦醒来。原来最美的阳光,其实我早已享用过了,只是当时浑然不觉。浑然不觉的还有那时健康的祖父母,还有年轻的父母,还有那些疼爱我的亲人,以为他们会一直那样健康下去,年轻下去,让我们的世界永远那样完整地现世安稳下去……

而实际上,有多少那么好的阳光在我们浑然不觉中一掷而过?

老 树

1

千年胡杨，擎着一身金黄，在额济纳旗的大漠蓝天下流光溢彩。学着蒙古族友人，俯身，向着神树深深朝拜下去。原是很想虔诚的，可是不能撒谎，在那一刻我心里浮起的是另一棵树的身姿。

那是一棵叶密冠匝的槐树，巍然屹立在祖父祖母屋前。很老，很老，老得祖父都说不清是谁栽下的，咿呀学语起，母亲就教我叫其老树。母亲说我们兄妹几个都是在老树下从坐到爬，再到摇摇晃晃地迈开小脚丫。而祖母说，岂止是你们，你们的父亲、姑、叔都是那样在树下长大的。

老树在家里的位置非比寻常，连威严的祖父都会俯腰拾起老树下的枯叶碎枝，且无数次的念叨，树是有灵性的，你好好待它，它就会保佑一家人平安儿孙满堂后人鼎盛。所以，一年四季，将三重院落的三分之一包括三面环立的厨房、磨坊与祖父母睡房一起拢在自己浓荫下的老树俨然是全家的保护神。

是不是真如此，我不得而知，只是沿着光阴一路回溯，最真实的快乐似乎都系在有神性的老树下。

白天大人们忙得顾不上我们，我们一堆小屁孩便在老树下耍，一会打，一会笑，见不得又离不开。等大人们回来了，便一窝蜂地拥上去抢着告状，抖落谁干了蠢事，比如尿裤子了、耍着耍着睡着了一类。祖父一般都是很耐心地哈哈一笑,往竹椅上一坐:来,一个个挨着说。而祖母和母亲总是不耐烦地敷衍几句便进了厨房开始做饭。经常是,祖父断着官司,祖母和母亲做着饭,官司没断完,饭一上桌,啥恩怨都一笔勾销。

没有雪雨大风的天气里,我们都在大树下吃饭。阳光从枝缝间流泻下来,洒在褐红的小木桌上,碗盘上飘浮的缕缕热气在碎碎的阳光里清晰可见。祖父一提筷子,说吃,我们就可以放肆地夹菜了。而祖母会不时提醒,只准夹靠近自己一边的,筷子不许伸到别人的那边去,夹起来就不要再放回去,挑挑拣拣没教养。

老树根旁有一把竹躺椅,和老树一样长了根,一年四季冲着大门摆着,从不挪移。外号烟王的祖父,面孔清癯,家族标志性的深眼窝、薄眼皮,忧郁却有洞穿人心的深邃光芒,高大的身躯不怒而威。每天,祖父上身着纤尘不染白绸褂,下身着墨黑闪光绸裤,裤腿扎在祖母精心绣制的鞋袜裹腿里,腰间系鲜红布腰带,两手背后,脚底生风地踏过庭院,往竹躺椅上一靠,抻展开躯体,惬意长叹:还是家里舒坦啊!

祖父闭目养神时,我们都不敢嬉闹。等他养过神,一声大吼:猴孩子们,都给我出来! 我们和当时尚未成年的姑叔们便像子弹一样从各自的屋里发射出来,聚拢在祖父身边。祖父准会从怀里不断摸出小玩意,丢到小方木桌上,风车啊、口哨啊、糖果啊等等,我们便不分大小辈分一通哄抢。而这时祖母和母亲便及时出来拉开撕打到一起的哥哥和小叔,大的要让小、小的要尊大等等一番秩序维持,直到我们各得其所,其乐融融。

竹躺椅,祖母每天都要细细擦拭,即使妈妈擦过了,她还会亲手擦一擦,还叮咛我们不要往上爬,这椅子不合适别人坐,坐不好会跌绊的。祖母的话吓唬住了所有人,所以,竹躺椅其实一直是祖父的宝座。祖父不在时,椅子空着,也没人去坐,即使要坐也拎过来其他椅凳。而事实上,我偷偷地爬上去几次,并没有跌绊,我学着祖父的样子,抻直了身体,歪着小脑袋看向树顶,心里却嘀咕,祖母为什么要吓唬人呢? 那些人胆子怎么那么小呢?

夏天的黄昏则是院子里最热闹的时候。两个大铝盆往老树下一放,祖父带着半大小伙的叔叔们将晒在前院的几桶水提过去,倒进盆,祖母和母亲将几个一身泥汗的娃往水盆里赶。祖母的干净在镇上是出名的,谁不洗都不行,草草了事也不行,洗习惯了,反而喜欢上洗澡了,常常在水里互相泼洒玩闹得不出来。祖母和母亲又得费番功夫将我们从盆里赶出来,监督我们洗净换上干净背心短裤,才让祖父和叔叔们抬着水盆去院外将脏水倒掉。我们一身凉爽地坐在老树下嘻嘻哈哈缠着祖父讲故事时,祖母和母亲又各自提了水去自己房里。

2

老树不仅浓密的树叶是整个宅院的供氧之源,让幽深的院落长年洁净清新,老树更是我们家的标志,巷里巷外都可以看到我们家院子上空的一团浓绿。谁要找我们家,邻人们会简洁地说:进巷子,抬头,看哪家院子上空有树荫,就往哪家走。

祖父是镇上出名的"能行人",结交的也尽是"见过世面"的人,看着那些人走向我们家,邻人们不免啧啧,说李家的热闹景象都是那棵老树带来的。而当时的祖母,绾着髻,衣着洁净,矜持少语,沉稳素雅的姿仪也自成景致。

拜老树所赐,祖父的人缘广博,连我们这些娃们都易招人待见,经常还没起床就有娃跑到门口喊,吃着饭,就有人蹲在大门口候着。有找姑、叔的,有找哥姐和我的。看着我们火急火燎地扔下碗往出跑,祖母就笑骂:李家坟里烧高香了,老的少的都是香饽饽。

在刮风下雨或艳阳高照时老树下又是我们的嬉耍天地。烦热易躁的长夏,大人们在房里午睡,左邻右舍的孩子便拥来跟我们凑在老树下不知困倦地玩耍。哇耶,你家这老树太好啦!我们家要有棵老树该多好。这句惊叹让我自豪过很多次。有时嬉闹声太大,祖母便埋怨:啥时能有个清静啊。祖父便嘿嘿:热闹好,热热闹闹才是家嘛。

热闹止于祖父的突然病倒,祖父中风抢救回来后便瘫痪于炕。最初一段时间,前来探望的亲友乡邻络绎不绝地从老树下匆匆地来去,后来便人影稀少,直至几天半个月都不再有人来,原本幽长的院子罩在淡淡的寂静中更显幽长,通往大门口的一段空旷的院子像一截堤岸将世界隔在远处。天气好的时候,祖母便和父亲将爷爷连换带抱地放到树下的竹躺椅上,祖父的矍铄光芒被病魔吞噬干净,像个婴儿缩在椅子里,想说话吐不出字,拿来纸笔抬不起手。在一次次反复尝试仍无法成功时,祖父恼怒地将纸笔推到地上,从此不言也不要纸笔,只是睁着黯然的眼看着前方,要么吃力地抻起脖子看老树葱茏的冠。

祖父猝然病倒,孩子们也似乎懂事了,不再肆意地打闹,走路都蹑手蹑脚,唯恐惊动大人,惊动某种不安的气息。吃饭各回各屋,老树下成了祖父的专属领域,祖母在树下给祖父喂饭,擦洗手脸。素爱洁净的祖母每天多次擦拭祖父的竹躺椅和手边的小木桌,祖母做这一切时基本上不要任何人帮忙,若有人想帮着递水替擦一类,祖母总会拒绝。后来只要祖母开始这一切,我们便很默契地守在房子里,将院子里的光阴全部让给祖母和祖父……

祖母的悉心呵护还是没有留住爷爷,在中秋节的前一天爷爷走了。祖母没有预料中的悲痛欲绝,甚至没有素常女人该有的号啕大哭,祖母依然一身素洁,淡定地跟着邻人一起料理祖父的后事。埋葬过祖父后,老树下的竹躺椅也失了踪影,听母亲说是祖母亲手拾掇起来了,置放在哪,无人知,也无人问津,因为那躺椅也太旧了。祖父的去世,令原本已冷清下来的院子更加清寂,没有了竹躺椅相衬的那方褪了色的红木小桌泊在老树下,显得寂静而孤单。

姑、叔们上学的上学,上班的上班,我们兄妹也分别步入小学中学,老树下的方寸空间再也留不住热气腾腾的心,老树下的小桌也不知何时消失了。有几次颠颠地跑进大门时,看到祖母坐在临时搬出的小凳上,有时摇着蒲扇,有时什么也不做,就那样安静地坐着。看到气喘吁吁的我,笑笑地叮嘱:慢点跑,小心摔了!嗯,知道啦。应着祖母,人已嗖地钻进屋里。有一次取了皮筋转身又往外跑,跑出大门了,背后似乎还有祖母呵呵却又焦急的音:碎疯子,慢点慢点呀——

姑姑出嫁了,叔叔们结婚了,院子里红色一片,犄角旮旯都透着喜气,老树上也贴上了祖母亲手剪的大红“囍”。很快婶子们小腹隆起,祖母很欢喜,忙前忙后地照顾,但年轻的婶娘们还是提出分家单过。

树大分枝,娃大分家,祖母黯然中接受了这个提议。

然后叔叔又要搬离老宅,祖母静静地站在老树下看着欢天喜地来来回回往车上装东西的儿孙,像一尊化石般,不言不语。直到他们快走出大门时,才喊一句:有空了,回家来看看啊!可是这些迫不及待地奔向自己新天地的儿孙们哪有心思回下头,看一眼老树下已悄然老去的祖母……

老树,安静地伫在老屋前,一年四季空荡荡的,小鸟便开始落在上边歇脚。

§

五年前探亲回家,母亲说:你祖母老糊涂了,家家户户都在盖楼房,你小叔也想盖,你祖母硬是不让。

为什么啊?

要盖房,就要砍了老树,一说要砍老树,你祖母便搬张小凳往树根下一坐,说要留下老树乘凉,明明空调电扇都有。揣着愁意,穿过林立精致的楼群间仄仄的石径寻到老宅门前,推开斑驳泛白的黑漆木门的一瞬,我眼底一热。

老树更老了,粗壮的根部条条裂纹触目惊心,似不堪密匝匝树冠的重负。已是中秋,层叠的叶开始泛黄,枯叶在树下落成一个庞大的圆圈。白发苍苍、身形佝偻的祖母坐在圆圈中央,微仰着尖尖的颌,看着辽阔天际。

我的出现惊动了祖母,她缓缓放下颌,混浊的双眼因辨不清来人而不悲不喜的静如止水。待我欢喜地唤一声阿婆,祖母沟壑纵横的脸上顿时开满了菊花,细小深凹的眼里迸出惊喜,想站起来,却力不从心的摇晃,我急忙跑上去扶住她。

搬了张小凳在祖母脚畔坐下,祖母便询问起了所有亲友的情况,我报喜不报忧地讲给她听,她就不断地张着只剩一颗门牙的干瘪的嘴呵呵笑。然后她也将家族里的事一一讲给我听,我很吃惊,一个八十多岁的看似风干的躯体里竟然还装载着那么多人和事。

天近黄昏,安静的院子里不断有黑点倏然而过,头顶也开始叽叽喳喳起来。天哪,这么多鸟!我仰头,看见树叉间错落的鸟窝和盘旋的鸟雀。阿婆也仰着头,对那些鸟雀看得几乎忘情。

我脖子酸了,而阿婆还在看,她应是习惯如此吧,我摇摇她的手,她放下颌自语:老树不能砍,老树是这些鸟的家,砍了,它们就无家可归了。

我将祖母枯瘦如柴的手攥住,贴在脸上,久久无语。

来年初夏,祖母去世了。

祖母是整个家族里最高辈分的老者,直系旁系子孙都回来了,寂寥冷清了多年的老宅里终于聚齐了整个家族的人。泱泱一个家族,居然很多都互不认识,经过介绍,才恍然大悟。故乡人把八十多岁老人去世称为"喜丧",也或许家族难得如此一次大聚会,所以老宅里此起彼伏着切切嘈嘈的笑语。

设灵堂时有了意外,最适合的地方只有那棵老树的周围。而老树分明成了障碍物,短暂的商讨,小叔作为继承人发令:把老树砍了! 婶在一旁心愿得遂地嚷:砍,砍,早该砍了,砍了就可以盖楼了。

老树轰然倒下,摔折的枝叶飞溅开来。惊呼之后,院里有须臾的肃静,然后有笑声打破:哈哈,院里亮堂多了。

小叔有点失神:嘿嘿,一直想砍,砍了倒有些不适应了。

埋葬祖母后,我再没有回过老宅,因为在老树轰然倒地那一瞬,我感觉到自己心里某根线也"砰"地断了……

年深年浅

1

两支燃烛,一方香炉,四个盛着水果点心的礼盘像四朵莲花般静静地开在棕红方桌泛出的幽光中。明明灭灭的香吐着轻烟,一缕一缕地拂过桌侧高背木椅上端坐的祖母端庄洁净的脸庞,拂过靠墙而立的16寸黑边相框。相框里,祖父用与父亲相似的眉眼在威严地看着我们。

肃穆的空气在沉静的屋中流淌,拖着细长身影的父亲在桌前独自上演着哑剧。小心翼翼地取出五根香,双手呈至烛火前,点燃;后退两步,高高举过头顶,深深揖拜三下;又上前,双手将香插进香炉里;再后退,跪落蒲团。举目祖父照片言:大,儿给你磕头拜年了! 音落伏身,直到额头落在洒扫干净的地面上发出轻微的"砰"声,起身,伏身,叩磕……三个响头叩后又跪移向祖母:妈,儿给你磕头拜年了! 同样长伏腰身,将额头叩得全屋人都听得见。三个响头叩完后,祖母开口:我儿是孝子,快起来吧。父亲便小心翼翼地起来退到祖母身侧,恭敬伺立。

模仿着父亲的样子,一溜贴墙而立的未成年的二叔、三叔、姑,以及我们兄妹三人按着从大到小先男后女的次序一一上场。每个人往桌前一立,祖母便像讲解员一样对着祖父的照片旁白:李家××给你拜年了啊!

二叔、三叔、兄长,稚嫩的脸现罕见的庄重。一一上香,磕头,只是这些半大小伙磕头咚咚捣蒜似的,几下便完事。二叔三叔还要给父亲叩,父亲说我的就免了。祖母柔而有力道:长兄如父,这是规矩。父亲便坐在祖母身边的炕沿上领受弟弟的叩拜。听到我们味味的笑声时,祖母的眼神锁住了往后缩的三叔,他跟相差两岁的二叔经常打得你死我活。祖母眼神往下一抻,三叔便被拉到了二叔面前,二叔怄三叔,挺直十六岁的身子嘿嘿:给哥磕头,快点! 三叔扭捏着却又乖乖地在二叔悬荡在炕沿上的双脚下伏下身子。

女眷只磕头不上香,磕完祖父磕祖母,六岁的我是最后一个。

站在祖父供桌前,听着祖母慈爱的旁白,小心脏急速地跳动起来,平常总被人当无知稚子忽略,第一次成为全家的焦点,胸膛里似有股奇异的暖流与欢喜。更有种自豪:我是李家子孙,我是李家一分子,我不是个可有可无的傻孩子,我是个肩负代表李家形象之重任的"人"……

没有人知道那一刻我心里涌动的暗流,只道我慢腾腾的是因为羞怯。哥姐在捂嘴偷笑,祖母和父亲眼噙鼓励的笑,我定定心,终于跪拜于地。

在我和姐姐这边给祖父祖母磕头时,哥哥在一边挨着给父亲和二叔三叔磕头。三叔憋着笑看哥哥伏在他脚下,在比仅小自己三岁、却与自己一般高、经常打压自己的侄子面前终于找回了同二叔一样的感觉。

祖母点下头,二叔三叔免了我和姐姐。然后祖母就一一拉过我们,把两角钱按到我们手心:来,给我孙子孙女压压岁,长大为李家祖先争光添彩。李家祖先会在天上保佑着每个子孙平安吉祥!

攥着属于自己的一笔"巨款",欢笑涌出眼角眉梢,但直觉提醒,在端庄的祖母面前笑得放肆是种不恭。幸好父亲恰到好处地挥手:好了,你几个可以出去耍了,我陪你婆说说话。我们便一窝蜂似的笑着拥出。片刻后,二叔三叔和哥便抱着各自藏了好几天的鞭炮汇在院子中央燃放起来,味味的火星,隆隆的炸响,我和姐姐两手捂着耳朵在不远处的屋檐下又喊又笑。

年复一年的场景,后来我发现每次过罢年,宅院里特别祥和,婆媳姑嫂融洽地坐在太阳底下择菜纳鞋底说家常。我们就在一旁耍,二叔会扯过与哥哥打得不可开交的三叔吼:你是当爸的咋不让着娃? 哥哥也会突然冒出"你是三爸,你说怎样就怎样吧"。祖母就笑,李家娃长大了,知道分长幼了。我和姐姐踢毽子,踢到姑姑碗里,以为姑姑会大发雷霆,不料却引来咯咯咯的笑。

母亲多次叹:过个年,娃突地长大懂事一些。这种感觉我也很明显,是从祖父的相片里找到父亲的眉眼开始,还是从蒲团上跪下小小的膝盖听祖母说这是李家二孙女开始?还是看到三叔和哥哥,面对规矩伦理,乖乖匍下桀骜的小身板开始?

总之,从六岁过年开始,祖母的小屋,那间静踞在老宅最深处,因了父母的警告,平素我们从不敢轻易踏入,一年四季长帘垂地的小屋,成了我幼小心灵的一种向往,抑或膜拜。我的年也是在那种庄严里才开始。

2

你怎么没一点过年的样子呢?

我大梦初醒般,过年了么?

你呀,对年从来没有激情,从来都这样浅淡。

呵呵……

这样的对答不知出现过多少次,此时,我已在外边过了很多个不重样的年了。有时和同学,有时和同事,有时和异乡的亲戚,更有三个大年夜是独自守着一院灯火。无论是怎样的年,心中总是一种感觉,不悲也不喜——因为那是别人的年,与我无关。

也有凑兴看烟火的时候,挤在汹涌人潮中,浅淡地观望那些灯火,那些绚丽的烟花,那些为别人的年绽放的一切繁华,心却飞回到静静的盛开在北方古镇深巷的长院最深处,那个属于我的年里。

嫁为人妇那年的腊月我回到了家。

三十晚,天刚黑,鬓角霜星的父亲跛着风湿的腿,抱起一堆礼品喊:走,给你婆你爷拜年了!我热切地跑出屋子,母亲在身后喊,你不用去,你已嫁人了!当时家已搬到镇外,母亲是怕我受黑夜穿街过巷的寒与累,而我心里却一咯噔,按规矩,这样的日子里,我已没有了给祖父祖母拜年的资格。

不料一向尊规重道的父亲一摆手:嫁人了也是李家子孙,给爷婆拜年有啥错？我恢复了欢喜，和兄长扶着父亲，嫂子牵着侄子走出门，刚好与二叔一家四口相遇，于是一个庞大的拜年队伍开向老宅。

黑漆漆的夜，悠长的街上很安静，零星的鞭炮声催出无端的伤感，以致看街旁屋舍前的大红灯笼绽放的喜庆里也有着浓重的寂寞。没有路灯，靠着店铺里透出的光晕，我们深一脚浅一脚地走着，二叔他们和兄嫂聊着家常。

拒绝了哥哥，坚持自己抱着一包礼品的父亲，始终沉默，看到父亲干瘦的手指暴露在寒气里，我感受到浓浓的朝觐意味。挽着父亲，我也一路无语，谨慎地记下那个看似寻常却又得来不易的夜晚每一步的感觉。

房间里的摆设丝毫没变，同一张方桌，同样的烛火，同样的香炉与吐着丝丝缕缕烟的香，以及祖父威严的照片，甚至祖母的坐姿都一如当年。只是依然整洁端庄的祖母苍老了许多许多，脚步也蹒跚了。

满屋子人影绰绰，年轻时尚的堂弟堂妹们说说笑笑，据说相处不合的二婶三婶竟然亲热地说着家常里短。才三岁的侄子跟三叔四岁的女儿吵嚷得不成样，嫂子将两个小东西往外哄，祖母说，没事，就让娃在这闹，让你爷看看，四世同堂的李家多热闹啊。

将两个小人哄到一边，父亲开始上香。父亲要下跪时，祖母阻止：儿呀，你就免了吧，你腿脚不方便，也上了年纪。

妈，这个规矩不能破，让我磕吧，磕一次少一次，有一天我想磕都磕不成了。

父亲说话时，满屋子静悄悄的，然后在庄严的静默里，父亲颤颤巍巍地跪下去，暴着青筋的两手撑地，伏下额贴到地……结束起立时，父亲打了个晃，二叔赶紧伸手扶住。

老惯例，从男到女，从大到小，女成员只磕头不上香。我清楚地看到人到中年的二叔三叔磕头不再那么匆忙潦草，而是和父亲一样的细致缓慢标准，像是极力地体味那一刻的时光。

最后一个是三岁的侄子，在大家的教引下也完成了磕头。父亲拉起侄子，示意侄子看祖父的照片讲：孙子，记住，那是你的老爷，是爷爷的爸爸。

爷爷也有爸爸？小人儿惊奇地脱口而出，满堂哄笑。

祖母也笑得合不拢嘴，伸手招呼侄子到眼前，拿出二十块钱：重孙孙，没有老爷哪来你爷,李家的根在你老爷这啊。侄子听不懂,只是欢喜地一把夺过钱又跳又笑,又惹笑了一屋子人。

祖母挨着给孙辈发压岁钱,从小往大,每人二十,我自觉地退到门口和两个婶子说话,没想到祖母招手叫我过去,然后一如当年拉过我:来,这是我孙女的。我忙推辞说自己大了都成家了,祖母说:嫁人了,还是李家的血脉,婆给每个孙子的祝福都是一样多的啊。转而又郑重地叮咛:娃,走到啥地方都不要忘了李家祖先,不管别人怎样做,我娃要孝敬公婆,尊老爱幼,不要怕吃亏,按仁义礼智信行事,延续李家的家风,给弟弟妹妹做个表率啊。

我喉咙发紧,接过祖母二十块压岁钱,像是接过了一块明朗的天,又像是接过了一份沉甸甸的承诺。

§

很多人说,人越长大越不想过年,而我却强烈地盼望过年。

年,往浅里说就是一个迎春的节日,而于我,年,是一个生命的签证日。在那个日子,以那样庄严的仪式宣告了一个生命的归属,宣告了每个卑微的生命都是份隆重的存在,认祖归宗不仅仅是名分的认可,更是一种道义伦理的继承,是爱的传延,家族荣誉忠实地监督着每个尊重生命的子孙,鞭策着每个渺小生命认真地扎实地活过……

那种庄严的过年仪式实际上是种精神洗礼,而我已经多年没有沐过了。所以,2013年2月,结束沙漠八年的羁旅确定尘埃落定于故乡,从踏上咸阳土地开始,便像小时候一样算起日子来。

意外的是,四月底时,祖母去世了,而父亲已于前一年离世。站在三叔新盖的阔阔的平房前,心下一片荒凉,母亲也在一旁叹息树倒猢狲散,这下李家散伙了。在拾掇一空、只设有祖父祖母的牌位前最后一次磕头,忍泪而去。

2014年除夕夜,夫值班,女儿趴在沙发上玩,我在空荡荡的房间里走来走去。过了三十多个年了,从来没想到大年夜会是这个状态,春晚无心看,短信不想回,打开电脑,按着鼠标,不知究竟想干啥。

十二点时,外边响起了此起彼伏的炮竹声,一束束烟火掠窗而过。我跑出去,趴在阳台上,看着满城烟火在天幕上倏然绽放又倏然殒落,莫名情绪在胸前喷薄欲出,左看右看后双手拢唇冲着铺陈着一团团烟火的长空喊:过年喽——过年喽——

女儿笑我像个孩子:傻气,过年有那么开心么? 我嘻嘻一笑,心下说那是别人的年,我有什么可高兴的? 我只是试图通过大喊大叫惊醒那遗失久远的年,那个我想要的属于我的再也回不来的年啊⋯⋯

安静下来,想起兄长远在非洲,母亲的三十夜该多孤单啊,于是想借电话陪母亲驱除年三十夜的孤寂。母亲却很欢喜:妈不孤单,你二叔和三叔带着全家给妈妈拜年来了,说你祖母和父亲不在了,妈就是李家的老大了,长嫂如母,他们每年都会来给我拜年守岁。

泪就那样涌了出来,我的年,它始终在那里⋯⋯

梦里那缕桐花香

女子的童年,系在北方一个古老的小镇上。

窄窄的,棉带子一样的青石板街从镇中间曲曲弯弯地穿过,将古老的小镇拉得悠长,也将错落有致的房子隔成整齐的两排。青砖砌的房子门檐下常常会有两个或圆或方的青石磴,石磴上经常坐着人,有抽烟的汉子,有赶集歇脚的乡下人,更多的是手拿鞋底的大姑娘小媳妇、婶婶阿婆一类的女人。女人们边纳鞋底边嘻哈说笑,一群孩童们就在窄窄长长的街上追逐嬉闹。那时体弱多病的小女孩常常穿过幽深的巷子,蹲在巷口,两只小手撑着下巴,用羡慕的眼神追随着奔跑尖叫的小童们,鼻息间都是温馨祥和。

在温馨祥和陪伴中长大的小女孩上学了。入学晚了两个月,时已近冬,所有的树木都已凋零,只余光秃秃的枝丫在北方寒风里摇晃。学校门口那段路的两边就各有一排这样的树,身躯庞大,灰突突的,枝丫绸密,风一刮咯吱咯吱作响。听大人说那是梧桐树,小女孩很不喜欢甚至有些怕这些擎天怪物。

可来年春天,这些难看的大树竟一天一换样,树枝开始泛绿,然后枝枝节节上纷纷冒出了绿叶。短短几天,树冠就密密匝匝,像一把巨伞,遮住了大半边街,雨下得再大,那半边街总会干刷刷的。孩子们就躲在下边玩耍,小女孩也开始喜欢这些能遮阳挡雨的梧桐树了。

不知从哪天起,那些树上开始嘟起一个个小泡泡,远远看去白白的一片。

清晨,小女孩像往常一样背着小书包穿过静静的巷子去上学。走着走着,一股香气若有若无地缭绕而来,遂下意识地举目搜寻,然后便蓦地站住了:天边金色早霞和翻涌而来的云朵下，一片粉紫粉紫的织锦在晨风中轻轻飘动，好美啊……原来梧桐树会开花啊！小女孩欢喜地奔跑起来，迎着如梦如幻的紫色云霞，像只欢快的小雀。

梧桐花花期较长，每天清晨小女孩都利索地早早起床，穿过小镇从远到近细细地打量那片粉紫的云霞，一次一次在树下仰起小脑袋痴痴地看。那片粉紫从此定格在她童年的记忆里，后来无论在什么地方一回想小镇，首先浮动在眼前的便是一片粉紫——那俨然成了小女孩童年的底色。

长大后，小女孩方知，紫色代表忧郁，而那片紫色云霞确实给童年的她罩上一片忧郁。

春雨时节，每天每夜都有淅淅沥沥的小雨，梧桐花不堪春雨的软磨硬泡，纷纷落了。每天清晨都会看到一地落英，小女孩着急而无奈。

某天下午，看到一群男生女生在梧桐树下噼里啪啦地踩，边争抢还边嘻哈着数数。走近看，原来他们在争着踩泡在水里的梧桐花。梧桐花是小喇叭状的，在小喇叭后边带着一个小圆球，一踩就发出轻微的扑哧声。小女孩愣愣地看着，等他们哄闹着跑远了，她在凌乱的残花中细细搜寻，将幸免的梧桐花捡起来，手上拿不住了就装进书包。

踩着铃声跑进教室，老师虎着脸站在讲台上。小女孩本想悄悄溜到座位上，低头走过讲台，书包下滴滴答答的水滴引的老师拧起眉。老师叫住她，扯下小书包，把手伸进去，几十个身影齐齐起立，纷纷抻长脖子瞪大眼。

天呀，你这笨蛋。老师将一把湿漉漉的梧桐花狠狠地甩在地上，满堂哄笑，小女孩无地自容，无措地揉捏着衣角。老师将一个个梧桐花拣出来扔到地上：笨蛋，捡这些破花让你妈炒着吃还是凉调。笨，笨，真是一个笨蛋！

前排的孩子得令一样冲上来争着踩地上的梧桐花，小女孩下意识抢回来的一朵还被两男生硬从手上撕下来踩了，一边踩还一边学着老师：笨蛋，笨蛋，哈哈炒着吃，哈哈凉调。

老师平息了哄乱，抱着书包噙着泪的小女孩，像个罪人般低头回到座位上。然后那段时间，小女孩成了大家嘲弄的对象，班上的孩子肆无忌惮地叫她：笨蛋。

真不明白自己究竟错到哪,她只是想保护自己喜欢的梧桐花呀……

小女孩依然独自上学独自回家,可心里已地震了一次,无边的委屈、烦躁。可同学、老师、父母兄姐谁会注意到一个小女孩的心思?被一种莫名的情绪驱使,小女孩经常哭,一点小事都借题发挥,就连妈妈先给姐姐盛饭也会哭泣。家里人开始还哄哄,几次之后都烦了。小女孩更爱哭了,许多次想说我不是因为这事哭的,是为……为什么呢? 或许太小了,她始终表达不清自己的悲伤。

初夏的下午,下过一场阵雨,阵雨过后学校里空荡荡的,小女孩背着书包出了校门走向镇外。

镇外,葱绿葱绿的田地,哨兵般排排的树林,泾惠渠里清亮的水泛着白色的涟漪轻轻地流淌,河面上有座拱形的石桥,不断有人挎着篓挑着桶打上面经过,尤其是两堤蜿蜒着的依依垂柳煞是好看。之前,小女孩多次放学后迅速跑到河边静静地看一会水,踮脚扯几下柳枝,摸摸仰头都看不到梢的白杨,好几回都在担心:这树会不会再长,长得将天捅破怎么办?

只是,在这个黄昏,小女孩什么都不想做,只是静静地望着绿浪起伏的田野,橘色的霞光在绿浪上跳跃,很明丽,很寂寥。

沿着河边走啊走……小女孩是来自杀的! 六岁的孩子想到自杀,真的吗? 的确是。成年后的小女孩清楚地记地当时的心情,那是人生中第一次想到死,第一次体尝到无能为力和无助,感到生命的悲哀让人无处逃遁。

后来,小女孩在一块石头上坐下来,将手放在膝盖上的书包上,望着河里缓缓流动着的水想:河水会将我冲到哪里呢? 另一个世界里有什么? 是什么样子? 有梧桐花吗? 明年那些梧桐花还会开吗? ……太阳已完全落山了,明丽的田野渐渐模糊成一片黑色浪涛,回头看看身后的小镇,已有点点灯光,有的房顶上还有袅袅炊烟。小女孩突然有些害怕了,想家了。

小女孩站起身,背上书包沿着河堤向镇里走。街上行人两两三三,嘻笑说闹,没有人知道低头走在暮色里的小女孩刚刚经过什么样的选择,而且谁又会相信,六岁的孩子会想到生生死死? 回到家里也没人问她为什么这么晚回来,默默地吃了饭睡了,将这个秘密埋在了幼小的心里。

日子还如一往地前进着,一年年的长大着,一年年的孤单着,长大以后,女子才知道有一种情感叫——孤独。

谁说小孩就没有情感？谁说小孩的情感就该忽视？谁说小孩就是简简单单的一张白纸？谁说小孩就一定无忧无虑？小孩的世界也有大人难以抵达的幽谷！

所以，长大成为一名小学老师时，女子格外在乎学生的情感，尽可能的保护每个学生的心灵。因为她深深知道，一件大人眼里微不足道的事却会对一个孩子造成极大极深的影响，而童年的情感体验将为他一生的情感做了定调……

那缕梧桐花带来的忧伤随着光阴迁徙，早已在岁月里稀薄四散，只是在无数个梦境里，女子依稀还见得那一树簇锦，依稀还嗅得那一缕幽香……

独唱离歌

一场起浮尘埃落定后,再打量四周恍如隔世,明明面前人声鼎沸,自己已然局外人般冷清而瘰落。于是明白,那块土地上的一切已与自己无关,是该离去的时候了。

离去的日子,确定在发放成绩通知书的那天,也就是一星期之后。

抉择最痛苦也最累人,一旦决定了,倒一下子轻松豁亮了。平素熟视无睹的一切也有些依依不舍,一草一木一张面孔都牵痛善感的神经,但是笑声超常得多。

她们说:这大小姐这两天怎么这么开心,撞桃花运了。

她嘻嘻:笑,是最好的纪念品哦。

没人知道,她心里装着离别!

离别的日子倏的一下到了眼前。

清晨很早就起来了,计划好该做的事,告诉自己今天的一切都是今生的唯一,一旦转身就没有机会修缮,所以不能有任何失误。

发放通知单是最重要的事。提前十分钟往教室走,还隔着半个操场,教室门前玩耍的学生就狂呼乱喊着"老师!老师!"蜂拥而来。她环视一圈跑得气喘吁吁的孩子们,定了下神,和往常一样忽然大喊一声:冲啊,孩子们!然后全力以赴地往教室奔,一群嘻嘻闹闹的吵嚷紧随身后,不时有女孩娇气的:"老师,等等我嘛,等等我嘛!"

伫在讲台上,看着挤挤搡搡鱼贯而入的小身影,像牧人清点一群日夜看护的小羊,疼惜与不舍隐隐涌起,以致不忍与一双双稚气兴奋的眼睛对视。发完通知书,从班长手里要过点名册,一一点名。每个名字都念得清晰郑重,给每个答到的小脸一次最疼爱的笑,这笑仿佛有镇静效果,围绕着成绩单嬉笑的孩子们突然坐得好端正,好安静,小脑袋向日葵一样迎向她,一双双清亮眸眨呀眨。

浅浅一笑:"孩子们,这一学期结束了,老师和你们要分别了,你们有什么话和老师说吗?"

刷,学生们都举起了手。好,"开火车"!抬手对第一组第一位学生示意:嘿,孩子们,让老师再带你们做次接龙读课文的游戏吧。

老师,我会想你。

我也是。

我也是。

老师,你是我最好的老师。

我希望你永远做我们的老师。

嗯,嗯,老师,我爱你,我还爱妈妈爸爸。

······

讲台上的她,笑着笑着便木住了。她不知道孩子们为什么讲的是这些,她并没有觉得自己有额外的付出,她觉得孩子给予她的欢乐远远超过自己给孩子们的,多么清澈的眼,多么纯善的心,而在这一刻,她又有些恼火,为什么要用负疚折磨她?动摇她?

只是,她什么都无法讲出口,只有转过身去,抬手拭眼角。

然后,身后有清亮的喊声:王聪哭了!老师,王聪哭了!她条件反射地倏然反转。哦,王聪,这个敏感脆弱的小男孩低着头肩膀一耸一耸,一次周末的时候他妈妈带着来找她,说是他在家突然想她哭得止不住。

疾步下了讲台到他身边,疼爱地摸着他的小脑袋。他哽咽出声了,然后抬头满含泪水地望着她抽咽:"老师,暑假我想你了可以来看你吗?"

可以,当然可以,老师也会想你的。男子汉不可以常常哭啊,要坚强哦,你看大家都笑你呢。小家伙不好意思地环视四周,学生们哄笑起来,她也笑了,转身走向讲台。一步一步踩满欠疚与悲伤,对不起,老师不得不对你撒谎,希望你能坚强起来。长大后你会懂得,现在的老师也是一个笨拙脆弱的孩子,在世事面前只习惯仓皇地逃离。如果某天还能相遇,希望老师已经找到战胜脆弱的办法,只是那时的你,或许已经强大到不再需要他人的教导,老师更希望你能如此。

再回到讲台,她忽地严厉而坚决地宣布:放学。班长,喊起立!

班长一声洪亮的起立,五十多个小身影笔直地伫在座位旁,比一年前的现在,都长了一点,像一棵棵青葱的小白杨。

孩子们,路上注意安全,过马路要注意车辆,不要在街上打闹玩耍,要好好学习,快乐成长哦,记住了吗?

记住了,老师再见!

老师再见!

跟最后一个孩子挥手道了再见,她再检查一遍教具,关好窗,在空荡荡的教室静立许久,最后环视一圈,锁门离开。

中午去了一亲戚家,将宿舍钥匙给亲戚并嘱咐:彻底放暑假后,再搬走她所有用品,她想同舍两个姐妹或许有点不习惯那种突然的空荡,也或许,是她不忍想象属于自己的那四平方米的世界那么快地成空。返回宿舍,两室友还在午睡,她轻轻的将床铺书桌整理干净,一切摆放的与往日一样,简单地装了几本最喜欢的书和两条裙子以及各种证件证书,这就是十年光阴赠给的全部啊。

拈起一封早就写好的信,邮局就在隔壁,只需几分钟。一推门,刚毕业一年的师妹迎面走来:师姐,去哪?

小妮子,陪我去寄信,顺便说说你的悄悄话。小妮子刚开始恋爱,经常向她诉说一些烦恼。

这会儿去××处拿文件,明天好好说给你听,还要咨询你几件事呢。

好,没问题,明天就明天。

她轻快应答,转身苦笑,明天在哪里?

寄过信,邮局外的刺玫墙上香气缕缕,千妖万娆,以前顺路经常折,今天,依旧习惯性地折了几朵,贪婪地嗅着。走出几步,突然意识到,这次没必要带回去了,随立于原地,将花瓣片片撕下,满满一把啊,托至鼻下狠狠嗅了嗅,断然用力撒向空中,仰头凝视飘散坠落的碎花,有瞬间的愣怔,然后大踏步地离去,背后应该是碎花坠地,但,她没听见,也不愿看见。

站在路边老桦树下,一辆的士缓缓而来,想都没想就挥了下手。上车坐定,司机回头问:去哪?误打误撞,司机竟是一眉清目秀的的哥。

不假思索:环城一圈,慢点开,好吗?让我再好好看看这座小城。司机未语,车缓缓滑出。车轮在移动,往事次第涌出,有泪吗?仰仰头,再流回去,长大了,不应该哭了啊。

大概一小时后,司机又问:"现在去哪?"她的心,突然抽搐了。但很快吐出:红河林。大义凛然!从历来的悲伤中已摸索出最好的修复方法——不要逃避,要直面,伤口一再剥开,起初可能会痛到窒息,但逐渐就会适应,就会习惯。这或许便是成长的必由之路。

郊外五公里处,那一片树林隐隐显现,胸口有窒息的痛,暗里攥紧十指。车缓缓停在了林边,司机轻轻地问:下去吗?她无语地看了他一眼,推开车门。

脚落地那一刹,泪终于奔流而下,曾经洒落无数欢笑的摇篮此刻盛载的只是一片寂静。信步穿行在树行之间,拍拍这棵,摸摸那棵,仰望刺向苍穹的树梢,梢隙间有流云飘过,多希望有一块可以停下来,告诉她,那不谙人世的无忧的笑声究竟遗失在哪棵树的背后……

返回车上,司机小心翼翼地问:你哭了?哈,她回其一明媚地笑:没哭,只是流泪了!是的,她不承认自己悲伤,骄傲的她从来不想让任何人看清她的世界,知道她所有漫不经心背后的无比在乎。她一直就是那样一个凛冽、果断、无所惧无所患无所谓的女子,当然她也是个无所保留的女子,对于任何人,她都付出得很彻底。所以当世界打翻之后,她便连缓转的余地都没有,所以,她知道自己其实是最笨拙的女子,为了掩饰这与生俱来的笨拙,她只有一次次口是心非咽泪而笑,直到再也遮掩不下去,便弃城而逃。是的,她要放下这座小城,放下与这座小城相关的一切爱恨悲欢。真的能放下么?如此反问,让她不寒而栗……

学校门口,下车,转身离去,司机突然探出头喊:请把你的电话留给我,好吗?

她一怔,回头笑答:留给你也没用了,今天晚上我就走了,是永远,明白吗?

这是唯一知道她今晚要永远离开这座小城的人哦。

离夜班车发车还有四十分钟,提起小旅行箱,关上宿舍门,走向办公室。将箱子悄悄地放到门外停放的一自行车上,登上台阶,若无其事地推开办公室的门。进入放假状态的办公室,人声吵杂,笑闹声快将房顶掀翻了。一脚迈入,立马成了焦点,矛头全指向她:这小妮子一整天逍遥到哪去了,交代交代。

逗笑一番,其中对面坐的刘老师说:唉,小狐狸,明天我包你最爱吃的饺子,啥馅你定,怎样?

轻轻一跳,坐上她的办公桌,洞穿心机地诡笑:"老狐狸,有啥事求本小姐?"

下去,下去,还中心校第一大淑女呢。刘老师心虚地推她:当然是求你给指点指点论文啦,除此之外,你还有啥用啊?

哈,好吧,成交,一个饺子一个字,本小姐吃几个饺子就写几个字哦。

哈哈,完了完了,老狐狸必须管小狐狸一年的饺子啦。

老狐狸终究斗不过小狐狸。

办公室里笑成一团。

发财啦,发财啦,哈哈。韩冬这小子,历来的口舌冤家高举着她的小箱子进来:谁的密码箱,还要不要?

砰地跳下桌子一把夺过来:当然是本小姐的!拎在手中的皮箱提醒她该起程了。

众人有点意外,静了几秒。

这是要去哪?

哦……迟疑着不知该如何应答。

又去旅游,就你洒脱,假期一到就去周游世界,就我们命苦哇。

赶紧顺这个话题下去:哼!谁让你们一群俗人,攥着存折当井底蛤蟆。

哇,你可是自找苦吃,惹起众怒啦!

瞬间,脑袋上、背上有轻重不一的击打感觉。

暑假逛完了回来还是提前回来?

可能……或许暑假过完吧。

不就一暑假嘛,好像还要生离死别一样。李西梅边低头在抽屉里翻边脆爽爽地丢出一句。

就是,就是,一片附和。

哈哈,她率性大笑:对,暑假完了就回来,老狐狸饺子冻冰箱,等我回来吃啊。

习惯性地一捋披散在肩的长发,突然觉得像极了三毛曾写过的一个心境:明明知道这一去,便不再见,但是还要不停地说我会回来的,是说给自己,还是为了减少离别的悲伤,还是给自己或大家留个希望?

韩冬转头问:今天走?不会吧?明天晚上八点,老地方,原班人马,吃、唱、舞,来不来?

肯定来,如果那时没来,别忘留位子给我哦。

大声说着话,提起箱子,头也不回地走出办公室,身后,是一群笑声和喊声:

小狐狸早点回来!

记着带礼物给我们!

路上注意安全!

边大踏步地往前走,边挥起手臂……走出校门时,才敢回头再次驻足,回转身,望望这个记载着几年生命痕迹的驿站,有悲袭来。

最后一次走过迭伦街,身边不时有车呼啸而过,发丝飞扬,裙裾翩翩,迎着夕阳,她倔犟地保持着微笑。无论如何,这一刻天上的白云在为自己送行,自己不可以那么狼狈。在车站门口的路上,迎面而来一老教师,满面笑容,怀里抱着一本书:多亏你,你给我修改的论文通过了,上杂志了,高级职称就能批了。明天我们全家请你吃饭,你不许推辞啊!

先欠着,改天哦。我该走了,不然误车啦。

笑着挥挥手经老教师身旁走过,走了几步回头,见老教师还困惑地站在原地看着她,她又笑着扬起臂挥挥。恰好,出站的车刚好停在身边,她一步跨上车。

还没站好,车门就"砰"的一声关上了。

同时,关闭上的还有以往的那段岁月……

望夕阳

北京时间 20 点之后，室外的光线不再那么灼烫，偶尔还有弱弱的风拂过。蜗居了一天，该出去透透气了。

跨出楼梯口，扑面而来的蜻蜓令人躲闪不及。细看，更是惊奇不已，数百只蜻蜓盘旋飞绕于树梢，前所未有的景象。联想起最近几年国内外的天灾与异常气候，心里有一晃而过的惴惴。

躲开蜻蜓的惊扰穿过路边的林荫带轻跃上马路，宽宽的路上，居然空无一人，刚洒过水的路面没有期待中的清凉，倒是缕缕潮热的湿气包裹着双脚。站在路边左右探看，想起去年新修的公园里灿烂的葵花，今年是否依然灿烂？对于葵花，倒是情有独钟的，于是，选择了音乐广场的方向。

人还未到，音乐声悠然而至，多么熟悉的一幕，只是转眼又是一年的光阴滑过！

音乐广场一切还如去年，绿树，花圃，青草，细细的喷水，几部健身器材静静地伫立在操场边，悬在蓝色架子下的橙色秋千在微微地摆晃，晃得周围更加空旷寂寥。在这份巨大的空旷寂寥中沉溺片刻，移步向曲曲弯弯的青石小径。

小径尽头是一方石梯，向上望，青石垒砌的湖堤静静地横着，遂拾阶而上。一脚临堤，欢喜便临，丈余宽的石岸圈起的一片人工湖，浅浅的水面在夕阳映照下居然也产生了波光涟漪之美。湖中央几簇芦苇生机盎然，只是在微风掠过时，不得已低下高贵的白絮。

空气中的热度在消散，晚风也渐起，沿着石堤，轻轻地走啊走。也不知走了多久，不经意地一回头，心倏地一震，双足便忘了拔起。一轮夕阳，安静而温柔地依偎在连绵起伏的山岗上，像被身后湛蓝辽阔的苍穹宠爱呵护于掌心的一粒金色珍珠，通身散发着澄黄澄黄的光，柔和而明亮。而沐在这柔和明亮的光晕下的茫茫戈壁似乎一下柔软温润起来，起起伏伏的沙丘也不那么冰冷地拒人于千里了。

这样的夕阳，在一年四季几乎无雨雪的沙漠里是很寻常的，可是从来没有一次如此的震撼过，欢喜过。真的，那种温柔的光芒和宁静的姿态，让人不由得联想起被爱充分滋养的幸福而知足的女子恬静的脸庞，一时间，居然看得痴了，于是，在堤坝边沿上坐下，静静地观望起来。望着望着，便有马头琴的悠扬苍凉远远而来，金灿灿的烤全羊，白花花的奶茶，一一铺在眼前，连身着蒙古裙的蒙古姑娘也捧着马奶酒笑靥如花地迎面走来……

原来，夕阳的美有种魔幻的力量，恍惚间，那年去草原参加蒙古族友人的"那达慕"大会的场景全面复苏了。时间似乎没有清洗掉任何细节，连第一次看到赛马、摔跤时的那份震撼都那么真切地涌了回来，甚至恍然又一次置身于那热气腾腾的蒙古包里。醉人的敬酒歌，奔放的蒙古舞，那种纯粹的民族文化，纯粹的热诚融化了语言的障碍，融化了民族之间的隔膜生疏，一群男女老少狂歌狂饮狂舞，那一刻，世间什么都不存在，只有欢乐。

那份欢乐持续到第二天下午返回途中，被奔放的民族朋友点燃的兴致还来不及退去，一群年轻的汉族男女在颠簸的车厢里传唱着刚学的蒙古歌，还有的在走道里跳着走形的蒙古舞，跑调的歌声滑稽舞姿逗起笑声一浪盖过一浪。

突然一个急刹车，车里顿时安静下来，一分钟后。司机歉疚地宣布，车轮陷进泥沼，需要全体下车，男同志还要帮着推车。大家长吁一口气，出点力气都不是问题，千万不要被扔在广阔无边的草地上过夜。

全体下车，男同志帮着司机处理故障，女同志们则三三两两围聚起来扯开话题，而我却被一簇簇的马蹄兰吸引，四下里跑来跑去采摘那些美丽的花朵。左奔右跑，不知不觉中绕到了一堵一米来高废弃的土坯墙后面，墙土掉得豁豁啦啦，显出一点苍凉的历史气息。兴奋中，按着墙使劲一跳，一扬腿，居然登上了那堵土墙。

真是登高可望远,伫立土墙之上,忽觉天地变换了样,明显感到有风自耳边掠过。得意于自己的创举,手搭凉棚举目四望,就在转身那一瞬间,被面前的场景震住了。

在苍茫的草原尽头,一轮夕阳静静地伫立着。它似远在天边却又似在眼前,宛若一枚落在草丛里的大金球,我甚至可以清晰地看清其缕缕光芒,一些草枝在它的面前随着细风摇摇晃晃。再举目四望,它的光晕笼罩了草原的一切生灵,整个草原是那么的肃穆辽阔,那么的神圣不可触摸,却又是那样的美丽温暖。

真的,从没领略到如此之美的夕阳,草原的夕阳!第一次意识到大自然的美是如此的壮丽与震撼,二十岁的女子居然有眩然欲泣的冲动。

那一刻,女子想到了身边那些关爱她的亲人,想到了急切地盼她回去视她为至宝的人,想到了她可爱的小学生。女子觉得自己好幸福好幸福,自己拥有的太多,她第一次有了对上苍的感谢,那样的深,那样的浓烈。她多么希望那一刻,在那么美的风景里有他们在身边,和他们一起领略尘世这份无与伦比的美,那将是多么完美的幸福啊!如果有可能,就让这夕阳成为一滴松脂,滴在那些爱她与她爱的至亲至爱的所有人身上,让她们成为万年的琥珀,生生世世不分离。

夕阳,见证了一个女子小心翼翼的感恩与虔诚的祈祷,却无法允诺她一个美好的结果,就如同所有的小心翼翼与虔诚阻止不了命运的方向……

百转千回,千回百转,在无数次挣扎后,最终,女子选择了转身,挥挥手走向天涯。尽管,她是那样的依恋他们,尽管她知道离开之后便成一叶浮萍,尽管她知道自己依赖性是如何的强,甚至是个路障,一出门就迷路,尽管在那夕阳下,女子曾渴望与那些所爱化为琥珀生生世世不分离。但是,她必须扛起自己的宿命。

走啊走,就这样落寞地在人海里穿行了多年。

时至今日,女子在这个世界的一隅悄悄地生活着。不联络并不代表遗忘,不联络,只是想把那份戛然而止的美好保留住最初的样子,她不想让光阴和世俗介入太多,破坏了那份不可复制的纯真。女子时常从心底感谢那些今生给予过那段关爱与温馨时光的人们，也祈祷他们或她们幸福安康，这份虔诚不亚于当年那个草原夕阳下的暗许。只是时常无来由地感到委屈，委屈自己这么多年一直牵挂着他们，他们却不知道，他们不知道决绝的女子是如何小心翼翼地守护着那份记忆。而这份委屈或许也是对他们、对那份关爱生生不息的眷恋吧。

正是那些爱，让她深深地热爱着这个多灾多难的世界。

正是那些爱，让她珍惜着这多舛的命运。

正是那些爱，让她懂得了只要心中有爱就会有希望。

也正是那种爱与痛的纠结，让她清晰地感觉到自己真真切切地活着。

夕阳已全部没入山岗之后，起身望向身后，已是一片灯火在明明灭灭，举首向苍穹，皓月高悬，一天就这样结束了。

再次回望夕阳沉没的方向，不觉微笑。因为我知道，世界上只有一轮太阳，也只有一轮夕阳，我们永远在同一轮夕阳之下，所以我们从不曾离散。我也相信，有夕阳的地方，就会有爱与美，夕阳会落去，但有种情永不会消散，有种美会长存心底。这已足够了，不是吗？

风铃声声

正打着文字,电话骤响,传来陌生的男声:快,小区门口取快递!

弹身而起,趿着拖鞋跑出门,跑下楼。在初秋上午明媚的阳光里,在香樟浓荫里,在扎堆消闲的大爷大婶大妈大姐们诧异的聚焦里,一个趿着拖鞋的成年女子发丝飞舞地一路狂奔……

从那些骤然一跳的眼敛里,可以想象到有无数猜测跳出他们的大脑:这个平日看似温婉优雅的女子会遭遇到什么竟如此失仪,只是从其不知收敛的欢喜里判断出应该是好事。

的确是好事,女子收到礼物了! 也只有在收到友人礼物时,她才会如此失态,她不在乎失态,她只怕耽误一秒,便是对那颗飞越千山万水而来的心的怠慢。

捧着细密包裹起来的纸盒,脸上笑意更浓,边走边端详,眼前幻化出那个未曾谋面的文友满头大汗地行走在陌生云端下的模样。她羸弱的身体肯定背着大大的旅行包,旅行包在她的怀里不时地开合,开开合合间便住进一件件精致巧妙的物件。她遇到这些物件时眸里会迸出怎样欢喜的光芒? 那光芒里闪现的又是谁的身影? 那一瞬,她的心肯定如盛开的花朵,盛满了爱与慈的柔软。

旅行包里装的物件可以数得清,她心里的那份爱又怎么清点得清? 她在独自千山万水的行走时还一路携着那么多人在心里,这份礼物是何其的重! 我又怎能不庄严地领受?

小心翼翼地撕着粘得滴水不漏的透明胶带,就像品味着世上最芳香的花朵,这样的花朵在生命里已不止一朵,每每嗅之便不觉沉醉,心生浓浓的幸福与惭愧:其实很贪心于寻觅收集这种花朵,甚至成为一种嗜好。

细细想来,同每个人一样,在成长的过程中总会收到不计其数大大小小的礼物,也会送出许多大大小小的礼物,在送出与接受的礼物里,有很多已随成长辗转而去不知所踪,只有几件却盘踞在记忆里任时光荏苒从不曾模糊。比如上学时的一个生日晚会,从几十元到百元的礼物,琳琅满目得可以开个精品店,而女子自始至终将一个三元钱的地摊上买来的项链戴在脖子上。装满粉色液体的玻璃瓶坠一直晃动在胸前,而且女子在整个 Party 中不时地将其握在手心,把玩不够的样子,终于让送这个礼物的人放下了窘迫和忐忑。女子知道这低廉的香水坠链,是这个人一天的伙食费。他是个乐观的男生,他总是以忙为借口匆匆买一个馒头就着一包榨菜为三餐,但他总是乐呵呵的,或许是他不愿让别人知道他的窘迫,或许是自尊心令他不愿坦然说出自己的贫穷。而他的节俭让周遭人误会成抠门,他的乐观令人错觉他是个极具承受力的人,所以他常常遭遇讥讽与任性女生的奚落。女子是从他的同乡议论中得知真实景况的,所以她懂得这三元钱的庞大与分量。

毕业后,同学们四下散开,路途遥遥。最初的一两年,一到节日或生日,还能勉强接到三三两两的礼物。女子也经常捧着精心挑选,一笔一画写下虔诚祝福的贺卡或礼物去邮局,谦恭地交给邮递员。

后来,大家似乎不约而同的厌倦了,也或许小小的玩偶、贺卡已经刺激不起逐渐成熟起来的笑点、幸福点。女子也在逐渐稀少、最后绝迹了的礼卡中断了跑邮局的习惯。

手机风暴袭卷而来后,短信祝贺成了一种便捷高效的祝福途径。起始,一到节日生日,瞅着一行行深情隽永的祝福,唯美的祝福图案,女子满心欢喜,并谨慎地逐一回复,唯恐漏掉谁。那些祝福一直舍不得删,有空时就翻开看看,体尝着情谊的温馨。后来屡屡出现署错名的祝福短信,抑或重复的,女子恍然,这是种更高效便捷的复制、群发功能,是花一毛钱的通信资费便可购买到的“情谊与温馨”。

在失落中,女子终于明白,那种古典的、用心的祝福和惦记方式在时代变迁中成了过往,可是,像与谁赌气一样,女子还是坚持不启用群发,坚持亲自写每条祝福。但现实很令人沮丧,那些下载的、复制的祝福远比她亲手写的华丽精致,女子最终也放弃了笨拙的坚持,学会了复制转发。也就是从那时开始,每个节日之后,女子会很快将机子里的短信通通删除。在清理着手机里的祝福的同时,女子有一种深深的惆怅,她知道,自己的祝福也在不同的角落里被利索地删除,而轻捷的删除键删除的又何止是一条条短信?

在信仰人脉功效的时代,太多人忙着与各色人等产生交集,太多人每天通过手机在迎来送往。删除一批旧短信,就像撤掉一桌旧的筵席,等着迎接下一场筵席。而新的筵席究竟会有谁入坐?谁会被视为座上宾,谁又会被一笑忽略掉?删除键频繁的摁下中,所谓的人情被一次次削薄,所谓的朋友被一次次更新出记忆,消散在人海……

于是,女子突然很怀念那种亲手挑选贺卡、亲笔写祝福、一趟趟跑向邮局、一次次从传达室接过一份份祝福的日子。明知那种日子一去不返,可是女子却固执地盼望一份惊喜,盼望那种小小的但是充满真诚,带着友人气息的礼物。

而今天,女子居然美梦成真了。梁实秋说:你走,我不送你;你若来,不管刮风下雨,我定会去接你!女子深深地知道,路途遥遥,不是每个友人都会走至眼前,而这穿山越岭来到面前的礼物便是友人一颗跋山涉水而来的心,所以不管刮风下雨,她一定奔跑着前来迎接。

站在树荫下,擎着来自云南那方天空下的一双东巴彩绘风铃,想象着丫头拖着羸弱的身子和大大的旅行包在那些琳琅满目的饰品里精心挑选的模样,喜悦自颊上晕开。迎着太阳,轻抖手腕,彩珠叩击在铜铃上发出清脆的音响,一声声直浸心间……

趟过悲欢

悲与欢,是每个生命必备的两种底色,我也是。不否认有过无数灿烂花开的欢乐瞬间,但是,逐渐地深入生命,悲的底色日复一日翻卷,终于不知不觉淹没了欢痕,稀薄的欢乐蜷缩在生命的某个狭隙里,无奈地看着悲伤肆无忌惮地狂舞,一再拓展,乃至霸占整个生命。

而悲所漫之处,生命便一片荒芜,荒芜得令人瑟缩,以至忘了世间还有个"欢"字。

或许是生命的本能,或许是坚决的不妥协,在无数的暗夜里,我拼命地搜索记忆,寻找曾经一晃而过的欢乐,让她与我一起来对抗悲的嚣张。那是一段暗无天日,我听见悲与欢在灵魂里厮杀!他们的每一次拼斗就扯动起许多不可触摸的神经,我痛得一次次窒息,泪水纵横。

求助过圣经,求助过释迦牟尼,我忘了圣父与释迦牟尼是同行,同行相斥,他们是否会一起惩罚我的不忠?转念又想,他们博大胸怀可包罗万象,他们都有一双法眼俯视众生洞悉下界,应看到我被悲逼得神色狼狈,慌不择路,应不与此一介渺小生灵计较的吧。可是虚怀若谷的圣父与释迦牟尼救援的方式太过含蓄,以我浅薄的资质,其并不能显示任何效力。所以,我只有转头求助自己,靠着本能寻找合适自己的方法稀释悲的浓度。

感谢父亲从小潜移默化教给我的阅读习惯,在有人选择酒精或尼古丁麻醉自己时,我选择了文字。除却工作正常生活时间,每个空隙里我都低头在文字里,是一种掩饰,也是一种逃避,也借此来挡开那些刺探的眼神与冷嘲热讽。那个冬天,在那盏60瓦的白炽灯的温度包围中,我泪水汹涌地读着一本本厚厚的文字,在一个个与自己无关的故事中寻找心的出路。

从黄昏到黎明,没有人看见二十岁的我如何满脸泪痕地伏在潮湿的书页间睡去。

被晨曦惊醒的那一刹那心是欣喜的,恍然昨天的一切是场梦,身边的所有都不曾改变……当阅读渐渐失去效力时,我又开始写。我写了好几个长篇,边写边哭边笑,如若当时有人闯入,肯定会强制我去精神病院。当然,那时候全世界已将我摒弃出局,这种可能性不存在,由此证明,我其实很清醒。

在一个个故事里倾注着自己的爱恨愁怨,以原本心性,现实中我不该有仇恨等负面情绪,可是,在那个血气方刚抑或年少欠缺修炼的年龄,我,又不能不恨不憎。所以,在故事里我痛快地给那些制造悲伤的人安排苦难以示惩罚。

后来,我发现自己给每对眷属都安排的是劫后多年重逢的结局时,无力地哭了,更感到羞耻,那暴露了自己灵魂深处的渴望,而我决不允许自己如此的没出息! 于是,我又将泪痕隐隐的文稿一页页地扔到火里,看着薄雾一样升起的烟,我呆若木鸡。

我又开始想,如果失忆了,是不是就不悲不痛了? 如果走失了,人生会是什么样子? 于是我精心策划去一个偏远的山村或南方一个僻静的渔湾,在那里装失忆,将生命交由他人安排。

当然,这些最终没有尝试,但,的确离“家”出走了。就在一个晚霞满天的黄昏,拉上身后的门,将钥匙提在眼前晃啊晃,直到晃出两眼水雾,然后提气扔向草丛,一片混沌中踏上列车不辞而别了。车门在身后关上的一瞬,两行清泪顺颊而出,从此,一只孤雀振翅在苍茫大地间,毫无目的地飞越大江南北,山山水水。

两年的人海流离,让我重新打量了人世。原来,自己所谓的悲哀在尘世间随处可见,自以为的轰轰烈烈只是现实中难以存续的梦,苦苦追寻的其实是很多人不敢妄求也不屑一顾的奢侈品。

是生活欺骗了自己,还是自己慢待了生活?

原来,长久以来生活在一个封闭的天地,身边的人以各种名目给我垄断出了一个虚拟的世界,让我坐在一口井里,习惯了头顶那一方蓝天白云,从而认定世间处处风和日丽阳光明媚,也狭隘地认定世间必须处处风和日丽阳光明媚,认定生活必须完美,人性皆纯善。没人告诉我,这世界其实有很多陷阱,人性有太多的缺陷。

所有的忧患悲哀是一枚枚地雷,潜埋在岁月必经的途中,经人牵引着走完最初的一段平坦的、鲜花缭绕的阳关大道后,被突然放手推进生活,措手不及的我没有一点应付的能力。

我只有落荒而逃!

我开始为曾经一些无知愧疚而夜不能寐,为曾无意识的贪婪无地自容,说到底,是我占了太多生活的便宜,以至我不知道生活的真实面目。不知道有些人为了生存不择手段,为了权势处心积虑,为了利益趋炎附势,为了人性的平衡而嫉妒得落井下石……

生活怎么是这个面目呢?生活就是这个面目。

虽然生活的面目出乎意料,但是既已看到,便要坦然地接受,而要彻底地消融掉一份悲哀还是需要一段光阴,所以我开始了一段挣扎在悲欢两种情绪纠集的漩涡里的行程。那是一段比较漫长的行程,也是一段沉溺与自我救赎的过程,我一边打理自己的世界一边领略着他人的风景,希望能找到一些有力的参照。

该侥幸还是该悲哀?在悲欢中浮浮沉沉时,我看到了不计其数的与我一起挣扎的形色狼狈的身形。于是,在侥幸与另一种渐生的悲哀里明白了,其实上苍给每个人的悲欢近乎等量,只是方式各异,有的人的悲欢似小河流水缓缓淡淡,平平静静,有些人的悲欢似瀑布,大起大落,跌跌宕宕。

但是,绝没有人红尘一世,只有一路欢歌。

所以,大家经历的都大同小异,只是因个人的感受力的不同而在各自心里形成不同的印痕。而我,也只是人海中微不足道的那粒沙,经历的也是自己逃不掉的悲欢而已。那么,又有何惧何忧何恨何怨?那么,又何必一再躲逃?于是,心里的惊涛骇浪逐渐敛息,曾经以为从此以后只会看透生死凄美了眼泪的绝望渐渐消散。

回到原地,再次陷身于旧时沼泽,那群曾觉得可憎可畏的面孔居然那样的可爱可亲。因为我突然明了了那些幸灾乐祸背后的压抑,理解了冷眼讥讽下嫉妒的苦,洞穿了一张张拼命想端起高贵头颅的面具下掩藏着怎样的疲惫与虚弱。那一个个无论是以优雅还是丑陋向上攀爬的姿势,努力执着到令人可敬可怜……

　　环视周遭,蓦地噙泪而笑。从此,天,依旧蓝,云,依旧白。而我,也不再惧蓝天白云之后的狂风骤雨,哪怕浊浪滔天,也会静观其变,顺势而为。

　　是否,这就算我蹚过了悲欢?世人管这叫成熟!

　　蹚过悲欢,似一个远航归来的水手,在岁月的河岸上迎风而立,淡然宁静地看着面前岁月的河里波光荡漾。

　　那层层荡开的水纹间隐约荡漾着那个伏在书页间睡去的女子一脸的泪痕;

　　荡漾着塞北小城漫天飞雪中那个女子独自伫立苍茫天地间的孤单;

　　荡漾着游走在人海中寻寻觅觅的那个女子一脸的焦灼惶恐;

　　荡漾着在秋日的白桦林里追逐嬉闹的那个女子清亮的笑声;

　　荡漾着在生命的最初,那个顽皮娇蛮不谙世事的女子,欢欣的双眼迷离的笑靥……

　　蹚过悲欢,常常在午后,在黄昏,选一方高地,携着回忆静静地看云看天看夕阳,偶尔有飞鸟从头顶掠过,便总是想起那句:天空中没有了翅膀,而我早已飞过!

　　回顾所来径,关山迢迢,尘雾弥漫,已不见归途。

　　回顾所来径,八千里路云和月,牵绊的何止是一山一水?

　　回顾所来径,半生的痴狂,一世的悲欢,洗净我青春的容颜,在暮色里,朝向岁月的深处,任热泪滚落……

别让我忘记

N 年前,一个青葱的夜里,曾反复地听过一首歌,那执着而忧伤的旋律,穿过悠悠岁月,在 N 年后的今夜,直袭我心。

只记得,那一句简单的歌词"别让我忘记!"

回首来时路,踉踉跄跄的足印中,有太多不忍回顾,而正是那些痛与伤,提醒我的确拥有过一段真实的生命,与那些伤痛纠缠的是一段段流光溢彩的年华啊!假若一段一段地掷出记忆,生命还能留下些什么?所以,别让我忘记!

世界很缤纷,人海也茫茫,可出现在生命里的其实很少很少,能带来甜蜜与伤痛的人更是屈指可数,所以,对出现在生命里的任何一个人,我都一视同仁地珍惜,是他们让我品尝了悸动、甜蜜、思念、忧伤、厌恨、遗憾、悔愧等等丰富的生命滋味。如果说生命是一场戏,那么,对于每个参演到自己生命里的人,我唯有深深俯首致谢:赐我甜蜜欢欣者,将以一颗颗璀璨的星的模样闪耀在我生命的天际,而那些悲伤,更是如重重山谷,其跌宕与幽馨值得我一生品味环顾,但我决不会以对自己的好坏利弊来论定一个生命的善恶。所谓的恩恩怨怨,离离合合,都是每个生命遵从自己内心的取舍,也都背负着相应的风险与因果,皆为红尘陌上客,用己心度他心,惺惺相惜。所以,别让我忘记!

在人世的旷野,走得越久,走得越远,认识的人越多,生活越丰富,却发现自己越来越孤单,越来越寂寞。纵然,我们也是快乐的、宁静的、幸福的,可是,心之深入总觉得丢失了什么,一丝丝惆怅总会不经意地掠过心头。有时看到大腹便便的男女,在酒足饭饱后剔着牙旁若无人、肆无忌惮地调笑,一副志得意满的无所畏时,就一心的困惑,他们可曾记得自己当初那份纯真与细腻,精致与狂热? 当越来越多的人将爱视为一个笑话时,究竟是驾驭了生活,还是被岁月驯服?

毛姆说:人生最大的悲剧不是因为人会死,而是因为人会停止爱。很多个瞬间,无来由地恐惧,恐惧自己终有一天也会不再忧伤,不再惆怅,不再爱……心已枯萎地生存,无异于资源的消耗,生命是多么尴尬与无奈?

当岁月把我们雕逐得日以精致圆滑,当生活把我们日益打磨得淡定从容,我们不再大悲大喜,不再刻意期待迎面而来的日子,我们学会了波澜不惊,学会了让曾经的悲喜云淡风轻。我们窃喜自己学会了生活,掌控了命运,其实,这何尝不是生命妥协给了岁月? 因为,生命终究对抗不起岁月,只想在有限的时空中尽可能多拣选一些愉悦的享受。而在顾此失彼的慌张里,那些被我们丢弃的,恰恰是最初想努力呵护坚持的。

丢失了生命初最起程时的那份狂热。

丢失了那份敢爱敢恨的痴。

丢失了那份真真切切的甜蜜和忧伤。

丢失了那颗善感晶莹剔透的心。

丢失了那么多,还能拥有顽童般酣畅淋漓的快乐欢欣吗? 自以为在红尘中捡拾了很多,却最终丢了那份彻心彻肺的快乐啊! 幸好那份快乐被我们一直熟视无睹的岁月捡拾起来,交给记忆——收藏,所以记忆是我们最深厚的宝藏。如此,又怎能轻易让它消失? 因此,不管是悲是喜,别让我忘记!

不知从哪天开始,耳边不时传来有人离世的消息,有近的,有远的,有关联的。无关联的,然后惊觉,某天,与自己相爱或相厌恨的人都要一一离开这个繁纷的尘世,将再也无法重逢时,心就疼得无法名状,对眼前过往的人无法不去怜惜。很多个漫漫长夜,辗转于床榻,在心里一遍遍重描那些远去的面庞,唯恐其不知不觉地模糊,真的遗失于生命之外。

甚至多次觉得自己似一个临岸而立的渔者,从渔网里精心地捡拾捕捞的成果,或沙粒或珍珠,都敝帚自珍不忍舍弃。因为深深地明白,岁月只给自己一次打捞的机会,无论捕到什么都是有限的,我要将它们一一刷洗,晾晒,然后纳藏心底。留待某天，生命走至光阴的最后，置身于尘世的边缘，只有将这些收藏品从心底一一翻起，让陈年的甜蜜萦绕心间，熏暖最后一程生命的孤单与寂寥。

很奇妙，曾一度渴望忘记的人与事，走到岁月的今天，我却是决然的不愿忘记，在众多生命享受瞬间拥有的洒脱的时候，我却在拼命地做一个寻觅天长地久的痴人。逆着历史而行，注定了今世的孤单与寂寞，注定了被人奚落的不合时宜与迂腐。但是，如若上苍让我选择，我还是义无反顾地选择——别让我忘记！我心甘情愿像个蜗牛将所有的记忆携至生命的尽头！

因为我最终懂得，世间没有绝对的善恶，善与恶，丑与美的存在，完全是一种映衬的需要，就如黑与白、红与绿的对比。佛说没有无缘无故的相遇，而我也坚信，生命中出现的每一个人都是一种必然，每一段爱恨都是一道风景，每个人，每件事，都携带着特有的使命。他们或用伤害式的"鞭策"，或用温暖的"鼓励"，不同的方式，相同的指向，都是带着上苍的爱来与我这卑微的生命作陪，引度我归向幸福的岸。

所以，世间所有的交集，何尝不是彼此爱的偿付？而某天，当我们离开这个世界时，会发现这世间所有一切都与自己无关，只有爱与被爱的感觉才确定我们切实地活过一回。

所以，在老年痴呆成为生命的另一种终结时，我渴望上苍可以满足我一个心愿，让我在生命最后的一刻仍然拥有回忆的能力，让我还记得生命里的林林总总，记得那些明亮的季节，记得那些美丽的过往。在碧野蓝天下，让那些曾经留下悸动、留下爱的痕迹的温暖明媚的容颜在眼前、在心里一一绽放，最好，再有那久远的歌谣轻轻响起。

那一刻，我会含笑无悔无憾地踏上轮回的路！

所以，今生，别让我忘记！

别让我忘记今生的爱恨情愁，别让我忘记今生的忧伤和甜蜜。

别让我忘记，今生曾遇见过美好的你……

跋

　　实在无法为自己的文字做一个合适的陈词，就用刊发在2015年4期《秦都》上的创作谈为结尾吧。如果您能耐心地读到这里，请再次接受我深深地感激与祝福——

文字里的企图

　　坦白说，我不敢妄谈文学，自忖以自己的资质与浅薄的修为，谈论文学，实在是对文学高贵性神圣性的冒犯或亵渎。也从没有想过当作家，甚至截至目前，我也不敢承认自己是作家，实际上，我也的确不是一个标准的作家，只是喜欢与文字相依相伴。再坦白说，面对文字，我时常深怀惭愧，甚至忏悔。对于文字，我从来没有伟大的出发点，没有高尚的目的，从开始相遇，便一直是利用与依赖。换言之，对文字所谓的一往情深，是自我生命的一种需要，我对文字有着深深的企图心。但这绝不是对文字的怠慢，相反，文字一直以凛然不可亵渎的模样盘踞在我的世界里，就像笃信佛祖的人却从不敢妄想成佛一样。

　　奉佛，是自私地想得到一份护佑，一份寄托，一份心的出路。依恋文字是喜欢那份安静的踏实。只要捧起书，世界上所有的纷扰劳顿立时清场，攀着一纸之力，穿越千山万水，横渡古今中外，体尝悲欢离合爱恨情愁，那种酣畅淋漓，在没有更恰当的词可以概括的情况下，我用"幸福"暂时命名。同每个贪图幸福的寻常烟火男女一样，仅仅这份"幸福"，便注定了要与文字终生不离不弃。

　　追根问源，对文字一往情深是从四年级翻开文学青年式的父亲每月订的

《人民文学》开始。最初只是借其驱散一个孩子成长时期突然而至的孤单,在长久依伴中,则品咂出其更多的效能,以致在后来的路上,或奔波、或徜徉、或沉陷、或没顶,无数的起落中,唯一没有松手的就是文字。在广袤大漠的阡陌上,在东南亚炙热的街巷中,在白日与黑夜之间不停飞驰的列车上,身后拖着的行李箱里总有几本书。从彼处到此处,从一个城市到另一个城市,几本旧书是唯一相依为命的伙伴。是那些书长年累月地安抚着一次次身陷陌生的城市与人群时的仓皇与虚弱,所以,从某种意义上说,文字于在旅途的我,是苍茫海面上的一根救生草,依靠着文字摸索前行,阅读与写字已然成了生命存在的模式。

原本仓颉造字融入了其亘古的智慧,而当一粒粒凝练于天地山水百草生灵的文字经过智者的精心拼凑后,更形成一种气象万千的瑰丽之景,同时释放出一种强大的神秘力量与功能。真正的文字,是智贤者的智慧结晶,它的存在,不仅可以完成对自身的修缮,更可以用来弥合人类的裂隙,调和世界的矛盾。可用来在每颗心之间架起一座桥,让温暖与和谐对流融合,让这冷冰冰的山水尘世形成一个辽阔的温馨的家园,从而让每个生命在这个温馨的家园里尽享生命的甘美。

由此,我丝毫不怀疑文字可以影响或改变我们的人生,甚至也不怀疑文字与社会的走向息息相关,而正是这种神秘又强大的功能与力量让文字散发出圣洁的光芒。于是,从最初对文字的依赖上升到敬畏和痴爱,对打着膜拜文字的幌子传播扩大淫秽血腥虚假的下三烂之流深恶痛绝,对借文字沽名钓誉,将文字推入名利场者也是愤愤不平。面对辗转于各色人笔下无辜的文字,我时常叹惋与痛惜。

虽然,坚信文字圣洁的光芒是任何力量销蚀不掉的,文字定会靠着自身无可匹敌的力量挣出世相泥潭,在人类寻找幸福的征程上发挥它特有的功能与力量,但是那需要一个漫长的过程,需要很多力量共同维护与抵御。而因了心底那份敬畏与深爱,在尽力维护文字圣洁的同时,我对文字有了更大的企图。

企图,是个很市侩的词,原本这里可以用一个美好的词——理想。当然也曾很文艺地写过一篇《文字里的理想》的小文,但是我觉得自己的动机更适合用"企图"。企图比理想更具实施的可能性,企图涵盖范围虽然比理想短浅,但目的性更强,还有浓浓的不达目的不罢休的意味。

所以,文如其人,我的文字跟我这个一直拼命装优雅却始终不得要领的人一样,在文弱的表象下浮动着随时呼啸而出的企图。企图用文字描述一些美好,企图用文字擦拭蒙尘的心,企图借助文字释放一些温暖和馨香,更企图向文人队伍靠近,而描摹在文字里纯净的人心,温馨的市井,丰饶的山河,美丽的四季都是我深掩的企图,是我心心念念想要的理想世界。为了早日迎来理想的世界,我的企图心一度达到狂妄状态,我企图跻身大名家,但这绝对与个人的名利无关,与虚荣无关,我只想攀爬到尽可能高的地方,将自己燃烧成一束火把,把自己以为美的去处指给更多人。资质暂且不论,可能性暂且不论,只请相信我对生命的真诚,对文字的虔诚。

之所以有此企图,是因为我始终相信文字的力量。诚如曾获诺贝尔文学奖的秘鲁作家略萨所说:"没有东西比好文字更能唤醒社会心灵。"——文字肩负着历史的使命,文字工作者更肩负着历史的使命、民族的使命、家国的使命!

当前,我们的国家进入历史转型期,人生观、价值观等在做着剧烈地冷热碰撞,这种碰撞轻易地便令人失去方向感。虽然道德伦理的无序与更新,令人困惑、纠结,甚至痛心,但这种状况是历史发展的必然现象,如同一个人的诞生到成熟,其间成长拔节之痛避免不了,感冒患病避免不了。我们正经历着这个国家成长中的小恙之扰,所有的不适,都是病菌裂变泄毒的过程,乱了章法的细胞各显其能,相互倾轧,搅起一片电光石火,但是一定要坚信,这也是一种必经的自愈过程。

我们不能被一叶障目乱了心神,更不能因为一些小恙而否定一个人所有的好。所以,这个时期的国家需要的不是指责、咒骂、抱怨、痛恨,它更需要救治,需要呵护与关爱,需要我们一起用宽容、理解、豁达和爱,去逐渐修复它被病毒侵蚀的细胞,让其更快地痊愈起来。而鲁迅当年弃医从文便给我们提示了文字是一种可以大面积使用的良药。习主席的"弘扬民族文化,发掘文化软实力",更是为所有文人吹响了历史号角,同时也表明了社会对文字的期望,对文人的期待。

"先天下之忧而忧,后天下之乐而乐"是中国文人的心路写真,我相信,千年前如此，千年后依然如此。孟子说"达则兼济天下"，兼济天下的不仅仅只指充裕的物质，丰饶的精神更是济世的资源。作为一个热爱文字的人，不应该忽略这份担当。尤其有幸生活在这个信息极其便捷的时代，文字在以更迅速、更便捷地进行交流对接，这是文字之幸，文人之幸，家国之幸。所以，以文字做纽带，同心同德倾情努力，不断融合壮阔民族力量，让中华民族的方块字发出无与伦比的光芒是文人们责无旁贷的使命。因为那种光芒将是种无可比拟的力量，这种力量会将我们多灾多难的民族带到离光明与幸福最近的地方……

我知道，这份堂·吉诃德式的企图，只是可笑的痴人梦呓，但我还是要明确地表达自己的立场：一个真正的文人，必须具有大悲悯情怀，对世间万物生灵要持有最纯粹的呵护心，要有爱融天下的趋向。一篇好文字，要让读者有营养可汲取，让灰心者看到希望，绝望者感到温暖，让困在迷茫中的人看到光明和方向。说到底，文字的使命，便是传承人类的文明与智慧，而文人的使命，便是借用文字的智慧去说和这个世界，促进社会和平、和谐，同时诠释人性，开阔人性，让自己及其他生命丰盈愉悦，走出狭隘天地，享受无限生命！

不是所有的理想都能实现，不是所有的企图都能达成，但是，用生涩的笔去诠释单薄的生命中蕴藏的力量，让善良激活善良，让真情激活真情是此生对文字的最大企图。